林万华 ——著

柳河之子

U0667186

中国言实出版社

图书在版编目（CIP）数据

柳河之子 / 林万华著 . -- 北京 : 中国言实出版社，
2023.6

ISBN 978-7-5171-4525-7

Ⅰ . ①柳… Ⅱ . ①林… Ⅲ . ①长篇小说—中国—当代
Ⅳ . ①I247.5

中国国家版本馆 CIP 数据核字 (2023) 第 119419 号

柳河之子

责任编辑：王蕙子
责任校对：邱　耿

出版发行：中国言实出版社
　　　地　　址：北京市朝阳区北苑路180号加利大厦5号楼105室
　　　邮　　编：100101
　　　编辑部：北京市海淀区花园路6号院B座6层
　　　邮　　编：100088
　　　电　　话：010-64924853（总编室）　　010-64924716（发行部）
　　　网　　址：www.zgyscbs.cn　　电子邮箱：zgyscbs@263.net

经　　销：新华书店
印　　刷：北京温林源印刷有限公司
版　　次：2024年1月第1版　　2024年1月第1次印刷
规　　格：880毫米×1230毫米　　1/32　　10.25印张
字　　数：230千字

定　　价：52.00元
书　　号：ISBN 978-7-5171-4525-7

几十年和几千里
——《柳河之子》代序

许谋清

　　左边，一部叫《柳河之子》的长篇小说书稿，作者是几十年前的朋友。我先认识他哥，见过几面，而后认识他，认识他以后，就没再见过他哥。当然，我也只见过他几面，可我还记着他抿着嘴笑的样子。他叫林万华。他哥有条腿有毛病，算是残疾人。认识他们时，我在京郊房山县文化馆文学组工作，他们哥俩是文学爱好者。最近，林万华找到我的电话，我们通电话时，他说写了一部小说，写一个残疾人的奋斗，从弟弟疆声的角度看哥哥，是浓浓的兄弟情。应该说，《柳河之子》也勾起我对京郊房山的回忆，那是我人生的三岔路口。那里留有我和林万华他们弟兄俩共同走过的昨天。

　　右边，咱们拉开出去，我现在在福建晋江住的小区对面，是晋江市残联的大楼。我的一位老朋友的儿子在那里上班，也是残疾人。我们习惯叫他阿旦。阿旦是脑瘫，脑瘫造成他肢体动作的不协调，但脑子不瘫，也是文学爱好者。

　　《柳河之子》是从主人公病危写起，结局是抢救无效。有一个情节震撼了我，很多残疾人来参加疆远的追悼会，但没有一个残疾人流眼泪，因为他们的眼泪已经流干了。只有从这点出发，我们才可能真正地了解残疾人。

主人公疆远，应该让我想起作者的二哥才对，我却老想起阿旦，但他们相隔几千里，时间也拉开几十年。和阿旦比，疆远是幸运的，他算是一个帅哥，他有健全的双手。阿旦脑瘫，不会拿笔，要不是赶上电脑时代，他根本就上不了学。疆远上初中时就写过一部长篇小说，找赵老师给他看，赵老师看完还去了他家，谈这部小说。可惜，《柳河之子》没有介绍这部小说。作者的二哥当年没有和我说过这件事，我问林万华，他也没有找到当年的手稿，也记不清里边的具体内容。我之所以想到阿旦，是企图从阿旦这里去感觉疆远。两个人上学都碰到难题，走路。两个人腿脚都有问题，两个人都不屈不挠。阿旦上黎明大学，黎明大学进校门就有一个好几十级的台阶，他写过一篇短文，就是爬这个台阶，我算是他的辅导老师，这篇短文发表在地方报纸上，还得了那一年的省报纸副刊年赛一等奖。假如，《柳河之子》能有疆远小说的内容，哪怕是片段，哪怕是只言片语，我们就可以更深入地了解他。疆远上学时总爱去那笨重的大箱子里找书看，那里边也一定藏着很多秘密。林万华是老实人，忠实于生活，在这里留下可贵的空白。

《柳河之子》吸引我们阅读的是它非常现实无可挽回的悲剧情节，而爱情悲剧丰富了一个残疾人的奋斗故事，把故事搁在一个特殊的空间。雨生出现了，在赤脚医生学习班，疆远和雨生相遇了。疆远从雨生看他的眼睛里和他说话的声音里，还有在收割中草药时包扎她受伤的手指、触碰到她小巧的手时感觉到人世间最美好的东西。生活给他最深的体验是痛,雨生眼睛里有一种什么,一下子抚平他的伤痛,让他感受到一种无限美好的前景。小说是把不可能写成可能,当然,也可以颠倒过来,把可能写成不可能。残疾人的爱情故事有可写性。阿旦上班后住宿舍,有一个女孩帮他把地墩了,就是帮他擦地板。这是小事,可对于阿旦来说不是小事。女孩走后,阿旦趴在地上,把脸贴到女孩擦过的地板上……阿旦没有谈过恋爱,他有强烈的渴望。阿旦的敏感是我们认识疆远的参照。应该说,疆远还是得到上天的眷顾的,使他一时间对于人生充满信心。

疆远从来不让人看他残疾的那条腿。但他在谈恋爱时不断地犯错误,很多事情都让他手足无措。雨生病了,受到一种不能克制的思念的催促,疆远到雨生家看望雨生,结果在对这个问题最敏感的雨生家人的面前,他的残疾的腿脚无意中接受挑剔审视。其实,当时,什么也没有发生,却是可怕的什么也没有发生。本来,疆远比阿旦是幸运的,疆远有过恋爱,阿旦却在婚姻里找到了幸福。阿旦的指甲都是妈妈给剪的,脑瘫使他连端杯子喝水都做不到。阿旦自己剪指甲剪出一手血。一天,没有妈妈帮忙,阿旦把剪好指甲的双手得意地伸给妈妈看,他找到女朋友了。疆远肉体精神受到双重摧残。雨生跟他心有灵犀,被生生地拆开,这才是疆远无以诉说的痛。原来因辈分雨生叫他二叔带着几分调皮,后来再听到二叔的叫声却茫然无着。

《柳河之子》开篇,有个女孩给疆声打电话,说她爸不行了。小说不仅有弟弟疆声的男性视角,也有关爱疆远的女性视角。在这部小说里，对于几位女性的刻画比较细微，感到无助的母亲、一直激励疆远的姐姐，尤其是处于两难境地的雨生，我们看到那个笑着喊疆远二叔的女孩的脸，也看到在车站给疆远送行却擦着眼泪跑开的女孩的背影。

作者说，《柳河之子》不仅讲述一名残疾青年人发奋学习、励志成才，最终走向理想、目标的奋斗故事，更是对残疾人如何面对事业、亲情、友情、家庭、生与死、荣与辱等人生课题的一份诠释。小说从一个家庭入手，围绕主人公疆远和命运抗争推进情节，把读者带到那条静静流淌的柳河边上。

疆远默默接受个人的苦痛，直面命运，这是人类之痛，他不自艾自怜，转身去救人于水火，这就是疆远这个人物的人生境界。

2023 年 8 月 5 日

自 序

《柳河之子》是我的长篇小说处女作，故事以我的故乡为背景，柳疆远是小说的主人公。

古镇琉璃河是我的故乡，位于北京城西南，因河而得名。

作为河流的琉璃河，古称"圣水"，今称大石河。早先，河道由镇西岔开，主河道贴着古镇北侧穿过，支流顽皮地拐了一道弯，由西南向东北绕古镇大半圈，再汇入主河道，继而或奔涌或平缓地向东流去，古镇曾四面环水，我称其为岛。

古镇有河围绕，并有国道南北穿境而过，桥不可或缺，琉璃河大石桥紧邻古镇北端，南北走向，至今已有470余年历史。

作为地名，故乡人称琉璃河为"刘河"。"刘河"两岸，长堤绵延，堤上垂柳成行、高大挺拔，放眼望，景色壮美。

"刘河"与"柳河"谐音，便得《柳河之子》前二字。小说主人公柳疆远于"刘河"生活了几十年，"刘河"的黄土地、"刘河"的水养育、锤炼、造就了他，他是"刘河"之子、也是"柳河"之子。

我在电脑上输入完《柳河之子》最后一个字，断断续续用时一年。随后，我将她存入优盘，她沉睡了三年。其间也曾被我唤醒：修改、完善。如今，将其公之于众，决定这样做的瞬间，我的眼睛模糊了，有泪珠滑落……

柳河之子——柳疆远，他的一生都在与命运抗争，以残疾之躯、顽强之心，朝着人生美好的理想和目标努力拼搏奋进，从未止步，由此令我崇敬，如我崇敬之故乡、之古镇。

柳疆远是柳河之子，又不仅仅是柳河之子，我希望他的形象映入更多人的眼眸、沉入更多人的心窝，有更多人喜爱他，尤其年轻人、残疾人，期待他成为你们的好朋友。

是为序。

林万华

2023 年 6 月 20 日于华腾园

目 录

是谁说过，人生，陪伴你最长久的人，不是父母、爱人、儿女，而是兄弟姐妹。

从梦中开始

北京城。清晨。

2016年6月下旬那个晴朗的清晨，一缕暖融融的亮光，不知几点几分已从窗帘的缝隙悄悄钻进卧室，欢快地一头扑向床对面洁白的墙壁上，又翻了个跟斗，折返回来，把亮光洒在正沉浸在梦中的柳疆声的脸上，温暖融化开来，从一点、一线，逐渐传递到他身体的每一个角落，舒适无比。

此刻，床头柜上手机铃声突然响起，朦胧中，柳疆声听到了铃声，但他没有马上接听，似乎这样，手机响一会就会自动停止，他就可以继续他的梦境。然而，手机铃依然不管不顾不停地响着，似乎比刚开始时更急促更持久了，柳疆声翻了一下身，闭着眼睛，伸手在床头柜上摸索着，一下、两下，往前、再往前、又拉回来，往后，再往后，向左又向右，他的手指终于触碰到手机了，随后，抓起手机举到眼前，眼睛半睁半闭地扫了一眼屏幕，手指在上面随意划拉了一下，他根本就没想仔细看一眼来电显示，或许，他根本就不想知道是谁打来的电话，只是习惯性地接通了。他的耳畔瞬间被悲痛的哽咽声填满，心脏像是被重重地击了一拳，随后，睁开双眼，使劲眨巴了两下，仿佛突然意识到了什么，猛然坐起身，再仔细一听，他听出来了，手机里传来的带着哭腔且疲惫的语音，是来自二哥柳疆远的女儿佳欣："三叔，我爸不行了，正在抢救……"

柳疆声从睡梦中被彻底惊醒，他下意识地扭头朝卧室的窗户上看了一眼，豆绿色宽大的绒布窗帘垂落至接近地面，透过窗帘的缝隙，他看到窗外晴朗的蓝天，明亮的晨光，晨光洒向窗帘，使窗帘的颜色显得鲜亮、明快、温馨、恬淡，一如睡梦中，脑海里刚刚浮现出的那幅画面，二哥柳疆远是主角：他身穿崭新的浅蓝色衬衫，侧身站在故乡柳河大石桥上，一只手扶在乳白色的石栏板上，柳河波光粼粼，像一条簇新的缎带逶迤东去，柳河两岸绵延的长堤上，垂柳成行、枝条摇曳，美丽如画。他微笑着凝视远方，姿态从容、神情坚定自信、目光中透出对未来的无限憧憬……

这张被放大成五寸的半身黑白照片，是 1983 年初夏，笔名"柳林"的柳疆远，进入柳河乡政府工作的第一天，在故乡柳河大石桥上拍照的，他说，他喜欢家乡的柳河，喜欢横跨于柳河之上的这座已有四百多年历史的大石桥。他还说，他是柳河之子，今后，要把自己的一切都奉献给柳河的父老乡亲，那年他 27 岁。

柳疆远上初中时喜欢写作，"柳林"是他那时为自己起的笔名。柳疆声头一次看到二哥柳疆远写在棕色牛皮纸笔记本封面上的这两个字时，目光就被牢牢地吸引住了，他凝视了许久，在心里默念了许多遍，觉得"柳林"这两个字实在是好：朴素却不平庸，读起来朗朗上口也好听。后来，他听二哥讲过，"柳"，指柳河，代表地域；"林"指柳氏家族人员兴旺，如柳河两岸的垂柳，高大挺拔、繁衍不息、壮大成林。柳姓在柳河乡自古即为大姓，柳河乡柳河村，全村一百二十多户，百分之八十几、七百多口子都姓柳，其他村子姓柳的也不少，因此，柳河乡"柳"密如林，远近闻名。"柳林"二字，意境也美：垂柳成林，幽深浩荡，柳枝随风摇曳，婀娜多姿，如诗如画。

柳疆远的钢笔字刚劲潇洒、飘逸灵动，横、竖、撇、捺，一笔一画，如柳河两岸长堤上主干高大挺拔、枝条修长柔韧、叶片饱满鲜活的垂柳，被移植到笔记本的封面正中，并扎根成长，生机盎然。

这么多年来，柳疆声睡眠始终很好，晚间，只要躺到床上马上就能睡着，且一觉到天亮，很少做梦，今天，他竟做梦了，梦到刚做完肺部手术、还在住院恢复的二哥柳疆远。只不过，他梦到的柳疆远精神饱满，面带微笑，神情自若，一点也不像刚做过手术的病人。都说梦是反的，难道冥冥之中这是天意吗？

就在三天前，那个与往常毫无异样的清晨，柳疆声依然像往常一样骑着那辆半新的自行车，去距离他居住的小区不远处的一家菜市场买菜，尚未出小区，突然间，泪水便情不自禁地从他的双眼中汹涌而出，顺着面颊滚落下来，瞬间便打湿了他的衣襟。此前，没有任何缘由，没有丝毫征兆，他茫然地任凭泪水肆意流淌，直到转了个方向，骑车驶出住宅区，驶入宽敞的街道，泪水才渐渐止住。而刚刚泪流满面的那一刻，他正好骑车拐进小区内一条通向西南方的柏油路，他面朝西南方，后来他想到，那天正是二哥柳疆远住院做手术的日子，西南方正是他的故乡，是他工作、居住、生活了近六十年的柳河乡。

半个月前，柳疆远在体检时发现右侧肺部有病灶，进一步检查确诊为早期肺癌，随后住进北京城区的一家三甲医院，住院后第四天下午，便顺利完成了右肺部的肿瘤切除手术。自他住院后，每到下午探视时间，柳疆远的妻子、女儿、女婿，大姐及柳疆声都会出现在他的病床旁，给他倒水、削苹果、剥橘子，扶他下床走动，去厕所大小便，陪他说话，所有能做的事、能说的话他们都尽心尽力去做去说，为的是不让他寂寞、心里难受、产生压力。但那天清晨，柳疆声骑车外出买菜时突然无端落泪的情景，他和谁也没有说，他说不清楚，也不知从何说起，更不想因此让亲戚朋友产生多余的联想，或是某些不祥的心理暗示，尤其是不能给二哥柳疆远带来任何额外的精神负担，尽管他是个性格坚毅开朗、从不信命、不认命的人。而三天后的清晨，柳疆远竟也是毫无征兆、突然地就离开了他的亲人，离开了这个世界。这期间，柳疆声时常在想，那汹涌的泪水一定是为二哥流淌的吧！

此刻，接到侄女佳欣打来的电话，噩梦般的信息来得实在突然，柳疆声惊愕万分，难以相信，他猛然间从睡梦中清醒过来，大脑在飞速地思考着，三天前，柳疆远的微创手术不是很成功吗？术后这几天身体恢复得不是挺好吗？昨天就可以下床走路了，怎么会、怎么会……柳疆声愣怔着坐在床上，瞬间，大脑竟一片空白，思维仿佛也停滞了，好一阵才恢复正常，随后，他迅速穿好衣服，乘电梯下楼，骑上自行车直奔医院。选择骑自行车，是他进入电梯以后的决定，因为他相信骑车比坐出租车、比自驾车都快。这个时间点，正是北京城区昼夜运营的出租车司机换班的时间段，车少，打车不知要等候多久。自己开车，在这繁华的大都市，途中经过的路口多，等候红绿灯的时间就多，说不定哪里还会堵车。总之，一切都无法把控，唯有骑自行车可以抄近道、钻胡同，可以避开红绿灯，他路熟，可以随机选择。

约六公里的路程，柳疆声拼命骑行，当他气喘吁吁、满头大汗地赶到医院病房时，躺在病床上的柳疆远面色铁青，嘴唇黑紫，双眼紧闭、呼吸微弱，处于昏迷状态。医生、护士正围在病床旁抢救：输氧，挂吊瓶，监测血压、心跳、呼吸，做心外按压……柳疆声焦急地盯着他的面庞，突然，他嘴唇动了动，发出痛苦而又微弱的声音："这是怎么了？"像是自问，又像是问身边的人。面对这突发的病症，没有人能回答他。持续近一个小时的抢救最终失败了，柳疆远停止了呼吸。

柳疆声目睹了眼前发生的一切，目睹了一个生命在短时间内的终结，内心悲伤、哀叹、欲哭无泪、欲说无言。

医院为柳疆远出具的死亡证明书上写道："术后突发肺栓塞，导致心肺功能急性衰竭。"

柳疆声盯着这张死亡证明书，内心悲叹："面对死亡，人的抗拒力竟是如此微弱甚至无能为力、无可奈何……"

如今，柳疆远已去世整整三周年，这期间，柳疆声一直想为他写点什么，千头万绪，却不知如何落笔，可谓："情至深处笔却拙。"

然而，就在柳疆远去世三周年纪念日那天，柳疆声心绪难平，他独自端坐在电脑前，沉思许久，而后，手指在键盘上情不自禁地跳动着，屏幕上方瞬间蹦出四个大字：柳河之子。

第一章

　　1952年初秋，柳疆远的父亲柳峰，加入兰新铁路建设大军奔赴甘肃兰州，投入兰新铁路的建设之中。

　　兰州城外东北方，紧靠黄河北岸有一座名叫盐场堡的小镇，当年，来自东北三省、山东、河南、河北、内蒙古等多地的年轻的兰新铁路建设者，为了消除后顾之忧，已成家的，不少人都把老婆孩子从老家接来，租住在小镇的老乡家里。房是土坯房，多数是十几平方米一间，老乡根据租户租住的房屋间数、大小，新旧程度等因素，按月收房租，每月几角或几元钱不等。房子低矮，木门厚重，开关门时总会发出一声悠长干涩的"吱扭—吱扭"声，整座房屋看上去极为简陋，根本谈不上漂亮。门的下半部分，冬天用塑料布或是旧布料从外面蒙住，再用木板条横竖压住，钉上钉子固定，加固后的木门严严实实。门上方三分之一的面积，制作成横竖交错如网格状的木窗棂，糊上不怎么白的草纸，权当窗户使用。这里的土坯房，墙壁上大多不留窗洞，窗户在房顶，叫天窗，用来采光。所有门窗的样式，均显得粗犷，甚至有些笨拙，但坚固耐用，彰显着大西北人家淳朴、务实的气质与风貌。夏天，早晚推开门窗，干爽的风吹进低矮的土坯房内，人们顿时感觉身心舒畅，精神愉悦。秋冬天，或是刮风天，门窗关闭得严严实实，外面还要挡上一块木板或是苫盖上一块草帘，用来保温及遮蔽风沙。

　　老乡家的院落，四周由土墙围挡而成，院内宽敞、平坦，挨着院墙栽种几棵耐旱的榆树、枣树或旱柳，夏天在院子里撑起一片阴凉。同时，一树绿色的枝叶，也为这少雨的地方增添了一些湿润的气息。院子中央，有土坯垒砌的高约五六十公分的土台，上面压一块或圆或方的青石板，把土台当成桌子使用。做饭用的灶台也搭建在院内一侧，只要天气没转冷，烧水、煮面都在院子里，而此时院中的土台就派上了大用场。西北人爱吃面食，煮面条便是家常饭，他们做面条时，在土台上再放一块薄石板，当面板用，和面、擀面、切面都在那块薄石板上完成，面条切得或窄或宽，全凭这家人的喜好，有时也看切面人的心情，以及时间是否宽裕。不着急吃，想吃细面，就精心切出如粉丝般的细面。相反，就三下五除二，不一会就利利索索地切出约二指宽的"皮带"面。也常有随心所欲的时候，切出的面有宽有窄，可随心选择煮哪一种。

吃饭的时候，一家人围坐在土台旁，土台上放着一盆刚煮好，还冒着热气的面，吃完一碗，再从盆里挑出一碗，直到吃得打了饱嗝，才放下碗筷，这时，会抽烟的男主人，便不慌不忙地卷上一支旱烟，点燃，坐在原地慢慢地吸，露出满足惬意的神情。小孩子们，便相互招呼着，三五个人凑到一起玩耍起来。平时，不是饭点的时候，女人们也时常坐在土台边的木凳上，做些缝缝补补的针线活；小孩子们则在土台的石板上，画出方格状的棋盘，用小石子或撅成一小节、一小节的树枝，或是干硬粗壮的小草棍，当作对垒的甲乙方，玩一种叫"鸡吃虫"的游戏。孩子们都认真，虽说是游戏，却也互不相让，时常因为一方投机取巧未按规则移动棋子，或是什么其他原因，被另一方发现，立刻遭到制止，进而引起双方争执，吵嚷得脸红脖子粗，甚至为此动手撕扯起来，最终闹得不欢而散。好在都是孩子，不记仇，过不了一天半天，又都和好如初，重新凑在一起玩耍起来。

老乡家的宅院，因四周筑有土墙，便均为独门独院，但这并不妨碍老乡之间的交往，每家院墙相隔不过十米八米的距离，土墙半人多高，隔着墙也能相互看到，谁家有事了，站在院墙旁，冲着对面的人家招呼两声，对面人家的大人或是孩子就会推门走出土坯房，应承着，很快，就把想说的话说了，要办的事交代清楚了。

1953年春末，柳峰在盐场堡的老乡家租下了两间土坯房，把妻子兰芳和两岁的女儿疆梅从千里之外的老家接来，柳峰心里清楚，修筑兰新铁路，绵延数千里，沿途要穿越群山峻岭、戈壁荒滩、百里风区，艰难程度可想而知，绝不是一年两年就能完成的事，把老婆孩子接来，是做好了长年艰苦奋战的准备。

刚来到大西北，来到兰州城外盐场堡这座小镇，兰芳她们母女俩并不适应，这里气候干燥，经常刮风，风中夹裹着沙尘，沙尘从门窗缝隙钻进屋里，落在窗台、土炕及屋地上，连放在橱柜里的碗筷也会落上黄色的细沙，使用之前不得不再冲洗一遍。

吃的也不如北京老家，新鲜的蔬菜少，尤其进入冬季，多是白菜、萝卜、土豆。西北人爱吃红辣椒，他们管它叫红辣子，无论是炒菜、炖菜、凉拌菜，都少不了放些红辣子，这些，兰芳母女不习惯，也从不吃红辣子。

疆梅那年刚满两岁，走路却蛮利索了，白天，在老乡家的院子里，追着老乡家的大孩子们玩，倒是不用母亲费心看护。疆梅从小就长得白净漂亮，房东和街坊四邻家的老乡，还有那些来院子里玩耍的孩子们都喜欢她，见了面，总要抱抱她，再摸摸头、摸摸脸，逗弄一番。她仁义，面对这些哥哥姐姐，无论生熟，极少哭闹。孩子总归是孩子，她不懂什么是新环境、新家，不知道认生，更不知道什么叫艰苦。西北的风干硬，孩子肉皮嫩，尤其是刚从内地来到这里的小孩子，每天在屋外玩，不久，脸就皴了，嘴唇干裂，还起了皮，有时突然就流鼻血，疆梅刚来时流过几次鼻血，用手去擦，手上沾了血，红了一片，就往衣服上蹭，结果，衣服被染红了，等到天黑睡觉时，兰芳将她的衣服脱下来洗净，晾在院子里，明天一早接着穿。

对于这里的生活状况和生活环境，兰芳此前听丈夫柳峰说过，她来之前心里已有准备，但住了一段时间之后，她才真正体验到了大西北的生活，比自己此前想象的还要艰苦得多，也更清楚了自己的丈夫，以及所有兰新铁路建设者，他们干的是一项多么艰辛，充满风险、挑战，困难重重的工作，而越是这种时刻，越是需要有亲人陪伴守护在他们身边，给他们温暖与关爱，为他们尽可能多地付出一些。令人欣慰的是，当地的老乡大都淳朴、厚道，待人热情，从没把他们这些从四面八方远道而来的铁路建设者和他们的家属当成外人，甚至比对待自家亲戚朋友还热情，只要他们有需求，都会尽力帮助，从不推辞。比如，教他们怎么使用土炉灶，将柴草甚至晒干的马粪、牛粪点燃烧火做饭。怎样将从黄河里担回家的浑黄的河水，倒入水缸后，撒入白矾，用木棍搅动一番，待水缸里的水停止旋转，静止下来后，水缸底部便会沉淀出一层厚厚的黄沙，而此时经过分解沉淀的黄河水，清澈凉爽，喝一碗，甘甜可口、沁人肺腑。生活中类似这样的事情许许多多，因此，这些铁路建设者的亲属们，和当地老乡交往得十分频繁，也极为和谐。

柳疆远的家，位于盐场堡的南侧，距离黄河滩只有几十米，沿着缓坡径直走下去，不一会就能来到黄河边。

1956年10月，柳疆远在盐场堡镇唯一一家医院降生了，那天早晨，小镇上空有云雾弥漫，这是很少有的现象。上午，竟下起了淅淅沥沥的小雨，尽管刚刚进入仲秋，却已明显地感觉到了丝丝的寒意。柳疆远的母亲兰芳说："疆远这孩子一出生，哭声就特别大，哭的时间也特别长。"接生的医生、护士也说："这孩子比别的孩子嗓门高、气力足，哭声大。"护士给他称重，七斤六两，大胖小子。父亲柳峰笑呵呵地对兰芳说："这孩子是来陪我修筑兰新铁路的，铁路将来要进入新疆，离他的出生地、离咱老家越来越远，我想他的名字就叫疆远吧。"兰芳寻思了一会说："这名字好听、好记，也有说法，就定下来吧。"

柳疆远满月时，兰芳给他称了重，秤砣的吊绳压在十斤的星位上，撑杆还高高地翘起，兰芳的奶水充足，疆远足足长了将近三斤。这往后，每当天气好、太阳当空的时候，疆远便由母亲抱着，来到院子里晒太阳，透透风。每次母子二人一出现，在院子里玩耍的疆梅，就会兴奋地跑着迎上前，跳着脚要看母亲怀里的小弟弟，疆梅那年五岁，特别喜欢自家的小弟弟。在院子里同疆梅一起玩耍的几个小伙伴，对新出生的娃娃更是稀罕，也一窝蜂似的随着疆梅围拢过来，兰芳笑呵呵地坐到院中土台旁的木凳子上，将包裹着疆远的小被子往下拽了拽，露出疆远大半个红润的脸庞，一群孩子惊喜地盯着他，一下子都安静了，看了许久，不知是哪个孩子突然说了一声："这娃娃好亮豁！"母亲听了，禁不住笑出了声。

孩子的话，确实没有夸张，柳疆远一出生就白白胖胖的，出了满月，那模样就更漂亮了，尤其那两道眉毛，尽管还只是两道稍显发黑的绒毛，但那长长的轮廓已清晰可见，不难想象，待他长大以后，那眉毛一定是乌黑浓密的。而那一双眼眸，更是清澈明亮，透着喜兴。

疆远在小镇盐场堡长到一岁零两个月时，正是初冬时节，西北的天气干冷，时常刮风，土坯房内尽管生了灶火，却依然阴冷，尤其到了夜晚，躺在土炕上，盖着棉被，身上仍觉得冷飕飕的。疆远的父亲十天半个月才能回家休息两天，平日里，每个夜晚都是兰芳照顾两个孩子入睡，她躺在两个孩子中间，一只胳膊搂着疆远，一只手臂搭在疆梅的肩头，把爱抚与体温传递给他们，直到两个孩子都睡着了，她才把早已发麻发凉的胳膊抽回来，放进被窝里暖一暖。尽管兰芳精心照看着两个孩子，但不幸的事情还是降临在了她身边，降临到了疆远身上。

那年冬天的一个夜晚，疆远哭闹不止，晚饭喝的一点小米粥也都吐了出来，母亲把他搂在怀里哄他入睡，却怎么也哄不着，摸他的脑门，发觉烫手，再把手伸到小衣服下面摸他的身子，身上也发烫，疆远发烧了！兰芳心里有些慌，疆远一岁多了，此前还从未发过高烧，而且烧得烫手，这大半夜里，家里又没有退烧药，即使有，也不敢随意吃，要是吃错了呢？孩子他爸不在家，镇上唯一一家医院夜里也关闭了大门，小镇医院没有夜间门诊，兰芳想一个人抱着孩子去医院，敲医院的大门，但能不能敲开，医院有没有夜间值班的大夫，她一概不知。再有，深更半夜的，家里留下只有五岁的疆梅她也不放心，她睡得正香，喊醒她，让她跟着去医院，外面天冷，没有更厚更保暖的衣服穿，她要是再被冻着了，生了病，就更麻烦了，何况，多个孩子跟着，不但帮不上忙，还会增加麻烦。兰芳也想到喊房东大叔来帮忙，但大叔大婶都是六十多岁的人了，腿脚也都不太利索，儿女都不在身边，女儿前几年已出嫁，两个儿子成家单过了，虽然也在这镇上居住，却隔着一段距离，老两口能照顾好自己就已经很不错了，兰芳不愿再给他们添麻烦。这样想了半天、犹豫了半天，兰芳还是觉得不便惊动两位老人，怎么办，她心里焦急，不时把手掌贴在疆远的额头上感受一下体温，而后，又把手掌放在自己的额头上比对一下，由此判断疆远发烧的程度，她觉出疆远的身体依然很烫，他这会已经不再哭闹，而是昏睡着。兰芳想到，柳峰曾说过，将毛巾用凉水浸湿后，放在脑门上可以降温。于是，她按此法去做，守在疆远身旁，一次次为他更换被体温烤热了的毛巾，直到天亮后，她抱着疆远，领着疆梅，一路连走带跑地来到镇医院，等到医院上班，第一个挂号看了医生。接诊的是一位中年男大夫，他为疆远测量体温，39.5℃，而后开药。兰芳取了药，来到注射室，为疆远打针的是一位二十多岁的女护士，女护士戴着口罩和帽子，只露出两道细长的眉毛，一双清澈的眼眸，圆脸，如果摘下口罩，一定是个漂亮女人。她一边打针，一边对兰芳说："这孩子烧得不轻，医生说得的什么病？"兰芳说："是病毒性感冒。"

回到住处，兰芳将取回的药片压碎，放进小铝勺里，再倒入温水，待药片完全融化了，她抱起疆远，将药水灌进他的嘴里，而后，又给疆远喂了两口水，疆远低声哭了一会儿，显得疲乏无力，很快便继续昏睡了。兰芳再次轻轻摸了摸他的额头，依然很烫，她焦虑地盯着疆远，心里七上八下的不安生，孩子他爸不在身边，房东大叔大婶尽管很热情，但毕竟年纪大了，遇事也不好总去麻烦人家，特别是孩子生病这种事，只能靠自己照料。看着自己这么小的儿子受着这份罪，兰芳心痛、焦急，想替代儿子却做不到，不由得泪珠便从眼里滚落下来。

连续吃了两天药，打了两次针，疆远退烧了，可依然精神不振，每天多数时间都昏睡着，常常是喝下一点水或是吃进一点食物，不一会儿就吐了出来，几天过后，人瘦了一圈，原本胖乎乎的圆脸，现在变成小长脸了。好在他已清醒多了，不再哭闹，又过了两天，喂他吃的，他不再呕吐，兰芳终于松了一口气，心里感觉踏实了不少，孩子平平安安的就好，假如真要有个好歹，她怎么同丈夫交代，自己怎么接受得了？

一周后的一天早晨，天气晴朗，阳光明媚，兰芳的心情也比之前几天舒畅了许多，她给疆远穿衣服，想着等太阳再升高点，天气再暖和些，就抱着他到院子里的土台旁坐一会儿，一个多星期没抱他出来晒太阳了。兰芳给孩子穿裤子时，她一手提着裤子，一手托着疆远的右腿，将一条裤腿套上去，再抬起他的左腿伸进另一条裤腿，就在这时，她突然感觉到他的左腿不像右腿那样有蹬、踹的动作，哪怕不那么强烈，哪怕只是微微地用力呢？然而，一点都没有，她再仔细感受着，发现他的左腿仿佛失去了知觉和控制力，任由兰芳攥着、抬起放下、前后左右移动，却始终绵软无力，更不见有一点蹬踹的动作，兰芳的心一下子便收紧了，怦怦跳得厉害，脸色顿时变得苍白，她被惊住了！愣愣地盯着疆远的那条左腿，好一会儿才清醒过来。她忙着站起身，把疆远抱起，穿好他的衣服，再抱住他的腰，试着将他的双脚放到土炕上，看看他的腿能不能撑住劲儿，结果，疆远的两只脚刚一挨到土炕上，身体就明显地向左侧偏倒过来，左腿弯曲着，一点支撑力也没有，要不是兰芳扶着他的腰，他立刻就会栽倒在土炕上。瞬间，兰芳的眼泪就流了下来，她托起疆远的左腿，轻轻地晃动着，那条腿就像被吊在两棵大树间的秋千，任人摆动，毫无自控力。这是怎么了？兰芳抑制不住失声大哭起来，哭声惊动了房东大叔大婶，老两口儿不知出了什么事，一前一后，慌忙奔来，进屋后，见兰芳搂着孩子，痛哭流涕，以为孩子又发烧了，房东大婶走到兰芳身旁说："孩子的病不是好了吗？"兰芳说："大婶啊，这孩子一条腿不会动了，瘫了。""你说什么，怎么会呢？"老两口儿几乎同时发出惊问。兰芳一边哭一边把疆远左腿的裤子捋起来，连声说："您瞧瞧、您瞧瞧，这条腿，软的，立不住，也不会动了。"房东大叔，捏了捏疆远的小腿肚子，见他并无不适的感觉，又加重了点力量，他依然没有明显的反应，这要是在以前，隔着衣服，捅捅他的胳膊腿，他都会咧开嘴笑，或者哼哼啊啊，或者哭出声来。可这会儿他脸上一点表情都没有。房东大叔也慌了，他说："这孩子的腿恐怕真是出了毛病，你瞧，咋摆弄，他都没感觉啊，是发烧烧坏了？不能呀，孩子发烧是常事，听说有把脑子烧坏的，人迟钝了，可没听说把腿烧坏、不能动的，这到底是怎么了？赶紧去卫生院找医生吧，我倒寻思，会不会是打针时扎到神经上了，伤到神经，腿就不能动了。"房东大叔一连串的话，提醒了兰芳，她说："是啊，这两天打针，都打在屁股左边，那个女护士边打针边和我说话，会不会是她扎错了位置，要不怎么会打完针腿就不会动了呢？这孩子才一岁两个月，要真是瘫了一条腿，将来可怎么办啊。"说着，兰芳又伤心地哭起来。房东大婶拉住兰芳的胳膊说："别哭了，快带孩子去医院吧，耽误不得。"房东大叔也说："对的对的，快去医院，疆梅留在家里，我们老俩帮你看着，你收拾收拾紧赶着去吧。"

兰芳把孩子放到土炕上，用小棉被将他包裹严实，只露出嘴巴、鼻子和眼睛。自己也迅速穿上棉衣，随后抱起疆远，对一直跟在身边的疆梅说："闺女乖，在家和爷爷奶奶玩，妈去给弟弟看病，很快就回来。"见妈妈要走，疆梅拽住她的衣襟，哭着喊着要跟着她去。兰芳顾不上多说，甩开疆梅的手，转身朝外快步走去。疆梅哭着追出屋，房东大叔紧赶几步，在门外将疆梅抱住，又好一阵哄劝，疆梅见母亲的身影已消失在院外，知道再哭也追不上了，便跟着爷爷奶奶回到他们的屋子里。

兰芳抱着疆远，连跑带颠一口气来到镇卫生院，找到上次给疆远看病的那位男医生。男医生检查完疆远的左腿，感到很意外，他说："怀疑是病毒感染、侵入神经系统，致使一条腿失去知觉，到底是什么原因，他建议兰芳去市里大医院做进一步诊断。"还说，"咱这小镇上的医院，医疗条件有限，许多化验检查项目只能到城里的大医院去做。"兰芳说："这孩子的腿，是不是打针打到神经上了，要不怎么会不能动了？"男医生说："话可不能随便说，孩子发高烧，打退烧针没有错，护士也是经过专业培训过的，打针是每天都要做的一项基础性工作，怎么会打到神经上呢，再说打针的部位是肌肉最丰满的地方，怎么会打到控制腿活动的脑神经上呢？"兰芳听完医生的话，觉得也有道理，但她还是觉得房东大爷说的对，孩子发烧后，打了针，腿就不能动了，不是打针打坏的，又是什么原因？

兰芳抱着疆远快快地走出镇医院，来到镇街上，这时起风了，时强时弱的偏北风，卷起街道两旁的沙尘打在兰芳的身上脸上，她眯起眼睛，不时侧过身去，抵挡从背后吹来的风沙，街上来往的行人不多，没有人注意她，更没有人认识她和她打一声招呼，甚至没有人看她一眼，街上的人，都步履匆匆，埋头往前走，像是和西北风比赛看谁前行的速度更快。此刻，她感到周围的一切都与自己无关，一切都是那么陌生，自己身在此处，是那么孤独、那么茫然无助，下一步该怎么办？去兰州城里的大医院，听说城里有几家大医院，去哪家？要不就去城里的铁路职工医院，她和疆远都是铁路职工家属，去铁路职工医院正好。要是丈夫在，也一定会这么选择。一想到孩子他爸，兰芳眼圈就红了，泪珠在眼里打转儿，她强忍着才没让泪珠掉下来。

从北京郊区老家，迁移至兰州郊区盐场堡五年多了，兰芳原以为来到这里，自己便能和丈夫、孩子便能和爸爸团聚，能天天在一起生活了，可来了才知道，兰新铁路向西、向西北方向不断地延伸着，离兰州、离家属们居住的盐场堡越来越远，从几十里到几百里，柳峰回家的机会越来越少，聚少离多，仍是常态。那几年，兰新铁路建设工地红旗招展，成百上千的建设者不惧酷暑严寒、风沙雨雪，始终干劲十足，工地处处是热火朝天的劳动景象。他们吃住在戈壁荒滩上，常常是半个多月或是一个多月，才轮换着回家休息几天。兰芳在老家时，丈夫一年探亲一次，多是在过年的时候，在家住上一个月，或是再多几天就得返回，她一年到头都在盼着，和盼着过年一样，盼过就是盼自己的丈夫回来，那滋味别人体会不到。现在，她带着孩子来到大西北，说是一家人团聚了，可她和孩子还是很长时间才能见到他一面，以至于孩子和他都生疏了，他在家那几天，刚和孩子亲热一些，又要离去，一家人心中都有一种失落感却无法言说。尤其是现在，孩子病了，腿不能动，还不知什么原因，更不知能不能恢复，她痛苦焦急，多么希望丈夫能在身边啊，他要是在，她会感到踏实、轻松些，他会想办法为孩子看病，会决定去城里哪家医院，还会安慰她，劝她不要哭，她因此会感到有了依靠，不会再这样孤单，女儿疆梅也不会哭着留守在房东家。尽管房东家的大叔大婶对孩子挺好，但孩子毕竟还小，她只知道自己的爸爸妈妈才是最亲的人。

兰芳抱着疆远心情沉重地回到家时，已接近中午了，回来的路上，她已做出了决定，明天一早就带着孩子去城里铁路职工医院。她现在需要做的，就是要尽快在附近老乡家的租户中，寻找到这两天正好回家休息的铁路职工，请他回工地时，给柳峰捎个信，告诉他孩子病了，让他尽快回来一趟。于是，她找出信纸和笔，写了一张字条："儿子病了，腿动不了了，速回。兰芳。"她准备交给捎信的人，柳峰认识她的字，一看就知道是她写的，有了字条，也好和上级领导请假。兰芳将字条揣进外衣兜里，而后开始做午饭。她先煮了一小锅小米粥和一个鸡蛋，这是给疆远吃的。随后又和了一块面，擀面，切面条，这是她和疆梅的午饭。小米粥煮好后，兰芳盛出一小碗晾着，这功夫，她把煮熟的鸡蛋，剥了皮，掰碎，再用小铝勺碾成糊状，放进粥碗里，和小米粥搅拌在一起，把疆远抱在怀里，喂他吃，这是能给他吃的最好的食物了。疆远吃了小半碗粥，不一会儿就睡着了。兰芳和疆梅这时才坐下来吃面条。匆匆吃完午饭，兰芳对疆梅说："你在屋里看着弟弟，弟弟醒了，就去房东家叫奶奶来帮着照看一会。"兰芳要趁着疆远睡觉的功夫，去周边老乡家找回家休息的铁路职工，她知道疆远中午能睡一个长觉，她走出屋门，去了房东家，和房东大叔大婶说了自己出去的事，这才放下心，急急忙忙地朝院外走去。

兰芳由近至远，挨家挨户询问了几十家老乡，终于在太阳偏西时，在一位大姐家，见到她爱人刚进家门，说是回兰州城里为工程段办事，住一宿，明天上午办完事就得回工地。兰芳问他："认不认识工程二段的柳峰？""柳峰、柳段长，认识、认识啊。"男人笑着说："我是工程三段的，姓马，我们段和二段的工地离得不远，您是柳段长的家属？"兰芳说："是，是。"又说："马大哥，我家孩子病了，腿像是瘫了，想请您给孩子他爸捎个信，让他回来一趟，您看行吗？"说着，她便从外衣兜里掏出那张字条递给了马大哥。老马接过字条，看了一眼，说："这有啥行不行的，你不用客气，孩子的事是大事，你放心，我一定把字条交到柳段长手里。"

兰芳连声谢过马大哥后，便急着往家赶，路上想着丈夫接到信儿后，一准会尽快搭乘铁路工程局的运输车赶回家。工程运输车，就是货运小火车，一个车头，挂两三节铁皮车厢，每天都有一两趟往返于兰州与工地之间，为各工程段运送修筑铁路所用的各种物资，包括职工们吃的粮食、蔬菜。各工程段的人，回城里工程局指挥部或是其他单位、部门办事，往返也都是坐工程车，既快又方便。马大哥明天回工地，孩子他爸接到信儿后，最快后天就能赶到家，再晚，大后天也能回来了，她这么想着，心里感觉稍稍松快了一些，丈夫在家，她就有了主心骨。可转念一想，她又有些担心，丈夫突然接到孩子病了的消息，尤其是听说孩子的一条腿瘸了，他会急成什么样子，他是段长，段里有几百号人、工地有很多事需要他去处理，整日从早忙到晚，累得不行，这会儿再接到这种坏消息，他能承受得了吗？千万别一着急再急出病来。想到这，她有些后悔不该将实情都转告给他，就说孩子发烧了，不说腿瘸了的事，他可能就不会那么着急，毕竟，孩子腿瘸了比发烧更让人心急，腿瘸了是一辈子的大事，别说做父母的，就是街坊邻居、老乡听说了也会揪心啊。但如果不如实告诉他，只说孩子感冒发烧了，那他不会那么急，甚至工作一忙，就把这事撂下了，小孩子感冒发烧是常有的事，为此，他可能就不请假回来，那可怎么办，耽误了给孩子治病，孩子的一条腿如果恢复不好，最终真是瘸了，那怎么和他说，他能接受得了吗？兰芳思前想后，心里又变得沉重起来，想到自己出来小半天时间了，疆远一定是睡醒了，他从来没离开过自己，发现自己不在身边，一准会哭闹不止，疆梅哄不了他，房东大婶一时半会也没办法，兰芳越想越着急，脚步不由得加快了，几乎是小跑起来。

兰芳气喘吁吁地刚跑进自家大院里，就听到疆远在哭，哭声断断续续，有些嘶哑，不用说他是哭了好长一段时间了，肯定也是饿了，兰芳的心好像被一只大手攥住，并一下一下用力地挤压，她感觉心在剧烈地跳动，似乎要从身体里蹦出来，而后又感到一阵疼痛，喘不上气来，她跑不动了，就在屋门外，她蹲下了，随后又坐在了地上。屋里的人没有发现她，她坐了一会，身体感觉好些了，才努力站起身，推开屋门，趔趄着走了进去。

疆梅看到母亲回来了，跑过去，拉住她的手，哭着说："妈，你怎么才回来啊，弟弟总是哭、哭，奶奶哄也不停。"房东大婶也说："这孩子哭起来谁哄也不成，哭得都接不上气了，真让人心痛。"兰芳连忙从房东大婶怀里抱过疆远，想也没想，就解开上衣扣子，撩起内衣，露出一只乳房，将早已干瘪的乳头送进疆远的嘴里。疆远一周岁时就断奶了，现在已有两个多月，兰芳的奶水早已干枯了，但作为母亲，她仿佛下意识地就做出了这样的举动，不说疆梅，就连房东大婶也觉得惊讶，她扭头看看疆远，再看看兰芳，一时不知说什么好。疆远嘴里含住母亲的乳头，瞬间哭声就停止了，他双唇蠕动，用力吸吮着，尽管已没有奶水溢出，他却依然像从前吃奶时那样露出安详的神态。兰芳望着怀里的孩子，想到孩子的腿突然就不能动了，觉得这孩子命太苦，不由得泪水就落了下来。

第二天一早，兰芳把疆梅托付给房东大婶照看，而后抱着疆远在镇街坐上公共汽车，约一个小时后来到了铁路职工医院。在内科诊室，大夫听兰芳讲述了疆远的病情，又检查了疆远的左腿，随后开出化验单。兰芳脸上露出焦急的神情，她问大夫："这孩子得的是什么病，腿怎么突然就不会动了？"大夫说："可能是病毒感染，出现炎症，伤害到了神经，这病很可能是脊髓灰质炎，也叫'小儿麻痹症'，结果如何，还要看化验结果才能确定。"兰芳似懂非懂，脑子里依然是焦虑与迷茫，她像是自言自语，又像是在询问大夫，嘴里嘟囔着："这孩子发烧打了两针，后来我发现他的腿就不会动了，是打针打坏的吧？"大夫见她一脸愁容，便安慰道："这种病，有可能造成瘫痪，发病前期，肌肉注射要特别慎重，避免诱发瘫痪，更关键的是要及时确诊，对症治疗。"兰芳说："您是说，这病不能打针？"大夫说："肌肉注射有可能诱发肢体瘫痪，但也不是绝对的，只是可能。"兰芳依然是一脸疑惑，却也不知再说什么，便抱着孩子去抽血化验了。

坐车回家的路上，她想着刚才大夫说的话："发病前期，肌肉注射要特别慎重，避免诱发瘫痪。"慎重，就是要特别小心，不然就会出事。这么说，镇卫生院的大夫和护士，给疆远开退烧药、打针就是不够慎重，所以才出现了现在这样的结果。她也记得，刚才大夫还说："关键是及时确诊，对症治疗。"镇卫生院的大夫是对症治疗吗？兰芳越想心里越觉得，是镇卫生院的大夫，把疆远的病当成普通感冒治疗，打退烧针，造成他一条腿瘫痪。她现在认定，就是镇卫生院的大夫误诊，误治，他该负责。兰芳想，等疆远在铁路医院的化验结果出来后，如果确诊他得的是小儿麻痹症，那么，镇卫生院或是那个大夫就该负责任。

次日上午，兰芳抱着疆远在镇街汽车站等车，准备去城里铁路医院取昨天疆远的化验单，这时，从兰州城里开来一辆公共汽车在马路对面停下来，车上走下四五个人，兰芳朝马路对面望着，她想，丈夫今天该回来了，他从城里回家也要坐这辆汽车，正寻思着，她突然发现在下车的那几个人中，一个身材偏瘦、高个子的男人，正匆匆往前走去，她再一瞧，正是自己的丈夫柳峰，便惊喜地朝马路对面跑过去，边跑边喊："柳峰、柳峰！"那高个子男人听到喊声，回头一看，见马路对面一个女人抱着孩子朝他跑来，他马上就认出那是自己的老婆兰芳，但心里却在疑惑，她抱着孩子要去哪儿啊？他快步迎上前去，见兰芳抱着孩子气喘吁吁，便从她怀里把孩子接过来抱进自己的怀里，端详了一会儿，问："孩子瘦了，他得了什么病，你这是带他去哪儿？"兰芳尚未开口答话，眼泪就落了下来，这几天，她内心的焦虑、痛苦、劳累、无助与迷茫，在突然遇到自己的丈夫后，如同溺水者突然遇到了救生员，她说不出一句话，眼泪却止不住一个劲往下流，为自己也为孩子。

柳峰见状，心里一紧，他意识到孩子的病一定不轻，孩子的腿到底怎么样了，他下意识地将一只手伸进疆远的裤腿，握住疆远的腿，轻轻拽拽这只，又捏捏那只，疆远嘴里发出几声"呃呃"的响动，睁着眼望着柳峰。柳峰已感觉到孩子的左腿是软弱无力的，此刻，他已懂得兰芳为什么会哭得如此伤心。他连忙安慰兰芳："别哭、别哭，我回来了，咱们一起想办法为孩子看病。"兰芳用手背抹了一把眼泪，依然哽咽着说："你回来得正好，咱们一起带孩子去铁路医院吧。""好，一起去。"说着，柳峰抱着疆远，转身便往开往兰州城方向的公共汽车站奔去，兰芳紧随其后。

那天上午，铁路医院的大夫看过柳疆远的验血报告，再次查看了他的左腿，并向兰芳询问了一些他最近的身体状况，最终，确诊疆远得的病是"脊髓灰质炎"，俗称"小儿麻痹症"。这个病，兰芳这两天在医院，听大夫说过，已不再陌生，只是搞不懂孩子怎么突然就得了这种病。而柳峰，还是头一次听说有这种病，更不会想到它会落到自己孩子身上，并造成一条腿瘫痪，他急切地问："大夫，您说，这孩子的腿还能治好吗？"大夫说："目前，治疗的方法主要是理疗、按摩，做康复训练，到底最终能恢复到什么程度，会不会落下严重的后遗症，现在也不好确定。"大夫的话，柳峰听了心里十分不安，却也无奈。兰芳此刻的心情更是复杂，她内心不仅痛苦，更是气愤，她对大夫说："您说过，这病不能随便打针，镇卫生院的大夫，没有明确病因，就为孩子打退烧针，这腿现在瘫痪了，是不是打针打的？算不算医疗事故？孩子才一岁多，这往后的日子可怎么过啊！"说着，兰芳忍不住便呜呜地哭起来。坐在一旁的大夫见状，劝说道："着急有什么用，急坏了身体，还怎么照顾孩子，现在要紧的是为孩子治病，至于是不是医疗事故，谁也不能只凭嘴说，要有科学依据对吧？"柳峰也说："大夫说得对，给孩子治病要紧，也许还能治好。"

柳峰抱着孩子，同兰芳一起回到家，刚一进院，早就等在屋门口听到脚步声的疆梅就推开门，跑着从屋里迎了出来，她万万没有想到，爸爸也回来了，便惊喜地叫道："爸爸、爸爸！"随后就扑上前去，拉着爸爸的衣襟，笑着往屋里拽。柳峰此刻心里既高兴又忧虑，要是以往，他回到家，见到迎上来的疆梅，一准会将她抱起，再高高地举过头顶，随后，还要在她红扑扑的笑脸上亲上一口。而现在，他不能，一是他怀里抱着疆远，二是心情也不比以往。

进了屋，柳峰将疆远小心翼翼地放倒在土炕上，许是累了，不一会疆远就睡着了。房东大婶一直在屋里陪着疆梅，见柳峰回来了，忙着询问孩子的病情。房东大叔这会也从自家屋里走出，来到柳峰屋里，和柳峰打过招呼，紧接着也是询问疆远的病情。柳峰说："已经确诊了，是小儿麻痹症，那条腿有可能会落下残疾。"听柳峰这么一说，房东大叔大婶都叹了口气，不知如何是好，他们虽然不懂什么是"小儿麻痹症"，但从兰芳和柳峰的表情及言词中，已感受到疆远的病很严重，关键是他的腿，真要是落下个残疾可怎么办？兰芳心里一直憋着一口气，她说："就是镇卫生院那个医生给孩子误诊误治了，我们得去镇卫生院找他们领导要个说法，不成，就上法院告他。"房东大婶也说："是得讨个说法，孩子这么小，如果腿真残废了，往后这一辈子谁管？"房东大叔也说："孩子好端端的，就落下了残疾，医院是得给个说法。"柳峰听着他们的议论，沉默了好一会，而后说："我也觉得镇卫生院的医生确实有责任，起码是误诊，但按照镇卫生院目前的医疗条件和医生的水平，换个大夫遇到这种病情，也会给疆远诊断为感冒发烧，打退烧针肯定少不了，一般情况也没什么错，只是那大夫不知道孩子得的是这种病，更不会想到打针可能会引发孩子的肢体瘫痪。当然，孩子的腿出现瘫痪，也不能说完全是打针造成的，铁路医院的大夫不是也说只是可能吗，咱没有确切的依据，怎么能说告就告人家呢？人家也是为给咱们的孩子治病才开药打针的。再有，那个大夫，听说才三十多岁，家里有老有小，要是告了他，一旦他被停职、开除了，或是判了刑，那他家的老人孩子怎么办，谁来管？咱们家现在遇到了不幸，不能因此再让他家遭受不幸，咱们的痛苦，不能再传递到他们家，他们也不容易，我们就原谅他吧。"

　　柳峰的一番话，屋里的人听后都沉默了，他们思考着，过了好一会儿，兰芳说："你是好心眼，有善心，可咱家的孩子，一条腿如果就这么残疾了，我的心像被针扎了一样疼啊！"说着，兰芳又忍不住哭了起来。疆梅见母亲哭得伤心，便愣愣地望着她，虽然她还不知道到底发生了什么，但她知道他们在说弟弟的病，弟弟一定是得了大病，得了不好治的病，要不爸爸怎么突然就回来了，妈妈怎么会哭，以前可没看到妈妈这么伤心地哭过。疆梅依偎在母亲身旁，一只手紧紧攥住母亲的衣襟，竟也呜呜地哭了起来。柳峰见状，忙着把疆梅拉到自己身旁，给她擦去脸上的泪水，嘴里连声说着："闺女乖、乖，不哭不哭。"房东大叔叹了口气，说："咱讲理，孩子的病原本不是感冒发烧，虽说这镇里的卫生院条件差，大夫也没那么多经验，但终归是他们给误诊了，就是不告他们，医院也该给些赔偿，将来孩子看病也得花不少钱啊。"房东大婶接过话茬，提高了嗓音说："是啊，孩子看病他们得管，这事不能不咸不淡地就这么过去了，让咱吃哑巴亏咱可不干。"

兰芳仍在低声啜泣，却也不住地点头。柳峰见大伙还在气头上，情绪仍很激动，便说："你们的心情我理解，疆远是我儿子，他现在这个样子，我心里也很难受，但是，咱们怎么去告医院、告医生？我们没有证据，只是听说，只是怀疑打针把腿打坏了，这个理由不足啊，人家不认怎么办？"兰芳说："铁路医院的大夫说过，这个病，打针要特别慎重，这话的意思谁不懂啊，就是说不能打针，他们给孩子打针，孩子的腿果真就动不了了，不是他们的责任那是谁？他们不承认，就是不讲道理。"房东大叔说："兰芳说得对，他们不认账，我就招呼老乡们和你们一同去医院，找他们说理，人多力量大，看他们管不管！"柳峰说："大叔，带着大伙去医院，那不乱了医院的秩序，咱可不能做不在理的事啊。"兰芳说："这也不成，那也不成，你说怎么办，难道就这么拉倒了？"柳峰说："现在要紧的是给孩子看病，明天咱就去铁路医院，按医生说的，给疆远做理疗，做按摩。"房东大叔说："孩子的病是得紧着去治，兴许会治好。去镇医院讨说法的事，咱们再做打算也不迟。"兰芳听房东大叔这么说，也不好再坚持，便不再吱声，但心里依然不能平静。柳峰见大伙情绪有所缓和，便转移了话题："大叔大婶照顾疆梅大半天了，也累了，就先回屋歇着吧，一会儿让兰芳擀面条请二老来吃，也算表示一下我们的谢意。"房东大婶说："瞧你说的，咱一个院子住了几年了，你们就跟我自己家的孩子一样，不用那么客气。"房东大叔也说："柳峰啊，你婶说得对，我们老俩早把你们当成自家人了，咱们谁都不用客气，我回去等着兰芳煮面吃。"说着，就招呼老伴回自己屋去了。

房东大叔大婶走后，屋子里顿时安静了许多，疆远在熟睡，疆梅依偎在父亲身旁，半个多月未见父亲了，她舍不得离开。柳峰更是疼爱自己的女儿，不仅因为她是儿女中的老大，更因为她聪明、漂亮、懂事。柳峰每次回来，在家两三天的时间里，无论是去镇街为家里买吃穿用的物品，还是在家帮着兰芳干活，疆梅都黏着他，几乎一步不离。而每次去镇街，柳峰都会给她买几块水果糖、买一捧炒花生或者一包饼干，这可都是孩子们平时想吃却很少能吃到的。疆梅每次都是高高兴兴地往返，到家后，她会把爸爸给她买的好吃的，拿出来递到妈妈嘴里，让妈妈尝尝，这一点兰芳感到十分欣慰，也很满足，尽管她对柳峰这些娇惯疆梅的行为不满意，尽管她反复提醒过柳峰，不能给孩子乱花钱，家里以后用钱的地方多着呢，但每次当她看到疆梅手里举着爸爸给她买的食物，笑着跑到她面前，往她嘴里或是手上放的时候，她想责备这父女俩的话就都止住了，有时她也想，闺女和爹亲，当爹的都疼闺女，许是天性吧。再说，柳峰也不是经常回来，父女俩一个月也见不上两次面，他愿意给闺女买点好吃的，也不框外。这么一想，自己也不由得笑了。

兰芳做事手脚麻利，和面擀面切面，不大功夫就都完成了，柳峰这时已烧开了灶台上铁锅里的大半锅水，兰芳将面条下锅，煮熟后，捞出两碗，放上一些焯过的白菜丝，再加上两小勺黄豆炸酱，趁热，让柳峰给房东大叔大婶送去。随后，柳峰、兰芳和疆梅三个人围坐在圆桌旁，埋头吃着面，谁也没吱声，空气有些沉闷。

兰芳一边吃面，一边朝土炕上瞄着，见疆远睡得正香，心里才稍稍踏实一些，看得出，她仍在为疆远的事揪心。柳峰表面不动声色，内心却翻江倒海难以平静。眼下，他寻思最多的是怎么安慰兰芳。作为母亲，儿子的腿残疾了，她气愤，认为医生有责任，要告他们，这些都能理解，但是，孩子的腿出现的症状，并没有证据认定就是打针造成的啊，铁路医院的医生也只是说有这种可能，因此咱不能告。再说，就是打针打坏了腿，事已至此，人家也不是故意的，也是为了给孩子治病，而且，那个医生家里还有老人和小孩，家里都指着他挣钱养活呢，真是告赢了他，他受到处理，他一家老小好几口子人怎么办？咱不能让他家的老人孩子也受难啊。柳峰想来想去，决定不能去告医院和大夫，也不能找医院要什么赔偿金，那样也会牵连到那个医生，现在，要紧的是给孩子治病，如果能治好，那一切都解决了，如果治不好，也只能认命了。铁路医院的大夫说，为疆远做理疗要持续很长一段时间，隔天一次，这样往返于驻地和兰州城里，对于兰芳确实是太辛苦，看病回来还要为两个孩子做饭、洗洗涮涮，家里杂七杂八的事情也不少，还有疆梅，她也得跟着受苦，房东大叔大婶也要受累，因为，疆梅难免还得让他们老两口帮着照看。柳峰这么想着，觉得自己在家里出现困难时，不能帮助兰芳分担，内心很是愧疚，但一时又不知怎么和兰芳说，他心里为此十分痛苦，吃了一碗面，便撂下碗，推开屋门，朝院外走去。

　　兰芳自然能感受到柳峰此时的心情，他们结婚七年多了，此前，虽然生活在两地，聚少离多，但彼此恩爱，心心相通。柳峰每月都会给兰芳写信，兰芳也会及时回信，通常是柳峰的信都是写满两三页纸，写他如何想念她、想念孩子和父母，叮嘱她照顾好自己和老人及孩子，也写他工作上的事。而兰芳虽然没有柳峰能说会写，每封回信却也写满了一页纸，把她的心情、孩子的状况，家里的事、老人的身体情况等等说一遍，这一次次看似普普通通的通信，却让兰芳对柳峰为人处世的态度、方法越来越清楚了，他诚实、忠厚，按他自己的话说，把工作当事业干，始终坚定、热情、认真、肯下功夫、不怕吃苦，对人也诚恳，宁可自己吃亏绝不让别人多付出一点。如今，在工程段，他管着几百号工人，虽然不是什么大领导，但工人们提起他，都称赞、都服气。她知道他决定的事，只要他认为是对的，就不会改变，所以，面对疆远的病情，他不同意告医生、找医院要赔偿，她也只能接受，只是，她实在心有不甘，却又牵挂着柳峰，他工作艰苦、任务重、压力大，她不能让他太操心、太累，他是这个家的顶梁柱，他不能垮，他一垮，这个家怎么办？将心比心，她觉得柳峰说的也有道理，同是男人、同是家里的顶梁柱，镇医院的那个男医生，他的老婆同样也会挂念自己的丈夫，希望他好、希望他平安，哪个做老婆的不是这样呢？兰芳看着丈夫心事重重地撂下饭碗走出房间，自己心里更是矛盾重重、纠结万分，却仍然不放心柳峰，她对疆梅说："去，看看你爸去哪了。"疆梅愿意跟爸爸玩，也似乎懂得母亲的意思，点点头，追了出去。

兰芳此时胃口全无，她盯着碗里还剩下的半碗面条，实在是一口也吃不下去了，便放下碗筷，呆坐在那儿想着疆远的事，感觉心里没着没落的，怎么也踏实不下来。明天一早，要带疆远做理疗，希望老天爷能保佑疆远，但愿他的腿能尽快恢复好，万万不能落下残疾啊，兰芳在心里祈祷着，不由得眼里又落下泪来。

柳峰走出院门，沿着一条约两米宽，有些坑洼的下坡路径直朝坡下走去，往前百十米，就是黄河滩，柳峰很久没有走进黄河滩了，最近那次是在初夏，间隔也有几个月了，因为忙，因为在家住的时间短暂。现在，他是满怀心事，想到黄河滩上，近距离再看看黄河，舒缓一下自己的心情。就在刚走出院门时，身后就飘来疆梅清脆的喊声："爸爸、爸爸。"声音由远至近，柳峰转过身，望着女儿奔跑的身影，心里立刻就想到了疆远，如果疆远的腿残疾了，那他这辈子都不能像疆梅这样欢快地奔跑了，瞬间，悲伤的情绪如黄河水奔腾着涌入他的大脑，他突然觉得头有些晕，心在咚咚咚地跳，眼前的一切仿佛都模糊了，只有疆梅的身影在他眼里晃动……不一会儿，疆梅便跑到他面前了，她似乎觉出父亲的神情与以往有些异样，站在他面前，盯着他愣怔了一会，而后声音颤抖着叫了一声："爸爸。"柳峰心头一颤，仿佛被什么器物重重地在他身上击打了一下，随后便感觉大脑清醒了许多，心绪也平静了下来。由于一路奔跑，疆梅的脸色红润，张着嘴呼哧带喘的，柳峰疼爱地抚摸着闺女的头，而后拉起她的手，朝黄河滩更深处走去。

午后的黄河滩，太阳当空，阳光温暖，微风拂面，柳峰和疆梅来到一块灰褐色的大石头上坐下，面朝黄河，柳峰默默地眺望着，黄河宽阔，望不到对岸，河水浑浊，波涛奔涌，波光粼粼。

疆梅坐在父亲身旁，好一会儿不见他说话，她扭头望着父亲，觉得父亲今天神情好严肃，以前从未见过他这样，是为弟弟的病发愁吗？这么想着，疆梅便问："爸爸，您还在想弟弟的事？"柳峰扭头看了闺女一眼，闺女的双眼黑亮黑亮、一眨不眨地一直那么盯着他，他突然觉得她长大了、懂事了，伸手拍了拍她的肩膀，而后转过头，将目光继续投向面前的黄河，沉默片刻，他低声说道："你弟弟的腿怕是要落下残疾了，残疾，你知道吗，就是他长大以后，也不能像你那样跑步了，走路也会很困难，他太不幸、太苦了。"柳峰的话，疆梅似懂非懂，她又问："弟弟的腿为什么会那样，妈妈说是打针打坏的，对吗？"柳峰说："谁也不能确定，只是怀疑，妈妈要告卫生院的大夫，我觉得这不一定就是大夫的错，咱不能让咱家的不幸，再牵连到他们家，让他们家也遭到不幸，你说是吗？"疆梅想了想，而后点点头。柳峰说："我现在就是在想怎么说服你妈妈。"疆梅这会儿终于听懂了爸爸的话，她说："爸爸，那咱们现在就回家跟妈妈说去。"柳峰微微一笑，说："好啊，你帮我劝劝妈妈，也许她会听你的话。"疆梅点点头，得意地笑了。

第二章

次日一早，兰芳把疆梅托付给房东大叔大婶照看，柳峰抱着疆远，兰芳手里拎着一个灰色布书包，里面装了一个灌满开水的玻璃瓶、一条毛巾，还有疆远此前看病的病历本及化验单等物品，俩人便一前一后出了家门，直奔镇街公共汽车站。路上，他们俩谁也没有说话，直到汽车驶入车站，上车坐下后，依然沉默着，看得出，他们内心既忐忑又十分沉重，不知道孩子的腿将来到底会怎样。

一个多小时后，他们来到了兰州铁路职工医院，挂号、交费、等待，而后是接受大夫的问询、配合对疆远的检查诊断。再往后，便跟着护士来到理疗室，理疗室并不宽敞，两张单人床和几台他们叫不上名字的器械，占去了将近一半的空间，负责为疆远做理疗的大夫对柳峰说："把孩子放到床上，裤子脱下来。"柳峰一边答应着，一边按要求去做，不知是心里紧张，还是平时很少有这种情况发生，疆远的身体刚一挨到床上，就咧开嘴，尖声啼哭起来，两只手也扬起来不停地抓挠着，像是面前有无数嗡嗡乱叫的飞虫朝他扑来，他在全力驱赶。同时，右腿也在一伸一曲地蹬踏，带动整个身体不停地上下颤动。只有左腿，仿佛和身体脱节了，伸展在床上，始终没有动弹一下。柳峰见孩子哭闹不止，不知是心里紧张，还是平时极少做这种事，他显得手忙脚乱，半天也没有把疆远的棉裤脱下来。兰芳放下手里的布书包，连忙走过来帮着柳峰。许是脱掉棉裤后，身体凉着了，疆远的哭啼声更高亢急促了，瘦小的身体在不停地抖动，兰芳看着他张着嘴、闭着眼，随着哭声，泪珠顺着眼角一串串地往下流，一直流到脖子上，她眼里一热，眼圈顿时红了，泪水也涌了上来，她抹了一把眼泪，随后，忙着从书包里掏出毛巾，为疆远擦拭脸上、脖子上的泪水。大夫说："你们出去等着吧。"柳峰和兰芳几乎同时又看了一眼疆远，依依不舍、忐忑不安地走出理疗室，刚一出门，兰芳的眼泪就噼里啪啦地掉了下来，她哽咽着说："这孩子，哭得我心里跟针扎了似的痛啊。"柳峰看了兰芳一眼，一声不吭地低下了头，他心里同样难受至极。

从那天起，隔天一次，半个月为一个疗程，而后，暂停三天，再继续下一个疗程。治疗那天兰芳抱着疆远，清晨乘坐公共汽车，跨越黄河大桥，赶往兰州城内的铁路医院，风雨无阻、从未间断。

初冬的一天早晨，兰芳在医院排队挂号缴费时，她伸进裤兜里的手，却怎么也摸不到那个包着钱的小手绢了，那里面包裹着为疆远看病的几块钱，瞬间，兰芳的脸色变得煞白，额头上也涌满了细碎的汗珠，钱没了；交不了费，就不能为孩子治疗，治疗需按疗程，不能中断，可揣在裤兜里的钱怎么就没有了呢？出家门前，兰芳还特意摸了摸裤兜，确认小手绢装进裤兜里了，忘带什么也不能忘带钱啊，没钱看不了病，那大老远的不就白跑一趟了吗，钱肯定是带上了，那从家里出来到医院这一路上，自己有没有将小手绢弄丢的可能？她没有掏过兜，小手绢不会自己跑出来，裤兜挺深的，是她自己缝制的，就是为了能多装东西掉不出来。她再仔细回想路上发生的所有细节，忽然想起，在铁路医院下车时，身后有个瘦高个子的小伙子，用肩膀撞了一下她的后背，她回头时，那个小伙子冲她笑了一下，连声说："对不起、对不起。"她当时并未多想，也没觉察出异常，匆忙下车后，见那个小伙子快步朝马路对面走去，很快就在她的视线中消失了。现在她才意识到，那个小伙子太可疑了。想到这，兰芳心里不仅焦急，又增加了几分懊恼，自己怎么一点都没察觉到呢？此刻的兰芳，一时不知如何是好，嘴里不停地念叨着：

"这可怎么办，这可怎么办啊！"身后一位排队挂号的大姐，见她站在那里，一脸焦急沮丧无助的神情，便问她出了什么事，得知情况后，她说："你去找大夫说说，看能不能照顾一下，先治疗，明天再将治疗费补上。"兰芳心里没底，犹豫了一会，但想到为了孩子治病，也只能去试试。兰芳抱着疆远走进治疗室，找到为疆远治疗的那位大夫，说明了情况，恳请大夫帮助解决。大夫说："医院有规定，没有缴费单，不能治疗，我身上没带钱，上班时间又不能离开去取钱，这实在是帮不了你，你再想想其他办法吧。"此前，尽管兰芳没抱多大希望，但当她抱着孩子离开理疗室时，内心依然很失望，很无助、也很痛苦，呆立在走廊里茫然不知所措。

这会儿，在挂号窗口遇到的那位大姐，看到兰芳，便走过来关切地询问："跟大夫说了吧，行吗？"兰芳摇摇头，接下来不知说什么好了。那位大姐想了想，从兜里掏出钱包，取出五元钱递给兰芳。兰芳万万没有想到，面前这位素不相识的大姐，竟要帮助她，她一时不知该不该收下，她用感激的目光盯着那位大姐，眼窝里瞬间涌满了泪水。那位大姐说："你不用多想，给孩子看病要紧。"见兰芳依然犹豫着没有收下钱，大姐又说："来这里看病的，多数是咱铁路职工家属，我家孩子他爸，是工程段的，是五段，不知你家孩子他爸是在铁路上班吗，在哪个段？"听说是工程段的职工家属，兰芳心里一热，顿时觉得面前的大姐就像是自家的亲姐，她连忙说："我家孩子他爸是二段的，姓柳，您家住哪？""盐场堡。"兰芳眼睛一亮："您家住盐场堡，我家也住那，镇子最南边，您呢？""我家住西北边。"大姐笑着回答，兰芳这回放心了，她接过大姐递来的钱，说道："大姐，那我就先收下了，回到家我就找您把钱还上，谢谢您，真是遇到贵人了。"说着，兰芳便弯腰欲给大姐鞠一躬。大姐急忙伸出手托住兰芳的双臂，连声说道："使不得、使不得，咱们都是铁路职工家属，是姐妹，千万别见外。"兰芳一时不知如何是好了，嘴里不停地说着："大姐，谢谢您、谢谢您。"那位大姐笑着说："快去挂号吧，别耽误给孩子治病。"此刻兰芳仿佛才转过神来，羞涩地冲大姐笑了一下，而后急匆匆地朝缴费窗口奔去。

很快，时间的脚步就迈进了腊月，初八那天清晨，天灰沉沉的，东边的天空望不到一缕红霞，昨夜下起了雪，路上的积雪没过了脚脖子，积雪被过往的人和车踩踏碾压后，变得坚硬湿滑，凹凸不平。兰芳抱着疆远，向镇街汽车站走来，他们要乘车去城里的铁路职工医院，疆远在那里治疗腿疾已经坚持了三个多月。路上，兰芳低着头，两眼盯着路面，谨慎小心地走着，生怕摔倒了，尽管如此，她还是在汽车站前的那段坡道上，脚下打滑，身体跟跄了几下便重重地摔倒在地，倒地时的她，双手紧紧抱着疆远，没有一点缓冲，坚硬的冰雪路面，使她裸露的手背被锋利的冰凌子划出一条条血印子，钻心地疼。膝盖处的棉裤也被冰碴子划破，露出里面的棉花，棉花被泥水染黑了。往日半小时一趟的公共汽车，因为下雪，那天等了将近一个小时，车还没有来。雪仍在下，风也大了，雪花冻成了雪片，被风夹裹着，飞落到兰芳的身上、脸上，而黏在衣服上的雪片，已结成厚厚的一层冰，她拍打了几次都没有完全脱落，看上去像个冰雪人。站久了，手脚被冰得发麻，再加上抱着疆远，她感到身上像坠着重物，快站不住了。疆远的身躯这时也在她的怀里不停地抖动着，兰芳摸摸他的手和脸，冰凉冰凉的，她把他再抱紧了些，侧过身，躲避着吹来的寒风冰雪。兰芳想回家歇会，却又担心她刚一走，汽车就来了，错过这一趟，那不知又要等多久，今天乘车时间已晚于往日了，每天去医院做理疗的各种病人很多，再晚，今天的号恐怕就挂不上了，理疗是不能中断的，否则会影响疗效。兰芳只能咬牙坚持继续等，又过了不知多长时间，远处终于缓缓驶来一辆公共汽车，车身红蓝相间，这三个多月，兰芳每隔一天就乘坐这趟车，对它早已熟悉了。

坚持理疗半年时间后，疆远的左腿有些好转，由兰芳扶着，他能站立一会儿或踉跄着走几步，一岁零八个月的孩子，如果身体健康，完全能自己走路了，但疆远却不成，他需要借助外力的帮助。

进入春天后，天气渐暖，大人、小孩都脱掉棉衣，换上了夹袄，身上顿时感到轻松了许多。兰芳把疆远抱到院子里，让他晒太阳并练习走路。疆远的脚一着地，出于天性或是本能，就急着想往前走，兰芳松开手，疆远刚迈出一步，因为左腿力量不足，身子一歪就摔倒了，他在地上扭动着身体，想站起来，因为左腿吃不住劲儿，站了几次，都没成功，他趴在地上哇哇大哭。看到这情景，兰芳身上像被人扎了一刀，疼得钻心，她连忙跨前一步，伸手将疆远抱入怀中。

天气逐渐热了起来，兰芳在院子里的炉灶上做饭、在土台旁做针线活，她在土台旁的地上铺一块草席，把疆远放在上面，给他一个小纸盒、一把小铝勺、一个彩色的泥娃娃，有了这些玩具，疆远就能坐在草席上独自玩好长时间，兰芳利用这段时间在院子里干家务活，只是不时朝疆远那边扫两眼，见他没有什么异常，便踏下心来接着忙自己的事。疆远也有一个人玩腻了的时候，他见妈妈在灶台那边，就扔掉手里的玩具，躬身站起来，歪歪斜斜地朝她走去，刚走几步，就噗的一下摔倒在地，他想爬起来，却爬不起来，想让妈妈来抱他，便抬起头，望着妈妈，不停地叫："妈妈、妈妈。"兰芳快步奔过去，将疆远抱起，一边拍打粘在衣服上的灰土，一边往草席那边走，而后，又把他放到草席上，哄他玩一会，随后，又忙着干活去了。有时，疆远摔倒在地，站不起来，趴在那里哭着喊她，她手里的活一时放不下，就只能眼睁睁地看着疆远哭叫，吃力地朝她爬过来，这种场景，兰芳见了，内心十分痛楚，眼泪便不由得在眼眶里打转。

那年初夏，铁路职工医院的大夫对兰芳说："这孩子的腿经过半年多的治疗，恢复到现在这样子已经很不错了，继续治疗，也难有大的改观。"大夫的意思兰芳懂得，不久柳峰回家休息时，她把大夫的话跟他说了一遍，柳峰想了一会说："咱们就听大夫的吧。"

沉默了一阵又说："去城里，老远的路，无冬历夏，风吹日晒，你们母子俩这么来回跑，实在是辛苦，你也尽力了。"丈夫的话，让兰芳心里一酸，眼泪就掉了下来。柳峰望着兰芳，她比从前明显地黑了、瘦了，人也憔悴了许多。再想到疆远那条落下终身残疾的左腿，他不知该说什么好了，埋着头，重重地叹了一口气。

此后，疆远尽管停止了在铁路职工医院的治疗，但柳峰和兰芳心里依然没有彻底放弃，他们平时都留意着有关治疗疆远腿疾的消息，只要听说哪家医院、哪位大夫能治疗疆远的腿疾，兰芳都会带着疆远，请其诊断治疗，虽然都没有明显的好转，也花费了不少时间、精力和钱，兰芳和柳峰却心甘情愿，毫无怨言，为孩子，他们省吃俭用、不惜一切代价。那三年多，兰芳抱着疆远，把她听说过的位于兰州城大大小小所有可能会治好疆远左腿残疾的医院都跑遍了，但，那些只是可能，她的努力，最终没能如愿，疆远长大后，走路始终架着一只拐。

疆远 5 岁那年，为照顾上了年纪的爷爷奶奶，兰芳带着疆梅、疆远和一岁的疆声，回到了北京西南郊区的老家柳河村。柳峰仍然留在大西北，继续为兰新铁路建设及运营管理日夜艰苦奋斗，并成长为一名年轻的铁路局中层领导干部。

1963 年秋至 1966 年春，柳峰由乌鲁木齐铁路局选送进入已有百余年历史、被誉为"中国铁路工程师的摇篮"和"东方康奈尔"之称的中国近代最早的高等学府——唐山铁道学院干部班学习，成为铁路局一名年轻的，具有铁路建设、运营管理实践经验和专业知识的干部。就在柳峰学业有成、信心满满地准备再次投身工作时，"文革"开始了，他被打成走资派，停止工作，接受批斗和劳动改造，历时 4 年。

老家柳河火车站东南方，是新建不久的柳河铁路职工子弟中心学校，中小学联办。疆远和疆声，从小学到初中都是在那里度过的。学校与火车站相距不到一百米，与京广铁路仅一墙之隔，灰砖墙高耸着，学生们看不见火车呼啸着驶过，却能清晰地听到火车震耳欲聋的轰鸣声，感受到教室地面在震动，窗玻璃在颤抖，发出嗡嗡的响声。面前的课桌也会轻轻地晃动，仿佛此刻正发生地震，好在这种情况每天都要经历多次，师生早已适应了，而且，还能通过列车经过时，课桌和窗户颤抖的轻重程度，时间长短以及汽笛鸣响时声音的高低、长短、节奏的不同，分辨出是客车还是货车，是快车还是慢车，准确率达百分之百。许多年以后，疆声当兵去东北，在新兵连，周末的班会上，老班长让新兵每人讲一段关于家乡的故事，疆声讲的就是上学时，每天听到火车从教室外隆隆驶过的情景。那时候，许多从山区农村入伍的新兵，在家乡时很少出远门，很少看到火车，他们听疆声讲述火车的故事时，都安静地望着他，仿佛他就是那辆呼啸而过的列车。当疆声说到他和他的同学，都能准确地分辨出驶过窗外的火车是客车还是货车时，新兵们甚至惊讶地、半信半疑地睁大眼睛盯住他；当他用不容置疑的口吻反复强调这绝不是夸张、吹牛，并且将许多细节仔细讲给他们听了以后，他们便羡慕地说："哇，你从小就长在铁道边，真幸福啊。"有个从湖南山区入伍的战友说："我当兵前还没见过火车什么样呢。"那年是1978年12月。

柳河铁路职工子弟中心学校距疆远他们家四里多路，疆远和疆声每天上下午要往返两次，走十七八里路，这对于身体健全的学生来说根本不是问题，而对于一条腿残疾、架着一只拐杖行走的疆远，却绝非易事。尤其是中午，休息时间短，疆远走路慢，为了赶时间，他尽力快走，但到了夏天，天气炎热，到家时头上已大汗淋漓，脊背上的衣服也湿了一大片。午饭无论粗粮细粮，是窝头、贴饼子，还是蒸馒头，他都是一手拿起一个，再往碗里扒拉些炖菜，端起来，咬两口主食，吃一口菜，头也不抬，一口气吃完。要是吃烙饼，他就把菜夹到饼上，双手捏住烙饼的两边，一圈一圈卷起，咬一口，饼和菜都有了。如果吃面条，就更省事了，卤和面搅拌搅拌，"呼噜呼噜"一会儿就全下肚了。说疆远吃饭狼吞虎咽，一点不假，但他吃饭，无论什么饭菜，从来不挑不拣，吃得既香又爽。为此母亲经常在一旁对他说："慢点吃、慢点吃，别噎着。"还说："不差这一会儿工夫。"疆远嘴里"嗯嗯"答应着，却一点也没有放慢咀嚼吞咽的速度，吃完饭，撂下碗筷，稍歇一会，就往回赶，临走，还对母亲说："明天，您把做好的饭菜帮我盛出一碗晾着，烫了吃不快。"母亲无奈，只好由着他了。上高中后，疆远时常胃痛，疆声后来想，这和他上初中时吃饭抢时间、"不讲究"有直接关系。

更困难的是每到雨季，路面湿滑，泥泞，稍不小心就会滑倒。有一天中午放学时，突然下起了雨，路面上的浮土变成了稀泥，黏稠而又湿滑，坑洼处很快就积满了水，学生们叫着喊着往家跑，疆远心里着急，刚走出校门口，脚下一滑，便摔倒在地，裤子沾满了泥水，脸上溅了不少泥点子，像长满了黑麻子。摔倒后的疆远既尴尬又狼狈，有几个顽劣的男生见状，冲着他幸灾乐祸地大笑，还不停地喊着："拐子、拐子，走资派的臭崽子，摔个大马趴，一脸黑麻子。"疆远被激怒了，他盯着那几个学生，站起身，顾不上擦去脸上的泥水，抢起手里的拐杖，正要朝他们打去，那几个学生见状转身就跑，知道疆远追不上他们，一边跑嘴里还一边尖声喊叫着："拐子、拐子，走资派的臭崽子……"

"文革"中柳峰的遭遇，牵连到全家人，此前，一家老小日常生活支出主要来自柳峰的工资，柳峰被批斗后，降薪、停发工资，致使家里经济来源中断，只能靠少量积蓄和兰芳为村里乡亲们剪裁缝制衣服、养鸡、养猪赚些零钱，以及自留地和菜园子里种植的粮食蔬菜维持生活。

疆远上初中时，品学兼优，学习成绩优异，每年期中、期末各科考试成绩都在 95 分以上，当时的班主任老师姓高，她年轻漂亮，出生于高级知识分子家庭，清华大学毕业时，正赶上"文革"，被分配到北京铁路分局某车站当客运员，后来几经周折，才调到柳河铁路学校任教。

高老师教数学，并担任班主任，她对聪明好学、学习成绩好的学生发自内心地喜爱，并倍加关注与呵护。她任命柳疆远为班里的数学课代表、学习委员，有些老师听说后，私下里对她说，这个学生的父亲是走资派，正在接受批斗，让他当班干部影响不好。高老师说，重在个人表现，这个同学上进心强，积极要求进步，学习成绩好，还乐于帮助同学，是班干部的最好人选。

当年学校团支部和红卫兵大队，经常组织团员、红卫兵学习毛主席著作、人民日报社论，写心得体会，文章张贴在学校操场旁的宣传栏上，同学们课间或是放学时路过那里，时常会停下来，边看边议论："瞧，某某某同学那篇文章写得好，语言流畅生动、还举例说明在学习中遇到困难时，如何活学活用领袖著作，最终战胜困难，取得进步……"能在学校宣传栏上展示自己的文章，对于被展示的同学来说是莫大的荣誉，同学们看他的目光也与以往不同，那里面透着尊重、羡慕甚至嫉妒，疆远也不例外。但他不是共青团员、不是红卫兵，他虽然文笔好、作文经常被语文老师当作范文在班里朗读，但他的学习体会文章始终不能展示在学校的宣传栏上，原因也是因为父亲柳峰。他曾一次又一次申请加入红卫兵、共青团，申请书写过不知多少遍，却都被退了回来，厚厚的一摞，至今还装在一个大牛皮纸袋里，存放在他那个小书架上，他们甚至说："走资派的儿子还想当红卫兵、还想入团，门儿都没有。"

疆远遭受的这些屈辱和伤害，从未向母亲和姐弟抱怨过，他不说，是不愿让他们为自己伤心、忧愁。

许多年以后，疆声在疆远的日记里看到过这样一段话："柳疆远，你要努力啊努力！将来一定要活得体面、活得有尊严，活出个人样儿来，让那些嘲笑、羞辱、歧视过你的人看看，你绝不比他们差，更要比他们强。"

当年，柳河火车站是北京西南郊区的中心车站，铁路职工子弟中心学校的学生，有本站的职工子弟，也有或南或北及西南相邻各站的，这部分学生，怀揣贴有自己的照片、由铁路分局客运段盖章的纸质月票，乘坐早晨、下午往返于北京至西南郊区的绿皮火车上下学，每周六天，中午带饭，这模式和每天早晚跑通勤的铁路职工几乎一模一样。

柳河铁路职工子弟中心学校本地的学生，都住在火车站前街东边的职工家属区，一排一排坐北朝南的红砖瓦房，整齐漂亮，每家每户门框上都钉了一个红底蓝字的标牌，上面写着门牌号码。在疆远和疆声心目中，这个小小的牌子，是他们和住在这里的同学身份差别的象征。住在这里的同学都是城镇居民户口，吃商品粮，而疆远和疆声家住在农村，是农民户口，门框上是不会钉上那种标牌的，尽管同是铁路职工子弟，生活环境和条件却相差极大。这种差距，自然而然地影响到学生们，前者天生就有一种优越感、自豪感，也就有了一种强势，这种强势，助长了那些原本就顽劣的学生以强欺弱的心态，学校里只有疆远和疆声，以及疆远的同班同学董强，还有另外一名女学生是农村户口，家住农村，因为身份的不同，就成为那些同学看不起、欺负的对象，尤其是疆远和疆声，原因自然离不开他们的父亲柳峰。

柳峰的工作单位在遥远的新疆，一年才能回家探亲一次，在家里住一个多月，"文革"初柳峰被批斗，三年多都没有回家，直到去世。此前，在疆声的记忆里，柳峰的形象是模糊的，疆声只记得父亲是高高的个子，有些瘦，一双明亮有神的大眼睛，两道浓黑的眉毛，每次探家回来时，都穿一身整洁的、深蓝色的铁路制服，一双新打过皮鞋油并被擦得锃光瓦亮的黑皮鞋，人看上去干净利落精神抖擞。

疆声十岁，上小学四年级时，四月末的一天夜里，在老东屋的土炕上，他被身旁一阵低沉的哭声惊醒，睁开眼睛，见屋里亮着灯，呛人的旱烟一缕一缕、一团一团在老东屋里弥漫着，屋里的光线昏黄迷蒙，他坐起身，惊恐茫然地望着身旁的母亲，不知发生了什么事。母亲坐在土炕上，她泪流满面，两眼通红，手里攥着一条毛巾，上面已被泪水浸湿了一大片。母亲见疆声醒了，一把将他搂进怀里，失声痛哭道："你爸没了。你爸没了！"那一刻，疆声的头侧着，贴在母亲的胸前，感觉到她的身体一直在颤抖，疆声的面颊，有泪珠不停地滴落，冰凉冰凉的，那是母亲的泪水。那一刻，他却没有流下一滴眼泪，也没说出一句话，只是安静地依偎在母亲的怀中，睁大双眼，怯怯地望着散坐在昏暗的老东屋内的一个个朦胧身影，他们是头发花白、手握烟袋锅、埋头吸着烟，住在西院的本家二大爷；隔壁与母亲年纪相仿、已生养了四个女儿、面容疲惫憔悴的本家老婶，还有胖胖的被称作表叔的大队书记……还有谁记不清了，哦，还有大姐，那时，疆声和大姐与母亲同住老东屋，疆远住在老南屋。

　　几十年过去后，直到今日，疆声还清晰地记得那个四月末、那个依然寒冷的夜晚。几点钟他记不清了，只觉得窗外漆黑一片，什么也看不清，老东屋里飘荡着潮湿阴冷的气息，地炉子已不再生煤火，母亲肩上披着一件蓝色夹袄，手里紧紧地攥着一张纸，后来疆声才知道那是父亲单位的革命委员会发来的电报，告知他们父亲去世了。疆梅穿着一件白色的薄单衣，身上裹着被子，大睁着双眼，怯怯地望着屋子里的人，她肯定也是刚刚被惊醒，还不知家里到底发生了什么事。屋里其他人都穿着夹袄，或披着外衣，每个人的神情中都透着凝重、愁苦与同情，他们沉默着，许久许久。疆声同样清晰地记得，那个夜晚，母亲悲痛欲绝地对他说出的那句话："你爸没了、你爸没了！"面对这突如其来的一切，不知为什么，疆声竟没有哭，一声没哭，他心里只觉得害怕、害怕，害怕自己会失去痛不欲生的母亲；那个夜晚，疆声心里只盼着天早点亮、太阳早点升起，阳光照进屋子里。生命中，那是疆声感受到的一个最为漫长、寒冷、凄苦、令他恐惧的春夜。

　　那是个动荡的年代，柳峰在数千里之外，在大西北，背着一个走资派的罪名突然离世，这样的消息，很快就在柳河村、柳河公社传开了，一时间众说纷纭，似是而非，有人幸灾乐祸，有人暗自同情，有人一听了之，与他无关，是啊，这与他或她、与他们毫不相关。

学校那些顽劣的同学，喜欢无事生非，喜欢出风头，喜欢捉弄别人，喜欢揭开别人的伤疤寻开心，他们针对的重点对象是疆远和疆声。他们从大人们嘴里得知他们哥俩的父亲去世后，对他们的歧视更重了。有一天下午，课间休息时，疆声去厕所，路过疆远他们班的教室，疆远站在教室外休息，他们班那个外号叫黑三的，带着另外两名同学，从教室里嘻嘻哈哈说笑着走了出来，见到疆远便凑过去，疆声听到黑三一脸坏笑地冲疆远说："拐子，在这儿发什么呆呢？"随后，在疆远面前挑衅似的喊着叫着，怪模怪样地高声大笑，接着又嘻嘻哈哈地说着什么。疆远转身走开了。黑三他们几个依然追随着疆远，还撇着腿模仿疆远架拐杖走路的姿势，嘴里不停地喊着："一二一、一二一。"

疆声早就知道，那个皮肤黝黑、个子比自己高出半头，外号叫黑三的学生，凭借着自己身高体壮、打架有股子狠劲，加上身边又有几个跟随他的同学助威，便经常欺负同学，许多同学都怕他，更多的同学是敬而远之。疆声看到他们在羞辱疆远，也顾不得多想，就跑了过去，站在黑三面前，大声喊道："不许欺负人！"黑三一愣，随后，撇嘴一笑："小毛孩子，知道护着你拐子哥了。"说着，他抬脚就朝疆声屁股上踢过来，疆声个子比黑三矮半头，身体灵活，侧身，闪开了，顺手死死抱住黑三踢过来的那条腿，用全身的力气往下压，黑三完全没想到疆声会做出这样的举动，身体摇晃了两下，便摔倒在地，同时，疆声也被他带倒了，毕竟黑三身高体重力气大，倒地后，他一翻身，就把疆声按在地上，挥拳就打，疆声的后背和屁股上重重地一连揍了好几拳，这时，疆远返回身，扔下手里的拐杖，扑向黑三，他抱住黑三的胳膊，喊着："他是小学生，你不能打他。"这时，不知是谁告诉了疆声的班主任老师，老师来了，黑三才放手。

那天下午放学后，在回家的路上，疆远对疆声说："今天的事，不要告诉妈，别让妈担心。"疆声点点头。疆远又说："没想到，你胆儿还挺大，敢和黑三动手。"疆声说："他欺负你。"疆远说："老师和同学都知道他什么样儿，咱们不和他计较，躲着点就行了。"疆声说："我就是看不惯他欺负人。"疆远说："以后你要小心点儿，黑三那帮人，说不定还会找你的事儿，都因为我。"疆远自责着，心情显得很沉重。

疆远没有说错，时隔几日，一天下午放学后，疆声刚走出校门，见黑三和他那几个要好的同学，站在路边向他招手，疆声怀疑他们是在有意截他，便加快脚步往前走，黑三见疆声不理他，就提高了嗓门喊疆声的名字，仍向他招手，示意他过去，疆声停住脚步，转过身说："有事你就说吧。"黑三冲疆声嘿嘿一笑，盯着他不言语，疆声知道他一定不会说出什么好话，转身要走，这时的黑三，忽然用右手做了一个从腰间拔出手枪的动作，而后指向疆声，"啪、啪、啪"嘴里模仿着开枪射击时发出的声音，随后，另一只手捂住心口，身体佯装向后倒去的样子，脸上露出扭曲惨痛的表情。接着，他哈哈大笑，冲疆声说："你爸，走资派，一枪，毙了。"他身旁那几个同学发出一阵哄笑声。他在侮辱自己的父亲，也在羞辱自己，疆声的血猛地一下就涌上头顶，脸也涨得通红，他瞪着眼睛，便朝黑三冲了过去，疆声什么也没说，一把薅住黑三的衣领，用力一拽，他跟跄了两步，险些摔倒。疆声这突如其来的举动，和不知从哪里来的一股蛮劲儿，黑三完全没有预料到，他不敢相信比他矮半头的疆声敢和他打斗，他毫无防备，待他缓过神来，觉得自己刚才那幅狼狈相，一定在他那几个同学面前丢了面子，便转身挥拳朝疆声脸上、头上打来，疆声自知身高、力量都不如他，硬打肯定吃亏，便弯腰一头扑向他，双手死死搂住他的腰。因为身体贴在了一起，黑三有劲儿使不上，拳头落在疆声后背上并不很疼，疆声用一只脚绊住他的腿，双手猛地用力朝后一推，他重心不稳，身体摇晃了两下，重重地摔倒在地，疆声也被他拽倒了，压在了他身上，两个身体条件原本悬殊挺大的人，瞬间的结果却是矮小的疆声占了上风，和黑三一伙的那几个同学，见黑三吃亏了，便纷纷上前帮着他，把疆声从黑三的身上拉开，黑三借力，翻身把疆声按在地上，挥拳在他头上、身上一阵乱打，疆声不停挥动着双手做着抵挡，反击。就在这时，看门的老师傅出来制止了黑三，疆声和他从地上爬起来，疆声盯着黑三，发现他的脸被自己抓破一道口子，还淌着血。黑三像是感觉到脸上有些疼，用手一摸，手上沾了血，他一看见血，竟然"呜呜"地哭了起来，这让疆声万万没有想到。

这时，学校教务处的老师也来了，是看门的老师傅打电话告诉教务处的。老师让两个同学陪黑三到火车站铁路卫生所包扎伤口，听同学回来后说，只是抓破了一点表皮，上了点药水。疆声和黑三被叫到老师办公室，其间，老师已向在场的同学了解了情况，班里不少同学平时对黑三的表现多有反感，他们当中也有不少同学被他和他那伙同学欺负过，尤其是女生。当时主动跑去告知看门师傅的同学就是一名女同学，也是疆声他们班的班长，她人长得漂亮，也热情。打架的事，疆声和黑三分别在各自的班会上做了检查，老师说下不为例，再有此事发生，就请家长，就停他们的课。疆声说自己保证不会主动招惹黑三，但黑三如果欺负他，他绝不会忍受。至于请家长，疆声不怕，疆远和疆声已经跟母亲讲过黑三的情况，母亲早就知道他了，还叮嘱他们尽量躲着他点，有事找老师说。疆声不愿意什么事都跟老师讲，尤其是这种破事烦心事。停课他倒是觉得有些划不来，黑三不想学习，他还想学呢，虽然他不是班里学习最好的，但比黑三还是强多了。黑三不怕停课，反正他也不想学、也学不会，用他自己的话讲，就是看见书就头疼，拿起笔就犯困。但他怕老师请家长，黑三的父亲，疆远和疆声都见过，人长得身高马大的，黑乎乎的脸庞，说话粗声大嗓，声调比一般人都高。听黑三邻居，也是他的同学讲，去年期末考试，黑三语文、数学两门主科不及格，班主任打电话到他爸单位，请他到学校来，不知道老师都说了些什么，黑三他爸回到家后，二话不说，一把将黑三按倒在床上，拎起床下的一个马扎儿，朝黑三的屁股一连拍了好几下，要不是黑三他妈拦着，说不定他还得多挨几马扎儿，黑三疼得惨叫不止，邻居家的同学以为黑三出了什么事，跑过来看，他爸还在气头上，嘴里不停地吼着："以后你再敢和同学打架，不遵守学校纪律，不好好学习，考试不及格，老师再通知我去学校谈话，看我不打断你的腿！"同学一听就明白了，也不敢多嘴，转身跑了。黑三的屁股被打得红肿起来，好几天走路时都小心翼翼的，不敢迈大步，更不敢快走。这以后，黑三他爸一回家，黑三就老老实实地坐在桌旁，手里拿着书看，像模像样的，其实，心里却想着其他事，学没学进去黑三他爸根本不知道。一段时间过后，黑三的学习成绩并没有多大长进，他爸觉得这孩子用功也不成，天生就不是上学的料，便不再管他。

　　兴许是黑三被他爸打了一顿后，长了记性，在校内，他不再招惹疆远和疆声。也许是黑三害怕再闹出什么事情来，老师再把他爸请来。同时，在课间，疆远和疆声也都尽量避开他，但毕竟在一个学校，相遇是难免的，有时打个照面，他盯着疆声，却不再像以前那样用恶毒、污秽的言辞向疆声挑衅、侮辱他，疆声也会装作什么都没看到，扭头走开。黑三也很少再找疆远的麻烦了，这倒让疆声心里着实纳罕了许久，后来，疆声听到同学议论，说黑三欺负身体残疾的同学，那算什么本事，太掉价、丢份儿。许是这话传到黑三耳朵里了，他也许是觉得自己欺负小同学、身体有残疾的同学确实有些掉价，就收敛了一些，表面上看老实了很多，可私下里，他还是经常和那几个要好的同学凑在一起，并对他们说，上次和疆声打架，虽然把他打了，但他还是觉得自己丢了面子，那么多同学都看见了，他曾被疆声摔倒并压在身下，乱仗中还被疆声抓伤了脸，流了血，同学们背地里都在笑话他，回家又被他爸狠揍了一顿。他说，往后，咱们不在学校里和疆声打，咱们在校外，在放学后，老师不知道，没人管，看他还敢不敢反抗。对黑三言行举止的变化，疆远和疆声已有察觉，疆声想，黑三心里不定又憋着什么坏主意呢。

　　果然，在平静了一段日子后，一天中午放学，疆声和班里的几名同学已走出校门一段距离了，黑三和他那一伙的几个同学就追了上来，黑三拦住疆声说："小子，上次你把我的脸抓流血了，这次我让你也放点血。"说着，他挥拳就朝疆声的脸上打来，疆声下意识地侧脸躲避，黑三的拳头正好打在疆声的鼻子上，疆声感到鼻子里一热，有一股温热的液体流了出来，他用手一摸，手上全是血，愤怒之下，见路旁有一块砖头，弯腰捡起，直起身正要向黑三投去，忽然，他们班的两个女同学一个抱住了他的腰，一个抓住了他的胳膊，疆声使不上劲儿，砖头终于没有投出去，否则，黑三的头兴许会被疆声打破，而且比上次流的血还要多。疆声虽然没有打到黑三，但他那不管不顾，疯了似的举动，着实让黑三心里一惊，也许他看到疆声鼻子里流了很多血，也害怕出大事，又有同学说快去叫老师来，黑三心里或许真是害怕了，转身便跑。疆声这时才看清楚，抱住他腰的那个同学是他们班长，她从兜里掏出一个干干净净的手绢递给疆声，说："快擦擦，瞧，流了那么多血。"疆声接过手绢，却没有擦，而是仰起头，用两个手指捏住鼻子，持续了一会儿，血慢慢止住了，他把手绢还给班长，班长说："你拿着吧，一会儿要是再流血呢。"疆声说："不会，我可没那么娇气。"班长说："那你也带着，万一呢。"又说："黑三他故意挑事打架，下午上学，我得把这事向王老师汇报。"王老师是他们班主任。疆声忙说："不要告诉王老师，就当这事没发生吧，黑三这次占了便宜，我们扯平了，他挣回了面子，以后就会少找我的麻烦，我希望从此和他和平相处、井水不犯河水。"班长望着疆声，想了想说："好吧，按你说的，这事我就不跟王老师说了，不过，黑三要是以后再欺负你，路上再拦你，我一定要告诉老师。"疆声看了她一眼说："谢谢你啊。"

而后转身走了。路上，疆声用她的手绢把鼻子上的血迹擦干，他不想让母亲看到，怕她伤心。

班长的手绢染上了疆声的血渍，那是一块白底带有两只蝴蝶和一朵红花的方手绢，疆声盯着看了好一会，觉得真是漂亮、秀气，和班长本人一样。回家后疆声就用肥皂洗这块手绢，再用清水冲，反反复复，结果那上面的血渍依然清晰可见，疆声觉得不能将这样的手绢还给班长，可他手头又没有一块新手绢，那段日子他心里特别尴尬，每天面对班长，他想说明情况，又难以开口。时间一天天拖过去了，终于迎来了中秋节，节前的那个周日，母亲让疆声去姥爷家，每年这个时候，母亲都要安排疆梅或者疆声去一趟姥爷家，给姥爷送去一包月饼，捎去母亲为他缝制的一件外套或是一双布鞋；给舅舅家的表姐、表弟带去一包糖。虽是小小的一点心意，当年却是那么的珍贵、郑重。就这样年年如此，一直坚持到姥爷、舅舅、舅妈都先后离世。

就是那次去看望姥爷，在离开前，姥爷悄悄往疆声手里塞了一个折叠成长条状的纸质的东西，疆声不知是什么，张开手掌想仔细看一看，姥爷立马赶紧用他那只粗糙有力的大手攥住了他的手，并冲他摇摇头，示意他不要看，又瞧了一眼站在他身旁的表弟表姐，而后对他说，路上加小心啊。疆声点点头，对姥爷刚才的神情举止似乎猜到了什么，又仿佛什么也没弄懂，他手里紧紧攥着那个小纸条，快步走出姥爷家的院门。一直走到村外，他才张开手掌，此时手心已经潮湿，那个被折叠成条状的纸质东西，也已经被他攥得有些温热、柔软了。他急忙将它展开，原来竟是一元钱的纸币！他惊讶、喜出望外，他首先想到的是可以买一块手绢还给班长了！一定要买一块和她原来同样漂亮的手绢。同时他也有些不安和惭愧，自己怎么可以要姥爷的钱呢？姥爷已年近七十岁，每天还在为生产队放牛、放毛驴，就为那一天不到三毛钱的工分。舅舅家孩子多，日子过得紧巴，一元钱，那是姥爷几天的工分钱啊，姥爷悄悄塞到他手里，就是不想让表弟表姐看到，都是孩子，都想有个零花钱，街里的商店可是有不少好吃的、好玩的东西呢，而姥爷却偏向他，也许是因为他一年之中只有中秋节、春节的时候才有机会来一趟，姥爷格外高兴的缘故吧。这样的待遇，让他记忆深刻，直到长大，直到今天，他依然清晰地记得。

疆声把那一元钱放进兜里，加快脚步朝十里外的火车站走去。坐上火车，只一站地就到柳河。走出车站，在站前街，疆声拐进唯一一家百货商店，在卖手绢的柜台前驻足看了许久，终于看中了一块白色带两朵粉荷花的手绢，他请售货员阿姨取出来，平铺在玻璃柜台上又仔细地看了一会，觉得满意了，才掏出那一元钱，交给售货员。售货员找回零钱，又将手绢用一张草纸包好递给疆声，疆声攥着那个手绢，心里感觉沉甸甸的。到家后，疆声把姥爷给他一元钱和买了那块手绢的事都告诉了母亲，只是买手绢的原因他说的是不小心将同学的手绢弄破了，赔人家一块。母亲没有责怪他，却轻轻地叹了口气："唉，你姥爷活得难啊。"母亲的话，让疆声的心一下子就沉了下去，那次去看望姥爷，回来后，疆声仿佛一下子长大了不少。

第二天上学疆声把那块手绢揣在兜里，课间休息时，他坐在座位上没挪窝，看着班长走出教室后，他把手绢悄悄塞进她放在课桌抽屉里的书包中，包着手绢的纸上他写了一行小字：班长，新买的一块手绢还你，没买到原来那样儿的，不知你喜不喜欢，谢谢你那天帮助了我。当天放学，班长叫住疆声，她说："手绢挺好看，不过你太客气了。"又说，"以后放学，我们一起走吧。"疆声没有多想，便说："好啊。"

以后的一段时间，每天放学，疆声都跟着班长和其他几名同学一起走，直到他们往北回铁路宿舍的家，疆声往南回柳河村。那段时间，黑三和他那一伙同学见疆声身边总有同学跟着，也没有再找到机会半路截他。有时候放学后，老师有事留下班长，疆声不能和她一同走，又担心黑三他们会乘机截住他，一出校门他就加快脚步，甚至一路小跑，为了尽量避免和黑三他们同时走校门外的那一段路，还不到正常该南北分开的路口，他就翻过一道矮墙，提前抄近路往家赶。疆声翻墙的事，被不少同学看到过，疆远的同学把这事告诉了他，有一天疆远问疆声："为什么不走大道，非要跳墙？"他有些羞怯，顺口说了一句："抄近道。"疆远不置可否，他沉默着。后来疆声在疆远的日记里看到了这样一段话，让疆声热泪盈眶，疆远写道：我真没用啊，父亲遭迫害，我不能像母亲和大姐那样，数次千里迢迢奔赴大西北，到父亲的工作单位，为父亲的冤案上访、申诉。弟弟因为我被黑三他们欺负，他不告诉母亲，我可以理解，他不告诉我，是知道我帮不上他，保护不了他，我愧对母亲，不能为母亲分忧，更不是个称职的哥哥，不能呵护自己的亲弟弟，都怨我这条残疾的腿啊……

再后来，当疆声和他的同学，包括黑三，都经历了一段漫长的酸甜苦辣的人生历练，各自走过了一段或平淡、或坎坷、或自豪、或辉煌、或悲壮的生命历程，都长大成人后；当疆声从数千里之外的部队转业回到北京安家、工作；当他再次回到阔别了二十多年的故乡柳河村时；当他乘坐北京至北京西南郊区的绿皮火车，在故乡柳河站下车时；当他走出那间曾经熟悉得如同自己的家一样，如今看上去低矮老旧窄小的火车站候车室时；当他看到小学、初中时的母校，现已停办多年，校舍已被拆除，只剩下一圈残破的围墙、一片长满杂草的空地时；当他走出候车室、步入站前街，突然遇见他小学、初中时的同学黑三时，他内心深处真是百感交集、五味杂陈啊。

那次回柳河在站前街偶遇黑三，疆声停住脚步，仔细打量着他，疆声有些怀疑自己的眼力，他哪敢认他啊，明明心里已确定面前这个个头比他稍高、肤色黝黑的人，就是他的同学、就是曾在学校欺辱过疆远和他的同学黑三，可他嘴里就是叫不出他的名字，仿佛他一张嘴，就会叫错了人。黑三不仅头发花白，肤色更黑了，脸上、额头上也布满了皱褶。那是仲夏，黑三上身只穿了一件跨栏背心，白色、却被汗水或是阳光浸染暴晒得发黄了，从初中毕业后，这么多年，疆声一直没有见过他，也难怪疆声一时不敢认他。黑三却一眼就认出了疆声，上前一步主动和疆声打招呼，微笑着，露出一口白牙。疆声愣怔片刻，疑惑地问："你是肖刚？"肖刚是黑三的大名。他依然冲疆声微笑着，说："是啊，认不出我了，老了。不过你倒不显老，模样没怎么变。"疆声说："怎么可能，都过去这么多年了。"黑三说："我一直记挂着你，经常和同学们说起你，你二哥疆远我常遇见他，和他打听过你，知道你后来去东北当兵，还考上军校，提干了，比咱们学校的同学都强、都有出息。"疆声说："当兵，是当年我们这些农村孩子的唯一出路，不像你们，城镇户口，能分配工作。"疆声的话，似乎无意之中刺到了黑三的痛处，他脸上露出一丝尴尬的神情，笑容却依然挂在脸上，他说："当初不懂事，就是因为自己觉得是居民户口，将来不愁有工作，就不好好学习，还竟惹是生非的，尤其是对你和疆远，我当初真不该欺负你们。"他说这些话时，神情中充满自责。

疆声说："你还记得那些事，那时我们都是孩子，打打闹闹是常事。后来你不是也主动收手了吗。"黑三说："你不知道吧，那次在校外我们截住你，我把你的鼻子打流血了，是你们班长把我们拉开的，她原本要告诉老师的，还说要告诉我爸，我怕她告状，那之前，我爸说过，我再惹事，老师再请家长谈话，就打断我的腿，我心里害怕，私下里跟你们班长说，只要你不告诉老师，我以后就不再欺负他。班长看了我一眼，没说话，扭头就走了。我觉得她根本不会相信我的话，还会告诉老师，那两天，我一直在观察她和我们班主任老师的态度，心总是悬着，生怕哪一天老师把我爸叫到学校来，那我回家一定又要挨一顿臭揍。我都想好了，如果我爸哪天来学校了，我下午放学就不回家了，至于上哪儿，我还没想好，或是姥姥家，或是在外游荡，我不想再上学了，直到我爸我妈找到我，他们害怕我离家出走，我爸答应以后不再打我了，我才肯回家。结果，许多天过去了，我爸没来学校，在家时还和平常一样，我挺纳闷，就去问你们班长，班长说，我相信你一回，那个被你欺负的同学也说不让我告诉老师，我就没去说，你要是再和同学打架，我一定要告诉老师，也告诉你爸。我听明白了，是她够意思，相信了我，人家是比自己小的女生，我可是大男生，说话得算数儿，不能在女生面前丢面子，不然以后怎么在同学们面前做人。你更够意思，被我欺负了，还为我说好话。于是，我就和我那几个要好的同学说，以后，咱们不和同学打架了，那个姓柳的哥俩，咱也不理他们了。那几个同学一开始还不乐意，说，凭啥？我吼道，啥也不凭！见我发火，他们都不敢再吱声了。其实，当时我心里也别扭、也挺嫉妒，那个女班长怎么会偏向你呢？我真想不通。"听黑三这么一说，疆声心里暗自一震，没想到当年黑三不再欺负他和疆远，是因为他们班长出面的结果，始终困惑疆声的谜底揭开了，此前，疆声一直不知道还有这么一段故事，他真该感谢他们的班长啊，可惜，初中毕业后，她插队去了农村，疆声高中毕业后，当兵去了东北，自此没有见过面。疆声问黑三："咱们班长现在好吗，家在哪？"黑三说："她插队两年，后来招工去北京铁路分局上班了，家在县城，女儿都上初中了。"疆声默默地点点头，心里有些失落，但更多的是安慰。说了一会儿话，疆声和黑三仿佛才突然觉得身上被太阳晒得有些发烫，这才意识到他们都站在太阳地上，黑三忙说："到这边来。"

他们转身朝路边走了几步，那里靠近一排门脸房，餐馆、副食店、日杂店的牌子大小不一、样式各异，挂在房门上方，突兀却实用。侧面是一块空地，有一片被那排门脸房遮挡后的阴凉地，那里还停着两三辆电动三轮车。黑三从一辆车上取出一瓶矿泉水递给疆声，疆声惊愕地望着他和那辆三轮车，黑三看出了他的心思，笑着说："厂里效益一直不好，前两年我就买断工龄离开了，在这儿接送乘客。"疆声明白了，居住在这方圆几十里内的人，出远门，都要到这里来坐绿皮火车，每天接送乘客，生意还是不错的。只是这生意一年四季在室外，风吹日晒、酷暑严寒的，实在是辛苦，怪不得他看上去面相显老，疆声心中隐隐地有些伤感，接下来也不知说什么了。好在，黑三知道疆声急着回老家，便微笑着说："快走吧，什么时候你再回来时，提前让疆远捎个信，我约上几个同学，咱们好好聊聊。"疆声说："好啊，下次吧，别忘了通知咱们班长。"

那年，从站前街走向柳河村的路上，疆声的脚步显得异常沉重，黑三的身影，以及他的微笑，他那黝黑的面庞、花白的头发和发黄的跨栏背心，始终浮现在疆声的脑海里。那时，疆声他们这些同学都已步入中年，虽然大多数同学仍在北京工作生活，而北京那么大，城区和郊区，方圆几百里，他们分散其中，各自忙碌，许多人多年未曾谋面，疆声与他们分别得更久，不知他们现在日子过得好不好。

第三章

疆远天资聪慧，又好学，自小学至高中始终是班里和年级的学习尖子。

疆声十岁以后和疆远同住老南屋，老南屋低矮阴暗，门窗陈旧早已变形，周边露出宽窄不一的缝隙，尽管兰芳在门窗缝隙处糊上了报纸，但春秋天干燥，大风天，粉末般微黄的尘土还会从那些缝隙间钻入，在窗台、地面上飘落一层。

冬天的夜晚，屋里生了炉火，但为省煤，睡觉前要将炉灶里添满半干不湿的煤泥，中间用铁钎子扎一两个手指般粗细的孔，柳河人称它为"火眼儿"，火眼不仅能保障炉灶内空气流通有氧气，还能控制炉灶里的煤泥缓慢燃烧至天亮不熄灭，这一过程，柳河人叫它"封火"，其结果，使原本门窗就漏风的老屋，夜间的温度只有十五六度，人钻进被窝，躺在土炕上，即使盖着棉被仍觉得冷。疆声几乎每天晚上睡觉时，都是蜷缩着身子，一宿都不敢伸直双腿。要是出了被窝，即便穿上棉衣，时间稍长，也会冻得浑身哆嗦。

那时，家里没有厚的棉被，也没有多余的被子可以多盖一层，疆声时常在深夜被冻醒，也时常发现身旁的疆远身穿棉袄，腿上盖着棉被，埋头坐在土炕上，一只手打着手电筒，一只手握笔在纸上写着算着。后来疆声才知道，因为天冷，一时半会儿睡不着，疆远躺在被窝里，脑子里便琢磨着白天没有解答完的数理化难题，他反复思索，脑子里一遍一遍地演算，终于找到解题方法后，立即坐起身拿起纸和笔，开始计算验证。

那两年，在老南屋土炕上的一角，总能看到疆远放在那里的一摞草稿纸，上面密密麻麻写满了数理化习题的计算和论证过程。疆声也多次翻看过疆远的作业本，每一本都完好洁净、字迹清晰工整。每一次作业，老师批阅后都用红笔写下一个大大的"优"字。记得教数学的班主任高老师，曾用红笔写下这样的评语：

"你不仅掌握了教科书及老师讲授的解题方法，还能灵活运用所学知识、举一反三，用新的方法解析、证明练习题，一题多解，难能可贵，望继续努力，不断进步。"

高老师的表扬和鼓励，使疆远的学习更加积极主动，学习方法更加灵活多样，学习成绩始终保持优异，自信心也更强了，同学们因此对他也另眼相看。课间或是自习课，许多同学遇到解析不出来的作业题，都爱找他咨询辅导，他有问必答、乐此不疲，对有些学习成绩较差的同学，他便主动辅导，答疑解惑，既热情又耐心。渐渐地，他的行为感动了那些曾欺辱过他的同学，甚至成为他们学习的榜样，很多同学渐渐地都成了他的好朋友。

疆远喜欢看书，小时候，家里有个长方形的木板箱子，高、宽约 80 公分，长达一米半。箱子的板材为槐木，原色，没有涂漆，足有两公分厚，四壁加固了横担，看上去虽有些笨重，但结实耐用。疆声问过母亲这箱子的来历，母亲对他说："你小时候，你爸在唐山铁道学院干部班学习毕业，返回新疆工作前，将在校三年时间学过的教材、读过的课外书收集到一起，码成几摞，都有半人多高，面对这么多书，他发愁了，丢弃舍不得，那么遥远的路程，带回新疆实在不容易，再说他在单位住单身宿舍，房间小，不好摆放，不如托运回家，一是便于长久保存，二是可以留给你们以后阅读。于是，你爸就请学院后勤处的师傅帮忙，找来一些废弃不用的板材，经过简单加工，匆忙制作了这个大木板箱子。由于匆忙，又都不是木匠，箱子制作得并不美观，上面钉了不少长长的铁钉子，但足够坚固，尽管一大箱子书分量很重，托运过程中木箱子搬上搬下，磕碰挤压，却不松不垮，完好如初。"

当年托运物品不比现在，从唐山发出的货物到北京，再转运到西南郊区柳河老家，最快也得六七天时间。那时候兰芳揣着头一天邮递员送来的货物提取单，带着疆梅和疆声，在邻居家借来一辆平板双轮车，去火车站行李房取货，当看到这么大的一个木箱子时，兰芳用手推了推纹丝未动，不由得有些惊讶，更有些为难，尽管此前邮电所的师傅将托运货物的提取单送来时，兰芳看到柳峰在提货单上的留言：木箱沉重，体积大，准备板车；兰芳也借了平板推车，但她还是没想到木箱子这么重。兰芳和疆梅两个女人，加上疆声这个半大小子，三个人依然抬不动。好在行李房负责发货的人是个小伙子，身强力壮，知道兰芳是铁路职工家属，兰芳请他帮忙，他就爽快地答应了。他一个人抬一头，兰芳和疆梅抬另一头，疆声扶着平板车，防止它溜车，从行李房到房间外停车的地方，有十几米距离，还要过一道门，木箱子宽，出屋门时，需要变换一下角度，侧着抬，那个小伙子力气大没问题，而兰芳和疆梅就费劲了，门口地方小，两个人站不开，就只能一个人抬，兰芳让疆梅在门口外面等着接，自己弓着身，双手抠住木箱子的底部，再弓起大腿顶住木箱，而后一点一点往外蹭着走，等到木箱子从门口探出头来，疆梅忙着伸手接住箱子，兰芳这才直起身子跨过门槛，再和疆梅一同抬着箱子放到车上去。这时的兰芳和疆梅，由于用力过猛，使劲憋着口气，满脸通红，脖子上淌下汗水。

这个大木箱子被运回家后，就一直存放在老东屋最里间，那间房一直存储杂物，又黑又暗，有时推门进去，会听到"嗖"的一声，循声望去，只见一只灰毛老鼠从木板箱子下面窜出来，跳到窗台上，停顿片刻，又一掉头，沿着墙角钻进一堆杂物后面，瞬间没了踪影。

疆声惊恐地望着这一幕，顿时毛骨悚然。疆声从小就讨厌老鼠，其实，更多的是讨厌它一身灰毛、贼溜溜的样子，因此，这间屋，平时疆声很少独自进去，而疆远却经常进出，每次出来时，手里都拿着一本从旧木板箱子里翻找出来的书。那里面装满了薄厚不一、大小不同的书籍，历史、文学类居多，如苏联小说《钢铁是怎样炼成的》、《卓雅和舒拉的故事》、《青年近卫军》，还有《红旗谱》、《青春之歌》、《红岩》，以及《中国革命史》、《中国历史典故》等等。

那个年代，能读到的课外书很少，自从这个木板箱子搬回家，疆远便如获至宝。那两年课外时间，疆远将木箱子里那些文学、历史、地理等书籍读了不止一遍，后来，还经常向语文、物理、数学老师借书看，老师知道他爱读书，也鼓励他多读书，常常将自己喜欢的书借给他阅读。疆远坚持读书，并写了两本读书笔记，其中有读后感，有好词好句好段落摘抄，即便是在读书无用、学校停课、开门办学、学工学农那段岁月，也从未停止过。

1973年初秋，上初三的疆远，突然宣布了一件令全家人都惊讶不已的事。那天晚饭前，疆远手捧一摞足有三四本教科书那么厚的稿纸，语气平和却十分认真地对家人说："我写了一部小说，名为《在理想的征途上》。"他的话，让一家人顿时愣住了，惊喜的目光瞬间投向他。疆梅盯着他手里那厚厚的一摞稿纸，问："写了多少字？"疆远说："十五万八。"疆声叫出声来："那么多，二哥你真能写啊。""什么内容？"疆梅又问。疆远说："小说讲的是一名农村残疾男青年，少年时，父亲被打成走资派，之后被迫害致死，全家人备受歧视、生活拮据，但他身残志坚，不向命运低头，发奋学习，努力追求理想、爱情和美好生活，在农村广阔天地中不断磨炼成长，终于成为一名作家，实现自己的理想和人生价值的故事。"

疆远一口气说完，全家人都盯着他，半天竟不知说什么，沉默了好一会，疆声率先兴奋地拍手喊道："二哥要当作家了，要当作家了！"随后又疑惑地问："十多万字，你什么时间写的？我怎么一点都不知道啊。"疆远笑着说:"整个夏天。晚上天热,睡不着,就写小说。"疆声恍然大悟,疆远是趁他晚上在院子里纳凉,和伙伴们玩耍时,在他玩累了熟睡之后,一个人在老南屋里写作。这一夏天,老南屋里总亮着灯,他原以为疆远是在看书写作业呢。疆梅沉默了一会说:"这是写你自己的生活经历、感受和理想吧?"未等疆远回答,她便又问:"写完了,打算怎么办?"疆远说:"这段日子,有空我就修改,改了好多遍,也不知道改得怎么样了,想找个搞文学创作的老师帮我指导指导,又不知道找谁。"疆远说完脸上露出无奈的神情。疆梅想了一下,说:"我带你找赵老师吧,他是诗人,在镇中学当老师,我上中学时教过我们语文课,现在他临时租房住在咱们村西头的雨生家。"疆远兴奋地说:"那太好了!我也听说过赵老师,就是不熟悉。"

两天后的傍晚,疆梅带着疆远来到村西头的雨生家,敲开赵老师暂时租住的西配房的木门。赵老师见到自己往届的学生来了,十分高兴,他热情地招呼疆梅和疆远进屋坐下,面对神情拘谨的疆远,赵老师微笑着对疆梅说:"这是你弟弟疆远吧,我早就听村里的老乡和学生夸奖他聪明、学习好、肯用功,是个好孩子。"赵老师的一番话,瞬间便让疆远紧张的心情松弛下来,他脸上露出羞涩,望着赵老师发自内心地感觉到这是一位和蔼可亲的人。疆梅谢谢赵老师的夸奖,随后说明来意。疆远将那摞小说稿从随身携带的布书包里取出,双手捧起送到赵老师面前。赵老师收下小说稿,对疆远说:"等我仔细看完后,找个时间再和你细谈吧。"

一周后,也是傍晚。家家户户的房间,由隔着一层白色窗户纸的窗口,透出鹅黄的灯光,把寂静的夜装点得格外温馨。初秋的微风吹拂着树木上的枝叶,发出一阵阵"哗哗、哗哗哗"清脆柔和的声音,犹如村外柳河水缓缓流淌,欢快、悠长而又持久的响声。

这一天赵老师骑着自行车,突然来到疆远家,他是专程为疆远讲评那部长篇小说而来。疆梅和疆声也惊喜地坐在一旁静静地听。

柳河之子

赵老师一开口，就对疆远热爱文学、刻苦写作的精神表示赞扬，他说"难能可贵"啊。后来，疆声也理解这句话的意思，在那个特殊年代，一个家庭并不富裕、身体残疾的农村学生，能用课余时间写出一部长篇小说，实属不易，令人感动。随后，赵老师又从小说的主题提炼、故事情节的编排、细节描写、叙述语言等方面详细分析讲解，说小说主题思想积极向上，看得出里面有作者的影子和他对未来生活的憧憬，语言叙述流畅，描写细致入微。同时，也指出了小说结构布局的不合理之处，以及塑造人物方法单一，人物性格不鲜明，故事情节欠生动曲折等问题。最后，赵老师说，你的语文基础好，以后多看书，多写，从短篇写起，循序渐进，将来必有收获。

那个晚上，在老南屋，关于文学的话题，赵老师和疆远谈了很久，送赵老师离开时，屋外已繁星满天。

许多年以后，疆声时常想，疆远后来走上工作岗位，并不断取得成绩，都与上学时喜爱文学，具备良好的写作能力分不开。

第四章

　　1974年初春，疆远考入镇中学高中班。镇中学位于柳河镇正北约两公里处，k国道沿着学校东墙外向西南，穿过古镇中心，微微拐了一道弯，向正南方一头扎下去。其间，柳河将k国道切断，已有四百多年历史的大石桥则飞身一跃，将k国道南北连接在一起，这条宽阔平坦的柏油路，这座古老的大石桥，是居住在柳河以南的学生往来学校的必经之处。

　　镇中学校园宽敞，环境幽静，建筑物高低错落有致，以灰色为主色调，显得古朴、素雅而又庄重。校园最北端紧靠操场，是建成已有四百余年的古建筑群的部分遗存。史料记载，明代嘉靖年间这里曾为皇帝出行南方的行宫，此后一度成为庙宇及道观，现存的建筑呈三面围合式布局，其主殿坐北朝南，二层砖木结构，高台阶、宽外廊、坡屋顶、双翘檐，气派堂皇；东西配房青砖灰瓦，红漆门窗，肃穆静雅。将这里用做学校的教室，宽敞幽静，冬暖夏凉。往南走，经过一片灰砖铺地的小广场，是南北排列的五排灰砖平房，这些早些年建成的砖混结构的房屋，和北面那些古建筑组成初中三个年级的教学区。再往南，离学校大门不远处，前几年新建了一座两层灰砖楼房，是高中一二年级的大教室（当年的高中是两年制），共八间。柳河中学是全县三所完全建制中学中的一所，不少教师都是"文革"前的师范大学毕业生，学校综合实力不俗。

　　镇中学离疆远家约六公里，每天往返学校，对于身体残疾的疆

55

远很难坚持，为此，兰芳决定去学校找校长，请求安排疆远住校。那天，离开学还有一周，兰芳就让疆梅跟生产队长请了半天假，带领着她和疆远，一早便赶往镇中学。

此前，兰芳从未进入过镇中学的大门，也不认识校长，更不知道校长在哪间办公室办公，她叫疆梅请假带领着，就是怕老远的跑一趟找不到人，或是能找到人，却因从未见过面，连一个招呼都没打过，又怎么好开口请人家办事呢。何况，人家是校长，管着好几百名学生，好几十名老师，有多少事要办啊，让疆梅带领着，毕竟她曾经是这个学校的学生，而且她上初中时在学生中学习成绩也是拔尖的，校长还在全校的学生大会上表扬过她。老师说，要是当年镇中学有高中班，疆梅考上高中绝对没问题，就是大学也一准能考上，可惜疆梅没有赶上好时候。这些，兰芳心里都有数，她一直为自己生养了一个聪明漂亮的闺女而骄傲。她让疆梅来，也是想凭借当年她在学校时给校长和老师留下的好印象，来争取得到校长的帮助，起码，不会让校长对他们感觉太陌生，兰芳绝不希望因为不能住宿而耽误疆远上学。

约六公里的路，因疆远走路吃力，中途歇了两次，用了将近一个小时。尽管已是初春，早晨的天气依然凉意浓浓，他们赶到学校时，身上却热乎乎的，尤其是疆远，头上已冒出细密的汗珠，脸颊也红扑扑的。时隔五年多，疆梅这是头一次回到学校，她和看门的大爷隔窗打过招呼，又在放窗台上的一个褐色牛皮纸封面的登记簿上填写了姓名、来访事由等内容后，便带着兰芳和疆远走进了学校大门。她四下张望着，发现离开学校这几年，校园里多了一座二层小楼，靠近大门口的围墙旁，种了一排杨树，长得比对面的二层楼房还高。楼房前砌筑了两个椭圆形的花池子，里面栽满了月季，已长出鲜嫩碧绿的枝叶。除此之外，学校环境依然如故。

学生还没有开学，教职员工已提前一周到校准备新学期的教学工作，没有学生课堂上的朗朗读书声、没有课间同学间的嬉笑打闹声，此时的校园尤为寂静。疆梅引领着兰芳和疆远，很快就来到了校园西侧一排灰砖平房前，西头儿的那两间房，门口上方的墙壁上固定着一个三角形的木支架，支架上面挂着一块长方形的木牌，蓝底白字写着五个大字"校长办公室"。疆梅说："还是这个地方，没变。"她最先走到校长办公室门前，轻轻敲了两下，片刻，听到室内传来一声清亮的男中音："请进。"疆梅冲母亲点点头，便推开门，随后叫了一声："校长。"校长正坐在办公桌前低头写着什么，听见声音，觉得陌生，抬头望着站在门口的疆梅，先是一愣，但很快就认出是自己往届的学生，便起身招呼她。疆梅向校长问过好，又将兰芳和疆远介绍给他，校长拽过办公桌旁的椅子请他们坐下，又从茶盘里拿出水杯，倒了三杯开水，分别放到他们面前的桌子上。初次见到校长，兰芳感觉校长这人挺随和也很热情。

　　此前，在兰芳心目中，校长的形象是不苟言笑、庄重威严的领导，难以接近，因此，来之前她心里多少还有些紧张。但见面以后发现，校长的形象、言谈举止、待人的态度与她此前想象的均截然相反，他一点当官的架子都没有，兰芳心里的紧张情绪随即消失了。她站起身，很是正式地说："校长您好。"说完，又扭头捅了一下刚坐在身旁的疆远，示意他站起来。疆远连忙拿起拐杖，架到腋下，随后往起站，校长见状连忙摆手说："不用不用，快坐下。"疆远还是站了起来，他望着校长，不由得又叫了一声："校长。"兰芳这时接着说道："校长，我们一大早赶来，怕是惊着您了，请您多担待啊。"校长见兰芳这么诚恳、郑重、客气地讲话，便说："您坐下吧，有什么事尽管说。"母亲依然站着，疆远和疆梅也站着，母亲一字一句地向校长说明了来意，恳请校长帮助。校长沉思了片刻，又翻开新生登记册看了一会，随后说："柳疆远同学的情况我此前听说过，他品学兼优，这样的身体，能坚持学习不容易啊。至于住校的事，此前从未有先例，而且学校也没有学生宿舍。"校长面露难色，思考了一会，又对兰芳说："你别着急，容我想想办法，开学前一定回复你们。"话已至此,兰芳虽然没有得到校长的准确答复,但从他的态度上,母亲还是感觉到校长会尽力想办法的,但毕竟没得到准话,心里依然忐忑着,却又不便再多说什么。于是,他们三人连声谢过校长后,便离开了学校。

一周时间转眼即逝,眼看着明天就要开学了,疆远住校的事还没有消息,他心里焦急,却不能同兰芳说,他知道她心里比他还焦急,疆梅也急,这天中午,在老东屋吃午饭时,疆梅对兰芳说:"妈,要不我下午再去学校找校长问问情况吧。"兰芳犹豫着,半天没说话,都这个时候了,还没有接到校长的回话,怕是没指望了,起初的希望,此刻在兰芳心中已成为泡影,她感到惶惑无助。

兰芳垂着头,饭也吃不下,坐了一会,说道:"你们吃吧。"而后,便站起身朝外走。疆远望着母亲的侧影,他突然感到母亲苍老了许多,头上的白发又增多了,他心里很是难受,提高了嗓音对母亲说:"妈,如果我不能住校,就每天早些走,路上总能碰上村里去镇街拉货的马车,我就请他们捎我一段路。晚上放学,不用着急,就慢慢走,怎么着天黑前也能走到家,您不用发愁。"疆远故作轻松、也十分坚定地说着。母亲站住脚,头也没回说道:"这样一天两天能成,可时间长了怎么行,要是再赶上阴天下雨、刮风下雪路上湿滑怎么办?不成,咱们还得找校长,就是磨破了嘴皮子、跑断了腿咱也得磨、也得跑,非得住校不成,不住校,不能坚持学习,高中上不了,你将来怎么办?"兰芳说完就走了出去。疆远茫然地坐在那里,同样吃不下饭,那顿饭,他们一家人都没有吃。

许多年以后,疆声依然清晰地记得当时的情景,兰芳此前从未当着疆远的面,流露出对他未来生活的担忧,尽管她心里愁肠百结,无能为力,但她在他们面前始终是从容乐观的,当疆远自己苦闷消沉、情绪低落时,她却乐呵呵地说,不用愁,人只要活着,老天爷就会给他安排一个合适的位置,只是时间早晚的问题。疆远也明白,这是母亲在安慰他,哪有什么老天爷,但母亲的乐观,即便是装出来的，也或多或少地使疆远心里踏实了不少，同时，也促使疆远沉下心来，认真思考自己的未来，由此，他渐渐成熟、坚强起来，他不能再让母亲为自己的未来担忧了，他必须自己努力，自立自强。就目前的事情，如果不能住校，就是每天爬，也要爬到学校去，他更清醒地意识到上学对他的未来有多么重要。

那天中午，就在一家人为疆远住校的事焦虑、忧伤、痛苦、绝望的时候，院子里突然传来一个女孩子的喊声："二叔、二叔在家吗？"听声音有些陌生，疆声忙推开房门，见是村西头的雨生，她虽然只比疆远小三岁，但按辈分，该管疆远叫叔叔。

雨生那年在镇中学上初三，她勤快、懂事，从小就经常帮助母亲干家务活，养成了爱劳动的好习惯，有股子不怕吃苦的劲头，自打初二开始，就被老师和同学选为班里的生活委员，拿着教室门钥匙，每天早来晚走，带领班里同学打扫教室和环境卫生。冬天，还要为教室里的炉子生煤火，保证老师、学生们上课时不受冻。女生当生活委员，这在全校也是唯一。今天她依然是赶在开学头一天，回学校打扫教室卫生，为明天开学做准备。雨生从学校返回后，就径直来到疆远家，她一走进屋，就对疆远说："校长让我给你捎来一封信。"说着，她就从上衣兜里掏出一张折叠成长方形的信纸交给疆远。疆远心头一跳，是不是有好消息了？他连忙展开信纸，一目十行，迅速在上面扫了一遍，确认落款是校长的名字，随后又一字一句认真地看了一遍，字条上的字一色钢笔小楷，工工整整：

柳疆远同学：

根据你的申请及身体状况，并征询校总务科意见，经校务会研究，同意你住校学习，明日开学望带齐学习及住宿用品，按时入学报到。

祝你学习愉快，天天进步！

1974 年 2 月 23 日

最后是校长签名，三个字，字体稍大，仍是楷书，苍劲有力。

疆远看完信后，推开屋门，兴奋地冲刚走进老南屋的兰芳喊道："妈、妈，校长批准我住校了。校长批准我住校了！"兰芳正在屋里搓洗三个孩子换下来的外衣，听到喊声，她从洗衣盆旁站起身，也顾不上擦一把湿漉漉沾满肥皂泡沫的双手，用胳膊肘顶开屋门，抬脚跨出老南屋门槛儿，半信半疑地问道："你说啥？"疆远说："校长批准我住校了。"兰芳快步走回老东屋，见疆梅从疆远手里拿过校长写的那封信，正仔细看着，随后笑着说："这回好了。"母亲听她这么一说，长出了一口气，眼前一亮，说："校长真是个好人啊，回头咱得好好谢谢人家。"雨生一直站在他们身旁，看着这一家人既激动又兴奋的样子，她脸上也挂满了笑容，等他们平静下来后，她对疆远说："二叔，校长还让我告诉你，为安全，住宿的房间不能生火做饭，为解决吃饭问题，你可以在学校的教职工食堂打午饭。"没等疆远接话，兰芳便兴奋地说："那敢情好了，我原本还发愁吃饭的事咋办呢，还是校长想得周全。"雨生说："可不是吗，以前从来没有学生在教职工食堂打过饭，学校食堂做饭的师傅，是咱们乡有名的大厨师，饭菜做得可好吃了。"雨生的话，把大伙都逗笑了。

正是吃午饭的时候，雨生又带来了好消息，兰芳一家人都说要留雨生在家里吃午饭，兰芳还说："正好我也没吃呢，你陪我一起吃吧。"雨生羞涩地摇摇头，红着脸转身跑出了屋。雨生走后，兰芳脸上依然微笑着，看得出，她是发自内心地高兴，一块石头终于落地了，她心里踏实了不少，两手在围裙上擦了一把，随后说："吃饭吧。"那天，他们一家人，一顿午饭吃了两次，同样的饭菜，感觉两次的味道完全不同，这后一次，他们每个人都吃得很香，饭菜一点没剩下。

午饭后，兰芳开始为疆远准备明天住校需要带的物品：棉被搭在院子里的晾衣绳上晒，正是中午，初春的太阳暖融融的，晾晒了一晌午，棉被蓬松鼓胀起来，宣腾腾厚了很多，兰芳从柜子里取出一个新被罩，套在棉被上，又将被子叠好。下午，疆梅去生产队劳动，疆声也要准备开学的学习用品。疆远住校的物品，兰芳一个人打理，傍晚时，疆声和疆梅、疆远，望着老南屋土炕上堆起的物品如一座小山，都惊讶地叫了起来，没想到疆远住校用的物品收拾齐全了竟这么多。脸盆是兰芳去镇街百货商店新买的、白色带红边，盆底有两条红金鱼、一朵荷花，看上去很是欢快喜庆。除去被褥，还有几件换洗的衣服，叠得整整齐齐摆在一起，书包、饭盒、水杯等也都摆放在那里了。疆远望着这堆物品，内心纠结着怎么搬到学校去，自己身体不好，那么远的路，又得麻烦家里人了。疆远心里隐隐地一阵难过，这些年，为自己上学、吃饭穿衣等诸多事项，家里人都没少操心受累，尤其是母亲，更是操碎了心，想到这儿，他眼里突然就涌起一股泪水，他慌忙转过身去，用手背摸了一把眼睛，他不想让母亲看到，那样，母亲也会难受的，他心里清楚，这么多年来，自己身体残疾，已成为母亲的心病，触碰不得，否则，那会深深地伤害到她，为此，疆远处处都小心谨慎，在母亲面前从不因为自己身体残疾而悲观，相反，他却不断安慰母亲说："妈，您放心吧，我将来的日子不会比别人过得差。"

第五章

次日一大早，兰芳一家人就都起床了，匆忙洗漱、吃饭，而后，疆梅从老东屋推出那辆半新的自行车停放在院子里，准备驮运疆远住校用的行李物品。

这辆自行车还是八年前过春节时，柳峰从镇街供销社买回来的，说是让疆梅上学时骑，那年春天开学，疆梅在镇中学上初二。车子不是"飞鸽""永久""凤凰"那种名牌，而是一辆没有牌子的"组装"车，两个车轮儿以及车大梁、车后架、车把等主要部件，都是不同厂家生产的，而后再由一个厂家，添加些配件组装成整车出售，因此被称为"组装"车。虽说是组装的杂牌车，但性能一点不比名牌车差，骑了这么多年，依然没大毛病。买这辆车，实属偶然。当时，购自行车必须有工业品购物券，正巧那年春节前，疆梅他们家的一位远房叔叔的亲戚，弄到了一张自行车的购车券，一辆车要好几十元，又不是生活必需品，那家亲戚舍不得花那么多钱，就把购车券送给了疆梅的远房叔叔，远房叔叔家两个儿子都在上小学，还不会骑车，自己和老婆都在村里干农活，买车暂时也用不上，但购物券难得，作废很可惜，便拿给探亲在家的柳峰，他们都知道柳峰是铁路局的干部，工资高，也许能买。柳峰拿到购物券以后，和兰芳商量着说："咱闺女这一年上学没少吃苦，学校离家远，冬天天不亮就得走，又冷又黑，一走就是一年，不容易啊，毕竟她还小，弟弟更小，没人能陪她，要是有一辆车骑，省时省力，也不用走那么早了，放学还能早点到家帮你干些家务活儿，这不两全其美吗。再说，他们同学也有骑车上学的，她也学会了骑车，心里一定也想着能骑车上学，只是没和咱们说，闺女懂事，不想给家里添负担。"兰芳觉得柳峰分析得有道理，当然，她心里更清楚，柳峰从小就喜欢女儿、疼女儿，女儿是他的心头肉。再说，在农村，家里能有一辆自行车，出个远门，走个亲戚，赶集市，驮个货物，还是蛮方便的。尽管兰芳也舍不得花那好几十块钱，但她还是同意了。

那天是正月初几记不清了，柳峰带着疆梅在镇街供销社买下了这辆组装牌自行车，疆梅将车一推出供销社的大门，就迫不及待地骑了上去，新车，各个部件还没有调试，车座子位置高，疆梅毕竟还是个孩子，个子不高，她坐在车座子上，脚尖刚刚能接触到脚踏板，想要蹬脚踏板，身子就得向一则倾斜，这样一下左一下右，来回移动着身体，整个人像是挎在车大梁上左右跳动着。而且，随着左右跳动，她踩踏脚踏板的频率不由得就越来越快，车速也就越来越快，原本镇街里人就多，又是过年的时候，逛街的人就更多了，大人小孩，领着的、抱着的都有，还有上了年纪的老人，挂着拐棍，或是由家里晚辈搀扶着。

柳峰紧跟在疆梅身后，起初还能跟上，渐渐地车速快了，他开始小跑起来，跑了一段，就气喘吁吁了，被甩在后面。他望着疆梅骑在车上晃动的身影，车子几乎贴着行人驶过的情景，心里既焦急又害怕，他怕疆梅骑车不稳，撞到别人，摔着自己，他在身后大喊："慢点、慢点，等等我、等等我！"疆梅根本就没听到柳峰的喊叫，自顾自地向前骑行，好在没出什么意外，但她骑着这辆崭新的自行车从镇街中心驶过，着实吸引了不少行人的目光，那目光有惊喜有羡慕也有嫉妒。疆梅一口气骑出去老远，忽然想到父亲被甩在后面了，这才意识到自己犯了错误，连忙刹住车，站在原地，回头观望，却不见父亲的影子，她盘算着，自己这一阵猛骑，至少将父亲落下一里多路。她等了一会，还未见父亲的影子，就调转车头往回骑。

当她望见父亲时，柳峰正连走带跑、嘴里不停地喘着粗气，疆梅又紧蹬了两下自行车，来到父亲面前，跳下车，不好意思地说："爸，您没事吧？"柳峰盯着他，双手叉腰，一边点头一边喘着气，疆梅也不知再说什么好了，俩人默默地站了一会，便继续往回走。这回，疆梅没有再骑车，而是推着车陪着父亲慢慢走，还不时和父亲说着话，柳峰没说一句埋怨疆梅的话，只是反复嘱咐她："以后上学骑车，千万别骑得太快，像飞起来似的，摔着咋办，骑车要稳，就像走路，走得稳才能走得远。"柳峰顿了顿又说："人这一辈子，也像走路，首先要稳。"疆梅听着，不住地点头，柳峰的话，不知她真正听懂了没有。

疆梅推着自行车走进村里时，正是头晌午，太阳已升到头顶了，阳光也充足，正月里，村里大人小孩都比平时清闲了不少，亲朋好友、街坊邻居，三三两两，有说有笑，串门的、逛街的，玩耍的，村道上，来往的乡亲们比平常多了不少。一群穿着新衣服的孩子，见疆梅推着新车走来，呼地一下子围了过来，他一句、她一句，叽叽喳喳，像一群从四处飞落下来，抢啄撒在路上的米粒儿的麻雀。不同的是，麻雀用嘴，他们用手还用眼睛，你瞧，他们眼里放射出的目光充满惊讶、羡慕、渴望，他们跟着疆梅往回走，目光都盯着车子，有挨着车近的便伸出手摸一摸，或是扶着车子走一阵，好像这样就如同自己也骑过这辆新车似的。而大人们，和柳峰打着招呼，说一声过年好啊，随后，也将目光投向那辆新车。

疆声和疆梅把疆远住校用的物品，两个鼓鼓囊囊的大包裹，摞在一起，搬到自行车的后架上，再用麻绳横竖交叉绑牢。疆梅推着自行车，疆声在后面扶着，同时也帮着推，疆远跟在我们身后，他们姐弟三人，高高兴兴地向镇中学走去。

清晨，初春的村道上，行人寥寥，寒意依然浓重，自行车后架上驮着两个大包裹，像驮着重叠在一起的一座高耸的山峰，自行车走起来显得既沉重又笨拙。村路原本就东拐西拐，上坡下坡，坑坑洼洼的，疆梅双手握紧车把，控制着方向，两眼盯着路面，尽可能绕开有坑洼的地方，自行车忽左忽右，上坡下坡，人和车走起来既不快也不顺畅，只走了一会，他们身上就觉得热，脚步也没有刚出来时那么轻松了，速度明显地慢了下来，这倒应了疆远的步点，他架着拐，走不快。好在，村路只是一段，出了村，上了乡道，路面铺了沥青，比村路宽阔平坦了许多，车子也不再颠簸，他们的脚步不知不觉地又加快了，心里也感觉轻松愉悦了许多，尤其是疆梅，她面带笑容，兴致勃勃，边走边说，滔滔不绝。

疆梅说："至今，我依然清晰地记得，上初中一年级时，我就是这样每天走着去上学，一年四季，无冬历夏，那年母亲说我磨透了两双厚鞋底，多亏母亲为我准备了四双鞋，冬天、夏天各两双，轮换着穿，才挺过了那一年。我更清晰地记得，那些年的春秋天，母亲每天晚上都会坐在灯下，借着昏黄的灯光，埋着头，不是缝衣服，就是纳鞋底。做鞋，纳鞋底最耗工夫。现在想想，咱们三个半大的孩子，正是贪玩的时候，衣服、鞋都穿得费，尤其是我，走路多，最费鞋。疆远虽然没有我走那么多路，但他走路时，那条好腿、好脚用力大，那只脚上的鞋总是先被磨损，左边胳肢窝那个地方的衣服，平时架拐杖，也最爱被磨透磨烂，母亲为咱们缝制、修补衣服和鞋，占用了她许多休息时间，耗费了许多体力，她为咱们付出的真是太多了。"顿了顿，疆梅又说："我那年步行上学，冬天天亮得晚，气温比现在低，早晨头上顶着星星、脸被北风吹得生疼。夏天，太阳升起后追着人走，因为是赶往西北方向，后背像背着太阳，暖烘烘的，久了，就有些发热发烫，如同背着一个暖炉，身上一会就冒汗了。但我从来没说过累，也没埋怨过路远，更没觉得有多苦。后来，爸爸给我买了这辆自行车，我骑着自行车上学，那感觉真是快乐无比。"

多年以后，当疆梅他们姐弟三人长大后，先后离开老家，各自成家有了子女，过年过节聚在一起，聊起那段日子时，疆梅总会感慨地说："我是沾了父亲的光，要不初中三年，一天往返走十三四里路，三年得走多少里路啊，是不是也快赶上两万五千里长征了。"疆声说："其实，我们都是沾了父亲的光。"一年以后，疆声上高中时，因为有了那辆车，就没有像疆梅上初一时那样天天走路。同样，疆远住校一年后，也不用再住校了，疆声每天骑着那辆组装牌的自行车，驮着他往返于学校与家之间，他终于可以天天回家和家里人吃住在一起了。

送疆远住校的路上，疆梅说个不停，疆声知道，她是真心高兴，疆梅上学时也是品学兼优的好学生，只是当年她初中毕业时，镇中学还没有高中班，不能升学继续读书，疆梅当时多想上学啊。现在，疆远可以上高中了，他是他们姐弟中第一个高中生，疆梅羡慕他，也为他高兴。

不知不觉，他们已走过镇街，来到横跨柳河的大石桥上，说实话，从小长在柳河边，却极少清晨来到大石桥上，许是因为距离稍远吧。柳河村在大石桥东南方，离大石桥有四公里。那天，疆远他们走在大石桥上，火红的太阳刚刚升起，霞光照耀在柳河清澈的水面上，波光粼粼，两岸的垂柳随着阵阵微风掠过，枝条摇曳，像翩翩起舞的少女，婀娜多姿。清晨柳河美丽壮观的景色，深深地吸引着疆声的目光，他兴奋地对疆梅说："大姐，你瞧，咱这柳河多美啊。"疆梅说："红日东升时美，夕阳西下时，晚霞照亮西山、染红朵朵白云，站在古老的大石桥上，向西远眺，柳河出西山，蜿蜒东下，波光映衬着绵延起伏的西山、游走的彩云，那景象更美呢。我上学时，有时放学晚，走到这里，驻足向西眺望，常常能看到这样的景象，你们以后也经常会看到的。"疆梅的描述，疆声听后忽然觉得，疆梅好会说好能说、好聪明好有才啊，怨不得母亲总说："你大姐要是能上高中、一准能考上大学，将来一定是个握笔杆子写一手好文章吃官饭的漂亮女子。"那会儿，母亲的话竟突然变得文绉绉的，那一定是意由心生、不由自主吧。当时，疆声便咯咯笑着对母亲说：

"妈，大姐和二哥的表达能力一定是您遗传的吧。"兰芳一本正经地说："笑什么，你不信，不信你问问你大姐，她写的作文，都当范文在班里读，我当初要是留下她的作文本就好了，上面有老师的评语，那是证明。"母亲越说语气越严肃，疆声连忙说："信、信，哪能不信呢。"兰芳这才换了一副口气，嗔怪道："你啊，这一点，就是不如你大姐不如你二哥，你太贪玩儿，你……"疆声做了个鬼脸，不再吱声，这样的话兰芳说过不止一次，疆声却始终没往心里去，但疆声并不反驳，也相信母亲的话一点没错，疆梅、疆远学习都比疆声好，疆声在家里是老小，多少有些受宠，学习上远没有疆梅和疆远用功。

提到柳河，疆梅兴致勃发，她推着自行车，眼睛盯着前方，话仍是滔滔不绝。她说："夏天进入雨季，柳河水涨满河床，河面比往日宽阔了很多，河水淹没了11孔桥洞，水深三丈，多亏河床宽阔，水流看上去平缓，实则湍急。下午放学时，走到大石桥上，学生们禁不住会停下脚步，向远处眺望一阵，河水奔流激荡，暖阳洒向河面，波光粼粼，晃得人有些睁不开眼。"

疆梅顿了顿，接着说道："在大石桥的东侧，河的下游方向，大石桥乳白色宽厚的石栏板上，常会看到有水性好、胆子大的年轻小伙子，站在上面，身上只穿一条短裤，裸露着矫健的身躯，尤其是那隆起的胸肌、和小腿肚子上像握紧的拳头那样坚实的肌肉，让人感觉到他们浑身上下都有使不完的力量。小伙子先是扬起双臂，手掌并拢在一起，而后，双脚靠拢，两腿一曲一伸，脚掌就势用力一蹬，纵身向前一跃，一条优美的弧线在众人的视线中滑过，他一头扎入河水中，围观的人们，一阵惊呼，目光齐刷刷地投向河水中，跳水的小伙子瞬间不见了踪影，人们一阵躁动，神情显得有些紧张、慌乱，有些焦急不安，目光依旧紧盯着宽阔的水面，期待着那个跳水的小伙子忽然从哪块水面上露出头来。不知过了多久，感觉是挺长时间了，突然，不知是谁最先伸手一指，高喊一声，看啊，在那儿呢。其他人闻声顺着他手指的方向，向前眺望，只见几十米开外的水面上，冒出一个黑点，而后，露出一个脑袋，又露出上半个身子，是那个小伙子，就是他，围观的人发出一阵惊呼，真是好水性啊。那小伙子伸手在脸上抹了一把，甩了甩头，转过身，扬起手臂，向大石桥上围观的众人挥挥手，随后，交替挥舞着双臂就近向岸边游去，人们悬着的心终于沉了下来。当年，那些跳水的小伙子，在人们眼里简直就是英雄，都羡慕呢，羡慕他们水性好，也羡慕他们健壮的身体，在乡下年轻小伙子若有一副好身板，就预示着将来能担起家庭重担，顶门立户过好日子，谁家有大闺女，找婆家，看中的也少不了这一条。"

疆梅边走边讲，她讲得动听，疆声听得入神，不时问这问那，疆梅也是有问必答，而疆远对疆梅讲述的这些与柳河相关的故事，似乎并不怎么在意，他只是埋头走路，两眼盯着路面，仿佛是害怕路面不平，会摔倒似的，他不插话、也不提问、更不附和、脸上也没有任何表情，与平时判如两人。疆梅推车走在前面，极少回头，她看不到疆远的表情，而疆声的位置，基本和疆远平行，疆声发觉他的面目表情一直很淡漠，似乎对疆梅讲述的那个跳水的小伙子并不羡慕，甚至还有些不屑一顾。当疆梅说道，乡下人家大闺女找婆家的那些话时，疆远终于忍不住了，冷不丁冒出一句："光有个好身板将来未必就有出息。"说这话时，他语气生硬，像是在和谁赌气，说着气话。疆远突然冒出这句话，让疆声和疆梅心里不禁大吃一惊，疆梅回过头看了疆远一眼，似乎感觉到了什么，便不再言语了。

一年后，当疆声也到镇中学上高中时，夏天雨季，柳河水上涨，没过大石桥的11孔桥洞时，也经常会看到，身板强壮水性好的年轻小伙子，站在大石桥石栏板上，纵身一跃，跳进翻滚奔流着的河水之中，过一会，从远处露出头来，又挥臂在河里游起泳来，他们是那样的潇洒、欢快，尽情享受置身河水中凉爽舒适的感觉。此刻，疆声耳旁就会响起一年前，他和疆梅送疆远上高中路过这里时，疆远说过的话："光有个好身板将来未必就能有出息。"如今，疆声又长大了一岁，对疆远说的话，又多了一份理解。疆远，他左腿残疾，好身板是不可能有了，按乡下人的说法，他将来是很难娶上媳妇，顶门立户过上好日子的。对此，他内心又是怎么想的呢，赌气也好、要强也罢，反正他不服，身体已然如此，他无能为力，那就真的没有好日子过了吗，他其实是想说，他会努力学习，做一个有知识、有文化的人，靠智慧和技能，将来同样也能过上好日子，不信，咱们就走着瞧。虽然疆远那时还差几个月18岁，但他已把自己当成成年人了，他虽然不会游泳，更不可能站到大石桥石栏板上，穿一条短裤，将不算强健的腰身、特别是那条残疾的左腿裸露出来展示给众人看，而那些跳水的小伙子，他们几乎全裸的身躯，就实实在在地站立在那里，被男女老少不知多少人看在眼里。其实，疆远心里对那些身体强健、敢于跳水的小伙子也是心存敬重的，甚至是羡慕，他要是身体好，也一定会像他们一样去尝试跳水，去体验那一瞬间从大石桥上飞身一跃跳入柳河之中的勇猛和快乐，他从来都是不服输的人，天生就是这么个性格，随谁？疆声说不准。可如今他只有羡慕的份了，他因此难免有些失落，有些妒忌，更有些烦恼。他根本不会游泳，自小就不可能有机会下水，就因为他那条残疾的左腿。他也不可能在众人面前展示自己那条腿，那条腿的小腿肚子上，更不会有坚实的像攥紧的拳头那样隆起的肌肉，相反，比起发育正常的右腿，它细了一圈、短了一截，软弱无力。平时，疆远从不当着外人穿短裤，一年四季，即便是湿热的暑期，只要不是在家里，他都穿长裤，在外人面前，他从不裸露那只残疾的腿、脚。如今，疆声能理解他，也能理解他当初为什么会说出那句话。疆声更相信，在那之前，疆远心里早已暗暗下定决心，身体残疾不可改变，但是，只要自己努力学习，掌握更多的文化知识，将来用脑力取代体力，用文化知识谋求美好幸福的生活，命运一定会改变。

第六章

　　疆声在镇中学上高中后才知道，受财力所限，学校教职工食堂只请了一名男厨师、一名女帮厨，两个人都是附近的村民，都是村里委派的临时工。男厨师姓洪，五十岁出头，老师和学生都叫他洪师傅，他的厨艺是祖传的，父亲曾在北平城安定门附近一家饭店做厨师，带着两名曾跪拜磕头的徒弟和几个打下手的伙计，为主家撑起一座不大不小名为德仁居的饭庄，曾有过不错的口碑。新中国成立后，公司合营，饭店性质改变，他年岁也大了，回乡养老是当初的最佳选择。在乡下，厨艺施展的机会虽少，却没丢下，因为名声在外，十里八乡的，谁家有个红白喜事，搭大棚，摆酒席，无论繁简，都少不了请他主厨，他有求必应，一是由此挣点现钱贴补家中日常开销，同时，他带上已长大成人的儿子，借此机会，教他厨艺。平日在家，空闲了，他也经常说些红案白案水案上的事，并亲手示范。言传身教，渐渐地，儿子的厨艺大有长进，一般席面上的菜肴都能上手烹饪，面点制作也拿手，在当地渐渐便有了些名气，正应了那句老话，机会总是留给那些有准备的人，那年，学校开办教职工食堂，急需厨师，村里推荐了洪师傅。那时候，能走出村子，离开庄稼地，既挣工分，又外加学校每月十元的现金补助，那可是人人羡慕、可望而不可即的好事。

　　洪师傅和那位女帮厨，把学校食堂里里外外所有事物都包下了：采买食材、炒菜蒸饭、打饭卖饭、清洁食堂卫生，虽然只做一顿午饭，但三四十人的饭菜，两个人从早上一直要忙到下午学生放学。

疆远住校时的房间位于学校大门口南侧，此前是一间储物室，专门用于存放打扫卫生使用的工具，因为是临时改做宿舍，又是一个人居住，教务处为防止煤气中毒，规定房间内不许生煤火，这点，疆远和兰芳都理解。但那间房低矮阴暗，只有一个小窗户，夏天潮湿、还能忍耐，到了冬天，房间内不生火，寒冷程度可想而知。疆远只好将窗户里外都糊上报纸，门缝塞入叠成长条状的报纸或碎布条，尽可能阻止风和寒气侵入。晚上睡觉，用一个大玻璃水瓶灌满开水，拧紧瓶盖儿，提前塞入被窝中预热，睡觉前尽量不喝水，避免起夜上厕所。总之，为了防寒，疆远想尽了办法。

因为住处离学校大门近，疆远早晨起床后，上厕所、洗漱、去锅炉房打开水，出来进去，常会碰到一早来上班的洪师傅和女帮厨，疆远主动和他们打招呼，问好，一来二去就熟悉了。疆远每天中午在食堂买一份米饭一份素菜，装进饭盒，这是午饭，再买两个馒头，装进一个布袋，留做晚上及第二天早晨食用。每次他都是买了饭菜端回宿舍再吃，食堂有桌椅，教职员工大多数人都是拿着碗筷、饭盒，买了饭菜，三两个人坐在一起，边吃边聊，吃完了走到水池子边，把碗筷、饭盒冲洗干净，而后仍是三三两两、有说有笑地一同离去。

有一天早晨，疆远打开水回来，在校门口遇到洪师傅，洪师傅停下脚步，问疆远："你每天打了饭就回宿舍，为啥不在食堂吃了再走，端来端去地多不方便？"疆远脸一红，说："食堂人多，不习惯。"洪师傅看着疆远，想着他每天都是一饭一菜，外加两个馒头，这一天的饭菜，实在单一、清淡了些，洪师傅想着却不再多问，转身走了，他心里明白，这孩子要面子啊，听说学习一直很好，要不校长怎么会照顾他住校呢。以后，隔三岔五地，洪师傅下班时，走到校门口，敲开疆远住的那间小平房的门，将一盒剩饭菜送给他，疆远却说："洪师傅我不能要，老师会说的。"洪师傅说："哪个食堂的饭菜可丁可卯一点不剩啊，剩了不吃放坏了，就是浪费，不如吃了好，老师们都懂这个理儿，不会说的。" 疆远红着脸，接过饭菜，嘴里连声说着谢谢。有了洪师傅的帮衬，以及家里偶尔蒸了包子、菜团子，母亲便用一个透气的布袋子装好，让疆声下午放学后，骑着自行车到镇中学，给疆远送去，疆远住校时的伙食因此多少得到了一些改善。

疆远住校后，每到周末，疆声便骑自行车去镇中学接他回家，周日晚上再送他返校，这样坚持了一年，次年，疆声也升入镇中学高中班，他便骑着那辆组装牌的自行车，每天驮着疆远来往于学校，疆远终于不用再住校了。

疆远上高二那年，学校开门办学，高中二年级的学生，上午学文化课，下午学专业课，疆远学的专业是医疗卫生，在赤脚医生班，也叫红医班，由公社卫生院的医生讲授医疗卫生知识，再到公社卫生院、村卫生室跟着大夫、赤脚医生实习。学校还和乡里的兽医站、农技站联合，开办了兽医、家禽养殖、农用机械等适合农业农村生产生活的专业班。一年过后，疆远已基本具备了一名赤脚医生的医疗知识与技能，经公社卫生院统一考核，获得了赤脚医生学习班结业证，那种大红封面、烫着亮闪闪的金字、很耀眼也很漂亮的证书。疆远拿回家时，他们全家人轮换着捧在手里看，觉得新奇，更觉得光荣。而兰芳心里则想得更多，她做梦都想着疆远高中毕业后，能回村当一名赤脚医生。她心里明白，在农村，一个残疾人，能有一份体面的工作，自食其力养活自己，并为村民服务，那是多么不容易，又是多么大的喜事啊。兰芳手捧着那个结业证书，端详了好一阵，随后对疆远说："把它摆到堂屋正中的桌子上，老乡亲来串门，让他们都看看，你以后可以当医生了。"

疆远学医，像学文化课那样认真刻苦。他居住的老南屋，有一张硬木黑漆方桌，是祖辈传下来的，虽然老旧，却宽大、结实耐用，疆声贪玩，很少踏踏实实坐在方桌前看书学习，这张桌子，基本由疆远专用。方桌旁边，靠墙立着一个高一米六七、长约两米的小书架，这是疆远在柳河村卫生室实习那年，看见村里谁家请木匠打橱柜、做门窗时，便和人家商量，要两块废弃的边角木料带回家存放起来，这样积少成多，加上家里原有的一些旧木料，当年秋天，他从村里木匠师傅那里借来锯、刨子等工具，连续三天利用中午和傍晚时间，制成了这个小书架，实现了自己期待已久的心愿。

疆远几年前就跟疆声说过，有一次去初中语文老师家里借书，看到他家靠窗户那面墙，立着一个又高又大的木制书架，上面整整齐齐摆满了各种图书，他说，他当时都看呆了，眼花缭乱的，在那个书架前，他足足站立了十多分钟，语文老师问他，找到你喜欢看的书了吗？他一时竟语无伦次，不知怎么回答，面对那么多书籍，他真的蒙了，在农村，他从未见过谁家屋里摆放过这么多图书，而且，绝大部分他都没见过更没读过。在疆远心目中，书架的好处，既可以存放书籍，又便于随时取出来阅读，还能当展示柜，将好看的图片、夹在镜框里的相片，甚至是不知什么时候在哪里捡到的一块光滑的、带有黑白花纹的河卵石，作为书架的装饰、点缀，统统摆放在书架上，多漂亮多有意思啊。那一刻，他心里便生出一个念头，将来，自己也要像语文老师那样，有一个属于自己的书架，装满自己喜欢的书籍，摆放在方桌旁。小书架做成后的那些天，疆远心里始终兴奋着，无论是从学校或是卫生室回到家，第一件事，就是忙着归拢那些平时散落在窗台、方桌、炕头上的书籍，还有老东屋父亲托运回来的那个木板箱子里的书，他也挑选了一部分自己喜欢的，而后，又分门别类摆放到书架上：小说、诗歌、人物传记，初中、高中的政治、语文、数学、历史、地理课本，以及医疗卫生知识等书籍，还有少量多年前的期刊画报，是老师送给他的，小书架上图书摆得满满当当，书架虽然比不上语文老师那个书架那么大，书也没有那么多，但疆远内心十分满足，并感到无比幸福与快乐。

那年，疆远在红医班学习医疗卫生知识技能，达到入迷的程度。每天晚上，他都会端坐在老南屋内的方桌前，借着从房梁上垂下来的 15 瓦灯泡发出的昏黄的光线，翻阅那本厚厚的《医疗卫生基础知识》，还边看边做笔记，不懂的问题全记在笔记本上，第二天再找公社卫生院的大夫求教。

疆远高中毕业时，医疗卫生基础知识和技能考核成绩优秀，经学校和公社卫生院推荐，回村后，如愿当上了一名赤脚医生。

第七章

柳河村卫生室,此前只有一名女赤脚医生,年龄五十出头,姓杨,早先,她父亲是乡村医生,行医几十年,把脉、开药方、按摩、推拿,治疗头疼脑热、跌打损伤等常见病可谓得心应手。打记事起,她整天看着父亲给上门来的病人诊断病情开药方,耳濡目染,长大后便已熟记一些草药名和药方,尤其是针对妇女的常见病,怎么调理、开出哪几味药管用、见效快,她尤为拿手。嫁到柳河村,村里许多人都知道她爹行医,在当年并不富裕的乡村,村里人有个病闹个灾的,谁舍得花钱去公社或县里医院看病拿药,都就近找到她,她从不推辞,仔细询问、诊断病情,只要自己认为能治的病,便开出中药方,嘱咐病人尽早去药店抓药,按时按量服用。她看病,从不主动收钱,来问病开药的人,手头有零钱,撂下三毛五毛,没现钱的,过后,端着一碗米,或是拎着一捆地里刚割下来的韭菜,或是提着一布兜子刚摘下来的茄子、西红柿,放到屋门外的台阶上,招呼一声,便转身离去,没有一句客套话,都是乡里乡亲的,看中的是一份情意。后来,各村都设立了卫生室,公社卫生院对原有的乡村医生进行培训考核,而后陆续上岗担任赤脚医生,杨大夫就在那时当上了村里唯一一名赤脚医生。

二百多户人家、一千多口人的柳河村,只有一名赤脚医生显然不够用,疆远的加入,增强了村里的医疗卫生力量。面前,有老赤脚医生做榜样,疆远自然对工作不敢有半点懈怠,他暗自下定决心,要做一名医德好、医术精的赤脚医生。疆远年轻，好学，基本医疗技能掌握得好，比如打针，他手法娴熟、动作干净利索，病人几乎没有明显感觉，针就打完了，连小孩子打针时也不哭不闹、打完针，问他疼吗？他摇摇头说不疼。起初，有些生病的孩子，一说去卫生室，一提打针，就害怕，就又哭又闹地死活不去，大人则连哄带吓，好不容易把孩子领进卫生室，真要打针了，一走到床边，那孩子立刻又哭闹起来，手脚不停地乱抓乱蹬，大人使劲将其按倒在床上，褪下裤子，这样才勉强将针扎下去，可针扎下去后，孩子却突然不哭了，愣怔着，不知在想什么，或是感受到了什么，这会，疆远已拔出针头，笑着问那孩子："疼吗？"那孩子摇摇头，疆远又问："那以后有病还害怕打针吗？"那孩子盯着疆远，想了想说："不怕。"疆远轻轻拍着孩子的头，夸奖道："你真勇敢。"孩子羞涩地破涕为笑，扭头扎进大人怀里。

在村里开展扎针灸、拔火罐等医疗项目，在当年公社各村的赤脚医生中疆远是第一人。一次，他和杨大夫谈论起村民看病的问题，杨大夫说："现在村民生活还不富裕，生病了，只要不是大病急病，都是顶着扛着，实在不舒服了，才来卫生室开点药，就对付过去了，不是他们不重视、不当回事，最主要的是，他们舍不得花钱，有些慢性病，反反复复，时好时坏，最后拖成了大病，都是源于一开始就没有很好地、持续地治疗。还有些慢性病，是可以通过扎针灸、拔火罐，再配合中药或西药，便可以获得很好的治疗效果，病人也能少花许多钱。只可惜，我虽然是个土医生，以前却从没学过扎针灸，现在年纪一天比一天大，眼也花了，尤其是天一黑，看东西都费劲，再加上这手，越想专注干点事，它就越是微微颤抖，甭说扎针，就是手指捏针恐怕都捏不稳当了。"说着，她无奈地摇摇头，自嘲地笑了笑。疆远知道她一贯低调谦和，但她的身体情况他是清楚的，她没有半点夸张，他也听出来了，她是希望村里卫生室能开展针灸、拔罐等医疗项目，这样既丰富了治疗手段，又减轻了村民看病的费用，毕竟，针灸、拔火罐等治疗方式方法，成本低，方便灵活，节省时间，不耽误农活。村民一定会喜欢，关键是不少疾病通过针灸、拔罐治疗后，疗效确实不错。这次交流，疆远心里生出一个想法，他认真考虑了几天后，对杨大夫说："我想自学扎针灸、拔火罐。"杨大夫望着他，高兴地说："那太好了，你学吧，我支持你，有什么问题我们一起想办法解决。"

疆远说到做到，他托人在县里的医疗器材商店自费买了钢针、火罐，又去新华书店买了针灸基础理论、技法、治疗指南等方面书籍及人体穴位挂图，书他随身携带，有空就看一会。人体穴位图，他在卫生室和家里的老南屋的墙壁上各挂了一张，还在家里准备了医用酒精、卫生棉球等物品。起初，疆声不知他要干什么，以为是装饰，他是医生，住的地方要有医生的特点，也方便应急处理一些磕磕碰碰的外伤，因此，疆声并未在意。后来，疆声发现疆远每天晚上，只要不外出看病，就坐在老南屋里的方桌旁，手捧一本厚厚的实用针灸手册，对着白墙上的人体挂图，看一会书，站起身，将头探向那张挂图，两眼紧盯着它，手指在上面慢慢地滑动着，他在寻找着什么，突然，手指停住了，他指着挂图上面的那个小字，目不转睛地看着，嘴里还反复念着那上面的字，那是个穴位名称。而后，又在自己的身上相对应的位置，找到那个穴位，在那里按住，仔细地瞧着，又把一只、两只或三只四只手指并拢起来，在那个穴位与其他位置之间测量着相隔的距离，这样反反复复多次之后，才又接着看书。看了一会，又站起身，头探向挂图，手指又在图上慢慢移动着，寻找着新的穴位，而后，又在自己身上比对，如此这般，反反复复，几乎每天如此。疆声还发现，方桌上有一个宽不到十公分、长十多公分的帆布包，用手按一按，感觉有些弹性、不软不硬的，疆声看到疆远经常手指捏住钢针，在上面一次一次反复地练习扎入、原位捻动、提针、再捻动、再扎入，而后拔出，疆声听疆远说过，这叫练习针灸的指法，只有熟练掌握了指法，钢针扎入人体时才不会有明显的痛感，疗效也才能好。后来，疆远在自己身体上选定穴位，从那个长方形银灰色的小金属盒子里，取出一支钢针，用酒精棉球在选定的穴位皮肤周边，由里向外转着圈擦拭消毒后，对准那个穴位将钢针扎了进去。有一次，疆声看到疆远用足有十公分长的钢针扎进腹部，还用食指、中指、拇指捏住针柄，不停地捻动、提起再插入，或深或浅，吓得疆声惊叫起来，慌忙三步并做两步跑出屋，喊来母亲制止他。疆远却笑着对母亲说："没事、没事，我都扎过好多次了。"母亲望着他，一时竟不知说什么。不仅腹部，疆声还不止一次看到疆远在自己的四肢、面颊、肩膀等部位练习扎针灸。疆远有一个可以随身携带的针灸盒，里面装着大大小小各种型号的钢针二十多只，随时可以为病人进行针灸治疗，也方便在自己身上练习针灸技法，积累经验。

许多年过后，回想疆远用一根一根细长的、银光闪闪的钢针扎入自己身体的情景，疆声心里仍会一阵阵发紧。

不仅如此，那年，疆远每周还抽出时间去一趟镇卫生院，找针灸医师请教，经医师的传授，加之自己的不断钻研，他的针灸技术长进很快，可以熟练地用于治疗常见病及多发病。

相对于针灸，拔火罐需根据病症，找准穴位，或确定适合的部位，操作时，不能烫伤病人皮肤，手法需熟练并掌握技巧。

自学了这些技能，经过请示公社卫生院领导同意，疆远在全公社村级卫生室率先开展扎针灸、拔火罐的治疗科目。虽说像扎针、拔火罐、刮痧等疗法在民间一直很流行，但那毕竟是极少数人凭借祖传的一些手法，或是听人说或是在哪儿看了个大概，便尝试、模仿着操作，也多是针对常见的上火、头痛，或者是受到风寒侵袭，肩膀痛、腰痛等一时治不好也碍不着大事的毛病，煞有介事地鼓捣一番罢了，至于效果就没准儿了，与医疗标准的要求相差甚远。尽管如此，疆远刚开展这项医疗服务时，一些村民听说他要为病人扎针灸、拔火罐，都不以为然，并心存疑虑，甚至风言风语：一个赤脚医生，又没专门接受过培训，凭自学就能扎针灸，就能治病？那不谁都可以当大夫了，怕是在病人身上练手艺吧，赶上谁倒霉，病没治好，再把人扎残废了，像他似的，一辈子不就毁了吗。

部分村民的不解、牢骚甚至冷嘲热讽，使疆远出师不利。此前他心里已有所准备，但心情依然郁闷、焦虑，他一边观察情况的发展变化，一边分析原因，琢磨对策，他觉得村民对针灸治疗虽说早已耳闻目睹，但毕竟有局限，多是村民间私下的传说，有好有坏、有真有假，似是而非，模棱两可。而自己毕竟是自学的，人们有疑问、有担忧也属正常，只要自己坚持，公社卫生院支持，再多做宣传，相信乡亲们渐渐地就会接受。如此一想，疆远的信念并未减退，他还想出一个办法，在农闲时，每个周日下午，在村卫生室搞一次针灸、拔火罐现场咨询、操作展示活动，请村民来，现场答疑，消除他们的顾虑。疆远的想法得到了杨大夫的支持，她说："这个办法好啊，我配合你，咱们来个真人秀，现身说法，就像平时你为我治疗手臂麻木颤抖的毛病那样，在我身上扎，让他们看，我再介绍经过这一段时间的针灸治疗取得的疗效，他们一定会有所触动。我还想，请公社卫生院理疗室的关大夫来，给你站台助威，他可是咱们公社卫生院理疗室的医师啊，按摩、针灸、拔火罐他最拿手，乡亲们都知道，他一来，什么都不用说，大家心里就放心了。"疆远一听，高兴得不得了，连声说："还是您点子多，我怎么就没想到请关大夫来助阵呢。"

那年麦收过后，地里的农活少了，一连几个周日下午，疆远在村卫生室屋里屋外，摆开几张桌子几把椅子，摆放好针灸、拔火罐的器具，疆远、杨大夫、镇医院的关大夫一同坐诊，乡亲们也是头一回见到卫生室的大夫为给村民推广治病新方法，专门请来公社卫生院的大夫，摆开场面，大张旗鼓地宣传，既惊又喜。大人小孩儿来了不少，有想看热闹的，也有想了解情况的，无论抱着什么目的来的人，疆远都热情欢迎，有问必答，还现场为杨大夫扎针灸、拔火罐。疆远规范娴熟的操作，关大夫详细的讲解说明，以及对疆远的针灸、拔罐技能充分的肯定，让那些在现场亲眼观看的乡亲们都信服了，还不住地点头称赞，此前，那些说过风凉话的人也都沉默不语了。

疆远一边工作一边努力学习，不仅医疗技能不断提升，而且对病人服务热情周到，渐渐地乡亲们谁有个头疼脑热、腰酸背痛，或是哪里感觉不舒服了，都愿意找他，或扎针灸、拔火罐儿，或打针、开药。有的病人年纪大，腿脚不便，家离卫生室远；有的病人半夜突然发病，家属跑来喊他到家里诊治，他总是二话不说，穿好衣服，肩挎卫生箱，跟着病人家属就走。柳河村狭长，从东头到西头足有三四里的距离，地势高低不平，村道宽窄不一，坑坑洼洼很是难走。白天、晴天，都好克服，若是夜间、雨雪大风天，对疆远来说，肩挎卫生箱，一手架拐，一手撑伞，走起路来慢且吃力，尽管小心谨慎，也难免脚下一滑，摔个仰八叉，浑身上下沾满泥水灰土。走进病人家里时，经常是一身汗水、一身泥水，病人及家属见了，都不免心疼，心疼他的身体，心疼这么一个热心肠的人，怎么会被这条腿给拖累了呢。村里那些从小看着疆远长大的大爷大娘，每当提起他，同样都会为他惋惜，感慨，甚至无奈地叹息，这孩子是受累的命啊。

第八章

　　1976年初夏，柳河公社卫生院举办第二届赤脚医生培训班，学员来自各村选派的赤脚医生，以及镇中学红医班的学生。柳河村的雨生，那年上高二，作为镇中学红医班的一员，也身在其中。公社卫生院的会议室，临时改做大课堂，满满地坐了五十多人。

　　雨生的座位在第二排，她正后方是疆远的座位。雨生和疆远虽是同村人，但她家住村西，疆远家住村东，相隔约二里多路，平时来往并不多。何况，这大姑娘、小伙子，正是春情激荡、内心躁动的年龄，男女间的事，既懵懵懂懂、似懂非懂，充满好奇与渴望，又遮遮掩掩、欲说还羞、欲言又止。另外，疆远身体残疾，平时若不是去看病人，外出相对会少些，与雨生接触的机会就更少了。在培训班，疆远每天都能见到她，论辈分、年龄雨生都比疆远小，但她知大知小、懂事、懂礼，每次见面，都主动和疆远打招呼，叫一声："二叔。"疆远回一声："来了。"这一天，俩人的话，到此就结束了。这一天，当然不只见这一次面，课间、回家的路上，或是在村里，还会遇见，往往彼此点个头，看一眼，就算打了招呼。

　　坐在雨生身后的疆远，与她只隔着一张桌子，会议室的桌子长条形，最多只有二尺宽，二尺外就是雨生的头和后背。正是夏季，天气有些闷热，学员上课都穿着短袖衬衫，雨生也不例外，她穿的那件白色点缀着一朵一朵小蓝花的翻领短袖衫，无论是款式、花色、布料质地都是当年姑娘们最喜欢的。雨生原本就长得漂亮，再穿上这件新颖合身的衬衫，在培训班女学生中更显得靓丽出众。那条垂在脑后乌黑的发辫，辫梢越过肩膀，辫子上的一结一扣都编得紧实规整，一看便知是出自一个心细手巧的姑娘之手。辫梢经常会垂落至疆远面前课桌的边沿上，由于纤细柔软，垂落到上面便打个小弯，高高地翘起，有点倔强，有点调皮，也有一点温柔。这些仿佛都构成了一种诱惑，疆远的目光，便不由自主地转移到桌面上那翘起的发梢上。不仅如此，雨生露在衬衫领口侧上方、与耳垂下面那片细腻白皙的脖颈、其皮肤上柔软纤细的汗毛，以及那颗如小米粒般大小的黑痣，都真实生动地呈现在疆远眼前，他的目光，便不由自主地从授课医生的身上转移过去，精力不能完全集中于医生的讲授，思维也常常偏离课题内容。虽然这种情况的出现都是短暂的，也都及时纠正了，并在心里反复提醒自己，要专心听讲、专心听讲，可下一节课，疆远还会目光偏离、神不守舍，为此他也极为懊恼，一时却又难以控制。

怎么说呢，雨生这姑娘，人长得是没挑了，虽说打小生长在农村，许是遗传因素，她父亲身材魁梧，五官端庄。母亲身材高挑，皮肤白净，眉清目秀。如此一对俊朗秀美的男女，即使出现在生活条件优越的城市、在众多城市青年男女当中，无疑也是佼佼者。他们自身这些优点，恰恰都遗传给了雨生，她身材适中，匀称饱满，肤色红润而又白皙，一对大眼睛忽闪着，清澈明亮，一眼看上去，便给人留下淳朴可爱的印象。她性格也开朗，平时总是爱说爱笑的，在培训班，每到课间休息时，红医班的学生们，男女自觉分开，三五个人聚成一群，谁也不会跨群，仿佛这早已是不成文的规定。其实，那是到了懂得男女有别的年龄，男女生彼此都不好意思主动接近，尤其是在公共场合，在众人面前、众目睽睽之下。否则，会被别人当做闲聊时的话题，猜疑、妒忌、取笑甚至说三道四、风言风语。雨生她们那个群，总少不了五六个人，她们围成一圈，叽叽喳喳、有说有笑，时不时地，还彼此拉扯着、推搡着，散开了，不一会，又突然靠拢了，围成一圈，收起笑容，头朝前探着，几乎挨到了一起，压低嗓音，不知是谁在轻声说着什么，其他人都在静静地倾听。圈外的人谁也听不到她们在说什么，这样神神秘秘地好一会儿，突然就哄笑着散开了，一个个脸上重又露出欢快的笑容。这期间，就有姑娘朝站在不远处男生那个群瞄上几眼，脸色微微泛起一片红晕，若隐若现的。雨生在女生群里，个子最高，嗓音清脆响亮，嬉笑打闹之时，她总是最扎眼的那一个，是那群姑娘的核心，也是最具人气儿的女生。

这时候的疆远，往往是一个人站在教室外不远处，默默地望着雨生，他的目光专注、热情。课间休息时间虽然短暂，感觉却无比快乐温馨，以至于每次这节课刚上，他就开始期待下课了，期待课间休息时，能再次看到雨生欢快的笑脸和活泼灵动的身影。有时，雨生和同学们去了别的地方，或是有其他事，没有出现在他的视线中，他的期待落空后，内心便充满惆怅、失落，目光一刻不停地四下搜寻着那丢失的目标，尽显茫然与无助。

培训班中来自各村的赤脚医生，年龄都比红医班的学生大，有几个人的年龄甚至比他们大二十多岁，可以做他们的长辈了。上学时，疆远虽然只比这些红医班的学生高一届，但因为身体原因，当初报名上小学时，母亲担心他被别的同学欺负，就比同龄人晚报名一年，上小学四年级时，曾休学治腿疾，又耽误了一年，因此，他比同班同学和这届红医班的学员都大两到三岁，乡村长大的孩子懂事早，别小看了这两三岁，彼此的差别可不小。最为明显的是，疆远多了忧患意识，高中毕业回村当赤脚医生后，他更加深刻地体会到了农村生活的艰难困苦，那些他曾经给看过病、并渐渐熟悉的、在村子里生活了一辈子的老人，很多都没去过几十里外的县城，还有的从未离开过柳河地区，他们将一生的喜怒哀乐都捆绑在了这片黄土地上。他们视土地为生命，而这块土地回报的也只是让他们及他们的家人勉强填饱肚子，以及后来达到温饱。如今的年轻人，多数仍在这片黄土地上奋斗着，他们也向往着更美好的生活，却又为自己的想法感到幼稚好笑，觉得不切实际，柳河的农民多少代人不都是这么活过来的吗？农村多少年来不都是这样延续下来的吗？疆远和红医班的学生们，将来能摆脱艰苦的农村生活吗？尤其是像自己这样身体残疾的人。而眼前这些昔日的同学，或者叫学弟学妹，以前，疆远与他们大多数只是面熟，没有更多地接触和交往，有些人连一句话都没说过，此刻的疆远望着他们，脑子里思考着关于未来的生活、命运问题，内心倍感沉重，一种说不出的滋味始终缠绕着他。他怀念学校美好的生活，感慨这已成为过去，此生，恐怕再也不会重新踏入校门学习了。因此，他既羡慕眼前的学生们，也为他们不久也将失去这样的生活而感到忧伤。尤其是看到雨生时，这种感觉更为突出。

那段日子，疆远心里清楚地意识到，他对雨生有一种发自内心的、情不自禁、难以控制的喜爱。为了集中精力学习，他以身体行走不便为由，主动请示班长，将自己的座位调换到第一排最边上靠过道的位置，这样，既出入方便，上课时也不会再面对着雨生，更不会一抬头，就被雨生乌黑的发辫、白皙的脖颈将目光吸引过去，班长同意了他的请求。下课后，疆远也会有意识地避开雨生她们，绕到会议室的后面去，那边安静，站在那里，眺望着医院护栏外宽敞、平坦、无遮无挡的麦田，微风顺畅地吹过来，无论上午、下午，只要晴天，课间，正是阳光灿烂的时候，即将成熟的麦子，在微风中摇曳，在阳光下荡漾起一波一波耀眼的金色的光芒。这里比教室前面凉爽，他独自而立，有时也和走来的邻村的赤脚医生闲聊。总之，他在有意识地回避和抑制自己对雨生的关注及隐藏在心中的喜爱，并一再提醒自己，参加培训班机会难得，要认真学习专业知识技能，村里还有那么多病人需要你，期待你提升医术，更好地为他们服务呢。母亲也期待着你，通过学习，增强本领，把自己的饭碗端稳，端一辈子。母亲的心思，疆远心里最清楚，母亲一直希望他这个身体残疾的儿子能有一个安稳的、自食其力的工作，这样，将来她老了，一旦离开了他，才能放心。疆远每每想到这些，心中便深感内疚，他责怪自己，你是谁啊，你是个残疾人，你刚工作，你将来有能力给予你喜爱的人幸福吗？你有那个资本吗？没有，那就不要想入非非，你不配啊。你应该做的，是专心学习医疗卫生知识，把雨生当同学、当同乡侄女看待，她毕竟管你叫叔叔啊。

这么想了许久，疆远决心摆脱这种情感困扰，虽然每天依然要和雨生见面，依然在一个教室上课，依然要打个招呼，课间依然会看到她的身影，听到她欢快的说笑声，但他克制着自己从前对雨生有过的那种暗暗的思恋。他相信时间会冲淡一切，只要自己扭转心态，此前缠绕在心头的情感波澜，终究都会平复，都会演绎成为一段美好的回忆。这么想过，课间，他心里反倒平静了，他不再有意回避雨生，甚至就那么大大方方地站在一旁，看着她和她那些同学说笑打闹，仿佛是在看着一群未成年的孩子。

疆远把雨生当孩子看，心情便随之变得轻松了，感觉时间也过得很快。转眼，两个月的培训已结束，红医班的学生们返校上课，各村的赤脚医生也都各自回村工作。疆远回到柳河村卫生室后，继续着他每天为村民看病开药、打针、拔罐、扎针灸的工作，每天依然是忙忙碌碌。闲下来时，卫生室就他和杨大夫两个人，他们就看看书，或是聊近日村子里发生的新鲜事，以及最近遇到的新病例。有时候，杨大夫出诊了，或是有其他事出去了，卫生室里就他一个人，他捧着书看着看着竟会发呆，会突然想到在公社卫生院培训班学习时的情景，眼前会浮现出雨生的身影和她的笑脸，内心会一波一波地涌起思念之情，并因此产生一种越来越强烈的躁动不安的情绪，同时，迸发出一种十分想见到她的渴望。看来随着时间的推移，也未必能冲淡一个人内心深处珍藏的所有思念、遗忘一切记忆。年轻人之间的爱恋，它有着巨大的魔力，随时都可能爆发，可谓不可抗拒。

那段日子，疆远心里重又燃起对雨生思恋的火焰，心中再次承受情感上的煎熬，他害怕闲下来，害怕一个人留在卫生室，那样，他会坐立不安,他会在不算宽敞的卫生室里来回踱步,会站在玻璃窗前向外眺望,还会推门走出卫生室,在离门口不远处的空地上来回徘徊。他要值班,不能走远,否则,他会离开卫生室,去村外粮田边,去柳河大堤上,去任何没有人打扰、安静的地方,"啊——啊——啊"高声、连续地喊叫一阵,让心中压抑的情感释放出来,只有那样他心里才可能好受些。这样持续了两个多月,直到入秋,他接到公社卫生院医务室打来的电话,说一周后,镇中学红医班的三名学生,要来卫生室实习,这次学生实习是学校及公社卫生院共同计划安排的,在全公社范围内挑选医疗卫生条件较好的村卫生室,就近安排两至三名红医班的学生实习。来柳河村的三名同学,其中一名就是雨生,她还是实习小组的组长,另外两名同学家住邻村,都符合就近安排实习的原则。接到这个电话通知后,疆远心情一下子就觉得舒畅起来,放下电话,他忙着把消息告诉了杨大夫,并和她商量实习生来了以后的工作安排。

卫生室里外两间,里间左边是处置室,右边是药房,中间由一道自制的屏风隔挡。外间是诊室,靠里面墙边,摆放着一张诊疗床,床前由一块被吊起可左右拉扯移动的白布帘遮挡着。原本疆远和杨大夫接诊使用的桌子,是一前一后摆放在一侧的,现在他们把两张桌子并在一起,这样节省出的空间,又摆放了一张桌子和三只方凳。安置好桌椅,接下来的几天,除了看病,疆远还抽空把桌椅、木柜、门窗玻璃都擦了一遍、室内物品也都重新规整了一番。那张新摆放的桌子,抽屉被他清理擦拭后,里面垫上了干净的白纸,姑娘爱干净,抽屉是专门留给她们用于存放自己随身携带的物品的。桌上的墨水瓶也增加了一个,为的是让她们用着方便。进门右侧的墙壁上,还新贴了几张图文并茂、色彩鲜艳的预防秋季消化系统疾病的宣传画。小小的卫生室,经过疆远的清扫擦拭、规整布置,显得更加洁净亮堂、舒适温馨了。疆远为将要来实习的雨生和她的同学,做着精心的准备工作,一连几天,忙碌劳累,脸上却始终洋溢着欢快的神情。

第九章

　　一周后，三名实习生如期而至，原本面积不大的卫生室，一下子增加了三个活泼好动、爱说爱笑的年轻姑娘，顿时显得拥挤、热闹起来。尤其是有病人来时，年轻些的病人多是一个人，上了年纪的，往往是由老伴或是子女陪同，有的子女还要带着自家的小孩子，小孩子不习惯卫生室的环境，待不住。稍大点的，懂事了、怕打针，再小些的则闻不惯屋里的来苏水味儿，他们都不愿意被圈在屋里，哭着喊着叫着要出去，大人们连哄带吓，勉强将孩子安稳住，又担心老人说不清病情，回过身，连忙接过老人的话茬，回答疆远或杨大夫关于病情的询问。待诊断完，又帮着拿药，如果需要打针，还要搀扶老人走进里屋的处置室。刚把老人送到处置室的床边，又急忙转身往回走，拉起站在门口哭闹的孩子，一番哄逗，孩子刚止住哭声，那边老人已打完针，正颤颤巍巍地往外走，那人便又忙着迎上前去，一手挽住老人的胳膊，缓慢地从里屋走出，接过疆远或是杨大夫递过来的药；另一只手领着小孩子，回过头来，笑着和杨大夫、疆远连声说："谢谢，谢谢啦。"疆远或是杨大夫便帮着推开屋门，送他们走出卫生室，并叮嘱道："别忘了按时吃药啊。"

　　这样的场景每天都不止出现一次，疆远和杨大夫早已适应了，新来的三名实习生，可没想到、更没见过这么嘈杂的诊室，即使在公社卫生院实习时，来往的人员比这里不知多多少倍，也极少见到这种场景，她们内心深感诧异。疆远说："慢慢地你们就会适应了，乡村卫生室基本都这样。"尽管如此，雨生她们也能理解，只是此前在她们心目中，医院、卫生室到处都是洁净的白色：白色的墙壁、白色的桌椅、白色的床单、白色的屏风，以及大夫身穿的白大褂，白色在那里显得尤为庄重、沉静，甚至还有些温馨。好在，这些心理感觉上的落差，时间不长就平复了，并没有影响到她们实习的热情，每次卫生室来了病人，刚在杨大夫或疆远身边的方凳上坐下，她们便围拢到一旁，或站或坐，仔细听着、看着杨大夫或是疆远，如何向病人询问病情，诊断病症；如何根据病症开出药方；哪种药一天吃几次，一次吃多少；哪种药饭前吃，哪种药饭后吃，需要注意什么等等。她们一手托着笔记本，一手握笔，将每个病例诊治的全过程都详细地记录下来，听诊器、血压计是为病人诊断病症的重要而又常用的工具，杨大夫和疆远每次为病人听诊、测量血压后，会根据病人的不同病情，有选择地再让她们其中一人重新听诊、测量血压，以便她们更好地判断、理解和掌握该如何诊断病症。而每次病人走后，她们三个人又凑到一起，先是彼此核对笔记，看看有没有遗漏，再针对不懂的问题向杨大夫或者疆远请教。她们神情专注，态度诚恳，既谦虚又认真，这让疆远和杨大夫很受感动，每次她们无论询问什么问题，二人都会一遍一遍、不厌其烦地为其解答，直到理解了弄懂了为止。

卫生室里也有清静的时候，而三个年轻姑娘却静不下来，天性使然，三个姑娘一台戏，不知是谁和谁先说了一句什么，声音不大，语气不紧不慢、有些调侃的意味，神情半是玩笑半是认真的，具体说的是什么，旁人一时半会儿听不懂，那是她们之间才清楚的小秘密。随后，另一个姑娘便接过话茬，说了两句，一直没插话的那个姑娘，终于忍不住了，连珠炮似的说了一串话，再往后，三个人便你一句我一句说个不停，语音时高时低；表情时而严肃时而轻松，言辞时而激烈时而温和，甚至说话的腔调偶尔也有些怪异，全然忘记了室内还有另外两个人。这不加丝毫掩饰的说笑，逗得坐在一旁的疆远，以及年纪与她们的母亲相仿的杨大夫，都忍不住笑出了声。

身为红医班的学生，学习是她们的本分，可年龄摆在那儿呢，十八九岁，正是青春激荡、充满活力的年纪，她们爱美、热情、朝气蓬勃、活泼好动。除此之外，作为农村姑娘的她们，更懂得过日子的不易，知道农村生活的清苦，做家务、干农活她们从小就学、就做，习以为常，从不发怵。

卫生室在村外东大洼种植了三亩多地的中草药。东大洼，地势虽低，却平坦宽广，沟渠纵横，主渠道与柳河相通，可引水浇灌也可排涝，因而旱季不旱，雨季不涝，被称作柳河的沃土粮仓。这三亩多地原本也是粮田，但它靠近村边路旁，有些坡度，宽窄不一，极不规整，属于边角地、二类田，这样的地块面积又小，不利于农作物统一养护管理、播种收割，还容易被牲畜及人为损害。年初，疆远当赤脚医生后不久，为储备一些常用的中草药，也为了增加村卫生室的经费，他想模仿公社卫生院种植中草药。去年，在公社卫生院学习期间，他曾到过卫生院中草药种植基地参观，还专门向负责种植的师傅咨询农村常用中草药的种植知识、技能，此后，又翻阅了一摞相关书籍图册，重点内容抄满了两个大笔记本。他不仅能识别多种常用的中草药，还基本掌握了其功效、用途及适合本地栽培的品种和方法。经过一段时间的学习、积累、准备，疆远觉得心里有底了，一连几个夜晚，写下长达五页的中草药种植方案，详细叙述了种植中草药的计划、方法和目的，其中重要的一条，就是申请用地。他拿着写好的方案，首先请杨大夫把关，杨大夫从小就跟着父亲学中医，对中草药方面的认知自然很清晰，她提出了不少可行的建议，尤其是在中草药种植品种的选择上，给出了具体意见，并列出了可选择种植的草药名单，均是易于成活、方便保存、应用广泛的品种。疆远根据杨大夫提出的意见，对方案进行了反复修改，而后找到大队长，恳请他批准。大队长看了疆远写的方案，先是被他诚恳的态度所打动，同意和大队其他干部商议后答复他。

几天后，大队长把疆远叫到大队部说："卫生室种植中草药终究是件好事，中草药镇里可回购、能增加卫生室的收入，我们自己也可收存、用于村民治病防病，大队干部们商议后，同意了你的申请，并将村边那三亩多二类田划分给你们使用。今年你们是第一次试种，大队不收任何费用，但种植养护等人工费，年底有了收益，要按生产队的工分值，用了多少人工、就折合多少工钱给出工的社员，余下的用于卫生室建设或村民的医疗卫生支出，地是集体的，利出自集体，也要用于集体。"疆远说："没问题，就按您说的办。"

三亩多地不算多，但给疆远和杨大夫增加了不少劳动量，杨大夫五十多岁了，患有慢性病，疆远更不用说了，地里的体力活，完全靠这两个人，绝对不成。开春的时候，疆远在生产队请来两名社员帮助翻地、平整、培埂。而后，用一根根树枝插在地头当标尺，把行距间距定位好。来帮忙的人都是农民出身，庄稼活干过多年，种的虽说不是中草药，但拾掇土地的方式方法大同小异，一说一看就明白了，还有疆远在现场盯着，随时提醒交代，三亩多地的播种任务，两天就完成了。平时浇水、除草、灭虫，就由疆远和杨大夫负责，疆远虽然身体残疾，但他年轻，体力好，更多的时候，他让杨大夫留在卫生室值班，自己下地干活。疆远选种的是紫苏和大青叶，之所以选种这两种药材，一是它们适宜北方的气候、对土质要求不是很高，成活率高，成本也低，便于种植养护。第二，它们都是用于治疗和预防常见病的常用药，具有解毒清热、镇咳、驱寒、发汗、止吐、清咽消肿等功效。三是春种秋收，符合农民的生产劳动习惯。四是经济效益较好。

入秋后，大田里的玉米和杂粮都成熟了，生产队的社员们，起早连晚地在大田里忙着秋收，那三亩多地的中草药同样到了收获季节，那几天，疆远正发愁呢，这季节，他和杨大夫，首要任务是服务于下田秋收的社员，社员一旦生病要及时给予治疗，这个时候劳动力不能减少。

疆远每天背着药箱，从一块粮田走进另一块粮田，寻访社员们的身体是否有不适，宣讲卫生防病常识。比如，不要喝生水，不要吃未洗净的瓜果，而这些正是社员们经常忽略或是根本不在意的事。自家菜地里种的黄瓜、西红柿，出工前顺手摘两个，用毛巾裹着，带到田里，放在地头的树荫下或是水渠边的草棵间，快到晌午时，肚子里咕咕叫了，拿出来，几口就吃下大半个，痛快、爽口。特别是那些年轻小伙子，身强力壮，不在乎是否洗净，是否生熟，咬一口，嚼得"嘎嘎"香。往往就是他们，最容易闹肚子，也是疆远重点关注的对象。还有手或脚，不小心被镰刀、铁锹、玉米茬子划伤、扎伤流血的。遇到这些伤病情况，疆远第一时间给他们处置包扎伤口，及时拿出药片让他们服下，使他们不至于因未及时治疗伤病而影响秋收。

杨大夫在卫生室值班也闲不住，村里还有不少老人和孩子，谁有个头痛脑热的，也会来卫生室找大夫。而相比之下，疆远下大田巡诊，比在卫生室值班更劳累辛苦一些。他说，我年轻，虽然走路慢点，但我可以提前出工，即便路远也不会耽误事。

这个季节生产队的社员都繁忙、劳累，收割中草药成为疆远整天挂念的一件事。自己收，受身体限制，速度慢，也运送不回来，还不能耽误为社员看病，可以说困难重重。若等秋收完毕再请社员帮助收割，又太晚了，药材的质量会受影响。怎么办？正在他一筹莫展的时候，雨生了解到了情况，她是本村人，对大田里的每块地都熟悉，她悄悄跑到种植中草药的那块地查看了一番，决定由她们三个同学收割。她把想法跟那两名同学一说，她们都很支持，随后，雨生就同疆远说："咱们自己收割吧，最多三天就能完活，我们以前都割过麦子，收割草药也没问题。"疆远一听，先是一愣，随后心里涌起一股暖流，他既激动又兴奋，他怎么也没想到，刚来卫生室实习的雨生，会带领她的同学主动要求收割中草药，困扰他多日的事情终于有了解决的办法，他说："那太好了，明天咱们就开始，只是让你们三个人受累了。"雨生笑着说:"这算啥,我们又不是娇小姐。"那两个同学也说:"是啊,这几年秋收我们都下大田劳动,干点活儿真不算事。"

第二天天一亮,雨生她们三个实习生从家里自带镰刀,雨生还推来了平板独轮车,她们直接来到地头。疆远也早早地就在地头等着她们了,他身上背着药箱,还带来一个竹皮暖壶、一个瓷缸子,暖壶里面已灌满了开水。

这一天,雨生她们三个人,整整割了一亩多地的中药材,比她们预想的要快很多。起初,她们三个人一人一垄,并排着往前割,地头不算长,几个来回过后,雨生还是把那两个同学甩在了身后。那天,雨生穿了一身女款草绿色军衣,翻领,露出套在里面的白衬衣,看上去既俊秀又清爽干练,她体力好,镰刀握在手里,一招一式娴熟利索,不比那些在农田里做过多年农活的社员们差。干着活,雨生也不忘和同学开玩笑,她直起腰,抬起手臂,边用衣袖擦头上的汗,边回头冲后面的两名同学喊道:"快点啊,谁落到最后,罚谁多割一垄。"那两个同学说:"能者多劳吗,你割得快,到头了就再割一垄儿吧,要不然你在地头看着我们俩干活,多不好意思啊。"雨生说:"你们俩想得美。"说着,便弯下腰继续往前割,两个同学朝她望了一眼,呵呵笑着,也接着忙活起来,手上的动作频率明显加快了。

疆远在她们身后,负责将割倒在地上的草药,归拢在一起,挑选其中茎秆较长的一两支草药充当绑绳,将草药绑成小捆,以便此后的装卸、托运、晾晒、储存。这和夏天麦收时,社员们将割倒在地的小麦归拢后打捆是一样的,那叫"打麦个"。打麦个儿同样不清闲。但看到三个姑娘干起活来那么起劲,那么欢快,尤其是雨生,活干得又快又好,还不时说笑着,带动着她的同学,这让他心里感觉愉悦而又温馨。特别是看到雨生站在温暖的秋阳下,抬起手臂,用手背抹着额头上的汗珠,轻轻地、随意向身旁那么一甩时,那动作、那身姿、那红润的面庞，如同一幅楚楚动人的水彩画，清晰生动地呈现在他面前、映入他的脑海、定格在他的心中。这种瞬间捕捉到的美好影像，让他始终难以忘怀。许多年之后，每次他和他的发小、同学、也是最好的朋友赵亮，说起在柳河村的往事，说到雨生，都少不了要提到这一幕。

快到中午时，疆远对雨生说，咱们收工吧，等把这些打成捆的草药装上车，运回场院就该吃晌午饭了，雨生朝地头望了一眼，"把这垄割完吧。"说着便弯下腰继续收割。不一会，疆远突然听到雨生"哎呦"叫了一声，抬头一看，见她已直起身，镰刀掉到地上，右手攥住左手，脸上露出痛苦的表情。疆远意识到她一定是着急了，割到手上了，不知伤得重不重。他忙着往地头走，拎起放在那里的卫生箱，转身又朝回走，边走边冲雨生说："过来，快过来！"这时，另外两名同学也都闻声赶过去，扶着雨生迎着疆远走来。雨生说："没事、没事，拉了一个口子。"疆远走到雨生跟前，托起她的手，仔细查看着伤口，心头不由得一颤，伤口靠近食指第二个关节侧面，血还在流，从指缝间嘀嗒嘀嗒掉在地上，看来伤得不轻。疆远用碘酒消毒伤口，用酒精棉球反复清洁伤口附近的皮肤，随后在伤口处附上消炎粉，将纱布条盖在上面，再用绷带缠紧，胶布固定好。处置完伤口，疆远望着雨生，关切地问："疼吧？"

雨生说："有点。"

"这两天你就别下田了，在卫生室跟着杨大夫值班吧，伤口不能沾水。"

雨生说："我没那么娇气，明天的收割不能耽误。"

疆远没有再说话，他盯着刚刚为她包扎过的那只手，就在几分钟前，他曾把它攥在手里，那一刻他并没有特别的感觉，他的精力都集中在她受伤流血的手指上。此刻，他再看那只手时，突然感觉到她手上的温热还留存在他的掌心中，他感觉到她的手光滑细腻柔软，他的心跳不由得加快了，神情也有些迷离涣散，他知道自己一直暗暗喜欢着她，但那只是他个人藏在心里的秘密，从未和别人说过，也不敢说，那还不让人家笑话死，你是谁啊，一个残疾人，做梦吧。因为自卑、没有信心，以前在学校、在公社卫生院学习时，他极少和雨生主动说话，甚至有意躲避她，或者是站在很远的地方装作若无其事的样子，实际是在看着她，他一度也曾打消过那种不切实际的想法，直到得知雨生她们要来实习了，他心中对雨生的暗恋便再次升腾起来，难以抑制。刚才，在那种特殊情况下，使他有机会攥住了雨生的手，此前，他曾不止一次想象过，哪天要是能握一下她的手，该会是怎样的感受呢，要是能牵着雨生的手，在柳河边散步、聊天，有说有笑的，那该是多么快乐、幸福的一件事啊！想不到，今天，他竟以这种方式，触摸了她的手，握住了她的手，他内心兴奋、激动，却不能随心所欲地对她有任何表示，不能把自己的感触说给她听，他只能把她当成一个接受治疗的普通病人、学生、实习生，只能像安慰病人那样安慰她，仅此而已，他深感失落、无奈，甚至痛苦。

晚饭后，疆远坐在老南屋的方桌前，从身旁的小书架上，取出那本每天都要看的农村医疗卫生手册，刚看了两页，便看不下去了，这是怎么了，心里总是想着上午收割草药的场景，眼前总是浮现出雨生在温暖的秋阳下微笑的面庞，继而，又会想到她被镰刀划伤的手指，不知现在还疼不疼？不会感染吧？应该不会，下午在卫生室又重新检查过，伤口不深，换了药，包扎好了。尽管疆远知道伤口不会有大碍，过两天就会愈合，可他还是惦记着她，想去看看她。他放下手里的书，起身走出老南屋，走出院门，站定，抬头望了望夜空，天气晴好，正是中秋节前夜，月亮近似圆满了，高高地悬挂在天边，村庄的夜晚显得比往日亮堂了许多。疆远像是突然想起了什么，他转身回到屋里，从柜子里取出一个纸包。昨天中午，他在火车站前街副食商店，买了六块自来红月饼，草纸包着，纸包上方蒙着一块红纸，红纸正中写有一个"圆"字，楷体黑字。纸绳双十字交叉捆绑着，在这个长方形的草纸包上方打了两个结，留出一个扣儿，正好可以套进两个手指，方便拎着，纸包不大，却精巧漂亮。

月光把疆远的身影铺展在静寂的村道上，许是秋收太劳累了，村民们吃过晚饭，都在家休息，路上没遇到遛弯的人，秋风似乎也很懂事，轻柔地从树梢上滑过，飘走，枝叶温柔地晃动着，发出的沙沙声也显得比往日轻柔细碎，生怕打扰辛苦了一整天的村民们。

疆远架着拐杖，拎着那包月饼，匆匆行走在村道上。雨生家与疆远家相距二里多路，但不知不觉间，疆远就走到了雨生家门口，院门半敞着，院子不大，三间红砖北房，是前几年盖的，西侧是两间配房，靠东侧院墙前种了两棵石榴树，树尖儿早已没过了墙顶，枝叶繁茂，圆润饱满比拳头还大的石榴果浅黄中透着殷红，在月光的映照下，显得尤为温馨、甜蜜，这使得踏进院门的疆远内心不由得便生出几分惬意美好的感觉。疆远在院门口处停住，目光朝北房里望去，灯光从窗户里溢出，照亮了大半个院子，疆远听到北房里传出说话声，女人一声，男人一声，说什么听不清楚，他忽然觉得，眼前这个院子竟是那么陌生，仔细想了想，这么多年了，一个村子住着，自己却没来过几次。最近的一次，也相隔几年了，记得还是大姐带着他，来找曾租住在雨生家的赵老师，请他帮助审阅自己写的长篇小说。那时他还是个初三的学生，雨生刚上初二，时间过得真快啊，一晃好几年过去了，他们都长成大人了，他自己都觉得意外，这些年怎么就没有再走进过雨生家的大门呢？也是，雨生家三口人，她父母不到六十岁，正值盛年，身体都挺好，尤其她父亲，身板结实，在大田里干活比年轻人差不了多少，平时见面疆远叫他大哥，不是本家，也说不上是怎么排下的辈分，只知道他在他们家哥们中排行老大。在农村，老乡亲们之间的辈分如何排序的，如今的年轻人大都说不清，反正疆远家的辈分在村子里是高的，许多与他同龄或是大他十几岁二十几岁的人，还得管他叫叔叔呢。雨生的母亲年轻时也曾在生产队劳动，近些年一直在家做家务，照顾丈夫和雨生，还有家里的一块菜地，整日忙着。雨生在夏收、秋收学校放假时，也参加生产队的劳动，多少也能挣些工分，雨生家生活没负担。雨生的母亲人勤快，菜地侍弄得好，春到秋，种满了应季的蔬菜，自家吃不完，就拿到柳河火车站前街去卖。还养了十多只母鸡，下了蛋，大部分也都卖了赚些零花钱，这在柳河村的农家，是常有的事。雨生母亲整天忙着家里的事，感觉日子过得蛮充实的，她性格也开朗随和，一家人在她的料理下和睦相处，日子过得挺顺心。雨生母亲身体一直都不错，也许同她的家庭环境相关。疆远当赤脚医生后，从没到雨生家看过病，她父母也很少到卫生室来，记忆中，好像雨生她母亲只是去年夏天时来过一次，杨大夫给她开过感冒药。再往前几年推算，雨生还小，又是女孩子，疆远和她玩不到一块，这也是他很少来雨生家的原因。同样，这些年，雨生也极少来疆远家，印象里也只有那年为疆远住校的事来过一次，疆远和雨生两家没有更多的交往，疆远多年没走进雨生家的院门也是再正常不过的事情了。

今晚疆远来了，在院门口迟疑了一阵，那是心里犹豫呢，但想见到雨生的迫切心情，还是促使他勇敢地走进了院子，他有意大声咳嗽了几下，仿佛喉咙里卡了东西。雨生年轻，耳朵灵，她听到屋外有声响，推门迎出来，见是疆远，先是一愣，随后脸上露出欢喜的笑容，话也脱口而出："二叔，您可是稀客、贵客啊，屋里请、屋里请。"说着，她快步走下台阶，欲搀扶疆远。疆远忙说："不用、不用。"进了屋，疆远对雨生说："我是来看看你。"说着他把目光转向她的手，并关切地问："疼得轻些了吗？"雨生说："不怎么疼了，这点伤真算不了什么，您不用老惦记着。"雨生的母亲也说："就是，以前，我们在大田里干活，磕磕碰碰，手脚拉个口子，常有的事，弄块布缠上，接着干活，哪有现在这么好的条件，又是消毒又是上药又是包扎的。"雨生父亲接过话茬说："咱农村孩子，没那么娇贵。"雨生忙着沏茶，茶壶、茶杯都用清水冲洗了一遍，茶叶，是那种北京人都喜欢喝的茉莉花茶，放进茶壶，倒入开水，盖上盖，闷着。疆远坐在桌边仔细地看着，心想，沏茶还这么讲究，又洗又涮的，一看就知道这是个爱干净的姑娘。疆远将带来的月饼放到桌上，对雨生母亲说："明天是中秋节，我买了几块月饼，给大哥大嫂尝尝，也算赔个不是，是我没照顾好雨生，让她受苦了。"疆远在来雨生家的路上，一直在想，和雨生家非亲非故的，此前来往也不多，这么突兀地到她家，还带着礼物，会不会让雨生和她父母产生误会，那样对以后和雨生进一步接触是会有影响的，但转念一想，雨生是为卫生室收割药材伤的手，原本这些活儿她们是可以不干的，雨生带头主动帮忙，又伤了手，作为负责她们实习的人，去家里看望一下也是应该的。既然是看望人家，空着手去不合适，按乡下的礼数，又是中秋节前，带几块月饼是再好不过的事情了，应该不会被误解。思来想去，疆远觉得这么做没错，只是需要一种合适的表达方式，于是，他便想好了刚才那番话。

疆远在雨生家闲聊了一会，便起身告辞了，雨生父母送他到屋外。雨生送他到院外，疆远在院外停下来，俩人面对面站着，疆远看着雨生的面庞，这是他第一次这么近距离地凝视雨生，雨生说："二叔你太客气了。"疆远说："就是想看看你。"月光下，他们的身影投映在地上，交错着、重叠着。

第十章

　　中秋节后的第二天，三亩多地的中草药全部收割完，并运送至生产队的场院里晾晒。秋风清爽，晾晒的草药一周后就干透了，疆远和雨生他们又用了两天时间将草药的叶子摘下，装入麻袋，茎干重新打捆，随后将其中大部分装车，运到镇街供销社的收购站卖掉，自此，村卫生室有了第一笔额外的现金收入。余下的部分草药留给村民使用。杨大夫及疆远，一个通过祖传，一个经过自学和公社卫生院的培训，都掌握了不少应用中草药治病的配方，有些配方，用药品种少，且多是家庭中常备的食材，普遍栽种的树木花草中的籽、叶、花、果，正应了"药食同源""花草树木一身宝"的民间老话。以疆远种植的那两种药材为例：大青叶，具有清热解毒、消炎抗菌等功效，配上豆豉，可煎汤、可泡水饮用，用于治疗风寒感冒、发热、斑疹、咽喉肿痛、口舌生疮等病症；紫苏，具有散寒、发热等功效，辅之以生姜，煎汤或泡水饮用，可发汗散寒、化痰止咳，适用于风寒引起的感冒；若配以桑叶，可润肺、平肝明目，适用于风热感冒；还可辅之以菊花，治疗头晕目痛、目赤昏花等症状。掌握了这些草药和简便实用、经济实惠、疗效明显的小药方，疆远和杨大夫便多了一种为村民免费治病、防病的方式方法，村民满意，疆远心里也高兴。更重要的是，在他的精心操持下，第一年种植中草药就取得了经济收益，也获得了村民的称赞，可以说是立竿见影、马到成功，这让疆远信心大增。他考虑明年再向大队申请一块地，扩大中草药的种植面积，多增加一些经济收益，改善卫生室的医疗条件，还能多存储几种药草用于治病。

与此同时，疆远当然没有忘记雨生她们三个实习生的功劳，没有她们的帮助，地里的中草药不知要延迟多少天才能收割完毕。那几天连续在地里劳动，真是累坏了这三个姑娘，想到这些，疆远觉得自己也没有什么能回报她们的，心里很是过意不去，"谢谢"这样的话说过许多遍了，再重复，反而会让她们感觉见外，不实在。怎么办？那几天，疆远心里总想着这件事。中秋已过，那天下午，记得是周五，天阴着，刮起了风，忽大忽小的，泛黄的树叶被风吹落，贴着地面翻滚，最终聚拢成堆，躲到墙角或是树棵下瑟瑟颤抖，发出"哗啦哗啦"的响声，显得秋意更浓了。卫生室暂时没有人来看病，疆远、杨大夫和雨生她们三个实习生都在，难得人员这么齐整，疆远突然对三名实习生说："借这个机会，我想给你们这一个多月的实习做个总结。"雨生一听，忙说："好啊，您多提意见，哪里做得不好请多批评。"其他两名实习生也附和着说："是啊，您别客气。"疆远看了她们一眼，脸上露出微笑，而后，拿起桌上新装的电话，拨通了镇中学校长办公室的电话。疆远一口气把这一个多月来，三名实习生不迟到、不早退、不旷课，克服条件简陋等困难，努力学习的情况，简明扼要地向校长叙述了一遍。接着，则重点讲述了雨生主动带领其他两名同学收割中草药的事，特别是雨生手指被割伤后，仍坚持劳动，精神实在可嘉。疆远还一再强调，秋收时节，生产队的劳动力十分紧张，雨生她们如同及时赶到的救援队，解决了我们的燃眉之急，希望学校对雨生她们三名实习生的优异表现给予表扬。

撂下电话，疆远依然微笑着对三名实习生说："我的总结讲完了，有遗漏的内容请杨大夫再做补充吧。"杨大夫看了一眼疆远，她没想到疆远会用这种方式进行总结，稍微愣怔了一下，马上接过话茬："哦，我也是这么想的，雨生你们三个实习生，这段时间确实表现得很好，只怕我们没有做好'传帮带'啊。"疆远说："是啊，我们哪里做得不够，也请你们提出来，以便我们今后改进。"雨生她们三个，万万没有想到，疆远会用这种方式开了总结会，并跟校长通电话表扬了她们，这让她们深受感动，同时，因为羞涩，脸上都现出了红晕。雨生作为组长先开口了，面对疆远和杨大夫，她真诚地道谢，谦虚地说："我们做得哪有那么好，希望你们工作上严要求，医疗卫生知识技能方面多教导。"疆远听了雨生这一番话，心里更觉得雨生这姑娘可爱了，也为自己刚才采用的总结方式所收到的效果感到满意，他终于为雨生做了一件事。此前，他一直都在想能为她做点什么，这次他抓住了机会，而且做得很好、很自然，也很恰当，至少他自己这么认为，也相信雨生能体会到他的这份情意。

收割中草药，雨生她们确实给疆远、给卫生室帮了大忙，但她们的实习工作，也的确给疆远和杨大夫增加了工作量，"传帮带"是要耗费时间和精力的，尽管如此，这段日子疆远很忙，却没有觉得累，反而内心很愉悦也很轻松，整天精神饱满，脸上也时常露出笑容，好似有什么喜事陪伴着他。可不是吗，在疆远心目中，雨生的到来，就是一桩难得的喜事。

喜事还不仅这一件，秋收结束后不久，疆梅就结婚了。这个时节，生产队的农活相对松快了不少，粮食也像往年那样丰收了，生产队分配的玉米、高粱、黄豆等杂粮，自家地里种的土豆、萝卜、红薯都已运回家，再加上夏收后生产队分配的小麦，家家空闲的厢房土炕上，装满了好几个大麻袋，并排戳在那里，土炕干爽，粮食放在那里不潮湿。粮缸里，甚至柜子里也都装满了粮食，院子里的菜窖也整修好了，就等着入冬后储存大白菜、红萝卜、白萝卜、土豆、红薯、倭瓜等蔬菜瓜果。秋后，是村民既满足又快乐的季节，这时也是年轻人选择结婚的好日子，天气好、收成好、人人心情好，家家都清闲，结婚这样的大喜事，搁到谁家都会精力充沛、热热闹闹地操办一场。

　　疆梅结婚时婚礼却很简朴，这是疆梅的主意，兰芳也同意，但这并没有影响他们一家人的喜悦心情。

　　疆梅的婆家在县城，未婚夫在城关中学当老师，虽说是社调代课老师，但他是高中毕业生，爱读书，喜欢写诗作文，在学校教语文，正应了他的爱好。他们二人经人介绍相识，几次见面后，情投意合，都有相见恨晚的感觉，恋爱一年，便定亲、领了结婚证。疆梅是个明白人，也会过日子，说订婚、结婚等仪式都删繁就简，绝不大操大办，也不要彩礼，省下的钱以后用到更需要的地方。但她提出要买一辆自行车，女款的，质量要好，既轻便又要结实。婆家当然不会反对，很快车子就买回来了。疆梅说："我要把这辆车送给我二弟疆远，他天天在村里给老乡亲看病，东奔西跑的太辛苦，有车骑，能省不少劲儿。"婆家知道疆远的身体情况，更理解她这个当大姐的心意，自然不会有意见，买回来的是一辆女款"永久"牌自行车，这种车型没有横梁，骑车时上下方便，适合疆远的身体状况。新车推回家，疆梅见了很是满意。而作为结婚给新娘子的彩礼，婆家也没含糊，当年时兴的"三转一响"自然少不了，这其中也有一辆自行车，也是女款"永久"牌。婆婆说："永久、永久，永结同心、天长地久。"还说："这车给媳妇骑，想回娘家看看，就骑着车回家看看，方便啊。咱不能亏待了媳妇，她不要彩礼，是她懂事，我们得按咱乡下规矩办，人家新媳妇有的，我家新媳妇也要有，不能让别人小瞧了咱，更不能让外人说俺们婆家不懂规矩、小气、舍不得花钱。"

　　疆梅出嫁前，未婚夫将那辆"永久"牌自行车送到疆梅家，疆梅把疆远叫到跟前说："以后你一定要学会骑车，其实学骑车并不难，只要你敢，不怕摔跤。对了，让疆声帮你扶着车，练些日子，熟能生巧，就会骑了，我在县城就看到过像你这样一条腿有残疾的人，照样骑着车出远门，又快又省劲儿，他们能骑车，你也能，以后我不在家，你还得多帮家里做事，还要工作，学会了骑车，出来进去的既方便又省时省力，那多好啊，这也是我和你姐夫的心意。""是啊，能骑车了，以后去路远的地方，也不会受太大影响，不用求人帮着，比架着拐杖走路方便得多，你抓紧练吧，等学会了骑车，就知道它的好处了，你大姐为你想得周到啊。"疆梅的未婚夫也附和着说。疆远一边听着他们说话，一边盯着身旁那辆崭新的自行车，感动得眼圈都红了，眼里涌满泪水。他说："大姐，你自打初中毕业就在村里干活，为家里挣工分，挣钱，帮着妈妈操持家务，照顾我和三弟，如今要结婚了，要离开家了，我都没礼物送你，你和姐夫却送我这么贵重的自行车，我心里真是觉得过意不去，也不知该怎么谢你们。"疆梅说："一家人，说什么谢。"疆梅的未婚夫也说："是啊，一家人不说两家话，你学会了骑车，来县城看我们不就方便了吗。"疆远点点头，没有再说话，此时，他对能不能学会骑车心里还没有底，毕竟是二十出头的人了，腿脚不像上学的孩子们那么灵活，一条腿又残疾了这么多年，架拐走路已成习惯，这时再练骑车，只能靠一条腿用力，一只脚蹬脚踏板，能成吗？弄不好，再摔坏了胳膊腿，那就更惨了，还给家里人添负担。但转念一想，要是学会了骑自行车，去镇里、去邻村，或是更远的地方，去县城，去大姐家，就不用再求人搭车，也省时省力。他心里很是羡慕那些骑着自行车在马路上飞奔的年轻人，自己要是能像他们那样该多好啊。为学骑车的事，他心里矛盾着、却也兴奋着。

忙完了疆梅出嫁的事，家里一下子从繁忙、紧张、热闹、欢快中变得沉静了，家里少了一个人，少了一个爱说爱笑，收工后，回家就帮着兰芳洗衣做饭、打扫卫生，屋里屋外不停忙活的疆梅，还真不太习惯。那天晚饭后，兰芳突然对疆远和疆声说："你大姐，还是结婚第三天回门那天回来的，一晃快两个月了，还没回过家，怪想她的。"兰芳的话，让疆远和疆声心里都"轰"地震了一下，也觉得时间过得真快，可不是吗，快两个月没见到疆梅了，好想她啊。疆声说："我去看看大姐吧。"兰芳想了想说："这季节正好，都不忙了，是该去看看她，不知她在婆家过得好不好。"疆声发觉，母亲是为大姐担心呢，就说："妈，您还不放心啊，姐夫他们家的人都挺好的，对大姐差不了。"疆远也说："是啊，姐夫也是读书人，明事理，和大姐也投脾气，对大姐好着呢。"见疆声和疆远都这么说，兰芳就笑了，她说："我这不是想她了吗。"疆声说："这礼拜天，我骑车去大姐家，方便就接她回来住两天。"兰芳说："咱家树上结的脆枣儿，我挑了一些又大又甜又脆的，都给她留着呢，别忘了给你大姐带去，她就爱吃咱家树上结的枣儿。"

　　提到家里的脆枣，就会想到每年秋末，疆声都要爬到老南屋后面的那棵大枣树上，举着竹竿儿打枣。树尖上那些竹竿儿够不到的，疆声就尽力往上爬，爬到树杈已经很细的地方，树杈被压弯了，颤颤悠悠的，疆声害怕树杈支撑不住，突然折断把他摔下来，便不敢再往上爬了。树尖上依然有打不到的，看着那些红透了的又圆又大的枣儿，心里着急，他就用双手握住树杈，用力摇晃起来，树杈在他用力摇动下，颤抖着，晃动着，树叶哗哗作响，枣儿终于挂不住了，从树尖上纷纷脱落下来，噼里啪啦地砸到地面上，就像天上降下的冰雹。疆声欢喜地低头朝下看，发现疆远正蹲在树下，身边摆放着一个铝盆，他来回挪动着身体，捡起散落在地上的枣儿放入盆中，很快他就捡满了一盆。站在树下的疆梅，看到疆声在使劲摇晃树杈，便冲他一个劲地摆手，还大声地喊："不要摇晃树杈，那样树会'疯'的。"这时，疆声忽然想起，很小的时候，就听爷爷、奶奶说过，打枣儿、打枣儿，枣儿熟了，用木棍儿、竹竿儿打，打得越干净，来年枣花儿开得越旺盛，秋天收获的枣儿就越多，要是站在树上摇晃树枝，把树摇"疯"了，来年就不结枣儿了，或是结出又小又瘦、味道苦涩的"瞎枣儿"。可当他爬到树上，看到树尖上那些又红又大又脆的枣儿却摘不到，心里就着急、就忘了这些禁忌，也忘了树枝树叶上还有许多虭虭（洋刺子）攀附在上面。虭虭的厉害他曾经不止一次领教过，每年脆枣儿成熟季节，其实往往等不到成熟嘴就馋了，常常看到有长得个儿大、刚开始发红的枣儿，就经不住诱惑，爬到树上，摘下几个解馋。还是初秋，天气依然湿热，村里的年轻人和孩子们都穿着短裤、短袖衫，胳膊腿裸露在外面，疆声也不例外，人爬到树上，稍不注意，皮肤只要碰触到树干和枝叶上的虮虮，瞬间就会被蜇伤，顿时感到钻心的疼痛，局部皮肤即刻就红了，持续一两天才会好转，村里的大人小孩大部分都曾经被虮虮蜇伤过，尝到过那种钻心疼的滋味。只是打枣儿时，心里兴奋，往往就不注意躲避，以前被蜇伤的疼痛也被忘得一干二净了。

今年秋后打枣儿，疆梅不在，疆声和疆远虽然没说什么，但彼此却心照不宣，内心不免有些失落。

周日那天，疆声一早起来，就骑着自行车，带着母亲装入布袋里的脆枣儿，直奔县城的大姐家。心里想着大姐，车子骑得飞快，三十多里路，疆声骑了不到一个小时就到了，在大姐家待到下午，看到大姐和姐夫日子过得温馨和睦，疆声真为他们高兴，心里也踏实了。傍晚回到家，疆声把他看到的、感觉到的都向兰芳和疆远一五一十地叙述了一遍，他们听后，都挺高兴，尤其是兰芳，脸上露出了轻松愉悦的微笑。疆声知道，母亲心里一定踏实下来了。疆远问："大姐没说什么时候回来？"疆声说："说了，再过些日子就回来。"兰芳说："再过些日子，是多少日子啊，你怎么不问清楚到底是哪天。"疆声一时不知怎么回答。见母亲有些心急，疆远忙接过话茬对母亲说："您不用急，大姐说回来，肯定回来，也许下个礼拜天她就和姐夫一同回来了，您还是趁早准备我大姐爱吃的东西吧。"兰芳说："你大姐就爱吃我蒸的黏米发糕，这两年，黏米种的少了，我是去镇街早市上才买到的。"疆声笑着说："我也爱吃发糕，明天您先给我蒸点吃吧。"兰芳说："想得美，等你大姐来了一起吃。"疆声佯装嫉妒地说："我就知道您偏向大姐。"兰芳说："你这个昧良心的，什么好事落下过你？"疆声冲母亲一笑，便回老南屋去了，骑了几十里路的车，这会儿他真觉得有些累了。

疆声从疆梅家回来后，他们一家人就盼着疆梅早点回娘家，就像盼着过年一样。

疆远学骑车，是在疆梅结婚后的深秋时节，天气不冷不热，大田里的庄稼都收割完了，小麦也播种完毕，农活少了，日子也清闲起来。那天，吃过晚饭，天还大亮着，疆远他们一家人围坐在饭桌旁闲聊，这时，疆远突然转了话题，说："三弟，你帮我学骑车吧。"疆声眼睛一亮，惊喜地说："好啊，这些天我也正寻思这事呢，咱们现在就学？""好，现在就学。"疆远毫不犹豫地说。疆声一听，起身走到停放在老南屋里的那辆"永久"牌自行车旁，推着车就往屋外走。疆远紧随其后，兰芳见状，连忙冲他俩喊道："加小心啊，千万别摔着。"疆声头也没回，说道："妈，您放心吧，摔不着。"

深秋的傍晚，天气晴朗凉爽，村里的乡亲们早早吃过晚饭，都在家休息了，村道上行人寥寥，两旁的槐树、杨树、老榆树枝繁叶茂，阵阵微风吹过，枝叶轻摇，充满活力而又幽静温馨。疆声和疆远前后脚走过一段村道，来到村东头的场院里，这地方平坦宽敞，既没有小孩子玩耍打闹，也没有行人往来，是练习骑车的好地方。

疆声把自行车停稳，疆远走过来，他拿起手里的拐杖，将上面那头儿架在车把上，下面那头儿戳在车的中轴套与斜梁的交汇处，放好了拐杖，他双手握住车把，前后看了看紧挨着自己身体的车子。以往，对于自行车，他天天见，并不陌生，但是没有骑过，甚至没推过，现在车子交到他手里，心里还真有些紧张。他不能像身体健全的人学骑车时那样，站在车身一侧，一只脚踏在脚踏板上，另一只脚踮着，一下一下有节奏地用力向后蹬着地面，依靠反作用力推动自行车滑行起来；他只能由疆声站在车的尾部，双手用力扶住车后架，保持车子停稳不倾倒。他双手握住车把，先侧身将右腿跨过自行车斜梁，而后，在车座上坐稳，双脚分别蹬在两侧的脚踏板上，调整好车的前轮方向，再弓着身，右脚先用力原地蹬踏脚踏板，同时，疆声在后面再渐渐加力帮助推，车轮慢慢转动起来，疆远弓身抬头，

两眼盯着前方的路面，因为紧张，动作十分僵硬，手臂也来回地晃动，
带着车把也左右晃动起来。疆声在后面喊他："别慌，稳住车把。"
因为只有右脚用力踩踏，左脚只是附在脚踏板上，随着脚踏板一上
一下、一起一落地移动，一点力量也用不上，因此，他右脚蹬踏的
动作尤为明显，身体的重心也偏向右侧，从后面看，总感觉车子要
向右侧翻，样子很难看，好在有疆声在后面小跑着，双手用力扶着
车后架，车子才没有翻倒，这样摇摇晃晃、断断续续地前行了几十米、
并重复了几次后，疆远由于紧张，疆声因为一路奔跑，俩人头上都
冒出了汗，身上也热乎乎的，好在没有摔倒。疆声笑着说："还行，
没害怕。"疆远说："心里慌，握不稳车把，总打晃。"疆声说："刚
学骑车的人都这样，慢慢就会好的。"

　　这天傍晚，疆远练了一个多小时，他竟不觉得累，疆声却跑得
气喘吁吁，要不是天已擦黑，疆远还要接着练，这个晚上练习的效
果还不错，疆远可以骑在车上滑行一段距离了，这说明，他基本掌
握了平衡，尽管他滑行的时候，疆声还是跟在车后面，但他会悄悄
松开扶在车后架上的双手，只是没有告诉疆远，疆远不知道，心里
就不害怕，不紧张。疆声鼓励他说："学得挺快，骑得挺稳。"疆
远说："回家吧，路上我自己骑一段试试。"疆声说："好啊。"
离开场院，在回家的村道上，天色已暗，月光洒下来，照亮了路面，
路上没有行人，村道上静静的。疆远像以往那些刚学骑车的人一样，
心里兴奋着，他骑上车，用力蹬着脚踏板，车子渐渐加速，疆声则
跑着跟在车后，毕竟疆远刚学骑车，疆声还是担心他会摔着。会骑
车的人都知道，车骑得速度越快，相对来说就越稳定。不晃，这对
新手来说，是一种鼓励，也是一种诱惑，更是一种危险。就在疆远
骑行的速度渐渐不由自主地快起来的时候，由于村道不如场院里平
整，车子速度一快，疆远又是新手，遇到坑洼，他来不及调整方向
躲避，车子便径直冲了过去，结果车身一颠，车把就晃动起来，车
身也跟着晃动起来，疆声还没来得及上手扶住，只见车子和人一同

向道边冲过去了，撞在道边的砖墙上，人和车都摔倒在地，车子压住疆远的双腿，他仰面躺倒。疆声吓了一跳，慌忙上前把车子扶起，立好，再去搀扶疆远站起来，问道："摔坏没有？"疆远显然也被这突如其来、毫无准备的翻车吓了一跳，他愣了一会儿，甩甩胳膊、活动活动腿，而后说："没事、没事，没摔坏。"说着他弯腰用手掸了掸沾在身上的尘土，说："咱们走吧。"这时，疆声看到他的小臂上有一道红印，在渐渐扩大延伸，再细看，是血在流，疆声慌了，说："你胳膊划伤了，快去卫生室吧。"疆远这才发现，自己的手臂在淌血，此刻，他却镇定了，用另一只手攥住流血处的小臂上方，观察了一会儿说："没事，是被墙角的砖石划了一道口子，不深，回家用碘酒消毒，再抹点紫药水，包上纱布就没事了。"疆远说着就往回走，疆声推着车跟他身后，疆声知道他是赤脚医生，他会处置伤口，但心里还是有些后怕，这要是撞在头上就危险了，要是村道上有来往的马车、拖拉机，撞上了会怎样？后果不堪设想啊，疆声越想越害怕，暗自埋怨自己没有看护好疆远，更不知回到家怎么和母亲交代。疆远无疑是看出了疆声的心思，便轻松地一笑，说："这点伤算什么，学骑车哪有不挨摔的。"疆声没有吱声，心里仍在自责并担忧着。

好在，回到家后，兰芳并没有过多地责备他们，而是叮嘱疆远赶快处置伤口。几天后，伤口结痂，又过了些天，便痊愈了，只是留下了一道疤痕，疆声看着，心里总有些不舒服，疆远却笑着说："明年夏天一晒，就看不出来了。"

疆远练习骑车，没有因为摔伤而停止，只是疆声和他都更加小心谨慎了，而且一直在场院里练，这样坚持了一周时间后，疆远就能独自骑行了。虽然这辆女款自行车比带横梁的二八式普通车小了一号，但对于疆远，仍然显得有些高，有些笨重，上下车还是不太方便。为防止摔伤，他骑行的速度不快，如果车子能再小一些、轻一些，更便于他掌控，也会更适合他，更安全些。后来，疆梅听说这一情况后，就跟丈夫商量，说现在县城百货商店里有一种新上市的小轮自行车，高矮轻重更适合疆远，原有的那辆留给疆声骑，哥俩一人一辆，都方便。来咱这儿，也不用一个人驮着另一个了，都省劲儿。不久，疆梅就在县城为疆远买了一辆新上市的小轮自行车，这车样式新颖，颜色也鲜亮，是天蓝色，车身上还喷涂了看似飘动的白云，很是漂亮、扎眼，引人注目。车子矮了、车身短了，重量减轻了，疆远推着车出入院门，骑车外出办事，停放车子都方便了不少，疆远心里十分高兴，将这辆自行车当成宝贝似的爱惜着，呵护着，三天两头就用棉布仔细地擦拭一遍，隔一段日子就在车轴上加点机油，再用螺刀、扳手拧拧这儿，紧紧那儿，车子始终是干干净净、锃光瓦亮的，骑起来轻松省劲，零件不松不垮不叮咚乱响，骑了三四年后还和新车差不多。而疆声，便可以骑那辆女款"永久"车了，它毕竟是名牌，比起那辆老式的组装车要好骑得多，组装车自此就被疆声淘汰了。

第十一章

　　生活一向如此，在期待和愉悦中，感觉日子过得就快。疆声去县城看望疆梅之后，又过了两个星期，也是个周日，疆梅他们两口子就回娘家了。疆梅的丈夫因为周一学校有课，当天下午便返回了，疆梅在家住了一周，这一周，是他们一家人再次团圆的日子，虽然不是春节、中秋节，但那种欢快的气氛，一点也不逊色于过节过年的时候。兰芳蒸了一大锅黏米发糕，上面均匀布满了大红枣，那几天，疆梅天天都要吃两块，疆声也跟着沾光，松软香甜的黏米枣发糕，让他过足了嘴瘾、解了嘴馋，那美妙的滋味，至今依然留在他的记忆里难以忘怀。

　　疆梅回县城后不久，雨生她们三个月的实习期已满，要返校了，而后是期末考试，阴历年底，高中毕业。

　　在疆远心里，疆梅回娘家居住一周，无疑是短暂的，而雨生她们实习三个月，同样，也是短暂的。他多么希望岁月能够凝固，不再前行，永远停留在疆梅回娘家、雨生在卫生室实习的日子里，或者，是她们到来之前那段期待的岁月中，那样，他就可以天天看到大姐、见到雨生，即便是在期盼中，那也是幸福的，因为心里有念想，生活才更有意义。亲情、友情或朦胧的爱情，对疆远来说，都是十分难得和渴望的。可谁能让时间停下前行的步伐呢？就像村外的柳河水，整日向东流淌，哪一刻静止过。

　　在这前两天，疆远已和杨大夫商定好，在雨生她们返校前，为她们开一个欢送会，或者叫座谈会。

那天下午将要下班时，疆远和杨大夫便开始做准备工作：他们清理了办公桌上的物品，腾出地方，摆上茶杯，将沏好的茶水倒入杯中。疆远还拿出一袋炒熟的葵花籽倒在桌上，再将它们摊开。办公桌及周边，依次摆放了五个茶杯、五把椅子。雨生她们见状，有些疑惑，不知疆远和杨大夫要做什么，想帮忙，又无从下手。雨生笑着问："这是准备招待客人吗？"杨大夫笑而不语。疆远说："是啊，准备招待重要客人。""谁呀，这么郑重，好有仪式感。"疆远说："马上你们就会知道了。"雨生看着桌上摆放的五个茶杯、桌旁的五把椅子，这正好和在场的人数相等，想到自她们来实习以后，卫生室从未招待过客人，又想到明天她们三个人就要结束实习，返校上课了，分别在即，这会不会是为她们……雨生这么想着，却不便询问，但她相信自己的判断，瞬间，一种温馨、幸福、快乐、满足的情感涌上心头，久久不肯褪去。

一切就绪，疆远和杨大夫招呼雨生她们围坐在桌旁，疆远首先开口了："今天，我和杨大夫代表村民，给你们开个欢送会。"话音未落，雨生她们相互望了一眼，便激动地鼓起掌来，惊喜欢快的表情洋溢在脸上。随后，疆远回顾和总结了这三个月来雨生她们的实习情况，对她们的付出表示了由衷的感谢，并希望她们返校后，继续刻苦学习文化和医疗卫生知识，毕业后为乡村发展做贡献，也欢迎她们以后常来，有需要帮助的事尽管说。杨大夫也说："你们千万别见外，啥时想来我们都欢迎。"雨生她们虽然事先没有想到疆远和杨大夫会专门给她们开欢送会，此刻却被他们真诚的话语所感动。尤其是雨生，想到这三个月的实习生活，她不仅得到了疆远和杨大夫的关心照顾，也掌握了许多医疗卫生知识技能，还与疆远渐渐地从陌生到熟悉，进而建立起了一种友情，这种友情，在她心里，饱含着师生情、朋友情，甚至还包含着亲情。她在柳河村长到 19 岁，只计算高中这两年，她与疆远和杨大夫同住一村，虽然经常相遇、也打招呼，但都是短暂的瞬间，加在一起，也远远抵不过这三个月她与疆远见面的时间多，说的话多。他们之间加深了了解，雨生在心里对疆远更多了一份钦佩。因此，在这样的场合、这样的时点上，无论雨生是不是实习组长，以她的开朗性格、对疆远和杨大夫的尊敬感激，以及对卫生室、对实习生活的恋恋不舍，她自然不会沉默不语。起初，她想尽量说得简洁些，把时间留给她的同学，她相信两位同学也会有很多话要说，可当她开口后，话就收不住了，她兴奋、激动，话语真诚而又质朴，从实习第一天受到疆远和杨大夫的欢迎、到每天针对不同病例耐心为她们讲解诊断、处置方法，到手把手教她们拔罐、扎针灸，以及生活上对她们无微不至的关心，如同对待自己家的女儿、妹妹，均一一道来。说到最后，她眼圈红了，泪水在眼眶里打转，声音也哽咽了。这情景使坐在一旁的疆远和杨大夫深受感动，杨大夫眼里也涌满了泪水，她强忍着没有让泪珠滴落下来。

疆远不仅内心深受感动，更对她们的离开，尤其是对雨生的离开恋恋不舍，而现实是她必然要离开，这让他深感失落，此刻，他心里有许多话，却不便当着这么多人说，他要单独说给雨生听。

欢送会结束后，早已过了下班时间，雨生、疆远和杨大夫送走了家住外村的两名实习生，而后，杨大夫因家里有事也走了。雨生将自己的物品收拾好，又帮着疆远把卫生室的桌椅恢复原位，将地面清扫了一遍后，正要和疆远告辞，疆远却先开口了，他说："雨生，你再坐一会吧。"他望着雨生，目光中透着渴望。雨生问："有事？"疆远点点头。雨生在疆远对面坐下了，她望着他，在他的双眸中，她似乎发现了什么，便羞涩地低下头去，目光落在自己攥紧的手指上。两个人面对面隔桌而坐，疆远默默地打量着雨生，好一会没说出话来。雨生抬起头，依然羞涩却又疑惑地说："二叔，有什么事您说吧。"疆远这才清了清嗓子，问道："再有一个多月你就毕业了，今后有什么打算？"雨生没想到疆远会提出这样的问题，她迟疑片刻，轻声说："能有什么打算，毕业，回村劳动，农村的学生不都这样吗。""然后呢？"疆远又问。"然后？"她想了想说："还没细想过。"疆远再问："你想不想以后当一名赤脚医生？"雨生点点头说："想，当然想，想过不止一次呢，但我听公社卫生院的大夫讲，像咱们这么多人口、这么大的村子，目前只能配备两名赤脚医生，想增加人不容易。"疆远说："这我知道，但农村医疗服务水平需要不断提高，从人员配置上就应该增加，人员充足了，才能更好地为村民服务，所以，我想以后会有机会的，我也会尽力推荐你。"雨生深深地感受到，疆远对她是发自内心的关心，她默默地点点头，看了疆远一眼，又把头低下去了。疆远又说："你要努力，相信机会一定会有的，返校后，业余时间要自学医疗卫生知识和技能，有困难可以随时来找我。"雨生不语，疆远以为她是信心不足，又接着说道："我相信你能行，以后你要是当了赤脚医生，我们就可以天天见面了，咱们以前是同学，将来是同事，那该多有意思啊。对了，你认识河岔村我们班的同学高阳和李慧灵吧？"雨生说："认识啊。""他们俩现在都在村里当赤脚医生，工作上默契配合，得心应手啊。"疆远不无兴奋地说着。雨生说："这确实挺好，可我比不了李慧灵，她多聪明啊，学什么都快。"疆远说："我看，你也很聪明。"

原本，疆远还想说："我那两个同学，一个能干肯吃苦，一个聪明又贤惠，村里不少老乡亲开玩笑说，这俩人真是天生的一对啊。"可话到嘴边，他还是打住了，他怕引起雨生的误解。说到这，疆远从抽屉里拿出一个蓝色塑料封面的笔记本，封面正上方，印有一颗红五星的图案，鲜艳、醒目、耀眼，他把笔记本递给雨生，说："请收下我送给你的礼物吧。"雨生惊喜地站起身，双手接过笔记本，定睛看了一会，微笑着连声说："真漂亮，谢谢、谢谢二叔。"疆远说："第一页，是我写给你的赠言。"雨生连忙翻开笔记本的封面，扉页上两行蓝色钢笔字工工整整地呈现在她面前：

也许，我们无法预知和掌控命运，但坚守梦想与踏实努力，必将改变命运行进的轨迹。

柳林

1976 年 11 月 2 日

雨生反复默念着这两行字，心里回味着这句话的含义，神情渐渐变得凝重起来，她将笔记本装入书包，对疆远说："我懂了。"

雨生走后，疆远没有马上离开卫生室，他独自坐在办公桌前，双眼眺望窗外。深秋的夕阳，照射在不远处那棵老槐树上，树叶大部分已经脱落，树影映在院内干硬的黄土地上，比夏天清瘦浅淡了许多。望着望着，疆远眼里竟浮现出雨生的身影，她由近至远，背影渐渐模糊起来，最终消失在一片黑暗之中。疆远不由得张嘴喊了一声："雨生。"没有人答应，他心里一急，身体激灵一下，人也跟着清醒过来，这是怎么了？他在心里问着自己，不知过了多久，才起身离去。

第十二章

1977 年，新年后不久，雨生高中毕业。

过了春节，雨生开始参加生产队劳动，正式成为柳河村的一名社员。此前，疆远找过大队干部，去过公社卫生院找过院长，他力荐雨生回村当赤脚医生，但最终没有成功。起初，雨生觉得自己近一年的红医班白上了，学到的知识无处可用，学校也是白白浪费人力、物力、财力。她心里憋屈，有话也不知和谁讲，她想到过疆远，也知道疆远为她的事跑前跑后，做了不少努力，已尽力了，雨生不想再在他面前诉说委屈，怕疆远因此心里不安、内疚、自责，毕竟她和疆远非亲非故。然而，雨生的心思疆远看得一清二楚，他理解雨生的心情，谁不知道在农村当一名赤脚医生，工作体面、干净，单从体力上的付出，与生产队的社员们比较也要少一些，尤其是一个年轻漂亮的姑娘，肩背红十字药箱，为病人出诊，行走在村道上，谁见了都会多看几眼，羡慕不已。对雨生，还远不止这些，她是真心喜爱赤脚医生这个职业，为此在专业知识学习、在公社卫生院和村卫生室实习期间，她都没少下功夫，而最终的结果，怎能不令她失望呢。

疆远曾主动找到雨生，和她进行耐心细致的思想交流，开导她、鼓励她，说她还年轻，相信将来一定会有机会的，只要自己不放弃。这之后，雨生渐渐明白了，毕竟不是每一个人想当赤脚医生就能当上，他们那届学生，有 20 多人从红医班毕业，只有两个人回村后当了赤脚医生，那是因为他们村子大，人口多，具备添加人员的条件。事情想通了，心里自然就舒畅了许多，对事情的结果便渐渐接受了。

疆远虽然口头上一直在开导劝说雨生，但心里却始终有一种失落感，更有一些遗憾，他希望雨生能在卫生室工作，除了对雨生的喜爱，更多的是他相信，凭雨生目前所掌握的医疗卫生知识技能，加之她聪明好学和热情开朗，以及对赤脚医生工作的钟爱，来卫生室再经过一段时间的实践锻炼，她一定能胜任并干好这份工作，乡村医疗卫生事业需要这样的年轻人。

疆远现在能做的事，就是尽可能多关注、多接触雨生，意在保持实习期间和她建立起来的同事、朋友或是师徒关系。好在，雨生现在每天都在村里，在粮田、菜地、场院和家里，不像上学时，早上去学校，下午四五点钟才放学，回到家还要帮着大人做些家务活，还要看书、写作业，一天难得有空儿在街上转转走走，或是玩耍一阵。村子距离镇中学约七公里，人们都忙，没事也不可能去学校。所以，以前疆远很少能见到她。现在，雨生也是村里的社员了，虽然不能像实习时天天和她见面，但相见总比她上学时容易得多，而且他们有过一段一起工作的经历，继续来往也顺理成章，没有突兀的感觉。别人也不会说闲话，更不会多想。于是，疆远在接下来的日子里，依然主动和雨生保持交往，他常常是在晚饭后走出家门，向雨生家走去。从村东头到村西的雨生家，二里多路，以往到村西头，或比这更远的路，他每天几乎都要往返数次，可那都是出诊，为村民看病、打针送药，都是着急的事、匆匆忙忙，尽管架着拐，脚步却一点也不能慢下来。不像现在，他身心是放松的、愉悦的，他是去见他想见的人，他可以边走边思考，这个晚上在雨生家和她聊些什么，话题要常新、要有变化，而生活往往是循环往复，今天重复着昨天、明天重复着今天，尤其是在乡村，家家户户都过着相似的日子，无非是下田劳动、喂鸡喂猪、生火做饭、夫妻吵吵嚷嚷、孩子打打闹闹，再大点的事就是婚丧嫁娶、婴儿降生、翻建新房，但这都是一种重复，这种重复仿佛已司空见惯、不足为奇，人们早已适应了。那什么才是新鲜的话题？疆远也时常困惑、想不出来，也为此头痛、心情烦躁、坐卧不安，甚至失眠。村子原本就这么大，人就这么多，发生什么事也瞒不过村里人，何况雨生现在也是村里的社员，天天和村里的社员在一起，人多嘴杂，能有什么事她没听说过呢？

乡村隔夜已无新话题。疆远只能从其他方面思考，他看过不少诸如中国历史、地理、生活百科，以及医疗卫生等方面的书籍，也读过一些中外诗歌、小说、散文、人物传记，疆声记忆中，疆远读过的文学书籍，许多都是二十世纪六十年代初，父亲柳峰在唐山铁道学院学习时，业余时间读过并保存下来的。后来，柳峰把那些书籍托运回家，疆远上初中时就不止一次翻阅过，他从书籍中寻找新的话题，进而转换角度，把以往谈论村里发生的事变成谈论书上的人和事，这是他的优势，他可以借题发挥、充分想象。关键是雨生也愿意听，甚至是百听不厌，还说疆远知识丰富，脑子里装的都是学问。这么一想，疆远心里踏实多了，并且信心十足，心里感觉也很愉悦。这会儿，他一边走，一边仰起头，欣赏着高高悬挂在夜空中的星月，乡村的夜晚，无论是月圆月缺，只要不是阴天、多云、雨雪天，星月永远都是那么明亮，月亮就是一盏悬挂在空中最大最亮的灯、星星是散开的无数盏小灯，它们把夜空点亮，把村庄照亮，疆远的心也被映衬得豁亮起来。疆远渐渐地加快了脚步，很快就来到了雨生家的院门口。

雨生家的院落宽敞干净，绕过大门口的影壁墙，疆远走进院子，靠西侧的厢房黑着灯，院内，星月的光芒，与从正房里穿透门窗玻璃，洒到院落里的灯光交相辉映，显得亮亮堂堂。透过窗玻璃，疆远看到雨生的父母分别坐在炕沿的两头说着话，雨生则坐在堂屋正中的方桌旁，手里捧着一本书，正埋头看着。疆远有意识地干咳了两声，雨生第一个听到，她熟悉这声音，随手将书放到桌上，起身便朝门口走去，边走边对父母说："二叔来了。"说着，她已推开屋门，迎了出去。听到雨生的招呼，她父母也站起身，微笑着迎上前和疆远打招呼。疆远进屋后，被雨生让到桌旁的椅子上坐下，随后，雨生忙着烧水，冲洗茶杯茶壶，沏茶倒水，一通忙乎，她做事手脚麻利，不一会就全部搞定。

　　雨生坐在方桌的另一侧，说："二叔，你尝尝这茶怎么样。"疆远端起茶杯，喝了一口冒着热气的茶水，咂摸着滋味，心想，雨生家还是挺讲究的。雨生一定是看出了疆远的心思，她知道疆远喜欢喝茶，便笑着问："二叔，这茶喝着还行吗？"雨生这一问，疆远有些不好意思了，甚至有些尴尬。雨生接着说："这茉莉花茶是我前天去镇街刚买回来的。"疆远连连点头，笑着说："好、好，能闻到一股清香味儿。"雨生说："茶是专门给你买的。"雨生的话，让疆远心里一惊又一喜，同时也感觉更加羞愧。其实，在农村哪有这么多讲究，雨生说他喜欢喝茶倒是不假，却也有些夸张，他喝茶，不过是最近一年的事，此前多是白开水，偶尔也喝茶，那是在家里来了亲戚，或是过年过节时，为招待来串门的亲朋、老乡亲们，母亲沏一壶茉莉花茶，放到桌子上备着，疆远喝两杯，那是沾光了。平时，哪有那么讲究，渴了，有什么喝什么。这一年来，疆远白天上班，晚上看书自学医疗卫生知识，练习拔火罐、扎针灸，常常到深夜，为了不打瞌睡，他同母亲商量，买了一包花茶，看书学习的晚上就沏一杯，第二天上午上班时，往杯子里添满水，带到卫生室，也不懂什么叫不喝隔夜茶。雨生实习时看到过，记在心里了。现在，疆远到她家串门，雨生就用茉莉花茶招待他，疆远为此内心很是感动，更感叹雨生是个心细的姑娘。而越是这样，疆远内心越觉得愧疚，愧疚自己在年初雨生毕业时，没能成功举荐她当上村里的赤脚医生。好在，雨生现在也想通了，她对疆远说过，虽然没当赤脚医生，却不妨碍我自学医疗卫生知识和技能，只要坚持下去，说不定将来会有机会的。疆远当然认同雨生的说法，并为她还在坚持学习而高兴。他意识到，即使村卫生室一时不能增加人员，但杨大夫已五十多岁，还有些慢性病，儿媳妇又怀了孩子，以后生了，她免不了要帮着照看，上班会越来越困难，一旦杨大夫不能上班了，卫生室就会增加新人，那时，雨生就大有希望。

　　想到这儿，疆远拿起雨生放在桌子上的书，见封面上写着"针灸实用手册"，知道她还在学习扎针灸，想到她已在生产队劳动了一天，回到家又要帮着母亲做些家务，晚上还在看书学习，他心里很受感动，也觉得很欣慰，同时，他也心疼雨生，觉得她刚走出校门就这么辛苦，不容易啊。他问雨生："学习上有什么困难吗？"雨生说："这本书还能看懂，大部分穴位也能找准位置，进针、行针手法，我在帆布包上已反复练习过，应该没有大问题，现在关键是我这心理关过不去，我害怕，怕流血、怕疼。"疆远听她这么一说便笑了，他说："只要你手法正确，进针、出针都不会流血的，也不会疼。"说着，他将起一只胳膊上的衣袖，随后将那只胳膊伸直放到桌面上说："你去拿针，给我扎两针，我看看你的手法练习得怎么样了。"雨生有些惊讶，更多的则是惊喜，她起身走到靠窗子下的一个木柜，拉开上端的抽屉，取出一个针灸盒。这个小长方形灰白色的铝质小盒子，她在卫生室实习时就已经使用了，现在她依然保留着，里面用医用纱布包裹着十多根长短不同的钢针，盒子内有隔板，分出大小不同的三个空间，里面除去存放钢针，还有消毒用的酒精棉球、碘酒、棉签。同样的针灸盒，疆远也有一个，他见了并不陌生，却感到很亲切。雨生站在疆远身旁，眼睛盯着疆远伸出的胳膊，一时却拿不定主意，她在犹豫，手臂上有许多穴位，该选取哪个穴位呢？她清楚，疆远这是有意在检测考核她，看她这段时间练习扎针灸的效果。同时，也一定会对发现的问题和不足提出改进提高的意见，因此，雨生心里既兴奋又有些担心，原本她就害怕扎针出血，如果给疆远扎针也扎出了血，那该多尴尬！这么一想她便开始紧张了，越是紧张，越是拿不准选取哪个穴位更便于操作，正在迟疑、愣怔时，已看出她紧张、犹豫的疆远，说道："别想那么多，你把我的胳膊当成你平时练针用的帆布包，选好穴位尽管进针就好了。"

听疆远这么一说，雨生心里放松了不少，她选择了手腕部位的内关穴、胳膊肘外侧的曲池穴，随后，按照针灸手册上确定穴位的方法，以手腕内侧皮肤横纹做标线，两指并拢，按一个手指宽度接近一寸的标准，向手臂上方测量出内关穴的位置。由胳膊肘外侧的凹陷处确定了曲池穴。无疑，雨生确定穴位仔细、认真，也很准确，整个过程，疆远一直盯着。进针时，钢针刺入皮肤的瞬间，疆远还是明显感觉到有些疼痛，他清楚，那是雨生握针的手有些不稳，进针的一瞬间，心里多少还是有些慌，不坚决果断，越是害怕扎疼了，进针时就越犹豫，哪怕是动作稍慢一点，钢针刺入皮肤的瞬间速度就会减慢，皮肤都会感到疼痛。还好，疆远早有心理准备，他不动声色，继续观察着雨生的一举一动。

行针，是检验操作者掌握针灸技能优劣的关键环节，行针讲究插、捻、提、震颤等多种指法的运用，讲究手指的力度、动作的幅度频率，以及使用不同手法的时间长短。这一切都直接关系到病人的身体感受，关系到疾病的治疗效果。雨生在行针的过程中，疆远的总体感受不错，但在捻、插这两个动作转换上，手法运用得还不够稳定，力度、频率把握得也不够准确，身体局部那种酸、麻、胀、热的效果体验时有时无、时大时小。扎了两针，疆远对雨生掌握针灸技能的总体状况已有了进一步的了解，他没有马上说出自己的看法，而是让雨生坐下，也把一只胳膊的衣袖撸起来，他说："还是这两个穴位，我给你各扎一针，你感觉一下。"说完，他开始在雨生的胳膊肘上确定曲池穴，当他的手指触碰到雨生紧实、润洁而有弹性的皮肤时，不禁颤抖了一下，他忽然就想起，几个月前，在收割中草药的田间，雨生割破手指，他为她包扎伤口的情景。那次，他是第一次碰触到雨生的手，他感受到她的皮肤传递给他的温暖；那次，她手指流了不少血，鲜红鲜红的，他忙着为她消毒伤口，上药、包扎，顾不上体会那种异性间肌肤初次相触时瞬间的快感，尤其是自己暗自喜欢的姑娘。事后，他时常回味那一刻，依然感觉美妙无比，仿佛就发生在眼前。此刻，这种感觉再次真真切切地发生在眼前了，他心中那种美妙的感觉油然而生，比上一次更强烈更持久。雨生当然看到了疆远的手指在微微地颤抖，她笑着说："二叔，你的手指也在颤，这是针灸的手法之一吗？"雨生不相信也不会想到疆远扎针时手指也会颤抖。雨生的提问让疆远一愣，但他很快就做出了反应，微笑着说："我这是模仿你刚才进针前的样子，手指颤，自然是心理作用，精神太紧张，连自己都发现不了自己的手指在颤，这样进针肯定不成，所以，在针灸前，不论是遇到什么样的病人，熟悉的、陌生的、老的少的、男的女的，都要平静心情、放松情绪。"疆远嘴里这么说着，心里却在为自己刚才的失态和走神暗自发笑，他觉得这些话更适合此刻的自己。这么想着，他的手却没停，按操作程序，他为在雨生胳膊上选好的穴位消毒，而后进针、行针，并针对不同环节需注意的问题，反复向雨生强调，尤其是在行针的过程中，他提醒雨生仔细观察他的指法运用，并对应指法的变化体会此刻的身体感觉，什么时候感觉到了麻、胀，什么时候感觉到了酸、热，强度如何，时间长短等等。疆远给雨生扎完两针后，接着说道："其实，自学针灸，一是要多看书，在书上找答案。二是多实践，先在自己身上练，练熟了，再给病人扎，心里就有底气，就不慌了。你刚学，掌握得已经挺好了，继续边学边练，不久还会有很大的提高，关键是要打破心理障碍，害怕，可能是许多女孩子都存在的心理问题。"

　　疆远的一番话，雨生听后心里挺满足。她刚才给疆远扎的那两针，自我感觉还好，手法运用上虽然比不上疆远娴熟准确，但都顺利完成了，没有出现大的问题，尤其是在进针时没有出血现象，起针后，针眼处也没有留下明显的痕迹，至于是不是感觉到了疼痛，疆远没说，她从他的表情上也没有看出来不适。当疆远给她针灸时，她仔细观察他的操作手法，认真体会身体感觉，心里比较着同样的穴位，她与疆远在手法运用上的差异，由此寻找自己的差距，悟出该如何更好地掌握针灸技能，进而提升疗效。与此同时，她又一次感受到疆远对她真诚的关心与帮助，心头不由得涌起一股温馨的暖流，并迅速向周身扩散。

同样，疆远不仅看到、感受到了雨生的学习成果，对此，他深感欣慰，而且也深深地感受到了雨生的热情、淳朴。从他一走进院门，看到她推门相迎的笑脸，到进屋后，她沏茶倒水热情忙碌的身影，再到她用温热柔润的手指贴在他的胳膊上寻找确定穴位时心无旁骛的神情，这每一个细节，都深深印入他的脑海，他心里更加喜欢雨生了，并在那一刻内心产生了一个强烈的愿望，希望雨生以后能成为他的女朋友、恋人、妻子，他想和她共度一生。这么一想，他感觉自己脸上发热，心跳也加快了，他情不自禁地盯着雨生，目光炽热真诚。

雨生无疑也感受到了来自疆远那热烈的目光，她端起茶壶，给疆远的茶杯里续上茶水，脸微微泛红，说："二叔，喝茶。"疆远突然感觉到口干舌燥、嗓子眼发热，他端起茶杯，连着几口就喝了大半杯，像是喝凉白开。放下杯子，他站起身，说："干了一天活，晚上还看书学习，你一定很累了，早点休息吧，我过些天再来。"说着他便往外走，雨生见时间不早了，也没有再挽留他，便送他出了屋。刚才，在他们练习针灸的时候，雨生的父母怕说话打扰了他们，便到西厢房去了，这会儿也从西厢房里走出，送疆远到院门外。这些情节，许多年以后，在疆远的日记本里，疆声都曾读到过。

不仅如此，疆声还看到疆远在日记里写道，自从他对雨生有了那种想法后，就越来越想去雨生家串门，想见到她，因此，他总会找出由头走进雨生家门，而且，每次都显得那么自然，顺理成章，让雨生和她的父母均无可挑剔。

有一次，是暑期的一天，雨生患热伤风发烧没有出工，疆远得知后，从早到晚，一天赶往雨生家五趟，送药、测体温、叮嘱按时吃药，送来从菜地里刚摘下的西红柿，还有一个特意骑车到火车站前街买来的西瓜，感动得雨生不知说什么好。那天，疆远虽然工作很忙，也很累，但看到雨生的病已好多了，他心里感觉轻松了许多，身体也不觉得累了，尤其是看到雨生吃着他买来的西瓜，连声说"真甜、真甜"时，他感觉如同自己也吃了一角西瓜，心里甜滋滋的。

心里装着秘密、装着希望、装着追求的目标，生活就有奔头、有意义，人就有劲头，日子过得就快乐。快乐的日子像闪电，眨眼即逝，让你连回味都来不及。疆远就是带着这样的心情，度过了大半年的时光，这一切多源自雨生。

第十三章

1977 年的秋天到了。

那天傍晚，天气凉爽，疆远他们一家三口吃完晚饭，围坐在院子中央的小木桌旁闲聊，忽然，院门外传来脚步声，接着，又听到一个女人的招呼声：柳疆远，疆远在家吗？疆远赶忙站起身朝院门口迎去，这清脆、透彻、温暖的声音，他太熟悉了，不用猜，就知道是谁来了："高老师！"疆远惊喜地叫了一声。兰芳和疆声也站起身，兰芳忙着将身边的一个方凳挪过去，对走上前来的高老师说："快坐、快坐下，大老远地走累了吧！"

高老师是疆远初中时的班主任、数学老师，在柳河铁路职工子弟学校，他们相处了三年。这期间，疆远和高老师不仅仅是师生关系，渐渐地也转变成志同道合的朋友关系、姐弟关系。在疆远的心目中，高老师就是他尊敬、热爱、崇拜的大姐。

"文革"初，高老师毕业于北京一所著名大学的水利系，报考这所大学时，她心怀理想和抱负，立志毕业之后，投身祖国水力事业的发展建设，她设定的第一个目标就是投身国家治理黄河的工作。遗憾的是，在那个动荡的年月，她毕业后被分配到京郊一座三等火车站的客运室当售票员，无法学以致用，更谈不上实现自己的理想和抱负，她曾苦恼、郁闷，但没有消沉，在单调寂寞的工作岗位上，她努力发挥自己的能力，工作之余，主动承担车站的宣传报道工作。她字写得好，钢笔字、毛笔字、粉笔字，大字小字、行书、楷书，这个体、那个体，写在纸上、本子上、黑板上都好看，因此，火车站候车室内、会议室内，站台上的黑板报、通知、标语，都由她来写，渐渐成为一名小站兼职宣传干事，在客运段中也小有名气。三年后，柳河铁路职工子弟学校成立初中部，急需教师，分局在系统内部选人，当年的老站长，一个身高近一米六的小老头推荐了她。说他小，是说他又矮又瘦。说他老，不是说年龄，而是长相，他不仅长得瘦，肤色也黑，头发还白了大半，看上去就像六十多岁的老头儿，站里的老同事平时聊天都直呼他小老头儿。年轻的，当着他的面喊他站长，背后也喊他小老头儿，不是冒犯，是觉得这样叫着亲切上口。这些站长都知道，他并不计较，反而乐意听职工们这么称呼他，他心里清楚，职工对他都敬重着呢，就冲着他为人正直，职工有事找到他，只要能办到的，不违规违法的，他都尽力帮助。

高老师能去学校当老师，是老站长得知分局要在全局范围内为学校选调教师的消息后，第一时间找到她，征求她的意见。高老师觉得，当初不能到水利战线工作，如今有机会到学校教书育人，也是自己喜爱的工作，青少年是革命的接班人、祖国未来的希望，教他们文化知识、培养他们树立远大理想，将来报效国家更是一项无上光荣、意义重大的事业，她当然愿意，只是担心分局那么多职工，自己是普通一员，没有任何关系，也不认识学校的老师，更不认识分局的领导，再有，自己还是知识分子家庭出身，父母至今仍在农场下放劳动，这种家庭背景能行吗？老站长早已想到她会有这些顾虑，对她说："只要你愿意去，我就全力推荐。说实话，从我个人来讲、从咱们站上的工作考虑，我是不想让你离开的，但是你们都知道，我没上过几年学，全凭这么多年边干边学积累了一些工作经验，才能做好这份工作，但以后铁路事业要发展，需要大批年轻人，他们首先要学好文化知识，你去教咱们自己的子弟，这是更大更重要的事，也更能施展你的才华，教孩子们掌握更多的文化知识，将来去做我们未做成的事业，这不也是你所希望的吗？所以，你一定要有信心，去当教师，并当好一名教师，我支持你。另外，我也知道你的家庭背景和你本人的情况，你来站里之前，分局人事科的同事跟我说过，你是重点大学毕业生，学习成绩优秀，父母都是大学教授，桃李满天下，要不是赶上运动，就是派人抬轿子接你，你也来不了咱们这个小站当工人，人就该在最适合自己的岗位上发光发热，才能为国家多做贡献。"站长的一番话，不仅有大道理，也是直通人心、入情入理的暖心话、贴己话，说得高老师不住地点头，她激动、感谢、敬佩，她庆幸自己遇到了一个懂她、爱护她的领导，一个待人特别好的小老头儿。

后来，高老师如愿被调入柳河铁路职工子弟学校，成为一名教师，入校后，她听校长讲："按照分局规定选派教师的条件，'工农兵'家庭出身的职工优先，你出身知识分子家庭，父亲还在'五七干校'劳动，这样的家庭背景是很难被选上的，是你们站长，不止一次找过分局领导，还找过学校，说你人品好、工作表现好，又是重点大学的优等生，这样的人才，当老师再合适不过了。还说，重在个人表现，个人无法选择家庭出身。老站长的力荐，感动了分局负责这项工作的领导，他们也了解过你在站上这几年的工作情况，职工们反映都很好，还征求过学校的意见，作为校长、教书人，我当然希望你这样的大学毕业生能来学校啊，最终，分局还是破例批准了。"被同时选调入校的老师中，高老师是唯一一名重点大学毕业、出身于高级知识分子家庭的职工。

疆远第一次见到高老师，就被她的气质、相貌、身材，甚至讲话的声音所吸引，当然，这只是一个刚刚进入青春期的大男孩，面对一个陌生女性的直观反应。

高老师身材丰满匀称、中等个儿，皮肤细腻白皙，五官端庄，尤其是她眼窝略深，鼻梁挺直，酷像欧洲人。那个年代，生长在北京郊区农村的孩子很少能见到外国人，偶尔见到，也是节假日去北京城里在路上遇到的，感觉是那么新奇，常常会不由自主地扭头多看他们几眼。而高老师的外貌，特别是她的鼻子、眼睛最像欧洲人，班里的同学也都这么说，因此，对于这样一位气质和相貌都出众的年轻女教师，被同学们关注、喜爱，自然是很正常的事情。还有一点，就是高老师在讲话或微笑时，露出两排洁白整齐的牙齿，脸颊上露出两个浅浅的酒窝，这些，也都吸引着学生们，成为他们心目中美的象征。那年，这位还不到三十岁、从北京一所著名大学、从高级知识分子家庭走出来的年轻漂亮的女教师，在同学们的心目中，浑身都充满神秘，令他们心生崇敬之情。

疆远曾激动地对疆声讲过，高老师给他们上第一节课时，她拿出一本彩色画报，翻开，双手举到面前，向同学们展示，画报左侧是一辆崭新的内燃机车的彩色摄影图片，右侧是写满德语的一篇文字。高老师手指着那台内燃机车说："同学们，这是发生在我们身边的一个真实故事，这台内燃机车，是我们国家用十分紧缺的外汇，半年多前从德国进口的，现在仍然停放在咱们铁路分局车辆段的车场内，我们需要这样先进的、性能优良的内燃机车，可它却一直动弹不了，为什么？是我们的火车司机不认识德文，看不懂技术说明书，不知道如何操作，普通技术人员也不会翻译那些德文，请外国技术人员培训，需要协商、等待机会，还要支付昂贵的培训费。眼巴巴地看着进口来的机车，像一堆废铁似的停放在那里不能开动，工人师傅们心里感慨万分、有苦说不出，那种滋味你们想想，有多难受啊！而他们当中，就有我们在座学生的家长，或者是亲戚，你们回家后，可以向你们的家长询问一下是不是这种情况，了解一下他们对此是怎么想的、怎么说的，我相信，你们听后，内心一定会深有感触，也许你们会问，为什么我们要进口外国的内燃机车？为什么我们的火车司机不会开？如果同学们经过认真思考，找到了答案，哪怕是一部分，那么，你们就会懂得，学习文化知识的重要性、紧迫性，就会知道你们将来肩上要担当的责任有多重，就会自觉努力刻苦地学习。"

　　高老师第一节课的开场白，新颖别致、内容具体生动，毫无疑问，她语重心长的一番话，深深打动了同学们的心灵，给全班同学留下了难忘的印象，就连那些平时不愿意学习、比较顽劣的同学，也都聚精会神地听着高老师的讲述，并陷入沉思，甚至露出一丝惭愧的神情。

　　就是从那节课以后，疆远对年轻、漂亮、外貌酷似欧洲人的高老师，已不仅仅是关注、喜爱了，而是从内心深处增添了一份尊崇和钦佩。并且随着接触和交往的增加，他们之间的这份师生情，渐渐转化成为友情、姐弟情。

　　高老师讲课，疆远专心听讲；高老师提问，他第一个举手回答；高老师布置作业，他始终都按时完成，且字迹工整，正确率也极高。单元测验和期中、期末考试，他的成绩在班里都是第一名或第二名，这无疑使高老师对他产生了好感。原本他的身体状况已引起高老师的关注，觉得这个农村学生每天架着拐上学不容易，没想到，他的学习态度和学习成绩也这么好，这自然加深了她对疆远的良好印象。一段时间后，她逐渐了解到了疆远的一些情况，便主动找到疆远，单独和他交流关于学习、理想、未来，以及家庭等方面的问题。当她得知疆远的父亲曾在大西北铁路部门工作多年，是新中国第一代铁路建设者，年轻的时候就是一名铁路局的中层干部，带领数千名铁路职工，修建兰新铁路、后来被选送到唐山铁道学院干部班学习，成为一名具有丰富实践经验和专业知识的铁路工程建设和运营管理者，她心里十分敬佩。同时，当她得知疆远的父亲在"文革"期间的遭遇，并被迫害致死的情况后，更对疆远的家庭境况深表同情。巧合的是，高老师的姐姐和姐夫，20世纪50年代后期大学毕业时，响应国家号召，支援新疆，已在那里生活工作了多年，家中有亲人同在新疆工作，这无形之中便拉近了高老师和疆远的感情，也增添了共同话题。高老师的父母"文革"初期也被下放到农场劳动，两个不同的家庭，政治上却有着相似的遭遇，并波及到各自的子女，有这些共同点做基础，再加之疆远好学、有理想、有志向，这些都和当年的高老师一样，所以，高老师越来越喜欢他，她破例任命疆远为班里的学习委员，原本这是绝对不可能的事，班干部，从小学到初中必须是红小兵、红卫兵，甚至必须是共青团员，必须家庭出身好才行。

　　疆远上学后，因为父亲被打成走资派，尽管他品学兼优，却不能加入红小兵、红卫兵，更不能加入共青团，所以就更别想当学生干部、进班委会了。高老师打破以往的做法，让学校许多老师和学生大为惊叹，有支持的，说这才叫实事求是，重在学生的自身表现；有反对的，说她政治思想觉悟低，立场不坚定，没有原则性，只看中学习成绩，是思想意识有问题。高老师顶住压力，她说："我是班主任，我们班里的事我做主。"她坚持让疆远担任学习委员。校长迫于形势，表面上不说支持，私下里却对高老师说："你做得对。"疆远当学习委员后，不仅自己学习更加刻苦，学习成绩也更好了，同时，他还主动在班里成立了课外学习小组，课余时间专门为学习成绩较差的同学辅导功课，一段时间后，那些同学的学习成绩也都有了不同程度的提高，而且能自觉遵守课堂纪律，认真听老师讲课，这些进步得到了老师的表扬，同学感到高兴，他们的家长更高兴。家长听孩子们说，是高老师坚持让疆远担任班里的学习委员之后，疆远才能成立课外学习小组，辅导他们学习，最终才有了这样的收获。为此，不少家长就来学校找到高老师，还有的直接找到校长，说高老师带班有方、教学成效突出，是优秀的班主任。还夸奖疆远，说他身残志坚、助人为乐，是称职的学习委员。有了学生，特别是学生家长、工人老大哥、工人师傅们的支持，此前曾反对高老师任命疆远当学习委员的那些老师和学生，均不再发声，其中还有不少人转变了观念，认为高老师确实做得对，也都表示支持她。此后，疆远当学习委员的事，再没有人提出过反对，他从初一下半学期到初三，始终是班里的学习委员。

疆远当学习委员期间，自己学习中遇到问题、班里同学学习上有什么需求，他都及时找高老师请教或者汇报。除此之外，他还从高老师那里借阅了不少课外书，在那个知识匮乏的年代，那些文学、历史、科普方面的书籍，极大地开阔了他的眼界，拓宽了他的知识面，使他渐渐变得善于思考，对人生理想、奋斗目标这类问题，也有了自己的认识。他曾对高老师说："我将来也要像您那样，考上全国重点大学，实现自己的人生理想。"高老师说："你的理想是什么？"疆远信心满满地答道："我要当一名医学家，攻克儿科疑难病症，让许许多多像我当年那样患病的婴幼儿得到救治，健康成长。"高老师微笑着说："好啊。人，从小就要树立远大理想，从小就要下定决心，努力学习科学文化知识，只有这样，才能为将来实现自己的理想打下坚实的基础。"

高老师的教育、激励和影响，帮助疆远养成了热爱学习、善于动脑筋的好习惯，并从初中起，他就为自己的人生设立了一个奋斗目标，他想上大学，当一名儿科医学专家。尽管在那个年代，他的这些想法超出了现实可能性，但心中有目标的人，生活、学习就会有动力、有信心、有劲头。

高老师已经半年多没来过疆远他们家了，她知道疆远当赤脚医生工作很忙，不想打扰他，但她心里一直惦念着疆远，关注着他的生活工作情况。虽然见面的机会不多，但隔一段时间，她就会主动给疆远打电话，询问他最近的工作、生活、学习情况，并把城里的新闻告诉他，每次结束通话前也总不忘提醒他，业余时间多看书学习，千万不要认为自己身在农村，看书学习用处不大，将来，农村要发展，要实现现代化，更需要知识，知识永远都是社会进步、个人前行的基石和动力。

今天晚上，高老师突然到来，一定是有重要的事情，她问候完疆远母亲兰芳，便对疆远说："有一个好消息要告诉你。""什么好消息？"疆远马上兴奋起来，他盯住高老师。高老师说："今年国家要改革高校招生制度,恢复高考,废除以前的推荐制,实行统考,择优录取。"疆远一听,先是一愣,随后惊讶地问:"真的? 那太好了!"高老师说:"真的。我也是刚从城里母亲那儿得知的消息,就赶忙来通知你,今年高考全市统一命题、统一考试,年轻人只要愿意,都可以报名参加。这种公平公正选拔人才的方法,杜绝了许多弊端,从现在开始,你抓紧时间复习文化课,争取今年考上大学。"高老师的话,疆远越听心里越激动、越兴奋,他终于等到这一天了。他对高老师说:"我一定珍惜这次机会,好好复习,力争考上大学,实现自己的人生理想。"听疆远这么一说,高老师感到十分欣慰,这正是她想听到和看到的。她对疆远说:"有志者事竟成,我相信你通过努力一定能考上理想的大学。"高老师的鼓励,使疆远心里更是踌躇满志。过了一会,待他冷静下来,想到父亲的冤案还没有彻底平反昭雪,这么多年来,大姐疆梅和自己都不能加入红卫兵、共青团组织,不能被招工、推荐上大学,今年的高考,政审能合格吗?自己能参加吗? 想到这些,疆远的心情突然阴郁起来,刚刚升腾的希望之火,一下子便熄灭了,他显得心事重重、心灰意冷,沉默着,半天没说话。高老师望着他,很快就猜透了他的心思,语气坚定地说:"你不用怕父亲的问题会影响你,高考政审主要看考生的个人表现,以前那些唯'成分论'等一系列条条框框早该破除了,你不要有太多的顾虑,集中精力,抓紧时间复习备考,争取成功。"

以往,在许多关系到大是大非的问题上,高老师的意见往往都被时间检验是正确的,疆远对高老师的话一直深信不疑。此刻,听她这么一说,他的心情舒畅了许多,轻松了许多,他暗自下定决心,绝不辜负高老师的希望,努力实现自己的人生理想。

高老师从随身携带的书包中,取出几本"文革"前的高考复习资料,交给疆远,她说:"这些都是我以前高考用过的学习资料,供你参考,以后有新的高考辅导书,我找到后再送给你。"疆远双手接过高老师送给他的高考复习资料,不由得心里涌起一股暖流,为他的事，高老师从来都是甘愿费心、受累。疆远望着高老师，半天不知说什么好。高老师接着说道："复习过程中，有需要我帮助的，晚上可以到学校找我。"疆远说："那些课本上的知识，丢下两年多了，也忘得差不多了，肯定需要您的帮助。"

第二天中午，疆远去镇街百货商店买回五个笔记本，晚饭后，他独自坐在老南屋的方桌前，分别在五个笔记本的封面正中，用钢笔工工整整写上语文、政治、数学、物理、化学两个大字，在第一页，又写下一句同样的话："柳疆远——为实现心中的理想，努力学习吧！"放下钢笔，他从嘴里重重地吐出一口气，仿佛将积聚在胸腔中的郁闷和压抑统统都释放了出来，心里顿时感觉轻松了许多。

随后，他又从小书架上找出上学时用过的课本、草算本，从木柜的抽屉里找出钢笔、铅笔、圆珠笔，直尺、三角板、圆规，摆放在面前的方桌上，望着这些既熟悉又陌生的课本和文具，疆远不由得心生感慨。小学、初中、高中，从童年、少年到青年，他始终喜爱看书学习，上中学时，有幸遇到高老师，他希望自己将来也能像她那样，考上大学，学习专业知识，实现自己的人生理想。转眼五年多过去了，大学梦在他心中早已破灭，今天突然喜从天降，大学又要恢复考试招生了，他终于迎来能验证自己智慧和能力的机会。他没有理由不努力、不刻苦、不用尽全力复习文化知识，否则，他对不起自己、对不起母亲和大姐，对不起高老师，对不起许多关心爱护帮助过他的老师、同学、亲戚、朋友，如今，他们已成为他下定决心、努力学习的动力和源泉。还有，疆远始终清晰地知道自己是个残疾人，走路需要架拐杖，干不了重体力活儿，未来的日子他要自食其力，要养活自己，要结婚成家，要像正常人一样生活，而在相对贫穷落后的农村，对他来说这些最基本的需求却很难达到。他需要通过自己掌握的文化知识、自己的智慧和能力，通过自己的不断努力，通过参加高考，改变命运，改变生存环境，使自己在现实生活中站住脚，有一块安身立命之地，才能不用母亲和亲人们为他将来的生活担忧。再有，就是雨生，他在心里爱着她，却不能向她表白，他总觉得自己目前还没有资格、没有条件，没有实力喜欢她、爱她，他只有考上大学，将来有了工作，有了实现理想的平台，干出一番事业，才能有资格、向她倾诉爱的心声，才有能力爱她，让她过上美好幸福的生活。

那天晚上，疆远大脑里翻江倒海地想了许久，面对将要到来的高考，他信心满满、动力十足，高考复习自此开始了。

第十四章

一个多月后，北京的广播电台、报纸都播发了恢复高校招生考试的消息，县教委第一时间也向各公社文教组、中学传达了相关文件精神，重新恢复中断了十一年的高考制度，这注定是一件新鲜事、大喜事，被社会广泛关注。

柳河公社，对此也已是家喻户晓无人不知，尤其是那些初、高中毕业的年轻人，更是奔走相告，彼此见面的头一个话题，说的都是高考的事。他们相互打探着是否准备报名参加。有的人满怀信心，跃跃欲试，觉得机会难得，不能错过，一定参加，争取考上；有的人由此浮想联翩：步入大学校园，在宽敞明亮的大教室里，聆听教授讲课，学习专业知识，为将来实现人生理想打下良好的基础，为祖国实现四个现代化贡献力量，那该是一件多么光荣和自豪的事情啊；还有的人则抱着试试看的心态，心存侥幸，谁知道高考难不难，万一考上了，从此不就脱离农村、改变命运了吗？也有少数人是随大溜儿，别人报名他也报名，知道自己学习差、考不上，凑个热闹吧。于是，柳河公社大部分初、高中毕业生都报名了。

疆远和他的好朋友、同学赵亮、张军、雨生也都报了名。

疆声也报了名。但他和疆远、和村里其他报考的高中毕业生的心态不同，疆远自打上学后，始终热爱学习，成绩优秀，考入大学是他心中的理想，疆声相信他有这个实力。而疆声，自我感觉不笨，却实在是贪玩，自小就这样，家中姐弟中他排行老小，母亲从小就特别疼爱他，甚至有些娇惯，学习上对他的要求远没有对疆远那么严格。这在疆声渐渐长大以后才慢慢地体会到，这里面隐含着母亲的一份苦心、善意和无奈，那就是，她认为疆声毕竟是身体健全的男孩子，有个好身体，将来无论干什么都能自食其力，她并不期待疆声将来要出人头地，有多大的出息，只希望他快乐健康地成长，平平安安地生活她就满足了。疆声分析，这也源于他上学时正赶上"文革"，学校经常停课、学工学农，文化课学得不扎实，甚至许多课都没怎么上，开学发的书，期末还是新的。考试也经常是开卷，照书本抄答案。数理化于他，原本就觉得枯燥乏味，不愿意学，结果可想而知，举个例子，他连化学元素符号和周期表都记不清。兰芳也不愿意看着他劳神费力地去死抠书本，更何况是在那个读书无用的年代。加之父亲柳峰被打成走资派、被批斗后，他们一家人多年间在政治上受到牵连，兰芳内心充满绝望，认为就是学习再好，也不会有好事轮到像他们这样家庭的孩子，疆梅、疆远不就是例子吗？因此，兰芳无形之中便放松了对疆声的要求，她只对疆声说："学习凭自觉。"而对于一个贪玩的男孩子，做到自觉学习，在那样的外部环境下确实很难。兰芳这样的心态，如今疆声完全能够理解，一点也不怨她，疆声清楚，母亲当年的做法，并不代表她不懂得读书学习的重要性，她怎么会不懂呢，她只是无奈。

兰芳从小就喜欢读书，至今，她依然十分敬佩、羡慕那些有文化的人，尽管他们都是身边最普通的乡下人，尽管只是一些字写得好、会讲故事、能记账目的人，但兰芳依然把他们挂在嘴边，像讲故事似的经常讲给疆远他们听。

那时候，乡村漫长寂静的夜晚，多半都是疆远他们姐弟三人，在老东屋的土炕上，或躺或坐，陪伴着兰芳。兰芳借着从老屋房梁上垂下来的那盏 15 瓦的电灯泡发出的昏黄的光亮，手里一边纳着鞋底，一边将十里八乡中，哪家哪户、谁谁谁会讲《三国演义》《水浒》《西游记》《聊斋志异》中的故事，并把她听来的那些故事一段一段、绘声绘色地讲给疆远他们听。他们姐弟三个，尤其是疆声听得入神，记得牢固。长大以后，当疆声读完那些书以后，回想小时候母亲给他们讲述的那些书中的故事，许多细节都与原著有出入，或简或繁、或增或删，有夸张、有再造，不禁令他心生笑意，他想母亲或给母亲讲这些故事的能人，他们天生都具备创作的天赋。疆声一直认为，疆远作文写得好，自己后来喜欢写作，都得益于母亲。母亲当年给他们讲的那些故事，尽管在她反复的讲述过程中，一些细节被无意中更改了，但故事的核心没有变，也不影响故事本身给予他们的启发和教育。

兰芳经常提到的还有某某村、谁谁谁，毛笔字写得好，每年一进腊月，老乡亲们就都请他给自家院门、屋门、正房、厢房，几乎所有带门的房屋、棚舍写对联、写福字、写吉祥字祝福语。不仅门框上贴对联、大门正中贴福字，屋里的橱柜、坐柜、水缸、粮缸也都贴着"财、福、发、寿"等吉祥字。院子一角的鸡窝、猪圈的栅栏门上，也少不了要贴上红字、条幅，或写"金猪满圈""猪壮财多"，或写"鸡生蛋，蛋孵鸡，鸡蛋成金"。就连各家茅房的墙壁上，也都贴着"粪肥是宝"的条幅。平时谁家有个红白喜事，也都会请他们去写大红喜字，或是白纸黑字的挽联及条幅。

再有，就是谁谁谁算盘打得好，口诀背得滚瓜烂熟，加减乘除，手随心动，既快又准，从无差错。生产队的账目在乡村算是大账目，内容多，月月要核算、月月要精准，一项也不能差不能少，会计也会有算不清楚的时候，他就被请去给指点核对一番。这样的人物，在兰芳的眼里，就是能人、有文化的人，就都记在她的脑子里。他们的那些"能"，她随时都可以当故事讲给疆远他们听。

兰芳喜欢读书，但小时候家里穷，她没上过一天学，因为天资聪慧，学什么都快，看什么都记得住。新中国成立后，乡里办妇女扫盲班，她忙完农活和家务，每天晚上走六七里路到镇里的夜校，上一个多小时的识字课，三个月下来，就会念、会写一百多个字，还会讲解字意。后来，兰芳还托人从县城的新华书店买回一本新华字典，晚上忙完了家务，就坐在老东屋的灯下，手里捧着字典翻看，还常常拿着笔在纸上写写画画，整个晚上都不挪窝。村里人都知道兰芳好学，识字多，会写信能读报，字也写得工整清秀。疆声清晰地记得，小时候，父亲柳峰从大西北寄来家信，他们姐弟当时还小，都是母亲自己动手给父亲写回信，每次都要写上满满的两三页纸。疆声曾好奇地问过兰芳："妈，您怎么每回都能写那么多字，跟爸爸都说些什么呀？"兰芳说："说你们姐弟长高了，说疆梅、疆远学习好，数学考试得了一百分。说家里养了多少只老母鸡，下的蛋都拿到火车站前街去卖了。说菜地种了什么菜。还说你们想爸爸了，盼着他今年过年早点回家，带你们去镇街赶大集，买鞭炮、买年画、买新衣服、买好吃的。"兰芳可以轻松愉快、随口说出许多所写的内容，疆声听了心里很是佩服，母亲写得真周全，把他们姐弟想要说的话都替他们说了。这样聪慧好学的母亲，对疆声的学习却要求并不严苛，无疑，这与当年他们家的处境和农村生活状况有关。

而对于疆远，兰芳则是另外的心态，她时常对疆远说，你要努力读书。在兰芳心里，她始终觉得对不住疆远，没有照顾好他，使他的身体从小就落下了残疾，兰芳总是满心忧郁地说："这孩子要是身体好，赶上好时候，凭他的聪明劲儿，上大学，做学问，一准儿的事。"可命运捉弄人，偏偏是疆远从小就患了这个病，就留下了这样的后遗症，这让兰芳一直痛心不已。因此，她对疆远的前途、对于他未来的日子如何过，一直忧心忡忡。而一个农村妇女，又是在那样的社会和家庭背景下，她又能怎样呢？她把唯一的希望都寄托在疆远的学习上，她想，他身体不如别人，那智力就要超过别人，要比别人多读书，从书上学本领。她从小就给疆远灌输这样的道理，督促他努力学习、激发他的学习兴趣，培养他自觉刻苦学习的习惯，鼓励他学习上的每一点进步。久而久之，随着疆远逐渐长大，懂事、成熟，他内心完全理解了母亲的一片苦心，也更加懂得了学习对于他的重要性，他逐渐养成了自觉勤奋的学习态度，成为班级中学习成绩最优秀的学生。

而疆声，之所以和村里其他报考的年轻人心态不同，是因为他虽然认为自己不笨，却也有自知之明。他仔细想过，就是每天什么活儿都不干，只是看书复习文化知识，离考试时间还有两个月，那么多门功课，他离开学校已一年多，当初又没有好好学，全都是一知半解，想要重新学一遍，时间远不够用。更何况他还要每天参加生产队的劳动，还要挣工分呢。干一天农活，已经很累了，晚上再复习，时间久了身体也吃不消，效果也不好。鉴于这些考虑，他的心态反而平静了。高中的同学，特别是本村的同学都报名了，他也不能不报啊，否则会让人家看不起。报就报，试试看吧，万一考上了呢？就是没考上，相信也不会是他一个，也不丢人，还有人上学时学习成绩不如他呢，他们敢报名，他为什么不敢？

疆远当然也鼓励疆声，他说："咱俩一同复习，你有不懂的，我只要会，就可以给你讲解。"疆声心里当然高兴，尽管他相信疆远的实力，但他心里依然不抱太大希望，不是他不想努力，他只是觉得自己差距大，这么短的时间里弥补也来不及。但他心里还有一个想法，倒是愿意通过这次复习的机会，把以前没好好学习的文化知识再补一补。能补多少就补多少，这次考不上大学，也许以后还有用，比如招工、乡里抽调临时工、社调干部等等，将来也许还需要考试。再有，也借此机会培养一下自己主动学习的习惯，他懂得学习的重要性，他把学习的收益或者叫回报放到以后、放到将来。他对疆远说："我自己先按照考试大纲复习，把最基础的知识先捋一遍，看看有多少不懂不会的地方，我心里也好有个底。然后找出重点难点你再给我讲解，这样，也少耽误你的复习时间。你的复习进度一定比我快，你更需要时间学习，时间对你来说更宝贵，你考上大学的把握比我大得多，更需要集中精力、抓紧时间，不用太顾及我，有不会的我会主动问你的。"其实，疆远也清楚疆声的文化水平，文科稍好，理科差，偏科严重，这样的文化基础对照高考大纲的要求确实有不小的差距，但谁又知道高考到底难不难呢？都在相互鼓励，试试吧，要是考上了呢。而疆声，在那段复习的日子里，虽然每天晚上都在坚持看书学习，但却极少主动向疆远请教，他实在是不想耽误疆远的时间。他时常在想，疆远考上大学，比他考上要重要得多，疆远将来更需要有一个好的前程。而自己作为一个身体健全的年轻人，更应该多帮助母亲，为家庭承担起责任，这个家将来也许更需要他。

从高老师那天晚上来疆远家后的第二周，疆远每周一、三、五晚上都去铁路职工子弟学校找高老师补习数理化，每次两个小时。毕竟两年没复习过那些文化课了，许多内容疆远也忘记了。高老师按复习大纲的要求，系统地帮他制定复习计划、分析各个科目自身的优势劣势，找出难点，重点辅导。按照高老师制定的学习计划和要求，疆远很快就进入了学习状态。每周，他除去到高老师那里接受辅导，每个晚上还在家复习到深夜，一段时间下来，他感觉自己又回到了上学时的学习状态，脑子挺好使，记忆力依然很强，许多知识，经过看书，很快就想起来了，就记住了，掌握了。他深深地感受到，当初在学校学习时，打下扎实的基础是多么重要啊，那时要是没学懂，现在怎么可能这么快就能重新掌握呢？因此，他心里越来越有底气，信心也更强了。

离北京市 12 月 10 日的高考还有一个月，兰芳心里不踏实了。其实她一直都在为疆远担心，他离开学校已两年了，学过的知识还能记住多少？那么多门功课要考，时间紧迫，每天还要工作，时间够用吗？兰芳此前就劝过他："歇工吧，歇一段时间，踏踏实实在家复习功课。"疆远不同意，他说："村里就两名赤脚医生，我不上班，剩下一个人哪儿忙得过来，咱不能耽误乡亲们看病啊。"就这样，疆远坚持用夜晚、用别人睡觉的时间复习文化课，那段日子，人瘦了一圈，精神却依然饱满。这时，母亲真的急了，她又提出让疆远请假在家复习，疆远仍不同意，他说："我不上班，杨大夫一个人忙不过来。"又说，"村里其他报考的人，都没有歇工，都在抽空复习，自己歇工全天复习不免人家会说闲话，万一考不上，会让人家笑话的。再有，歇一天工，就少挣一天的工分，我舍不得。"兰芳这次没有让步，她坚持自己的主张："这些问题都能克服，都是暂时的困难，高考中断这么多年才恢复，机会难得，也许你一辈子就能考这一次，必须全力以赴，而且你学习基础好，只要努力了，希望很大。如果因为自己没努力，或是因为家里没给你创造条件你没考上，那会遗憾终生的。你从小就想实现的梦想永远实现不了，我们全家人也会为你遗憾的，你好好想想，别让我们失望。"兰芳这个时候仿佛是个智者，她态度坚定、诚恳，让疆远不置可否，同时也深深感动了他。兰芳还说："咱家再困难也不差你这一个月的工分钱，你不去请假，我去找大队长给你请假。"疆远拗不过母亲，只好自己去找大队长，大队长考虑再三，只同意他每天下午歇半天工。兰芳想了很久，觉得大队长已经很支持疆远了，便默认了。

疆远自从下午歇半天工那天开始，午饭过后，他就坐在老南屋的方桌旁看书学习，直到吃晚饭的时候。晚饭后，如果不去找高老师，休息一会就接着开始复习，一直到下半夜一点，而后睡觉，凌晨四点多又起床开始复习，直到天亮，洗漱完毕，匆匆吃了早饭，去村卫生室上班，为村民看病。这样一连十多天后，他感觉身体撑不住了，头有些晕，犯困，想睡觉。他把这些情况讲给高老师听，高老师说："不能搞得这么紧张，要合理安排复习时间，提高效率，前提是保证好睡眠，每天不能少于7小时。"高老师的话，疆远始终是听从的，他随后调整了作息时间，每天晚上复习到十一点，而后睡觉，次日早晨六半点起床，八点上班，下午复习三个小时。这样调整后，他的身体状况、精神状态都很好，学习效率也很高。

那段日子，兰芳为让疆远和疆声俩人更专心地复习，她竭尽全力，把家里所有的活儿都包了，一件也不让疆声和疆远做，饭菜也尽可能做他们俩爱吃的。为加强营养，她隔一天给他们俩煮一个鸡蛋吃。深秋，家里养的十多只母鸡已经不下蛋了，她是把此前天热时收存的，原本要留到入冬才拿到火车站前街上去卖个好价钱的鸡蛋都拿了出来，疆远和疆声让她也煮一个吃，她却舍不得。

那段时间，镇中学也为考生开办了文化课辅导班，每周两个晚上。疆远和疆声，还有村里其他报名参加高考的人，大部分都参加了辅导班。

赵亮、张军和雨生也都去辅导班听课，同一个村，下课后，疆声骑着自行车驮着疆远同他们一起往家赶。夜晚，乡道上行人极少，他们边骑车边聊着复习中遇到的问题，疆远坐在自行车后座上，一直关注着在他身边骑车的雨生，不时询问她复习的情况。雨生说："还有不少知识点弄不懂，老师辅导时似乎听明白了，回到家，自己一做题又不会，看来还是没真正理解和掌握。"疆远安慰道："我也遇到过这种情况，以后有什么问题咱们可以一起讨论。"雨生说："那当然好了，我真希望二叔帮助呢，就是怕耽误了你的复习时间。"疆远说："一同讨论问题也是复习，印象还会更深刻，记得会更加牢固。"雨生说："二叔说得对。"不知不觉中，疆声骑车的速度加快了，许是男女体力上的差别吧，疆声并没有察觉到自己车速快了多少，而这时雨生已经被落在后面，正费力地追赶着，见此情景，疆远提醒疆声："骑慢点、再慢点。"待雨生跟上来以后，他心里才踏实下来。

有一天晚上，张军拿着一本数学书来找疆远，他指着书上的一道几何证明题说："想了半天也不会做，你给我讲讲吧。"疆远接过书，看到那道题，正是自己前些天刚刚做过的题目，确实有点难度，应用的定理、定义、公式比较多，综合性较强，他猜想雨生也可能不会做，张军和雨生是同班同学，又是邻居，有时两个人在一起复习，雨生要是能证明出来，张军就不会跑来找他了，于是，疆远问道："雨生会做吗，你没问问她？"张军说："问过，她也不会。"疆远说："那你把她也叫来吧，我给你们俩一同讲，这既省时又省力。"张军说："那当然好，我这就去叫她。"

张军去接雨生了，疆远坐在老南屋里的方桌旁，他看着张军刚才摊开放在方桌上的数学书，心里却惦念着雨生。自打上周晚上从镇中学辅导班和雨生分别后，这些天忙工作、忙复习，一直没顾得去找雨生，也没遇见她，他知道雨生一定也很忙，他突然觉得特别想念她，特别想见到她。一会儿她会来吗？他希望借这个机会能再次见到她，这么想着，疆远心里不由得兴奋、激动起来，他站起身，走到玻璃窗前，两眼朝院门口望去，耳朵也在仔细地辨别着屋外有没有脚步声。约莫二十分钟后，屋外终于传来一轻一重的脚步声，还有说话声，疆远听出来说话的是雨生，声音清脆、甜美，他忽然感到心在突突地跳，难以控制，他忙着走回方桌旁坐下，深深地吸了一口气，又沉沉地吐出来，努力想让自己的神情平静下来。随后，他拿起那本摊开的数学书，佯装看书。张军推开门说："雨生来了。"雨生面带微笑，叫了一声："二叔。"

三个人围坐在方桌旁，彼此的距离不到一米远，雨生的面庞白里透红，洁净水润，头发又黑又亮也很整齐，像是才梳洗过，一股雪花膏的清香扑面而来，疆远闻到了。他看着雨生，一种爱慕之情油然而生，但他还是马上控制住了自己的情感，拿起桌上的一支圆珠笔，一边在草稿纸上写着画着，一边给他们俩详细讲解那道几何题的证明方法。这道题他反复讲了两遍，又让他们俩独自做了一遍，都会做了，才结束辅导。那个晚上，疆远心里很是愉快，虽然他耗费了一个多小时的时间，但他觉得自己帮助了同学和朋友，特别是见到并帮助了雨生。这样的机会以后也许不会多，尽管他和雨生说过，学习上有问题可以随时来找他，但雨生是个懂事的姑娘，她知道，这个时候，谁的时间都很宝贵，她不愿意因为自己耽误了疆远的复习时间。

疆远对于雨生的爱慕与日俱增，但他依然很理智，因为他清楚，自己是残疾人，是农民，没有条件给雨生带来幸福生活，所以，要想得到雨生的爱，就必须创造条件，改变自身的处境。而高考的到来，给他带来了一次改变命运的机会，如果考上大学，无疑便增加了追求雨生的条件，这样的机会，他必须抓住，爱情，也为他增添了一份考大学的动力。

第十五章

1977年12月10日，疆远、疆声与许多柳河地区的年轻人一同，终于迎来了中断11年的高考。

柳河地区唯一的考场设在柳河中学，那天清晨，微风徐徐，天气有些寒冷，疆远和疆声早早就起床了，洗漱完毕，再次检查了考试必须携带的准考证、文具等物品后，彼此望了一眼，想着将要奔赴考场，心里不由得都有些紧张也有些兴奋，毕竟参加高考是人生头一回。兰芳比他们俩起得还早，早饭已经摆放在桌子上，她一改往日的品种：玉米面粥、玉米面窝头或玉米面贴饼子，外加了一小碟子腌咸菜、拌白菜丝。那天的早饭，兰芳煮了大米粥，给疆远和疆声各盛了一大碗，还往里面加了一勺白糖，又烙了两张热气腾腾的白面饼，煮了两个大鸡蛋，兰芳说："吃饱点，考试心里不慌。"她坐在一旁，目光始终盯着疆远和疆声，像是在监督两个贪玩、不好好吃饭的孩子。疆远和疆声感受着母亲的疼爱，也感觉出，母亲心里比他们俩更紧张更兴奋，仿佛将要去参加高考的是她，不是疆远和疆声。疆远掰了一块烙饼递给母亲，说："您忙了一大早儿，和我们一块儿吃吧。"疆声也说："是啊，一块儿吃吧，趁热。"兰芳把疆远递到她面前的烙饼挡了回去，说："我不饿，你们多吃，考试劳神费脑更需要体力。"

饭后，疆声从老南屋推出自行车，用手掌分别用力按了按前后轮的轮胎，确定不亏气，随后对疆远说："咱们早点走吧。"兰芳也说："赶早不赶晚。"又叮嘱他们："考试不要慌，要仔细。"

疆声骑车带着疆远，路过赵亮家门口，疆远说喊他一声，赵亮也正要出门，听到喊声，推着车就走出了院门。他们骑到村口时，正巧遇到从村西头骑车过来的张军和雨生，于是，四辆车、五个年轻人，前后两排，骑行在乡道上。清晨的阳光温馨而又灿烂，他们的身影和车影被拉长了，映到路面上，影子追随着他们，向前奔跑着，奔跑着，这场景，如一幅黑白分明、动感强烈的摄影作品，清晰地印在他们的脑海里，终生难忘。

他们来到柳河中学校门口时，大门两侧的空地上和大门外的柏油路旁，已被人群和车马挤满，如同逢年过节、初一、十五镇街集市上那般喧闹。柳河地区方圆十多公里的村镇、国有企业、机关事业单位的考生和送考生的家长、亲戚朋友、同学老师都汇集到这里。车辆中，有自行车、手扶拖拉机，还有马车、毛驴车。大门上方一条醒目的横幅上面写着"沉着冷静，考出佳绩"。

上午考政治，9点至11点，考题有名词解释、填空、简答、论述四大类。疆声觉得题目有些难，考得并不理想。考试结束后，他推着自行车来到学校大门口，见到疆远已经在那里等候了，一眼看上去，他表情很轻松，脸上还微微露出笑容。疆声问："你一定考得挺好吧？这么早就出来了。"疆远说："我只用了一节课多的时间就答完了试卷，又检查了两遍才交的卷。你呢？"疆声说："有几道题不会，还有蒙着答的，成绩肯定不好。"疆远说："没事，好多人也说不好答，考完了就不要多想了，集中精力下午接着考，咱们继续努力。"

中午回到家吃饭，一进门，兰芳就问疆远和疆声考试情况，看来她真是沉不住气了。疆远说："政治题不难，都在我的复习范围内，答题很顺利。"疆声补充说："他只用了一节多课的时间就答完交卷了。"兰芳一听，高兴地笑了："那么快就交卷了，检查好了？"疆远说："检查了两遍，能发现的问题都发现纠正了，我觉得高考好像也没有想象的那么难。"兰芳扭过头，疆声知道母亲要问他了，没等她开口，疆声就说："我考得不如他，有几道题不会，蒙着往上写，到交卷时还有一道题没答。"和疆远比，疆声有些沮丧，也有点惭愧，更不可能有疆远那么自信。兰芳听他说完，想了想，只说了一句："下午会好些吧。"

疆远报考的是北京中医学院，属于理科，疆声报考的是文科院校，所以，下午疆远考"理化"，疆声考"史地"。

说到报考的学校和专业，疆远曾费过一番心思，不像疆声，虽然学习成绩一般，但有点偏科，就报了自己喜欢的文科、中文专业，学校也是随心所欲地选了几所。疆声身体好，没有什么限制，反正又没有多大把握，不用想那么多。而疆远就不同了，他信心满满，而且老师和同学们都说他一定能考上，否则，许多人就更甭想了。因为他希望大，所以更要认真仔细对待，尤其是填报志愿。为此，他首先去找高老师，征求她的意见，因为在他的心目中，高老师不仅是他最信赖的老师，而且她还是大学毕业生、有报考经验，父母也都是老知识分子，他们对于北京的高校情况都比较熟悉，这对于填报志愿会有很大帮助。除此之外，他还征求了高中老师的意见，他们都很诚恳也很热心，根据他目前的学习状况、学校招生以及各专业情况，如招生人数、专业特点，特别是针对他的身体状况，进行了综合分析，尽可能回避填报那些对身体条件有相关要求的学校和专业。经过全面综合分析后，老师们帮助疆远选择了一至三志愿的学校和专业，其中第一志愿报考的是中医学院，这完全符合疆远的理想和爱好，也符合他的实际工作情况。他喜欢中医，望闻问切，由表及里，由此及彼，辨证思考，综合分析，推理判断，最终为病人做出正确诊断，这个过程，在他眼里简直神了。这两年当赤脚医生，中医书他看了不少，不仅掌握了一些基本技能，如号脉、扎针灸、拔火罐、艾灸，还学着对农村常用中草药的药性、药理进行辨别、体验、应用，并向卫生院的老中医学习"望、闻、问、切"的理论、方法，他对中医着迷了，高考填报中医学院，他很满意。同时，学中医、当大夫，大家都认为疆远的身体条件也适合。如此选择，家里人也同样满意，尤其是兰芳，她一直认为，自古中医大夫，以坐堂为主，号脉开药方，讲究一个"静"字，这些都适合疆远的性格和身体，将来当中医大夫，也受人尊重，总之一个字，好。

　　下午的考试结束后，疆远和疆声回到家，天还没有黑，他们俩走进老东屋，兰芳已经开始准备晚饭了，她一边忙着和面，一边说："我这就擀面条，今天晚饭早点吃，吃饱了，你们俩就歇着去，养好精神，明天接着考。"疆声和疆远都笑了，疆远说："有您做坚强后盾，我们俩一定能考好。"疆声原本也想说点什么，可想到自己下午史地考得也不满意，便没有吱声。兰芳说："还有你大姐呢，她还说从县城给你们买什么'精'来着，对，'麦乳精'，说沏水喝，有营养还健脑，增强记忆力，我从前可没听说过还有这么好的东西。不过，她大老远的，来一趟还得歇工，心意到了就行了。我就跟她说，你留着那钱，等他们俩考上了大学，你再给他们买礼物送来也不迟，我现在每天给他们俩煮鸡蛋吃，妇女生孩子都吃鸡蛋，补身体，错不了。你大姐说，那我就等他们俩考完试，等录取通知书发下来再买礼物送给他们吧，让他们加油啊。"听母亲这么一说，疆远说："好久没见大姐了，等我们俩考完试，一定去县城看看大姐。"疆声说："是得去看看大姐了，我早就想她了。"

　　兰芳做的手擀面筋道、宽窄适中，拌面的卤，是炸酱和开水焯过的白菜丝。疆声和疆远都爱吃母亲做的手擀面，一口气各自吃了两大碗，吃得浑身上下热乎乎的，头上也冒出了细密的汗珠儿。兰芳见他们哥俩吃得那么香，高兴地微笑着。她说："要不，明天晚上还吃手擀面？"疆声说："好啊。"疆远想了想说："明天下午考试就结束了，这些日子咱家白面吃了不少，还是省着点吧。"疆声不再吱声，他内心已在自责："自己怎么就没想到呢，疆远说得对，临近考试这些天，早中晚一日三餐，母亲总给他们做细粮吃，把家里差不多一个月才能吃到的大米白面都吃了，是该省着点了。"疆远还说："再过两个月就过年了，白面不能少。"兰芳说："咱家还有今年收的麦子呢，头过年我送到村里的面粉房去加工，面粉够过年时吃的。"

晚饭后，天渐渐黑下来，小船似的月亮，停泊在浩瀚的夜空中，星星远远近近，忽闪着亮晶晶的眼睛，伴着月光，洒向村庄和院落，透过玻璃窗钻进老屋里。乡村初冬的夜晚，寂静而又温馨。疆声和疆远陪母亲聊天，这已成为习惯，自打疆梅出嫁，晚上老东屋就兰芳一个人住，以前疆梅在家时，兰芳多由疆梅陪伴，疆远和疆声经常是自由人。疆远晚上坐在老南屋方桌前看书学习，或者是被人叫去看病拿药，有时也去找好朋友赵亮、张军聊天，当然，还会去雨生家串门。疆声呢，比疆远更自由，他在家待不住，只要家里没有需要他做的事，晚饭后他就出去玩了，除去冬天天冷、黑得早，除去麦收、秋收大家都忙，其余的日子，只要天好，天没黑透，就去村里的小学校，和早已约好的、上学时的几个同学一起打篮球，他们分成两队比赛，常常是拼得不可开交，汗流浃背，各有输赢，难分胜负，玩得过瘾啊！

疆梅在家时，和兰芳聊天，聊得开心也投入，母女俩聊家长里短，聊村里人家的红白喜事。聊地里的庄稼长势如何、将来的收成如何。聊柴米油盐、聊他们一家人，夏天或冬天的衣服、鞋，谁该添置新的、谁的还可以继续穿。聊家里养的十几只母鸡，数那只叫芦花的下蛋最多，那只叫黑子的，长得漂亮，一身光亮顺滑的黑羽毛，看着就招人喜欢，可就是隔两天才下一个蛋，有时候还跑到邻居家鸡窝里去，丢蛋的事也常有。总之，零零碎碎、大事小情，每天都有说不完的话题。这两年，疆远和疆声，有时是两个人，有时是一个人陪着母亲，也许因为是男孩子的缘故吧，家长里短的事，他们和兰芳聊得很少，除了生产队和村里卫生室最近发生的新鲜事，其他的他们很少提及，话题比疆梅在家时少了许多。有时，他们就坐在那里，一句话不说，坐久了，就会拿起一本书翻看，虽然气氛不如疆梅在时那么活跃，但他们始终坐在兰芳身旁，好在兰芳并不在意，她只要每天看到他们都好好的，都在她的身边，心里就踏实、就高兴，就不觉得寂寞，这该是天下所有母亲共同的心理吧。

兰芳不寂寞，还源于她聪明、手巧，源于她闲不住。疆声后来当兵，数年后，兰芳去世了，自此，每每想到兰芳，疆声总说："母亲一生操劳，真是受累的命。"也正是她这样整日辛苦忙碌着，才帮助她度过柳峰去世后那么多年的痛苦、寂寞、思念、压抑的岁月，并把三个孩子培养成人。那些夜晚，很多时候，疆梅他们三个人只是默默地坐在老东屋，看着兰芳一手攥着厚厚的布鞋底，一手握着一把锥子，用力在鞋底子上扎下去，直到扎透，露出锥子尖，使劲拔出后，再拿起穿好线的细针，顺着刚刚扎透的锥子眼，将针线穿过去，然后拽紧。这样反反复复、一针一线，一行行密密实实纳出的鞋底，才结实耐磨，做成的鞋才经穿。不仅是纳鞋底做鞋，兰芳还经常坐在那台"标准牌"的缝纫机前，借着房梁上垂吊下来的那盏15瓦的灯泡发出的昏黄的灯光，双脚踩踏缝纫机踏板、双眼盯着台案上的布料，埋头缝制衣服，她单薄的身影映到墙壁上，轮廓清晰，伴随着缝纫机发出的"哒哒哒"的响声，在儿女们的脑海中复制出一幅生动的图像，这么多年过去后，依然清晰如初。

兰芳在老东屋里度过的那些漫长的夜晚，手中不仅从未离开过针线，也未离开过那台缝纫机，他们一家人一年四季穿的衣服和鞋，都是她亲手缝制的。兰芳还为村里的老乡亲缝制衣服，村里二百多户人家，无论老小有谁没穿过兰芳缝制的衣服呢。兰芳是村里有名的裁缝，虽然她没开过一天裁缝铺，但她剪裁制作衣服的手艺好，村里人无人不知，甚至有外村人也慕名找上门来，请兰芳帮助剪裁制作衣服。劳碌之中的兰芳从不寂寞。

今天晚上，老东屋里的气氛与往日不同，虽然还是他们母子三人，但是，今天他们都有不少话要说，内容自然离不开高考的事。这次，兰芳竟破例放下了手里的活儿，和疆远和疆声聊了起来。

兰芳望着疆远和疆声，关切地问道："下午考试难吗？"她没问他们考得好不好，她是在有意回避那个敏感的问题。疆声知道，她最关心的还是他们考得如何，却又不便直接问，就换了这么个说法，疆声觉得母亲不仅善良，而且也很聪明，这让他在心中赞叹不已。实际上这和问考得好不好没有本质区别，但他们听了心里还是觉得舒服，更不会紧张和感到有压力。其实，从情理上讲，谁都希望考题不难，这意味着大家都能答得好些，成绩也都好些，可如果大家考试成绩都不错，将来学校录取分数也会水涨船高。再说，难与不难也是相对的，不是有句话叫难者不会，会者不难吗，所以说，无论什么样的考试题，总有人考得好些，也总有人考得差。也许在兰芳心里，如果考试不难，就意味着疆远和疆声会考得好，就有希望被录取，她心里就会安稳，就会愉快。

疆远说："下午考理化，试卷答到最后，一道化学综合分析题，10分，我看了半天，却不知从何下手，心里开始慌乱起来，精神也没有开始那么集中了，总想着，这回完了，理化考不好，总分会被拉下来，高考就将前功尽弃，一切努力都将付之东流，自己的理想、抱负也都将成为泡影，脑子里越是想着这些，心里越是着急，脑子里越是一片空白，平时掌握的知识，一下子什么都想不起来了，我不时地抬头看一下挂在教室前方墙壁上的时钟，这时，离考试结束还不到半个小时，呼的一下，我的头上就冒出了一层虚汗，眼前有些发黑，握着笔的手也开始哆嗦起来，心跳也加快了。这会儿，从我身旁走过一个考生，一看，是家住柳河镇的同学，看到他已提前交卷，我想这同学一定答得比我好，他上学时学习就不错，这样一想，自己不如同学，心里就更慌乱了，呆愣着坐了一会，我突然意识到自己太紧张了，这时最要紧的应该是放松心情，稳住情绪，亏你还是医生呢，不应该让自己的心态如此失衡，于是，我闭上眼睛，深深地吸了一口气，又缓缓地吐出去，如此反复了三四次，心绪终于平复了许多。我开始重新集中精力审题，调动自己化学知识的全部储备，突然，脑海里闪过一个和这道题密切相关的核心概念，这是解析这道题的关键点，这个突破点找到了，我的解题思路顿时打开，头脑也随之清醒起来，我迅速开始演算、书写答案，十多分钟后答完了这道题，这时，我再次抬起头，看了一眼教室前面的时钟，离考试结束时间还有五分钟，我重重地吐出一口气，感觉心情一下子便平静了许多。"

疆远说，走出考场，同学看到他，都说他脸色苍白，问他是不是身体不舒服，他没有回答，却急着问其他同学考试情况，同学们都说考题难，尤其是最后那道化学题，都说不会做。那个先交卷的同学对他说，那道题想了半天，一点眉目都没有，索性放弃了。先交卷是为了节省精力，准备明天的考试。疆远听同学们这么一说，才知道不只他一个人觉得考题难，考得不理想，好在他将那道难题做出来了，心里感觉踏实了许多，这也提醒了他，考试还会遇到困难，需要沉着冷静，不能再出现今天下午考理化时那样紧张的状况了，明天一定要冷静发挥，数学、语文是他的强项，他要把这两科考得更好。

疆远关于下午考试的讲述，如同讲述一段故事，自然流畅、细节生动、一波三折，兰芳和疆声都被吸引住了，内心也都随着疆远当时心情或紧张或松弛的变换而变换。疆声这才想起，下午他从考场出来后，推着自行车来到学校大门口找到疆远时，他看到疆远的第一眼，就发现疆远的脸色苍白，精神也有些疲惫。疆声粗心，当时并没有多想，只是认为考试谁都难免有些紧张，疆远虽然平时学习好，但也有可能会紧张。他什么也没说，就骑上自行车，驮着疆远往家赶，他是觉得肚子里空了，想吃饭，不知这算不算紧张的表现。现在他听完疆远的讲述，才意识到，疆远当时的面色苍白，的确是太紧张的缘故，这是他没想到的。

后来，疆声仔细分析过原因，似乎找到了根源，他认为，疆远出现如此紧张的状况，源于他太想考好了，也就是说，他原本很自信，这种自信，不是盲目、骄傲带给他的，而是因为相比之下，他的学习基础和学习成绩以及这次复习的收获，经过高老师的辅导检测、柳河中学辅导班各科测试，他的成绩都很不错，老师们都认为他考上大学的希望很大，由此给了他更大的信心。加之，他上初中时就有上大学的愿望，如今机会来了，他怎能放过。还有他的身体条件，考上大学是他实现理想、改变命运的唯一机会，种种因素决定了他必须考好，必须成功，因此，当突然遇到难题时，一时想不出解题的办法，时间在一分一秒地过去时，他怎么可能不紧张焦虑失控呢？好在他战胜了自己，很快调整了心态，找回了自信，发挥出了自己应有的水平，把难题解答出来了。这件事使疆声对疆远更加佩服了，也完全能够理解疆远在考场上出现的那种状况，对他来说，这也是一次历练，明天，以及将来的任何考试，无论再遇到什么困难，他一定会应对自如。

兰芳说："我觉着，今天下午遇到的难题，也不算坏事，人这辈子，做任何事，都不可能不遇到沟沟坎坎，只要你跳过去了，哪怕是爬过去了，就能把事情做成。难事也不可能总让你遇到，今天遇到困难了，明天就会顺利了。看开了就好，我想明天你考试一定能顺顺利利的。"听兰芳这么一说，疆远和疆声都笑了，尤其是疆声，他觉得母亲就是一名哲学家，她的话充满了哲理，同时更像一名部队的指导员，挺会开导人、做人的思想工作。

疆声的考试情况，自然没有疆远那么精彩，下午的史地，他考得依然不好，便没有什么好说的，疆远和兰芳似乎也清楚他的考试状况，也没多问，许是怕他尴尬吧。兰芳只说了一句："人啊，干什么事，不勉强，只要尽力就好。""我尽力了吗？"疆声至今还记得母亲的这句话，还时常在自问，与疆远相比，无疑他差得很远。

第二天上午、下午两科的考试，疆远都很顺利，数学、语文本来就是他的强项，他答题得心应手，一道题接着一道题，几乎是一口气、没有停顿，尤其是作文，更是一气呵成。中午走出考场，那天，天空晴朗，没有风，虽然是冬天，但阳光灿烂，照在人们身上、脸上，依然暖乎乎的，疆远的心情，就如同这冬日的暖阳。他估计着自己的分数，数学，他没觉得很难，两道分值较高的综合题，他都完整地解析出来了。在学校大门口，遇到几个邻村的同学，他们相互询问、讨论考题解答情况，核对答案。重点是那些分值高的综合题，有的人说没答出来，有的说只答了一半，相比之下，疆远的考试结果比他们要好得多，这使他心里更自信了，他暗暗估算着自己的分数，保守说应该能有80分，或者更好一些，达到90分。疆声相信疆远的估算，不仅是因为他上学时数学成绩就一直很好，还因为，他曾不止一次听老师说过，数学最具逻辑性、推理性，最需要严谨、周密和定理、定义、公理、公式的支持，知识结构是综合的、一环紧扣一环的，哪一环你没理解、掌握，你都不可能运用自如，完整准确地解答题目，因此，他觉得数学题是不可能蒙着做对的。解析数学题，一般情况下，会就是会，不会怎么想也想不出，写不出。换句话说，数学题，你能顺利地解答完毕，说明你掌握了这道题考核的知识点，结果一般也不会有大的出入，对于数学学得好的人，数学更有把握拿到高分，疆远肯定不会例外。

　　下午考完语文，考生的心情都轻松了不少，无论考得好与坏，对绝大部分考生来讲，因为没有报考外语专业，第二天上午都不用加试外语，至此，人生中的第一次高考就这样结束了。依然是在柳河中学的大门口，疆声推着自行车走过，正想驮着疆远回家，疆远说："等等赵亮他们吧。"疆声想，是啊，这两天考试，有的人交卷早，有的人到点了才交卷，走出考场后都急着回家，到家可以先休息一会儿，可以吃点东西，补充点体力。疆声和疆远都有感觉，考试谁都紧张、大脑高度集中，考完试，精神突然放松下来，肚子里马上会感到饿。再说，从早上出门到中午回家，只这一趟往返就要走十多里路，还有住得更远的考生，这都要消耗体力，考生们匆忙往家赶，实在是太正常的事，毕竟时间宝贵啊。尤其是中午，考生到家后，吃完饭，待不了多会儿，就要返回考场，都是来去匆匆，就是同村的考生，碰不上面，也正常。疆声和疆远站在大门口等了一会儿，赵亮、张军推着自行车先后走来了，疆远和他们一边打着招呼，两眼一边向他们身后张望，随后问道："雨生呢，她怎么还没来？"又等了一会儿，仍不见雨生的身影，张军说："她会不会已经走了？我们回去吧。"疆远说："再等等，也许一会儿就到了。"他们又等了一会，仍然没有雨生的影子，赵亮也说："她肯定先走了，我们别等了。"疆声隐约觉得，疆远的心情有些失落。

考试结束了，高考已成为往事，成绩好与坏，已不能更改，那就顺其自然吧。回家的路上，疆声、疆远他们几个人边骑车边聊天，话题虽然没有离开考试，但心态完全不同了，都觉得轻松了许多。下午的语文考题，自然成为他们讨论的话题。赵亮对疆远说："你语文一定考得好，这是你的强项啊。"张军也说："是啊，你上学时就能写小说，语文基础好，考试成绩差不了。"疆远说："不好说，语文综合性强，分析题和作文更容易被扣分，考语文不容易拿高分。但《在战斗的岁月里》这个作文题目，我觉得正适合我写，我结合自己工作生活的实际情况，写一个残疾人在过去的岁月里，作为一名乡村赤脚医生，如何奋发努力学习文化知识，学习医疗卫生知识技能，克服种种困难，为村民防病治病，实现自己人生价值的经历，我觉得我每天的工作，都是在同各种困难做斗争中进行的，这就是一场战斗，我写这些是发自内心，是我的心声，是不吐不快，所以这篇不少于800字的作文，我写得很流畅很顺利，可以说是一气呵成，我相信我的作文较好地表达了主题思想。"张军说："听你这么一说，我就觉得没问题。"赵亮也说："写自己的亲身感受最能打动人，肯定是一篇好作文。"他们这么说，疆远听了嘴里虽然没说什么，心里却很高兴。这会儿，他话题一转，说道："雨生这两天不知考得怎么样。"赵亮、张军都说没遇到她，不清楚。疆远不再吱声，看得出，他心里还在惦记着雨生。

　　人多热闹，时间也觉得过得快，不知不觉他们就进了村子。回到家后，疆声和疆远走进老东屋，看到兰芳正在擀面条，疆声说："妈，真吃面条啊。"兰芳说："昨天不是说好了吗。"疆声笑着说："好，今天我还要吃两大碗。"兰芳说："高考结束了，这两天是值得记住的日子。"疆远说："妈，您说得对，这两天确实值得我们永远铭记，我们经历了一次有可能改变人生命运的大考。"

第十六章

　　高考结束的当天晚上,兰芳做的手擀面,让疆声和疆远大饱口福,他们俩都吃了满满两大碗,许是心情放松、胃口大开的缘故吧。

　　接下来的日子,疆远一家人都在期待着高考的后续消息:考生分数、录取分数线、参加招生体检人员等。其实,不仅疆远一家人,疆远的亲朋好友、老师、同学都在关注这些信息,连村里那些没有参加高考的老乡亲,也十分关注,最终花落谁家?谁会迎来惊喜、考上大学,成为"文革"后全国第一批经过文化知识考试录取的大学生,必定会成为人们关注的焦点。

　　在众多关注高考结果的人当中,疆声最深切、最直接感触到、怀着万分期待之心的人就是疆远和母亲兰芳。

　　疆远看上去很淡定,高考后第二天就上班了,每天肩背红十字药箱,走东家串西家,忙着为村里病人看病、打针送药,而到了晚上,在老南屋里,在方桌旁,疆声曾看到他,拿着笔,在纸上依次写出政治、理化、数学、语文,这些高考科目下面各自列出一串数字,而后是小计,最后是总计。疆声问疆远:"二哥,你这是在统计分数吗?"疆远默认了。疆声说:"你还能记得哪科、哪道题的分值?"疆远说:"印象真是太深了,基本都能记得。"他指着那些写在纸上的数目说:"我仔细回想过了,政治、数学我觉得考得最好,上学时和复习时掌握的知识都用上了,根据考题分值,估算政治能考八十多分,数学能上九十分。理化相对难些,虽然题目都答了,但

155

准确率肯定没有数学那么高，不过七十多分应该没问题。语文说起来也是我平时喜欢的科目，应该考得更好些，尤其是写作文，我不发憷，这次我觉得写得也不错。但语文灵活性、综合性强，扣分点多，不好把握，所以，我给语文只打了七十多分，这样算起来，四科总成绩可以达到三百三十多分。"疆声想了想说："你算得比较保守，实际结果一定比你估算的分数要高出不少。"疆远说："但愿如此吧，我也是打着富余量，免得估算高了，结果达不到，自己更失望，还是耐心等待结果吧，我真希望早点出结果，无论是喜是忧，心里也就踏实了。"

除此之外，疆远有空时，也会去高老师那里了解一些相关情况，毕竟高老师家住北京城里，父母都在高校工作，相关消息会多些。有时他去镇街或是公社卫生院办事，偶尔遇到柳河中学的高中老师和同学，或者公社文教组的干部，也会询问一下高考后续的消息。

相比疆远，兰芳的关注则表现在每天晚饭时，他们娘仨围坐在饭桌旁，边吃边聊，兰芳的话题，总是离不开高考的事。这方面的信息，她只能在收音机里偶尔听到一点，不像疆远，能在老师和同学那里得知一些情况，所以，几乎每天她都要向疆远打听消息。疆声和疆远都理解母亲，她当然是盼着他们俩都能收获好的结果。尤其是疆远，他如果考上大学，那将了却一桩母亲期盼多年的心愿，她内心将会得到极大的安慰。

一个月后，那天上午疆远刚走进卫生室，家住村东头老赵家的大儿媳妇就急火火地推开了卫生室的房门，人还没进屋，便冲疆远说："柳大夫，快去我家看看吧，我婆婆在大门口台阶上摔了一跤，腿回不了弯儿，人也站不起来了。"疆远一听，判断八成是骨折，二话没说，拿起卫生箱就去了老赵家。刚走一会儿，大队的高音喇叭就喊上了："柳疆远、柳疆远，公社文教组打电话通知你，后天上午去县医院参加高考招生体检。柳疆远、柳疆远……"高音喇叭里传来大队的孙会计清亮而又兴奋的广播声。

平时，每天在大队部值班的孙会计，不仅负责大队的财会工作，还兼职负责广播，每天早中晚三次，雷打不动。她要把收音机按时打开，调到北京人民广播电台的音乐或戏剧频道，播放半个小时的戏曲、歌曲节目，多为样板戏、革命歌曲。而后再调到整点新闻频道，播放当日新闻，一般也是半小时，天天如此，雷打不动。村民们天天听戏、听歌，那些反反复复播放的京剧选段和革命歌曲，绝大部分人都会唱两段，连走不动道儿的老年人和没上学的小孩子，也都会哼两句。更重要的是，大喇叭一响，不用看表，全村人就都知道几点几分了，放广播的时间固定为早晨七点，先放歌曲戏剧，再放新闻，喇叭一响，村里的社员就该出工了，上学的就背起书包往学校走。中午为十一点半，听到大喇叭里传来歌声，在田里、场院里干活的社员就纷纷收工，忙着往家走，肚子饿了，紧赶着回家做饭、吃饭。下午出工时间是一点半，收工时间是六点，喇叭到点就响。这大喇叭，就像一把军号，指挥调动着全村老小每天的生活，管控大喇叭的孙会计，就显得十分重要了，她必须保证每天准时播放，不能间断。

去年初秋的一天，中午刮大风，架在大队部院子里电线杆子上的大喇叭，被北风刮得线路松动出了故障，孙会计按时播放，办公室内收音机里京剧唱得响亮，外面的大喇叭却一声不吭，会计轻车熟路，忙完了就匆匆往家赶，风大，头上蒙着头巾，也没注意听广播，结果，在大田、在场院里干活的社员们，都觉得既累又饿，却听不到大喇叭响，大伙纷纷议论和抱怨着，今天咋了？这天儿怎么突然就变长了呢。喇叭不响，队长就不发话收工，活就得接着干，那天正赶上阴天，太阳没了踪影，人们无法凭借太阳的位置判断时间早晚，这样又干了近一个小时的活，社员们都有些撑不住了，吵嚷着要收工。这时，就有社员家的孩子放学后回到家，见家里大人都没回来，更没人做饭，就跑到田里找人，社员们这才知道早过了收工时间，也不等队长发话了，都匆匆往家赶，到家一看表，已将近下午一点了，孩子着急啊，怕上学迟到了，现做饭肯定来不及，大人就给他们热点剩饭剩菜，让他们凑合吃点便回学校了。而后，大人们才开始为自己做饭，下午出工时间自然就延迟了，惹得大伙一通抱怨，还有骂大街的，弄得孙会计好多天都不好意思见人。事后，人们也都想通了，谁做事没个疏忽的时候，故障出在大喇叭上，会计没发现，这也不能全怪她，因此，大伙也就不再埋怨了。好在这种事，此后再也没出现过，不是大喇叭没再出现故障，是队长买了手表，戴在手腕上，随时掌握着出工、收工时间。

　　除去每天按时放广播，村里有事需要通知村民，比如集合开大会啦，晚上公社放映组几点到场院放什么名字的电影啦。还有村民的包裹、信、汇款单，由镇上邮政所的邮递员送到大队部后，孙会计也要用大喇叭通知村民来取："张某、柳某某，请到大队部取信。孙某、请到大队部取包裹。"如此反复两三遍，间隔约半小时，如果还有人没来取，便再广播两遍，语气也有所变化："张某、柳某某，请马上到大队部取信，是某某地寄来的。"最后加上一句寄信人的地址，是为了提醒收信人，判断一下是不是自家的信。在乡下，有信件寄来的村民不是很多，几辈人都生活在一块土地上，亲戚朋友大多居住在附近十里八乡，个别人家有亲属在外地当兵、工作的，只是少数，所以，他们很少能收到信件。但也有的人家，亲戚不在本地，相距远，交通不便，日子久了联系就少了，平时也不再走动，可到了过年过节的时候，会写一封信寄来，多是问候。可收信人想不到，孙会计在大喇叭里喊他来取信，他几天不来，根本不相信自家会有信，直到孙会计遇到他家邻居，让人家捎话过去，这才到大队部来取。一看寄信人的地址，才猛地想到还有个亲戚在那边，便将信揣进兜里，对孙会计连声说着抱歉和感谢的话，一脸难为情地匆匆走出大队部，随后撕开信，迫不及待地扫上两眼，而后，才放下心来，继续往回走。有过这样的经历，再有类似情况，孙会计就会把寄信人的地址也广播出去，意思是提醒收信人。如果是包裹，注明了邮寄的是什么物品，比如食品、衣服、日用品等，孙会计则根据平时与收件人的熟悉程度、辈分关系、有选择地开个玩笑。比如，包裹寄的是食品，她会说："某某，快来取包裹，都是好吃的，再不来，大伙就分着吃了。"被喊到名字的人，禁不住一笑。虽是玩笑，效果却挺好，收件人往往都会及时取走，不是怕被人分吃了食品，而是觉得大喇叭总这么喊自己的名字，有点不好意思。

大队孙会计嗓音清亮、吐字清晰，大伙听着真切、舒服、顺耳，换了别人，还真比不了她。但孙会计也常有不在大队部的时候，还有不少需要外出的公事要办，比如，去公社开有关业务方面的会，去镇街税务所填报各种表格，去信用社存取钱款等等。她不在，大队部不能没有人值班，便由大队长或者夜里打更的人来顶替，俩人的年纪都超过了五十，嗓音粗犷却干哑，吐字也时有不准，村里不少上了年纪的人，不同程度地都有些耳背，吐字如果不清楚，听起来难免有误，常有人听到大队长或是打更的在广播里喊人取信或取包裹，跑到大队部，一看收件人的名字不是自己，他家也没有寄件人地址写的那地方的亲戚朋友，再细看，那收件人的名字中，有一个字与他的名字发音相似，但经他们的嘴一念，都变了音，听起来似是而非，常常让人听错。因此，孙会计在村民心目中，不仅会记账算账，清晰响亮的嗓音也是难得、不可或缺。

大队卫生室与大队部同在一个院子里，一排红砖房，一东一西分别坐落在两头，中间隔着几间房，是大队的库房、会议室、储物间。隔三岔五的，疆远也会抽空到大队部坐一会儿，同孙会计聊聊天、看看报。孙会计比疆远大几岁，疆远叫她孙姐，孙姐是老初中毕业生，上学时也是个爱读书的好学生，因此，她心里一直都佩服聪明好学的疆远。她人也随和，爱说爱笑的，和疆远相处得挺好，也信任疆远的医疗技能，家里小孩老人有个头疼脑热的毛病，她总是找疆远给诊治，把他当自家兄弟看待。她对疆远高考的事一直关注着，更希望他能考上大学，将来有个好前程，否则，她觉得像疆远这样聪明好学的人，在农村前途就被耽误了。

那天上午，孙会计第一时间接到公社文教组干部老张打来的电话，通知疆远后天上午去县医院体检，这就是说，疆远将要被大学录取了，这不仅是疆远的喜事，也是村里的喜事啊，她这么想着，觉得应该第一时间通知疆远，让他心里早点高兴、早点踏实下来，也让村里的人都早点知道，柳河村也有人高考分数过了录取线。于是，她就用大喇叭连续广播了好几遍。

这时，疆远刚走进村东头老赵家的院门，大队孙会计清亮的广播声便传入他的耳廓，瞬间，他停住了脚步，感觉心脏在"砰砰砰"地跳，能参加体检，就说明自己达到了录取分数线，上大学的希望很有可能就要实现了，他怎么能不喜悦、激动、兴奋！但很快他就平静下来了，他看到赵大娘还跌坐在屋门口冰凉的石台阶上，歪斜着身子，一只手扶在左侧胯部，脸上露出痛苦的表情。疆远忙走上前，蹲下身子，一边向赵大娘询问情况，一边做着检查。当他轻轻触碰赵大娘左侧胯骨位置时，她便忍不住"哎哟、哎哟"痛苦地呻吟起来，毫无疑问，赵大娘是髋骨受伤，至于伤到什么程度，还需要进一步检查。疆远对赵大娘的儿媳妇说："大嫂，你先去拿件大衣来，给大娘盖上，别着凉了，然后赶紧去叫赵大哥回来，找一辆平板车，咱们送大娘去公社卫生院。"说完，他在赵大娘身边坐下，扶着她的后背慢慢靠在自己身上，这样她的身体有了支撑，会放松和舒展一些。他嘱咐赵大娘不要动，安慰她不要着急。赵大嫂抱着一个枕头和一条褥子从屋里出来，枕头垫在婆婆腰后，褥子盖在身上，随后就小跑着朝院外奔去。

过了一会，赵大哥气喘吁吁地推着一辆平板车回来了，赵大嫂紧随其后，这时的疆远依然坐在冰凉的石台阶上，冻得直打哆嗦，但他仍在用身体支撑着、用手扶着赵大娘的身体，防止她身体移动加重伤情。疆远指挥着赵大哥他们两口子先将褥子铺在车上，再将枕头放好，然后让两个人分别用双手托着大娘的腰部、髋部和双腿，慢慢地抬起，平移到平板车上方，整个过程赵大娘的身体始终保持平直。赵大嫂又从屋里取来一条棉被盖在婆婆身上，而后，他们推着车朝公社卫生院奔去。

七里多路程，疆远陪同赵大哥他们两口子护送赵大娘来到公社卫生院，经医生检查及X光摄像，赵大娘被确诊为髋关节骨裂，需要住院治疗，疆远又帮着办理了住院手续，并嘱咐赵大哥他们两口子该如何照顾赵大娘，才独自往回走。来的时候因为急着送病人，他没顾上回家骑自行车，一口气走了那么长的路，竟没觉得累。回来时，刚走了一半路，身体已感到疲乏，腿脚无力，有些迈不开步了。他想坐下来休息，却发现道路两旁光秃秃的，一侧是麦田，一侧是国营水泥厂高大的围墙，前些天刚下过一场雪，其他路段上的雪经午后阳光照耀，以及车马和人的碾压踩踏，早已融化被风吹干了，露出原本灰白干燥的水泥路面。而眼前这段路，路面被围墙遮挡，见不到阳光，终日阴冷，积雪经过碾压和踩踏，不但没有融化，反而更加坚硬光滑。疆远小心翼翼地走着，许是太累，天气寒冷，腿不吃劲了，脚下稍微一滑，整个身体就控制不住平衡，跟跄两下，便重重地摔倒了，在身体着地的同时，他没有握拐杖的那只手，下意识地撑了一下地，冻得像生铁一样硬的冰雪地面凸凹不平，将他撑在地上的手掌搓出一片血印，鲜红鲜红的，疼痛瞬间袭来，钻心地痛啊。他坐在覆盖着冰雪的路面上，想马上站起来，却觉得两条腿一点力气也没有，他原地坐了一会，等疼痛减轻了，才慢慢站起身，蓝裤子上蹭满了黑泥渍，因为带着冰雪，湿的，他拍打了几下，黑渍依然粘在裤子上，索性不管它了。他继续往回走，只是更小心谨慎，步幅也迈得更小了。即便如此，当他想到大队会计上午那清晰响亮的广播声，想到自己被通知参加高考招生体检，想着自己距离实现上大学的梦想又迈近了一步时，他真正体会到了人逢喜事精神爽的感觉，很快，身体便不觉得累，手也不觉得痛了。

疆远走进柳河村后，拐了一个弯，来到赵大娘家，将刚才放在那里的卫生箱背在肩上，而后径直朝大队部走去。

这天上午，疆声和几名男社员在生产队的养猪场，准备将早先从猪圈里刨出来的粪肥装上马车，运到麦田里。待来年开春粪肥解冻后，再由社员们用铁锹铲起，均匀撒在麦田里，当下春雨或是浇灌返青水时，粪肥中的养料会随着水渗透到麦田，为麦田增加肥力，给返青的小麦提供充足的营养。此前由猪圈里刨出来的粪肥，堆放在猪圈墙外，存放一段时间后，已冻成一体，装车前需要先用镐刨成碎块，由于冻得结实，就是年轻力壮的小伙子抡起镐刨上一会，手臂也会酸痛。有时遇到背阴面，粪肥冻得像石头一样坚硬，一镐下去，手臂被震得生痛，粪肥的碎渣被溅起老高，四处飞散，打到人脸上火辣辣地痛，有时还会蹦到嘴里，令人作呕。装满一车粪肥既费力、又费时，还很枯燥，因此，一有空闲，就会有人讲些笑话或是半荤半素的段子逗大伙一笑。

而今天，刚开始干活，车上才装了一车底的粪肥，就听到大队孙会计又在喊疆远的名字，随后就听到通知疆远去县医院参加高考招生体检。疆声先是一愣，再仔细听第二遍，没落下一个字，确确实实，说的是通知疆远后天去体检。疆声知道，如果被通知体检了，那就说明考试成绩超过了大学录取分数线，他将要被大学录取了，这对疆远、对他们全家人，是天大的喜事啊。那一刻，疆声高兴地扔掉了手里握着的铁锹，双手挥舞着、蹦跳着、欢笑着，就差大喊大叫了。一起干活的几名社员，平时和疆远的关系都挺好，听到这个消息也都高兴地笑着，他们冲疆声说："疆远真棒！为咱们村争光了，这回，咱们得喝他的喜酒。"疆声说："他要是上了大学，一定请你们。"养猪场的老唐，年纪五十出头，大伙都叫他老猪倌，他轻轻叹了一口气，感慨地说道："不易啊，疆远这孩子虽然聪明，但在学习上也真没少下功夫，功夫不负有心人，他考上大学是命里注定的事。我算了算，咱们村，十五年前，曾有一个人考上了大学，还是个女的，你们知道这人是谁吗？"他两眼扫视着大伙，最后把目光停在疆声身上。疆声相信，和他年纪相仿的年轻人，因为当时年纪小，大多不知道，但疆声知道，那个十五年前考上大学的女生，就是他的亲姑姑，他姑姑是柳河村往上数几代，数到清朝，也是第一个考上大学的女人。后来"文革"开始，高考中断，就再也没有人能上大学了，疆远这次要是上了大学，那是时隔十五年之后村里考上的第一个大学生，由此，疆远他们家又收获了一个第一，难道这真是命里注定的吗？疆声当然不信，却也觉得有些不可思议，或许，无形当中这是一种传承吧。

那天早晨，疆远和疆声吃完饭就各自出工了，兰芳洗涮完碗筷，又忙着给十几只在院子里一直"咯咯"叫着、不肯离开的老母鸡喂食。早已习惯了，每天上午八点钟左右，兰芳都会搅拌好一盆由菜叶和少许麸子或玉米面混合的食料，给那些早晨从鸡窝里放出来的老母鸡啄食，每当这个时候，兰芳内心是愉悦的。她看着十几只老母鸡，挓挲着翅膀、伸着脖子，从四面八方飞快地冲向刚放在院子中央的鸡食盆，鸡食盆不大，它们挤在一起，相互冲撞着，迅速啄食着。兰芳清楚地知道，一个鸡食盆，这么多只鸡同时啄食，会拥挤、会发生争抢，会将食物洒落在地上，有时还会将鸡食盆踩翻，鸡食全部洒在地上，但她依然坚持只用一个盆装鸡食。她的理由是，只有在争抢中，才能培养它们的天性，看出哪只鸡更强壮。无疑，最先抢到食物的母鸡才强壮、下蛋才多。每年头春节，兰芳都会在这群老母鸡中淘汰两三只，淘汰哪只，一是看年头，看春秋天下蛋多少；再就是入冬后，看哪只鸡更欢实，更健硕。往往是那些老弱的母鸡，一到冬天就变得虚弱，不爱动、经常卧在背风的太阳地上半天儿不挪窝儿，完全没了活力，就是抢食吃，也是软弱无力，三下两下就被别的母鸡挤到外围，只能捡拾一些掉到地上的碎食。这样的母鸡，兰芳是不会留下的，头过年便拿到火车站前街早市上去卖掉。要过年了，车站的铁路职工、国营水泥厂的职工，总有人愿意买一两只老母鸡炖着吃，过年为家里添一道荤菜，人们都说，老母鸡炖着吃补身子。

就在兰芳看着她喂养的那些老母鸡抢啄食物时，大队的高音喇叭传来孙会计清亮的声音，头一遍她只听到喊："柳疆远、柳疆远。"后面说了什么她都没注意听，她的心思都在那些老母鸡身上，也别怪她对待它们那么上心，这些老母鸡，每年春末，陆陆续续地就开始下蛋了，夏初、夏末、秋初更是进入产蛋的高峰期，兰芳每天都能从鸡窝里捡出六七个又红又大的鸡蛋。平常日子，这些鸡蛋一家人谁都舍不得吃，兰芳把鸡蛋放进柳条篮子里攒起来，个把月后，她拎着装满鸡蛋的篮子去火车站前街去卖。卖鸡蛋的钱，她再去供销社买回油盐酱醋、毛巾肥皂、盆啊碗啊的生活必需品。只有过年过节或是家里人谁过生日了，谁头疼脑热身体不舒服了，她才会给他煮一两个鸡蛋吃。高考前那几天，兰芳每天给疆远和疆声煮鸡蛋吃，如今想想，她为了疆远和疆声考大学真是尽心尽力、也真是难为她了，但疆远和疆声知道，母亲是心甘情愿的，心里是高兴的。

大喇叭还在喊着疆远的名字，兰芳这回听到了"体检"两个字，她心想，平时村里行动不便的老人生了病，就让家里年轻人去卫生室找大夫，到他家里去诊治，如果正赶上疆远出诊不在，杨大夫正在给病人看病，一时走不开，那人就会去大队部，请孙会计用大喇叭喊疆远，通知他到谁谁家、给谁看病，这样都少走冤枉路、都省时省力。这种情况常有，在大喇叭里听惯了喊疆远的名字，听惯了给谁去看病，母亲已经不怎么在意了，可这回不同，她再仔细听时，听到孙会计说的是体检，她就在心里发笑，并自语道："瞧这会计，今天咋了，出诊就说出诊，看病就说看病，咋把词都改了，让人听不懂了，听不懂就不听了，还是喂我的老母鸡吧。"可那大喇叭还在一遍又一遍喊着疆远的名字，这回，兰芳静下心来又仔细听了一遍，这一听她可激动得不得了！原本手里攥着搅拌鸡食的木棍，在她情不自禁地舞动手臂做出欢庆动作时，许是用力猛了，一下子从手里甩了出去，正好落在正在争抢着啄食的那群老母鸡旁，咚的一声，吓得那群老母鸡四散逃开，伸着脖子，睁圆了惊恐的眼睛盯着兰芳，不敢再返回原处啄食。兰芳此时已顾不上它们了，转身走进老东屋，坐在炕头，心里还在"砰砰砰"地跳，她回想着刚才孙会计在广播里说的话："去县医院参加高校招生体检，后天，对，是后天，后天上午，体检、体检。"兰芳反复想着这几句话，随后，便想得越来越多、越来越远：参加高校招生体检，说明他够录取分数线了，体检合格就能上大学了，这孩子，努力了这么多年、吃了这么多年的苦，终于得到回报了！上大学是他的心愿，是家里的大喜事，也是村里的大喜事，这体检一完，就该录取了，这孩子也许在家待不了多久就要去北京城里上大学了，那需要提早准备穿的用的。现在用的被褥，已铺盖好几年了，旧了，保暖也差了，得重心做一套新被褥，镇街弹棉花的小店，明天就得去那里交定金，确定做几斤重的棉被，需要弹多少斤棉花。马上就进入腊月了，年底去店里弹新棉花的人会越来越多，得赶早准备，不能耽误了。还得扯两身做衣服的布料，这不能省，他现在的衣服，想想没有一件能穿得出去。大学是在北京城，不是乡下，学校里年轻人多，又都是读书人，穿戴不能像在家里，随随便便的，要干净利索。还有脸盆、书包、洗呀漱啊的东西都得准备，想来想去的还真不少呢！回头，等他回来，得让他一件一件地写下来，免得忙起来给忘了，人在外，比不了家里，更不能凑合，他腿脚又不方便，缺了少了什么都麻烦。兰芳是个细心人，做事总是追求个周全。

大喇叭还在反复广播着，声音听起来一遍比一遍响亮，好像生怕人们听不到。兰芳又仔细地听了一遍，她边听边忍不住地笑，笑得那么开心，前所未有。

院子里抢啄鸡食的那十几只老母鸡，大部分已经迈着碎步，满足地四散离去。鸡食盆已见底，只有两只因为还没有吃饱，因为身体瘦弱、老实也笨拙、被其他母鸡挤到外围，远离鸡食盆，只能啄食到少许散落在地上、沾满泥土的细碎的鸡食的老母鸡，还在那里啄食粘在鸡食盆边沿、零星并已干硬的碎食，鸡食盆是生铝制作的，那两只老母鸡坚硬的嘴尖啄到上面，发出"嗒嗒嗒"的闷响，兰芳隔窗望着这场景，想着，原打算将这两只已不怎么下蛋的老母鸡过年前卖掉，可现在，听到疆远要参加高校招生体检的消息，她估摸疆远上大学是十有八九的事，就马上转变了想法，决定将这两只老母鸡留下，过年时宰了炖肉吃。多一道菜，在家摆两桌酒席，请亲戚朋友都来，好好为疆远庆祝一番。

临近中午时，疆远才回到大队部，孙会计见到他头一句就问："你听见我广播了吗？"疆远说："听见了。"孙会计佯装生气的样子说："听见了怎么不早点回来问个清楚，这么大的事，还像没事人儿似的，你真沉得住气啊，我们可比你激动兴奋得多。"疆远说："孙姐，你不知道，我刚从公社卫生院走回来，村东头的赵大娘在家门口摔了一跤，挺严重，是髋骨骨裂，怕是要躺几个月了，我一上班就送她去公社卫生院了，原本我想回家骑自行车再去，又怕赵大哥他们不懂怎么看护，路上不小心一颠一碰，使伤情加重，所以我没敢离开，就一路走着去了卫生院，安置好了又急着往回赶，我怎么会不想知道详情呢，想得很啊。"说完，疆远笑着，一屁股坐在椅子上，这会儿，他觉得两条腿一点劲儿都没了，来回十多里路，走得匆忙，就是腿脚好的人也不会轻松，何况一条腿有残疾的疆远呢。

孙会计说，一早公社文教组的老张就打来电话，通知的内容我怕忘了，都记在纸上了。说着，她把那张纸递给疆远，上面写道：后天上午7点，体检人员在公社大门口集合，统一乘坐公社派的大卡车去县医院，8点半准时参加高校招生体检，要求空腹。疆远看完，对孙会计说："孙姐，谢谢你啊，你记录得真详细。"孙会计笑着说："那当然，这么大的事，咱可不能马虎了。"疆远说："你都记下来了，回头告诉我就行了，又不是马上就得去体检，干嘛还要用大喇叭广播那么多遍，好像生怕村里人听不到似的。"孙会计说："我接到电话时，心里真是为你高兴，我知道，你也一直盼着这事儿呢，

应该尽快通知你，大喜事啊，你是咱们村唯一考上大学的人，应该
让村里人都知道。"疆远说："可不能这么说，这只是参加体检，
还没录取呢。"孙会计说："既然通知你体检了，录取还不是早晚
的事。""我当然也希望这样，但毕竟……""唉，你不用那么担心，
踏踏实实等好消息吧。"孙会计说这话时露出一脸轻松愉悦的表情。

第十七章

这两天，疆远心情比任何时候都好，脸上不由得就会露出笑容。是啊，以往22年的生命历程，一开始就充满不幸与磨难，一岁患小儿麻痹，留下后遗症，12岁父亲柳峰被造反派批斗，直至被迫害致死，到1977年他参加高考时，父亲的问题还没有得到完全彻底的平反。这么多年来，因为身体残疾，他被顽劣的同学欺辱，他不能加入红卫兵、共青团，政治上备受歧视，内心始终充满压抑、痛苦、无奈，他始终在忍耐。他原本不是这样的，生活驱使他逐渐改变，变得老成，遇事稳重了，少了年轻人的开朗、欢快、无忧无虑，内心多了一份坚韧、无畏，而这样的性格，与成长的家庭环境，与母亲的教导密不可分。

那些年，面对生活的重压，母亲兰芳、一位农村妇女又能怎样？她常常对疆梅他们姐弟三人说："我们家现在情况特殊，比不了别人家，遇人遇事要忍让，只有忍，才能保平安，但你们要相信以后会好的，相信你们的父亲是个好干部、更是个好人。"

那些年，疆远除了读书、每天为村民看病，真正能让他快乐的事，除去为村民看病，其他，实在是太少太少了。今天，他终于看到了希望，他极有可能被大学录取，成为一名大学生，这是他梦寐以求的愿望，他的一只脚已踏上了抵达美好而又远大理想的航船，就待扬帆起航，驶向远方。

两天后，兰芳一家人天刚亮就起床了，洗漱完毕，疆声忙着吃饭，疆远体检要求空腹，他只好坐在一旁等着疆声。兰芳煮了两个鸡蛋，还烙了一张饼，装在饭盒里，外面再包上一条毛巾，这样不容易凉，然后装入书包，让疆远带着，说体检完了吃。疆声吃饭的时候，疆远坐在一旁连连打着哈欠，夜里他肯定没睡好，疆声隐约听到，躺在土炕另一侧的他辗转反侧，他在想什么呢？想考大学的艰辛，想将来步入大学校园后的情景，想心中的理想、人生新的目标？疆声却希望，此时，疆远什么也别想，就想着早点入睡，睡个好觉，明天精神饱满地参加体检，并顺利通过。但疆声感觉他还是太激动、太兴奋了，半夜起身去厕所见他还没睡着，便说："二哥，你赶紧睡吧，睡不好明天会影响体检结果的。"他说："知道了。"但他到底什么时候睡着的，疆声却不知道。

疆声吃完早饭，见疆远神情有些疲惫，便说："一会等上了大卡车，你眯一会儿，养养神。"疆远说："唉，夜里竟做梦了，现在头还有点疼呢。"母亲说："你是不是兴奋得没睡好觉啊，这可不成啊，睡不好觉血压会高的，你爸有时工作一忙、一紧张，就爱血压高。"母亲的话一下子提醒了疆远，他说："是啊，我会不会血压高？"他随即起身回到老南屋，从卫生箱里取出血压计，为自己量血压。疆声和兰芳也跟了过去，"90/140，血压偏高，平时血压从来没有高过啊，都是失眠惹的祸。"疆远自言自语。疆声说："你做深呼吸，可能会好些。"疆远想了想说："我带着针灸盒，万一体检时还高，就扎两针。"说着，他便将针灸盒装进了上衣兜里。

那天早晨，疆声骑自行车送疆远去公社，到那里时已有三四个年轻人在等候了。文教组的干部老张带队，他说，柳河地区共有6名考生参加高校招生体检。

晌午，疆声骑着自行车到公社大门口接疆远，在回家的路上，疆声问道："体检顺利吗？"疆远说："有惊无险。"也许正是因为有惊无险，疆远的精神状态比早晨出发前好多了，一路上话也滔滔不绝。

　　至今，疆声依然记得疆远描述的那些情景。那天早晨，大卡车驶离公社大院后，乡道上没有其他车辆，行人也很少，大卡车平稳快速地行驶着，放眼望去，道路两侧的麦田里，大片的越冬麦苗匍匐在田地上，墨绿如毯，宽广辽阔，疆远感到眼前一亮，精神顿时振奋起来。

　　那天来到县医院参加高校招生体检的考生，有二十多人，但体检场所秩序井然，有条不紊，先是抽血化验、拍胸片、而后五官科、内科、外科，依次进行。在内科，大夫为疆远测量完血压，医生疑惑地看着他说："你血压偏高，是太紧张、还是昨晚没休息好？先到外面坐一会儿，放松一下，一会再量一次。"听大夫这么一说，原本已有些紧张、又有些疲乏的疆远，这下更紧张了，看着其他考生顺利地从内科诊室走出，他心里很是焦急，头上也冒出了细密的汗珠，脸上感觉热乎乎的，心跳也加快了。疆远朝诊室外走廊尽头走去，那里没人，安静。他坐在木椅上，微闭双眼，深呼吸，一次两次三次，持续了几分钟，感觉心跳不那么快了。他毕竟当了两年的赤脚医生，看过不少医书，自学了许多医学知识，关键时刻，他知道必须冷静下来，随后，他再次做深呼吸，而后从上衣兜里，掏出那个长条形白色金属针灸盒打开，取出两根一寸半的钢针，又拿出一个酒精棉球，然后捋起衣袖，分别在左右肘关节外侧的曲池穴上擦拭消毒，随即分别将钢针扎进穴位。接着，手指依次在两只针柄上轻轻捻动，持续了约三分钟，起针。随后，他又拉低袜口，分别在左右脚踝内侧与跟腱之间的太溪穴各扎了一针。整个针灸过程，迅速、平静。疆远必须这么做，他清楚紧张、心理压力大、休息不好，都会导致血压突然升高，如不及时控制，一会再量，血压可能比第一次还高，那势必会影响到体检结果，甚至入学，因此，他庆幸自己带来了针灸盒，否则光靠短暂休息、调整心态，恐怕不会立刻恢复正常。这样想着，疆远的心情平静了不少，扎过针灸，又休息了一会，他感觉心跳正常了，便重新走进内科体检室，医生再次测量血压，80/120，疆远终于松了一口气。

说到扎针灸，以往在村里，只要离开卫生室，疆远随身都会带着那个小针灸盒，不是放在卫生箱里，就是揣在兜里，他曾对疆声说过："别小瞧了这个不起眼的针灸盒，把它带在身上，曾救过村里人的命。"

去年腊月天的一个下午，疆远刚给村东头患哮喘病的王大爷扎完针，见老人家喘得好些了，又叮嘱他吃了药片。王大娘倒了一杯白开水，颤巍巍地放到疆远身边的方桌上，嘴里一个劲地说着："受累了，大侄子，受累了，大侄子。"疆远刚端起水杯，正要喝呢，听到大队孙会计用大喇叭焦急地喊他的名字，一声接着一声，说村西头的刘艳萍得了急病，他心里一惊，刘婶平时身体不错啊，怎么会得急症？他放下已端到嘴边的水杯，赶忙起身，说了声："我得走了。"脚步就迈了出去，王大娘连声说："慢着点、慢着点，加小心呦。"疆远架着拐杖，脚步匆忙，木头拐杖头儿杵在干冷坚硬的地面上发出"噔噔噔"的响声。

从村东头到村西头，疆远一口气没歇，便赶到了刘婶家，进了屋门，见刘婶躺在土炕上，脸色苍白，头冒虚汗，神志已不大清醒了，疆远在她耳旁喊了两声："刘婶、刘婶。"她没有反应，疆远又摸了一下她的脉，脉搏微弱，再量血压，高压180！他问刘叔："家里是不是发生了什么不顺心的事？她这是急火攻心、血压升高导致的晕厥。"刘叔说："猪圈里养了小一年的肥猪，原打算年前卖个好价钱，一家人高高兴兴过大年，没想到突然得病，不吃不喝，请镇里的兽医来，喂了药，也没治好，不到两天，猪就死了。她心里急呀，晌午饭也没吃，刚才，突然就倒地下了，人事不知。"疆远拿出针灸盒，取出钢针，在刘婶的人中穴、合谷穴各扎了一针，过了一会，见刘婶吐出一口气，脸色看着也好多了，又在内关、涌泉穴各扎了一针，渐渐地，刘婶醒过神儿来，疆远对刘叔说："多亏家里有人，发现得及时，要是耽误了，那就危险了，接下来还要仔细检查一下，你找辆车，推着刘婶去公社卫生院吧。"刘叔连连点头，对疆远说："谢谢你。"又转过身，对一直站在一旁的邻居郭大哥说："谢谢大哥了，多亏您及时去大队，让孙会计广播叫来了疆远。"

疆远回到家，兰芳头一句话就问："体检没问题吧？"疆远说："一切顺利。"他没有将血压偏高的事告诉她，怕她担心。兰芳又问："你的腿，医生没说有没有影响？"疆远说："医生没说，我也没问，反正这是明摆着的，他们都看到了，外科医生问我，腿是什么原因残疾的？我如实说了，医生就在体检表上写了'左腿小儿麻痹后遗症'几个字，别的什么也没说。"兰芳没有再问，说："早饿了吧，快吃饭吧。"吃饭时，母亲一句话没说，她神情有些忧虑，是因为疆远那条残疾的腿吧，疆声心里寻思着，却没敢问。

三天后，柳河公社文教组的老张，接到本地区参加体检考生的体检报告，他说，疆远只是被标注了左腿小儿麻痹后遗症，其他项目检查均正常。

接下来，疆远一家人都期盼着疆远能早日收到大学录取通知书。那段日子，焦急、忧虑、忐忑、期待、渴望、自豪、喜悦、骄傲，各种心态交替着呈现在全家人心中。尤其是疆远，他内心更是复杂，难以描述。村里许多人见了他都会问："通知书啥时发下来，上大学是去北京还是去外地啊？还是北京好，离家近，方便。"乡亲们都和疆远熟，谁没找他看过病拿过药啊，自然对他也都热情、真诚。疆远心中既感动又羞涩更焦虑，毕竟还没有收到录取通知书，要是万一没被录取，面对那么多关心他的老乡亲，该有多尴尬啊。不是也有人善意地提醒他吗，说你的腿疾，会不会影响你被录取呢？

后来疆声时常回想在那段日子里，面对是否能如愿被大学录取，实现人生梦想，疆远内心深处一定承受了巨大压力，他是怎样挺过来的呢？

1978年春节前后，柳河地区的天气干燥寒冷，入冬后没下一场像样的雪，西北风忽大忽小地刮着，卷起聚集在路旁早已干枯的树叶，发出一阵阵"哗啦、哗啦啦"的响声，尤其是早晚时段，乡村寂静，那种枯燥单调的响声尤为明显，给人们心中增添了一份寒意。

高考录取从二月初开始，考生的录取通知书由县教育局招生办发到公社文教组，再由文教组的老张负责通知被录取的考生。第一批在春节后不久就通知到了本人，柳河地区共三人，没有疆远。疆远刚一听到消息时，心里"咯噔"一下，没有自己，他有些意外，也有些遗憾，更有些担忧。但想了想，被录取的那三个人，都是他高中时的同学，其中两个人比他矮一届，他们在校时学习都不错，考上大学，也属正常。虽然自己的学习成绩不比他们差，甚至比他们还要好，但高考成绩不仅与平时学习、考试时临场发挥的好坏相关，也与报考的学校、专业等因素有关，还与所报考的院校所处的省市区不同、录取时间的差异相关，这样分析后，疆远心里踏实了些，再等等吧，也许很快第二批录取通知书就会发下来，第二批就会有我了。他信心依然不减。

仅隔了四天，第二批录取通知书就发下来了，柳河地区两名考生被录取，还是没有疆远。这回他心里慌了、坐不住了，他打电话给公社文教组的老张，询问录取情况。老张说，这两名被录取的考生文理科各一人，都是北京的院校。根据从镇高中老师那里了解的信息，这两名考生在校学习成绩一直不错，平时也喜欢看书学习，考上大学并不意外。学校对这次柳河地区参加体检的 6 名考生的情况做过分析，觉得都在他们以往关注的学生之中，尤其提到你，说你的把握最大，因为你平时文理科学习成绩都很好，特别是语文、数学，所以，这次高考如果没有意外，你肯定会被录取的。他还说你耐心等待吧，还有第三批呢。疆远听了老张的话，觉得他说的不无道理，但还是心存疑虑，什么是"意外"呢？他马上就想到了自己的身体，与其他 5 名参加招生体检的考生比，高考成绩他不差，甚至比他们其中好几名的成绩还好，那他们都录取了，为什么自己还没收到录取通知书？不祥的预感笼罩在心头，他放下电话，心里依然忐忑不安，难以平静，想到如果最终没有被录取，那该如何面对，母亲能接受吗？大姐、三弟能接受吗？学校的老师，尤其是高老师，还有同学们、亲朋好友们、村里关心自己的乡亲们，我该怎样面对他们？他不敢再往下想了，又毫无办法，只能自我安慰，等等，再等等吧，他在心中暗自为自己祈祷，第三批一定要录取我啊。

　　这些天，兰芳心里也十分焦虑，尽管她看上去还与往常一样，从早到晚都在不停地忙，做饭、喂鸡、缝制衣服、擦桌子扫院子，屋里屋外到处都有她的身影。但她心中的焦虑、忧愁一点也不比疆远少，只是她不说，她怕给疆远增添更多的压力。

　　疆梅也是不放心，从县城那边给疆远打来电话，询问大学录取情况，疆远只好安慰她，说有了消息，马上打电话告诉她。

　　这些天，疆声也一直关注着高考录取的消息，在生产队干活时，不少社员向他询问疆远被录取了没有，从他们的语气和目光中疆声同样看到了期待，但他的回答却一次次让他们失望，他们看出疆声的沮丧或是尴尬，都说："没问题的，疆远那么聪明好学，高考成绩又好，一准能被录取的。"疆声冲他们笑着，算是回答也算是感谢了，但他心里却很不是滋味，他也在分析着各种可能出现的不利情况，但最终让他担忧的不是疆远的考试成绩，不是报考的院校，而是身体，是那条残疾的左腿。他甚至有些怨恨了，当年为什么患病留下后遗症的是疆远？

　　又过了两天，录取通知还没有收到，疆远去铁路职工子弟学校找高老师，他心里郁闷、忧虑，想和高老师聊聊，更想从高老师那里打听到一些关于招生的消息。那天晚饭后，他来到高老师的住处，高老师自然知道他的心事，没等他多说，便主动说道："我前几天就让我母亲打听了一下，你填报的第一志愿，北京那所中医学院已录取完毕，现在就看你报考的第二、第三志愿的院校能不能录取了。但一般情况下，只要分数够了，都是第一志愿录取，你的分数没问题，问题可能出现在你的身体上。但在县医院体检时，并没有说你不合格，所以，你再等等，别想那么多，也许就在第三批。"

从高老师那里回来，疆远虽然没有得到利好信息，但还是给他提了醒，也明确了他报的第一志愿是没希望了。他失望，那毕竟是他喜欢的专业，也无奈，如果真是因为身体的原因，上不了大学，那怎么办？

第三批录取通知书迟迟没有收到。有天傍晚，一家人围坐在饭桌旁吃饭，疆声忍不住说道："眼看着就二月底了，下个月初，收到录取通知书的考生就该去大学报到了，二哥的录取通知书还没下来，会不会没被录取啊。"疆声这话一出口，疆远端起的粥碗又放下了，他望着疆声，目光茫然，面无表情。兰芳随后冲疆声严肃地说："净胡说，你二哥的学习成绩你还不清楚，那收到大学录取通知书的人，他比他们一点都不差，他怎么能不被录取。"其实，疆声已经意识到当着疆远的面，他这么说是有些不妥，他的本意是说，疆远的身体会不会影响他被录取？疆远听母亲这么一说，却从刚才的愣怔中缓过神来，他说："三弟说得不错，我也觉得可能录取不了了。"说完，他又端起碗，一口气将半碗玉米面粥都喝了进去。放下碗，他站起身，对母亲说："我出去走走。"兰芳目光忧郁地望着他说："早点回来啊。"

冬日的夜晚，微风吹在身上，感觉冷飕飕的。疆远走出院门，站在村道旁，他犹豫着，一时不知去哪里，便深深地吐出一口气，一抬头，看到明晃晃的月亮挂在半空，村道被月光照得亮堂堂的，他顺着村道向西边望去，忽然想到，有些日子没去雨生家串门了，于是便朝雨生家走去，他想，见到雨生，心里的郁闷会消解一些吧。

第十八章

又过了些日子，时间已接近二月底，高招第三批录取前两天已经开始，疆远依然没有收到录取通知书，他心里越来越忐忑不安、忧心忡忡，兰芳、疆声、疆梅也是焦急万分，却一点办法也没有，只能对疆远说些宽慰的话，其实他们都清楚，那些话是多么苍白无力，甚至很可能是自欺欺人。

那几天，疆远真是沉不住气了，每天都往公社文教组办公室拨电话，向老张询问录取情况，回复他的都是没接到通知，他感觉到最不想看到的结果已经降临到他身上了。

二月底的一天晚上，疆远来到大队部，孙会计月底做账，还在加班，他一进屋，孙会计就问："还没收到录取通知书吗？"疆远说："是啊，我正想再问问老张呢，我估计是我的身体不合格，录取不了了。"说着，疆远就拨通了公社文教组办公室的电话，他一开口，值班的老张就听出是他的声音，便说："我正想告诉你呢。"疆远一听，心"咚"的一下收紧了，不知老张接下来说的是好消息还是坏消息？他屏住呼吸，静等着老张开口。老张沉默了一会，说道："昨天，我特意向县教育局招生办问了你的情况，他们说已向市招生办咨询过，市招生办工作人员说，你身体不合格，不能被录取了，我怕你承受不了，想过两天再通知你，但总拖着不说也不是办法，我知道你着急，一再问，就告诉你吧，你要正确对待啊，今年不成，明年再考，凭你的学习成绩，一定能被录取。"老张很是耐心，一边开导、一边鼓励疆远，但这时的疆远脑子里一片空白，面色阴郁，握着电话听筒的手，不住地颤抖，听筒还在耳旁，后面的话却什么也没听清，他只听见那几个字："你身体不合格，不能被录取。"疆远呆坐在那里，半天才放下手里的电话，他一句话也说不出，目光呆滞地盯着孙会计。坐在办公桌对面的孙会计，已清晰地听到了老张的话，她望着疆远木然的神情，连声喊着他的名字，并起身走到他身旁，两手扶住他的肩膀轻轻晃动着说："别灰心、别灰心啊，老张说得对，你学习好，再考，一定能被录取。""再考，再考。"孙会计的话发自肺腑，虽焦急、却诚恳，让疆远感到温暖，也有些难为情，毕竟自己也是一个大小伙子了，按农村的话说，是大老爷们，遇事要坚强啊。这样想着，他站起身，不好意思地笑了笑，说："孙姐，我没事，让你担心了，你忙吧，我先回去了。"说完，他便往外走，孙会计也跟了出来，她说："我送送你吧。"疆远说："你忙吧，我没事。"孙会计嘴里依然不停地说着安慰话，疆远似乎都没听到，他头也没回，架着拐杖，慢慢朝前走去，孙会计一直站在门外，望着他的身影渐渐消失在暗夜里，这才叹了一口气，转身走回办公室。

那个寒风袭人的夜晚，那样的心境，谁知道疆远一个人，是怎么走回家的，走在坑洼不平的村道上，他有没有摔倒过？

那一夜，躺在老南屋土炕上的疆远，翻来覆去睡不着。这么多年的大学梦，这么多年的刻苦学习，这两年在赤脚医生工作岗位上起早贪黑、不分昼夜地工作，不就是为了不让别人小瞧了自己，不就是为了证明自己同样能像健全人那样，自食其力，养活自己，还能为村民服务，不成为别人的累赘、负担？不就是要证明自己的能力吗！恢复高考后，他拼命复习文化知识、参加高考，圆自己的大学梦，就是为了将来能在更高层次上实现人生价值，成为对国家、对社会有用的人。在他内心深处，始终没有把自己当成残疾人，更没有丝毫的自暴自弃，奢望别人同情、照顾、谦让的念头，而是以身体健全且各方面都优秀的人为榜样，并以他们的标准要求自己。如今，他这么多年所付出的努力、收获已近在眼前了，却因为小时候疾病造成的身体残疾，最终付之东流，成为梦幻、泡影，未来的事业、人生的希望都将不复存在，心中筑起的理想大厦，顷刻间就坍塌了，他无力控制，无法挽回，当这一切突然降临时，年轻的他怎能不悲伤、不感到绝望呢！

　　彻夜失眠的疆远，第二天上午没有去上班。冬日的太阳已升到半空，他依然躺在土炕上，不想起床，不想吃饭，不想说话，不想见任何人，甚至想过就此结束自己的生命，这样，就不再痛苦，将来也不会再给母亲、给家人带来负担。那天，他就想一个人躺着，一个人默默地落泪。早晨起床后，疆声陪着疆远坐了一会，他不敢看疆远因为失眠、痛苦而变得苍白的脸，疲惫的神态，涣散的目光，他也不知道如何安慰疆远，找不出一句适当的话能缓解疆远内心的痛苦。出工的时间马上就到了，疆声还要去生产队劳动，正要离开时，母亲兰芳推门进来了，她手里端着一碗热气腾腾的鸡蛋面，放到炕头上，默默地看了疆远好一会，说："起来吃点吧，你要想哭，就坐起身，大声地哭出来，别那么憋着，会憋出病的。"说完，她便低下头，转身往外走，就在她转身的那一瞬间，疆声看到她抬起一只手，用手背抹了一把眼睛，随后推开屋门，快步走出去了，疆声接着也跟了出去。就在他关上屋门，正要朝老东屋走去时，身后传来疆远撕心裂肺般的恸哭，疆声顿时双腿僵直了，一步也移动不了。长这么大，和疆远天天在一起，他从未听到过疆远这么伤心地哭过，他呆立在门外，听着疆远的哭声，不知如何是好，内心仿佛有一把火炬被点燃了，烧烤着他，他的心好痛好痛。兰芳也听到了疆远的哭声，她冲疆声说："让他哭吧，把心里的委屈都哭出来，都哭出来心里就痛快了。"

　　那天早晨，是有生以来，疆声第一次感觉到家里的空气凝固了，第一次体验到窒息是什么样的感觉。

　　回到老东屋的兰芳，已是泪流满面，她双手捂住口鼻，极力克制着自己，不让人听到她的哭声。兰芳最懂得疆远心里的苦，疆远从小就聪明就要强，从小就学习好，就是班里的优秀学生，老师、同学都夸奖他，佩服他，愿意和他在一起玩、聊天，谈理想、未来、人生的目标，谈青年人对美好生活的向往。要不是因为那条腿，他该是一个多么优秀的孩子啊！为此，这么多年来，兰芳内心总觉得愧疚、对不住他，总觉得当年没有照顾好他，让他患了病，留下后遗症，变成一个残疾人，总觉得是她耽误了他的美好前程，使他的人生之路变得如此艰难不如意！

　　正因为如此，当年，他们一家人跟随父亲柳峰还在甘肃兰州城外盐场堡居住时，兰芳就抱着一岁多一点的疆远，早起坐上公共汽车，横跨黄河，一路颠簸地来到兰州城，在铁路职工医院、在不知大大小小其他多少家医院，为疆远寻医问药、治疗腿疾，虽然有些好转，但依然不能彻底治愈。就是几年以后，为了照顾上了年纪的公公婆婆，兰芳带着三个孩子回到北京郊区老家，当疆远已上小学四年级时，她听说北京城里一家医院可以通过针灸、理疗治疗疆远的腿疾，她便多次到那家医院找医生询问、打探情况。医生听了她讲述的关于疆远的病情后说，越早治效果越好，超过十五岁，好转的可能性就很小了，但现在治疗必须按疗程，一个疗程一个月，每个疗程间隔一周，最少要坚持五个疗程，这样算来，治疗需要六个月，能不能彻底治好，医生当然不会打保票。但兰芳从在医院碰到的病人家长那里了解到，有的孩子经过治疗确实大有好转，可以放下拐杖走路了，这让兰芳心里一动，不用架拐走路，这对疆远来说也是很好的结果啊。她心里仿佛已看到了希望，也得到了一些安慰，并进一步坚定了她为疆远治疗腿疾的信心。

　　这之后，她心里盘算着，为疆远治疗腿疾的最大困难，是医院离家太远，那家规模不算太大的医院，位于西单往北再往西的一条不算宽敞的街道北侧，那地方具体叫什么名字现在已记不清了。当年，对于家住北京远郊区的兰芳一家人，进一趟北京城，并不是一件容易的事，没有特殊情况，谁也不会进城。所以，城里哪怕是最有名气、最热闹的城市中心区，前门、王府井，对于他们来说也是陌生的。可想而知，京城的这家医院所处位置，对于他们来说，就更加陌生、遥远、不便了。他们如果进一趟北京城，前往那家医院，一早要乘坐往返于西南郊区的绿皮火车，行驶百里，中途要停四站，期间还要在良乡或是长辛店站等候一列特快列车通过，时间至少二十多分钟，终于到了永定门火车站，出站要走大约二百多米，坐上 102 路无轨电车，途经陶然亭、宣武门，再到西单北大街。一路都是繁华热闹的地界，电车走走停停，到西单北大街差不多需要一小时，再向北、向西走一段路，到医院时已接近中午了，针灸治疗时间是上午，去晚了，当天的号很难挂上，无法保证正常治疗，更不用说每天往返赶路的辛劳了。

好在，父亲的堂兄，在父亲那辈兄弟中大排行老三，疆梅他们姐弟叫他三大爷的，家就在西单附近，一条如今很是有名、已被改造成宽敞漂亮的大街旁的大院里，那个大院住着十多户人家。有三大爷在此居住，兰芳要为疆远治腿疾的决心就更坚定了。

于是，在疆远将要上小学四年级那年正月里的一天，兰芳将事先去镇街供销社秤的一大包糕点，和平日积攒下来、并挑选出的又红又大的鸡蛋装进提包，小心翼翼地拎着，带着疆远，一大早，乘坐绿皮火车进城，去给三大爷、三大娘拜年。

在疆远他们家的亲戚朋友中，平时走动最多、最交好的就有三大爷一家人。这不仅有家族血缘关系，更重要的是，早在 1967 年初，红卫兵破四旧，三大爷在新中国成立前的北平开过杂货店，做过小生意，被称为资产阶级"小业主"，他被当做"牛鬼蛇神"铲除，从城里押送回柳河村老家劳动改造。

那时的三大爷刚过五十岁，人稍胖，肤色白，浓眉大眼，说话慢条斯理，走路也不紧不慢的，被押送回村时，他虽然被剃了光头，圆圆的、又白又亮，但看上去，人到更显得斯文、气派和富态了。

那年秋天，从北京城里开来的一辆大卡车驶入柳河村，除去开车的司机，还有三个人，其中，两名臂带红袖标的红卫兵，另一名就是三大爷。车上还有一个行李卷、一个提包、一个洗脸盆。两个臂带红袖标的年轻人，将三大爷的行李扔下车，和已在此等候的公社干部在一张盖了红章的纸上签了字，而后便上了大卡车，大卡车司机按了一下喇叭，随着发动机的轰鸣声，车辘辘下卷起一股烟尘，大卡车开走了。

柳河村村民质朴，富有同情心，三大爷虽说是被当做"黑五类"押送回乡的，但他毕竟是柳河村的人，祖上几辈在村里都是忠厚人家，上年纪的人都还记得他父亲的为人，口碑挺好。再说，乡下人对政治运动搞不懂、也不大上心，因此，三大爷回村后，乡亲们对他的境遇大都表示同情，还或多或少地给予了帮助。不少人说，一个五十多岁的老爷们，一个人回到乡下，身边无亲人照看，哪里过得惯。看到兰芳从家里拿来米面、油盐、白薯、萝卜，还有水桶、板凳、扫把等生活必需品，街坊邻居也纷纷出手，有人送来煤和柴、送来碗筷，有人帮着搭建炉灶、生起炉火，原本一个空荡荡老旧的屋子，没两天就安顿成一个像模像样儿、有了乡村气息的家。这完全出乎三大爷的预想，他感动地落下泪来，对兰芳说："还是老家好，老家的人厚道、老家的人亲啊。"

日常生活中，作为本家亲戚，兰芳经常主动帮助三大爷。他若是有个头疼脑热的，兰芳知道了，也会及时为他请大夫，诊病开药。到了换季的时候，被褥需要拆洗了，衣服需要缝补了，兰芳都会主动帮他拆洗缝补，这让三大爷很是感激，即使三年后回到城里，他仍记着，偶然见到兰芳时，总会提起，并一再道谢。

正是由于疆远家与三大爷家不仅是亲戚，还有着这么一段情分，所以，当兰芳提出让疆远住下来治疗腿疾时，三大爷二话没说就答应了。这让兰芳感动不已，那天，她一谢再谢，眼含热泪离开了三

柳河之子

大爷家。

　　此后，疆远在三大爷家借住，按疗程每天去医院针灸，隔天进行烤电，坚持了半年时间，但治疗效果并不明显。医生说，这孩子的腿，残疾的时间太久了，再治疗可能也不会有多少改善了。至此，母亲只好将疆远接回家，结束了半年的治疗，这期间，疆远停学，次年重新上小学四年级。治疗期间，一个十二岁的孩子，离开母亲，离开他熟悉的乡村，尽管住在亲戚家，但毕竟不是在自己家里，那种陌生、拘谨、客气、礼貌、克制，那些因生活习惯的不同而不得不学着适应和改变，使他心里承受了太多与这个年龄不相应的压力和负担。当年，三大爷、三大娘每天都要上班，疆远只能自己一个人往返于医院，看到别人家的孩子都有家长陪伴时，他内心的孤独、羡慕甚至委屈就会油然而生。但他懂得克制自己的情绪，他知道，自己是一个农村孩子，能到城里治病已经很不容易了，为此，母亲付出了多大的努力啊，想到这些，他便咬咬牙，想着为治好自己的腿疾，为了自己的将来，就是吃再大的苦、受再大的委屈，也要坚持，不能再让母亲操心、痛苦、失望。疆远比同龄孩子成熟得早，性格中的坚韧、不怕吃苦的劲头，都是在这种困难的环境下锻炼出来的。这些兰芳心知肚明，同时也为疆远遭受这么多的委屈和痛苦自己却无能为力感到痛心、内疚、自责。如今，面对疆远高考未被录取，命运中再次遇到挫折与不幸，作为母亲的她，怎能不感同身受、伤心落泪、痛苦万分呢？

第十九章

1978年初春，去年的高考录取工作结束，柳疆远最终没有被高校录取，这完全出乎他们一家人的意料。疆远没有高估自己的高考成绩，后来，公布的考试成绩也证实他预估正确，且比自己预估的分数还高出三十多分。而最终结果与期盼的结果恰恰相反的时候，对于疆远、对于兰芳、对于他们全家人来说，如同一个巨浪，突然铺天盖地地砸下来，他们猝不及防，身心备受打击，却毫无办法，只能默默接受，咬牙挺住，自我消解。

疆声自此之后突然变得沉默寡言，甚至有些忧郁，或者说变得喜欢一个人默默地思考问题了。

那段日子，白天疆声去生产队劳动，疆远到卫生室值班，傍晚回到家，疆声和疆远帮着母亲做些家务，晚饭后，他们哥俩都不像以前那样，经常轮流出去找朋友玩或是串门，而是整晚待在家里，不想走出院门一步，也不想多说一句话。他们心里都清楚，只要出去，只要碰到熟人，没说几句话，他们就会提起疆远未被大学录取的事，以往他们听到的祝福、肯定、赞许、羡慕的话语，如今已换成失落、叹息、同情，甚至还有个别人的幸灾乐祸。这使疆远和疆声内心一次又一次感受到尴尬、窘迫、无奈和痛苦。不出门、少出门，是他们哥俩的最好选择，他们陪着母亲聊天，说些生产队当天发生的事，或是街坊邻居家的杂事，说着说着就都沉默不语了，他们似乎都觉得说这些人和事太单调、太乏味。随后，兰芳照旧拿起锥子、针线，开始专心致志纳她一年四季总是纳不完的鞋底。疆远则拿出一本有图表的中医书翻看，疆声真佩服他现在还有心思看书，也许，只有看书，才能分散他的注意力，减轻他内心的伤痛。而疆声自己呢，则拿出一副扑克牌，在土炕上按牌面的花色不同，摆成四列，玩一种预测人生前途命运的游戏。游戏嘛，自娱自乐而已，他也不当真，只是觉得好玩、消解郁闷、打发时间而已。玩了一会，心里依然烦躁，便将扑克牌收好，放到一边，躺在土炕上，双手交叉垫在脑后，两眼盯着灰暗的屋顶，不由得脑海里又冒出疆远高考的事。

疆远自打准备高考以后，就成为家里的核心、焦点人物，从高考复习、填报学校专业、招生体检、等待录取通知书，到得知身体原因不能被录取，整个过程，都牵挂着全家的心，因为家里人都十分清楚，疆远能不能考上大学，关系到他未来的人生走向，关系到他的工作、生活、事业、婚姻，关系到他一生的幸福与否。因为他是残疾人、他是农民、他身在农村啊，家里人担心他一旦不能上大学，那他的理想将彻底落空，在农村，一个身体残疾、没有任何背景的年轻人，还能有什么出路？如果是一个身体健全的人，只要能吃苦、不怕受累，他就可以凭借自己一身的力气，靠劳动养活自己。但疆远不成，靠体力劳动养活不了自己，尤其是年龄大了以后，体力会越来越差，腿脚会越来越不灵活，那他怎么办？他已经是成年人了，他需要恋爱、结婚、成家，但他能做到吗？哪个姑娘愿意嫁给一个残疾人？如今有母亲照顾他、陪伴他，将来，一旦母亲不在了，他怎么办？他能和疆声这个兄弟生活在一起吗？疆声能像母亲那样照顾好他吗？这些都是未知的难以预料的，却是让家人十分揪心的事。尽管疆远现在有一份赤脚医生的工作，但这个工作岗位，并不是一成不变的，也不能保证他以后就能凭此过生活。在疆远高考未被录取这个时点上，家里人再次真真切切地意识到，高考对疆远来说意味着什么，对母亲、对他们一家人意味着什么。疆声也真正懂得了，母亲为什么会那么伤心，疆远为什么会那么撕心裂肺地恸哭。

疆声内心不由地感叹道："命运往往不容你选择、也不会轻易为你而改变啊。"

疆声为疆远的未来想了许久，想得头疼、胸闷，却想不出什么美好的前景，他只能在心中为疆远祈祷，希望他能顺利平安地度过高考未被录取给他带来的打击，尽快振奋起精神来，同以往那样，努力学习工作，明年继续报考。不，不是明年，就是今年！时间已经进入到 1978 年，高考恢复了，今年还会继续招生，也许不久就会有新的高考招生政策公布。疆声一百个、一千一万个相信，疆远如果再参加高考，他的考试成绩一定还能超过录取分数线，只要他的身体能过关，他肯定能上大学！但是，疆远那条残疾的腿，依然像魔鬼像幽灵，缠绕在疆声的脑海里，挥之不去。是啊，疆远那条残疾的左腿，它不能改变、不能隐蔽、不能去除，它将终生陪伴他。这就意味着，他就是再考，分数再超过录取线，再参加体检，会不会再次因为身体不合格而不能被录取呢？想到这里，疆声心里更加沉重，此后多日，同样的问题，一直在他心头缠绕，没事做的时候、一个人的时候，疆声常常发呆，不由得脑子里就会冒出这个问题。晚上躺在土炕上，一时半会儿睡不着，眼睛也合不上，他失眠了，以前总听人说，夜里失眠了好难受，他从来没有感受过，总觉得说那种话的人太夸张。失眠，呵呵，一个农民，整天在大田里干活，一天下来累得腰酸腿痛，恨不得倒炕上就睡一整天，那才叫痛快解乏呢，怎么会失眠、睡不着呢？疆声以前也贪睡，其实哪个年轻人不贪睡呢，尤其是早晨，谁都不想起床。在农村，人们都起得早，要做饭、要出工，特别是夏天，天亮得早，出工早，起床就早，天一亮家家屋顶的烟筒就冒出了炊烟，大人们忙着洗漱吃饭，进进出出，屋里、院子里都是他们的身影。所以，夏天，他常常在心里盼着阴天，盼着早晨阴天、而后下雨，下大雨，这样，就可以不出工，或是晚出工，就能多睡一会儿懒觉，那是多么难得而又幸福的享受啊。可是，他很少能如愿，现在的天气越来越热、雨水越来越少，谁也闹不懂这是怎么了。

现在疆声尝到了失眠的滋味，知道失眠给人带来的痛苦是多么大。而这种痛苦其实不是失眠本身，是源自生活中遭遇的苦难、失败、绝望。在反复失眠的夜晚中，他不仅在思考疆远的现在和未来，也开始思考自己和这个家的现在和未来，对此，他该怎么办？失眠的结果，使他有了一个想法，他想离开这个家，离开柳河，去外面闯荡一番，他想去当兵，目前，只有当兵，才是走出去的唯一可能。

1967年秋，柳峰被打成走资派、反革命，如今，随着社会形势的转变，以及这些年兰芳不间断地写信、去铁道部上访，柳峰的冤案终于得到彻底平反。由此，疆远他们一家人重新获得了应有的政治待遇。

疆声想当兵，其中父亲的冤案得到彻底平反也是动力之一，否则，走资派、反革命的孩子怎么可能当兵？想都不敢想啊。

疆声去当兵，目标就是争取提干，留在部队。即便不能在部队干一辈子，将来转业回地方安排工作，也是国家干部，也是最光荣的。当兵，也是为他们家争光，为母亲争光。军人家庭，家门口挂一个红色的金属牌儿，上面写着"光荣军属"四个字，每到春节，公社武装部的领导和大队的干部都会看望军人家属，送来慰问信、慰问品。如果立功了，还会敲锣打鼓地送来立功喜报，贴在堂屋的正面墙壁上，耀眼醒目，谁来家串门，进屋头一眼就会看到墙上张贴的大红喜报，都会羡慕地夸赞一番，这些是多大的荣誉啊。疆声想当兵，他想立功，他想让大红喜报也贴在他们家老东屋的正面墙壁上，让母亲天天看着它，让母亲天天心里高兴！他是军人，他家就是军人家庭，就不会再有人小瞧他们家，就不会再有人欺辱他们家人了，他想当兵的愿望由此变得越来越迫切、坚定。

疆声还想过，他去当兵，留在部队，将来找一个城里的姑娘结婚，不用在家盖房，这样，就可以减轻家里的负担，让母亲少操心受累。如果以后疆远高考还不能被录取，在农村生活、成家，那首先就得有新房。盖房，对农民家庭来说，是一辈子的大事，多少农家，做父母的为给儿子娶媳妇，一辈子省吃俭用，辛苦劳作，积攒下一些钱，买建房用的材料，往往还是不够用，还要向亲戚朋友老乡亲借钱。盖房成为农民一生的负担，家家如此，难以摆脱。把家里有限的财力留给疆远将来使用，这不仅能减轻母亲的压力，也为疆远将来成家提早做个准备，是他这个当弟弟的所能做的最好最现实的贡献。如果疆远和他都留在农村，将来都要结婚成家，都要盖房，那需要增加多少开销啊！仅凭他和疆远在生产队挣的工分，再加上母亲养鸡、给老乡亲制作衣服挣的零钱，那是远远不够的。所以，无论从哪个方面考虑他都得走出去，走出一条新路来。为这个家，他要当兵的决心已定，不能更改，只有努力争取实现。

很多个夜晚，疆声就是在这样的遐想中度过的，直到下半夜才昏昏入睡。

此后，疆声突然觉得自己长大了，以前，他总认为他是家里的老小，家里的事，有母亲、有大姐、有二哥呢，不用他操心，哪怕是他高中毕业回乡务农后，除了每天参加劳动，就做些自己喜欢的事，包括打篮球，和村里要好的几个同龄人聊天、玩耍，其他事似乎很少过问。现在，疆远高考后未被录取，引发疆远恸哭、母亲默默流泪，那场景深深触动了他的心灵，他的心一下子变得沉重起来，忧伤一直缠绕着他，想甩也甩不掉。

忧伤使人变得沉默，沉默促使人思考，思考加快人的成熟，一个人成熟的表现就是开始学会思考。

不久，疆声就把他想当兵的想法告诉了家里人，兰芳说："你想好了？"疆声说："这些天我一直在想，想好了。""当兵在外可要吃苦，你能行？"兰芳盯着他问。疆声说："每年都有人当兵，他们能行，我怎么不行？"兰芳又说："这些年一个村最多招走一两名，不少年轻人都报了名，要政审、体检，都合格了，公社武装部和部队征兵的干部还要到大队、家里了解情况，各方面都没问题才能入伍，不容易呀。"疆声说："现在我爸的问题已经平反了，政治上已无障碍，其他方面，我不比村里其他适龄青年差。"兰芳说："征兵要等到十一月份才开始，到时再说吧。"兰芳的态度模棱两可，不喜不忧，疆声一时想不明白，但有一点他清楚，这些年来，作为儿女，只要他们想做的事是正当的，兰芳都不会反对，即便有些其他原因影响她，她也会尊重他们的选择。疆声想，母亲之所以没有明确表态支持他的想法，可能是因为时间还早，具体情况也不确定。还有，就是怕他到时又变卦了，再就是，他是家中的"老疙瘩"，母亲疼他，舍不得让他离开。

疆远却坚决支持疆声的想法，他说："当兵锻炼人，年轻人就需要出去接受锻炼，开阔眼界，疆声有这样的决心很好。"疆梅知道了疆声的心愿后，也很高兴，她说："疆声想当兵那当然好了，只是，母亲会舍不得，再说，今年高考，疆远要是考上了大学，他也要离开家，那谁来陪伴母亲？"大姐就是心细，想得周全，也许这就是女人和男人的区别吧。

疆梅的话倒是提醒了疆声，疆声说："如果疆远今年能上大学，我就不去当兵，在家干一辈子。一是陪伴母亲，二是，柳河这个家不能没人守着，这是我们家的根之所在。我做好了两手准备，但一切还需要我去努力，还需要全家人的支持。"

第二十章

　　疆远未被大学录取的消息，第二天就在柳河村、柳河公社，甚至更远的地方传开了。那天上午，几乎一夜未眠的疆远，还在老南屋的土炕上迷迷糊糊地躺着，就听到赵亮站在门外喊："疆远，我来了。"

　　兰芳闻声从老东屋走出，对赵亮说："你来得正好，去陪他说说话，劝劝他吧。"赵亮点点头，推门走了进去。赵亮是早晨出工时，经过大队部院外，见大队孙会计站在大院门口，还没等他开口，孙会计就把他喊了过去。她知道赵亮和疆远是最要好的朋友，就把疆远未被大学录取的消息告诉了他，想让他去看看疆远。还说，昨晚她也一直担心疆远，怕他想不开，想去劝劝他，可是加完班太晚了不方便。赵亮听她这么一说，心里顿时一惊，他没想到疆远考试成绩那么好，结果还是没有被录取，这太让人难以接受了！不用说疆远本人，只要了解疆远的人，都会为他惋惜、感叹。赵亮随后就和生产队长请了假，转身就朝疆远家奔去。

　　那天，赵亮在老南屋陪着疆远呆了大半天，直到头中午，疆梅突然推着自行车走进院子，见疆梅回来了，赵亮才起身离开。这大半天的时间，不知他和疆远都说了些什么，后来听兰芳说，疆远起床后，情绪依然十分低落，他用湿毛巾擦了一把脸，上了一趟厕所，之后，始终没有走出过老南屋。

　　疆梅去老南屋看他，陪着他。疆远不清楚疆梅怎么这么快就得到了消息，内心十分惊讶，他原本不想告诉她的，起码不想这么快就告诉她，他不想让她也为此伤心。现在，疆梅就坐在他的身旁，他低声说："大老远的，这么冷的天，还跑来一趟，又让你操心受累了。"疆梅说："你是我弟，我来看你，不应该吗？"疆远不再吱声，不好意思地低下头，他知道疆梅一直都疼爱他和疆声，尤其是自己，因为身体残疾，疆梅出嫁后，心里更是时刻挂念着。每次打电话，或是回家来，都会仔细询问他的生活和工作情况，问寒问暖的，总说："你有什么需要，尽管告诉我，只要大姐能做到的，一定去做，你也不要不好意思，我是你大姐啊。"她在疆远和疆声面前，一直是理直气壮当长姐，在她眼里好像他们哥俩始终都是需要照顾的小孩子，即便疆远和疆声都高中毕业了，个子长得比她还高出半头，已参加生产队劳动成为一名社员了，她还是不放心。疆远和疆声时常都会有一种感觉，那就是家里有个大姐，就像多了一个疼你、爱你、关心照顾你的母亲，幸福无比。

　　见疆远不再吱声，疆梅说："昨晚，大队孙会计给你姐夫学校打了电话，是值夜班的校工一早告诉你姐夫，你姐夫又告诉我的，我不敢相信，出来前，又给孙会计打电话询问，而后我就赶来了，孙会计真是一片好心。"疆梅又说，"高考因为身体原因没被录取，确实太可惜了，你现在的心情大姐能理解，有什么委屈，不好和别人说，就跟大姐说，都说出来，别闷在心里啊，那样会闷出病来的。你要想哭，就哭出来，大姐不会怪你的、更不会笑话你，你想说什么就说吧、想哭就哭出声音来吧！"听疆梅这么一说，疆远又想起早晨妈也这么说过，于是，忍不住眼里又滚出泪珠来。沉默了一阵，疆梅说："二弟，你绝对不能想不开，更不能失去信心，这次不成，咱们接着考，下次一定还能考上，要相信自己的实力。另外，你姐夫让我告诉你，他说，也许以后招生录取政策会有所调整，对身体条件会放宽些，让残疾人也能上大学。"疆远依然不语，脸色灰暗阴郁。疆梅接着说道："二弟啊，你必须振作起来，你如果不能从痛苦中走出来，总是这样悲伤、苦闷，妈看着心里会多难受啊，妈年纪大了，身体一直不好，为你的事再着急，一旦病了那可怎么办？我们不能让妈总为我们操心了，我们都长大了，为咱们家、为咱妈，你也要坚强起来。"

说到母亲，疆远心里一颤，他望着母亲早晨为自己做的热乎乎的鸡蛋面，还在方桌上放着呢，早已凉了、坨了。以前，母亲生病时，自己都舍不得做一碗鸡蛋面吃，而在他们哥俩参加高考时，每天早饭都为哥俩煮鸡蛋吃，增加营养。又想到早晨母亲将那碗面放到方桌上时说"趁热吃吧"，以及转身离去时抬手抹眼角的泪时的情景，疆远眼里的泪珠禁不住再次汹涌而出。

这一上午，兰芳、疆声、赵亮、疆梅，以及大队孙会计都在为疆远难受。其实，还有许多暂时还不知道此事，或者知道了，一时还不能来家里看望疆远，但同样也在关心、惦记着疆远的人，比如高老师、雨生、张军，以及村里的老乡亲们。疆远这么想着，心里更觉得不是滋味，他觉得对不起母亲、家人、老师和亲朋好友，更不知自己将来该如何面对他们。此时的疆远心乱如麻，心绪难平、心如刀绞，长这么大，这是他头一次内心感受到如此大的压力和痛楚，有一种濒临崩溃的感觉。

但无论怎么说，赵亮和疆梅的到来，特别是在这样寒冷的冬日，疆梅一早就从县城骑了三十多里路的自行车回娘家看望疆远，脸、手都被冻红了，这让疆远心里很是过意不去，同时也感觉很温暖、很感动，他再次真真切切地感受到，自己生活在一个多么温馨友爱的家庭里啊。母亲、大姐以及弟弟对自己多么关爱啊，而自己却不能为他们做多少事，相反，还要让他们为自己操心。这么想着，疆远心里顿觉无比惭愧，特别是对自己昨天晚上从大队部回到家后，那种沮丧、痛苦、委屈、不吃饭、不说话、精神萎靡不振、失声恸哭、心灰意冷、胡思乱想、对未来失去信心、觉得理想破灭后的生活已毫无意义，甚至绝望的表现深感愧疚，不由得感觉脸上发烫。他不好意思抬起头，更不好意思看着大姐，他知道大姐一直在盯着他，便始终低着头。

沉默使老南屋内的空气似乎都凝固了，再有就是寂静，从未有过的寂静，使疆梅和疆远他们两个人的呼吸声，彼此都能清晰地听到。

疆梅坐在方桌旁的木柜子上，那儿正是平时疆远看书学习的地方，紧挨着方桌旁，摆放着那个由疆远自己找来木料，自己设计样式、自己制作，也是自己最喜欢的小书架。疆梅侧身时，目光正好从书架上滑过，她一眼就看到了书架上摆放的那本已经陈旧的、灰色封面的苏联小说《钢铁是怎样炼成的》，瞬间，她眼前一亮，伸手将那本书从小书架上抽出，捧在手上，双眼盯着它，而后慢慢翻看着。多么熟悉的一本小说啊，疆梅仿佛沉浸在回忆之中。

"文革"前一年，疆梅刚上初中，父亲柳峰从唐山铁道学院青年干部班毕业，将一个很大也很沉重、装满书籍的木板箱子，几经周折托运回家，箱子中就有这本小说。那些年，这本小说在国内很受欢迎，书中保尔·柯察金的英雄形象深深激励和影响了他们那一代人，书中尼古拉·阿列克谢耶维奇·奥斯特洛夫斯基的那段名言更是人人皆知：

> 人最宝贵的是生命。生命对于我们只有一次。人的一生应该这样度过：当他回忆往事的时候，他不会因为虚度年华而悔恨，也不会因为碌碌无为而羞愧；这样，在临死的时候，他就能够说："我的整个生命和全部精力，都已经献给了世界上最壮丽的事业——为人类的解放而斗争。"

很多年轻人都把这段名言抄录在自己的笔记本上，时时翻看，鼓励自己像保尔那样努力工作、学习，做一名有理想的青年人，不虚度年华。

当年，这本书疆梅读过不止一遍，书中的名言和保尔的故事至今仍记忆犹新。

这本书后来被疆远从老东屋的木板箱子里取出，放到小书架上，成为疆远阅读和收存的书籍之一。疆远更是喜欢这本书，他反复阅读过多遍，并深深地被保尔的故事所打动，疆梅也看到过，疆远在他的日记本上，甚至在好几个作业本的第一页，都抄录过那段名言，他真心敬佩保尔，把他当做人生道路上的榜样。想到这些，疆梅内心一阵激动，这本书有着她和疆远的共同记忆，她突然觉得自己找到了一剂化解疆远此时心中痛苦和绝望的良药。尽管保尔出生和成长的年代、环境与现在不同、与疆远不同，疆远不能像保尔那样去剿匪打仗、修筑铁路，但他们同是年轻人、同是残疾人，同样有着自己的人生理想、追求的目标，同样有着自强不息、积极向上、努力学习和工作，不愿在命运面前低头的精神。疆梅相信，在疆远面前，挫折是完全可以战胜的，他现在最需要的是关爱、理解、激励。想到此，疆梅将手里的书翻到第二部第八章，找到描写保尔坐在南克里木海滩公园的长凳子上，面对迎面吹来的海风，绝望地举起手枪想要结束自己生命的那一页，起身默默走到疆远身旁，将打开的书放到他身旁，说道："我相信你能像保尔那样，面对人生的挫折、苦难，不做懦夫，战胜自己。"说完她便走出了老南屋。

疆远望着那本他再熟悉不过的小说，想了想，便把它拿起来，读着疆梅为他打开的那一页上的文字，很快，他就明白了疆梅的用意，脸也呼的一下红了，"不做懦夫"。疆梅的话又在他耳边一遍一遍地回响起来，许久许久没有消失。这么多年来，疆梅在家里，在疆远和疆声的心目中，始终都充当着一名部队"指导员"的角色，她善于思考、有自己的主见，也善于表达，作为子女中的老大，家里有什么事，包括兰芳在内，都愿意听她的意见，按她说的去做，往往她的想法也都被证明是正确的，因此，全家人都信服她，她在家里和母亲兰芳一样受尊重。这一点，连街坊四邻也都知道，大队孙会计之所以给她打电话，第一时间告诉她疆远的事，就是想让她

柳河之子

回来开导开导疆远，帮助他摆脱困境，重新振作精神。

　　是啊，不能做懦夫，疆远想到，与保尔相比，自己面临的这点挫折、打击算得了什么？你不是从上初中时就崇拜保尔、决心以他为榜样吗，如今，怎么变得如此悲观、萎靡不振，怎么这么懦弱，不堪一击！这么想着，他心头不禁一颤："不能做懦夫，对，不能做懦夫！"他在心里重复着这句话，要像保尔那样，勇敢地面对命运的挑战，战胜自我、战胜挫折，继续前行。

　　疆远将那本书合上，起身走到方桌旁坐下，他从小书架上取出笔记本，他觉得今天是个特殊的日子，应该把它记下来，便打开日记本，这时，他忽然看到自己很久以前抄写在上面的一首诗，题目是《船》：

　　　　我爱桃花深红的海岸
　　　　我爱渔火像流星一样飞向天边！
　　　　谁说彩霞是美丽的极限？
　　　　冲破它，冲破它！快驶向理想的港湾！
　　　　活着，就是一只自由自在的精灵
　　　　每天和大海朝夕相伴
　　　　死了，就化作最轻盈的水沫
　　　　为狂飙镶上一道最美丽的花边

　　　　……

　　疆远凝视着这首没有注明作者姓名的诗歌，在心里一遍又一遍地默念着，后来竟情不自禁地念出了声音。他此刻的思绪，犹如大海中的波涛，不停地翻滚着、跳跃着、撞击着，于是，他拿起笔，将这首诗歌重新默写了一遍，随后写道：

我从初中时开始，心中便扬起理想的风帆，我生命的全部意义就是向前、向前！风暴和急流中有美丽的青春，起伏和颠簸是我命中注定的摇篮。

很久以前我就喜欢这首诗，今天，再次把它抄写在笔记本上，对它所包含的意义，又有了新的认识，使我懂得了什么才是真正的人生，激励我在生命的航程中激流勇进，努力向前。

一个青春的生灵，就应该是这样的一条"船"：他的人生应该有远大的奋斗目标，应该永远高扬理想的风帆；他应该迎着目标一直向前、向前，永不后退；他应该懂得，在生命的进程中，有无数的"风暴"和"急流"、"起伏"和"颠簸"，绝不幻想未来风平浪静，更不能逃避现实的"风暴"和"急流"，而要在生活的急流中，勇敢地迎接考验。

尽管我的命运会有坎坷不平，"起伏和颠簸是我命中注定的摇篮"，但我要在风暴和急流中铸就美丽的青春。

"我爱桃花深红的海岸，我爱渔火像流星一样飞向天边"。年轻人要追求完美的精神生活，对人生充满无限的深情，心胸宽广，精神饱满，兴趣广泛，让生命绽放出灿烂的光芒。

"谁说彩霞是美丽的极限？冲破它，冲破它！快驶向理想的港湾！"年轻人最容易被一时的欢快、一时的美好所迷惑，沉醉于眼前的幸福之中，并为此满足、失去继续努力奋斗的动力，殊不知，这样恰恰会使自己追求的目标半途而废、并由此葬送自己的一生。同样，年轻人，也不能因为生活中遇到这样那样的困难、挫折，就放弃自己的理想，逃避奋斗而躲进避风港，把一时的安乐当做现实中美丽的极限。这无疑是投降、是逃避、是懦夫的行为，我绝不做这样的人。我要做一个身体残疾但内心健全的年轻人，要做一名令人刮目相看的强者！

"活着，就是一只自由自在的生灵……

死了，……为狂飙镶上一道最美丽的花边"

年轻人，重要的是要有一个正确的生死观，活着，就是一个自由自在的生灵，把握好自己的命运，在生命的进程中，永远朝气蓬勃，奋勇向前，时刻准备着投身到生活的海洋中去，在大风大浪中锻炼自己的智慧、意志、胆识、才干。就是死了，也应该为自己奋斗的人生添上一道彩笔，证明自己没有虚度年华。如果仅仅因为自己遇到挫折和苦难，就失去生活的勇气、前进的动力，甚至由此断送自己的生命，那是我们这一代年轻人的耻辱。

年轻人，在漫长的人生道路上，难免会遇到各种各样的挫折、失败、痛苦、灾难，怎么办？这首诗已给了我明确的答案，那就是："冲破它！""冲破它！"

我要做一艘在大海里乘风破浪、扬帆远航的船，我要像保尔·柯察金那样，做一名无畏的战士。

……

写完这篇日记，疆远重重地吐出一口气，保尔·柯察金的英雄形象和《船》这首诗歌的思想内涵，再次深深地打动了他的内心，他顿时感觉身心轻松了许多，眼前也豁然明亮了。他站起身，端起放在桌子上的那碗早已坨成一团的鸡蛋面，走到门口，"吱"的一声，推开了老南屋的槐木门。他站在门口，尽管是冬日，正午的阳光依然温馨明媚，小院里亮堂堂的，他冲着老东屋喊道："妈，我饿了，我想吃鸡蛋面。"兰芳闻声从老东屋里走出，她有些惊讶，怔怔地盯着疆远，仿佛不敢相信自己的耳朵，她问道："你说什么？"疆远说："妈，我想吃鸡蛋面。"这时，大姐疆梅已从老东屋走出来，疆远的话她听得一清二楚，她抢着回答道："好，这就让妈给你热面去。"

说着，她三步并作两步来到疆远面前，将他手里端着的那碗面接了过去，转身走回老东屋。兰芳这会儿脸上已露出笑容，她连声说："好，好，我这就去热面。"

午饭后，疆梅要赶回县城了，疆远送她到村口，路上，疆梅对疆远说："人生的路长着呢，今后，无论是你自己还是咱们家，也许还会遇到许多困难，你是咱们家的长子，要学会坚强、勇敢地去面对。"疆远说："我懂了。"

送走疆梅，疆远径直朝村卫生室走去。

这天傍晚，兰芳照常在疆远和疆声收工回到家时，已把晚饭备好，刚从炉灶上端下来的大铁锅正冒着浓浓的热气，如烟如雾，缓缓升腾着，随后便渐渐飘散在空旷灰暗的老屋里了。这个季节，常吃的是冬储菜，粉条炖白菜、炒土豆丝，外加每天都会摆放在饭桌上的一盘自制的腌萝卜丝。主食，玉米面贴饼子或是窝头，偶尔是蒸馒头，再有就是热气腾腾的粥。今天兰芳熬的是玉米渣白薯粥。粥是疆远他们家早饭、晚饭中必不可少的主食，兰芳熬的粥，品种多，食材分别为玉米面、玉米渣、小米，辅材为白薯、绿豆、红豆、红枣、时令青菜（比如小白菜沫）等，轮换着添加，粗粮杂粮居多，偶尔也会熬一锅大米粥。兰芳熬的粥稀稠适度，香味浓郁，全家人每天喝，却喝不腻，如果哪天兰芳没有熬粥，这顿饭他们总会觉得少了点什么，吃着不爽、也不尽兴。

吃晚饭的时候，他们一家三口人依然像往常那样围坐在饭桌旁，但还是少了往日轻松愉快的氛围。尽管从昨天晚上得知疆远未被大学录取，到现在已经过去了将近24小时，尽管疆远下午已经去卫生室上班了，尽管兰芳和疆声都劝说过疆远，但他们心里仍有说不出的苦闷、遗憾、无奈，他们彼此心知肚明、心照不宣，因此，这种沉默就不可避免地出现了。也许只有随着时间的流逝，这种状况才会渐渐消失。

柳河之子

　　刚吃完晚饭，疆声还没有刷完碗筷，兰芳熬的玉米渣白薯粥还在铁锅里冒着热气，高老师的身影就出现在疆远家的院子里，接着传来一声清脆的喊声："柳疆远，柳疆远！"疆远想到过高老师会来，但没想到这么快，疆声和兰芳心里也都是一惊。疆远闻声立刻站起身，走到门口拉开屋门，声音突然就哽咽住了，停顿了片刻才叫出一声："高老师。"而后望着她，再也说不出一句话。他眼圈红着，眼里涌满了泪水，却极力控制着，没有让泪珠滚落下来。这一刻，他仿佛回到了初中时代，仿佛是刚刚结束了寒假，重新走进校门、置身于教室，终于看到了自己一直尊敬、喜爱，一直关心、鼓励、呵护自己，却久未见面的高老师，他内心既惊喜又欢快，同时，又像一个在假期里受了极大委屈、却无处倾诉的学生，突然见到了自己可亲可敬的老师，心里有许多话要对她说。但此刻的疆远，却什么也说不出了。

　　高老师一边往屋里走，一边抬起一只手，轻轻拍了拍疆远的肩头，她什么也没说。她和兰芳分别坐在方桌两旁，随手将拎来的一个蓝布书包放到桌上。疆声从暖壶里倒了一杯水放到高老师身旁，疆远和疆声坐在炕沿两端，静静地望着高老师。疆声知道，高老师是来看望疆远的，他想，她一定会对疆远说些安慰、关怀、理解、鼓励的话，疆远最听高老师的话。兰芳自然也清楚高老师的来意，也相信高老师能让自己的儿子从困境中彻底摆脱出来。

　　高老师微笑着，和兰芳拉起了家常，半天，只字未提疆远高考未被录取的事，这让疆远和疆声都感到意外。一开始，兰芳也感觉有些不对劲儿，慢慢地她则开始热情地附和着高老师的话，还不时地问起她在学校吃饭、住宿的情况，并说："生活上有什么需要帮忙的，尽管说，不要客气。像什么缝制衣服、拆洗被褥的事，你不方便做，尽管拿来。"高老师连声说着谢谢，还说："如果需要，一定不客气。"说到学校伙食的事，兰芳还盛了一碗玉米渣白薯粥，又新切了一小盘腌萝卜丝，让高老师尝尝。她说："在学校吃食堂，喝不上咱自己家熬的白薯粥。"高老师接过兰芳端来的一碗粥，有滋有味地喝着，还说："就喜欢喝这大铁锅熬的白薯粥，又黏又稠、又香又甜。"兰芳笑着说："爱吃，你就常来，我给你熬。"疆声插嘴道："是啊，我妈熬的粥那叫一绝。"

高老师喝完一碗热气腾腾的白薯粥，白皙的脸庞微微泛起红晕，微笑时，脸庞上的酒窝清晰可见，柔美端庄是她的特质。疆远不止一次这么说过，一家人也都认可疆远的说法。

随后又是一阵闲聊，疆远有些坐不住了，看得出，他几次想插话，想把话题转移到高考录取的事情上来，却一直没找到合适的机会，又怕自己失礼，便一直沉默着。疆声倒觉得高老师这次到来，一改以往说话的风格和内容，和母亲闲聊的时间也比以往多很多。母亲却乐此不疲。疆声还觉得高老师的到来，给这个沉闷的夜晚增添了欢快的氛围。此刻，疆声突然意识到了什么，同时，也知道母亲早已体会到了其中的意味，只有疆远仿佛还蒙在鼓里，可谓当局者迷吧。疆声在心里感叹着："她真不愧是最理解、最关爱疆远的好老师啊。"

就在疆声感叹之际，高老师从她带来的蓝色布书包里，取出一盆花，大家的目光，都齐刷刷地投了过去。花盆是那种极普通的杏红色的黏土盆，直径如同一个中等型号的菜盘，高度也不过20公分左右，盆中花，主干、枝杈并不粗壮，却结实、匀称，叶片呈椭圆状，鲜嫩、绿油油的，均匀对称排列着，像两排相向排列的绿衣士兵。高老师从书包里取出时，花的枝叶碰触书包后，枝条低垂、叶片闭合，整枝花似乎瞬间就萎缩了。"含羞草"。疆远第一个惊讶地喊了一声。没错，"含羞草"。疆声附和着。兰芳笑而不语，她用赞许的目光看了疆远和疆声一眼，接着又用欣赏的目光，盯着高老师放在方桌上的那盆含羞草。兰芳喜欢种花养花，每年春天，自家小院里，靠老东屋的窗前，她都会在那个用砖头圈起来的花池里，将去年入冬前堆放的粪土撒开，把用麦秸覆盖、包裹的大红月季花的根部清理干净，露出根茎，再把花池子里的土翻一遍，搂平，而后浇水，十天半个月过后，月季的新枝新叶就生长出来。随着气温渐渐升高，她适时浇水，月季迅速生长，四月底便枝繁叶茂，大朵大朵的花在枝头绽放。背风朝阳的院墙下，她则间隔均匀地栽种一排"紫茉莉"，夏日傍晚时，紫茉莉花盛开，红的、紫的、粉的，鲜艳夺目。紫茉莉花开在下午或傍晚，天黑后，花朵尤为鲜艳、旺盛，小院昼夜都盛开着鲜花。紫茉莉结的种子，大小如黄豆粒，黑色，表面有横竖均匀的条纹，犹如一颗缩小后的黑壳地雷，因此，人们也管它叫"地雷花"。

夏日的傍晚，村里几乎家家户户在院子里都会摆放几个板凳或马扎儿，一家人晚饭后坐在那里纳凉聊天，邻居来串门，也都围坐在那里，图个凉快。而兰芳家与之不同的是，坐在小院里纳凉聊天时，还能欣赏小院里盛开的各种鲜花，一阵风吹来，淡淡的花香迎面扑来，沁人肺腑。院门两侧，兰芳几年前还栽种了两棵石榴树，现在已高过院墙了。入春后，石榴树枝繁叶茂，郁郁葱葱，四月末，鲜红的石榴花一朵一朵盛开在碧绿的枝叶间，耀眼夺目，煞是引人瞩目。

老南屋的窗台上，前些年一直养着一盆含羞草，兰芳说，含羞草耐水、喜潮湿，老南屋背阴，放在老南屋的窗台上最适合。疆远和疆声，没事就喜欢逗弄那盆含羞草玩儿，他们用手指轻轻触碰它的枝叶，它随即便枝条低垂、叶片闭合，一动不动，现出害羞的样子。过一会，才慢慢恢复原状。再碰，它又会枝叶低垂闭合，收缩起来，而后，再次恢复原状。

那年夏天，疆声下午放学回到家，刚走进小院，就看到老南屋的窗台下，含羞草的花盆摔落在那里，黏土烧制的花盆已破碎，花土散落一片，含羞草干枯，嫩叶已经没了，只剩下两节光秃秃的枝干。再细看，见花土上留有杂乱的鸡爪子的印迹，毫无疑问，是家里养的鸡，也许是饿了，飞上老南屋的窗台，啄食含羞草鲜嫩的枝叶，将花盆蹬落在地。母亲那天下午去自留地给拔节的麦子浇水，没想到竟出现了这样的事情。看着已枯死的含羞草，疆声心疼得直跺脚。这时，有两只老母鸡跑过来，不知趣地围在他身边像是在看热闹，还"咕咕咕"不停地哼叫着，疆声心中突然升起一股怒气，抬脚就向一只老母鸡踢去，吓得它"嘎嘎"惊叫着跑远了。含羞草对于疆声他们一家人并不陌生，但是，高老师今晚把它带来，意味着什么，他们心存疑惑，一时还不得其解。

"疆远，这盆花是送给你的。"高老师望着疆远说道，脸上依然带着微笑。"送给我？"疆远惊讶地睁大了双眼，脸上也露出更加迷茫的神情。"为什么？"疆声暗自盘算着。兰芳却默不作声，疆声想，母亲似乎也不太清楚高老师的用意。高老师这时用手指捅了一下含羞草的枝叶，对疆远说："你看，含羞草遭遇外力袭击后，枝叶低垂闭合，显得那么柔弱渺小、羞羞答答，但，它很快就会恢复原状，依然那么舒展、鲜活、生机盎然。对于它来讲，突然被人或其他物体触碰，就如同遭遇到巨大的不可抗力的打击，它的枝叶会低垂闭合，做自我保护，但外力打击过后，它会依靠自身的力量重新挺立起来，恢复原状。你说，这叫什么品性？"说到这，高老师停住了，她深情地盯住疆远。疆远被高老师这意味深长的话语感染了，他认真思考着她的问话，迷蒙中好像已悟出了什么。

高老师站起身，对疆远说："我来就是想告诉你，明年，不，今年，高考再见。"

天已黑，送走高老师，兰芳一家三口坐在老东屋里，望着桌上那盆含羞草，不约而同地陷入了沉思。"是啊，含羞草是什么品性呢？"正想着，疆远的高中同学赵亮、雨生、张军同时走进了小院。为了让母亲早点休息，疆远和疆声将他们迎入老南屋，疆远还让疆声把那盆含羞草端过来，摆放在屋内的窗台上。

赵亮带来一包炒葵花籽，用报纸包着，他打开纸包，将瓜子倒在方桌上一部分，剩余的放到炕头上。这些瓜子儿个大饱满，炒得也正是火候。大伙就近抓起一把，一边嗑、一边闲聊。赵亮说："这是家里种的葵花籽，过年时已炒了不少，剩下的，今天又特意炒了一些。"大伙都知道，赵亮家的院落大，前后院都是菜地，春天种满了家常菜，围着菜地，赵婶儿年年都会点种一圈葵花，菜地光照、水分充足，粪肥也用得勤，土质肥沃，葵花虽然生长在菜地边缘，但绝不缺肥、缺水，长得又高又壮。秋天时，葵花头个个像脸盆那么大，籽粒饱满，沉甸甸的，压得茎干整天直不起腰来。疆远说："是我婶儿的手艺吧？"赵亮说："是。"雨生接过话茬，笑着说："不用问，肯定是，他可炒不出这么又脆又香的瓜子。"赵亮不服气地说："你可别小瞧人，哪天你到我家去，我当面给你炒一回，让你见识见识。"张军在一旁起哄："不请我们啊，真偏心眼。"赵亮说："都请、都请，你们去了还能给我作证，尝尝我炒的瓜子到底香不香。"雨生说："好啊，过两天就去。"疆声也附和着："我们都去啊。"

　　雨生这时从上衣兜里掏出一个鼓鼓囊囊、不知包着什么东西的白手绢，手绢崭新，看着像从未使用过，上面印有一大朵鲜红的牡丹花，十分醒目。雨生神秘地笑着，笑声清脆，谁听了，都会觉得心情愉悦。她说："你们猜，我手绢里包的是什么？"话音未落，他们几个人的目光已齐刷刷地落在她攥着的手绢上。张军问："是吃的、用的、还是玩的东西？"雨生犹豫了一下，说："这不能说，说了不就等于告诉你了。""提醒一下也不成吗？给个范围也行啊，要不太难猜了。"张军皱起眉头，摊开双手，故作为难状。雨生嗔怒："去，别耍赖。"赵亮说："一个小手绢，能包住多少东西？我想，该是一小包茶叶吧，看上去挺轻的，我好像还闻到了一股清香味。"疆声觉得赵亮挺有想象力，猜得也有一定道理。以往，大伙儿凑到一起聊天，无论在谁家，都会沏一壶茶水，边聊边喝。雨生来家里是看疆远的，她在大队卫生室实习时就知道疆远喜欢喝茶，带来点茶叶沏水喝，也不是不可能。

　　正说着，兰芳推门进来了，一手端着茶壶，一手端着一摞水杯，疆声忙着从母亲手里接过水杯，雨生也紧跟着站起身，从兰芳手里接过茶壶，并笑着说："瞧，让您受累了。"兰芳说："不累，你们来我心里高兴。"说了一会话儿，兰芳就回老东屋了，她还要忙手头那些缝缝补补的活呢。雨生将水杯倒上水，疆声端到每个人的面前。张军端起水杯喝了一口，眼睛依然盯着雨生手上的那个手绢，琢磨着里面到底包着什么。想了一会，他说："我猜，雨生带来的是一包糖块儿。"说完，他便盯住雨生，观察着她的反应。雨生收住笑，一脸严肃地说："你敢肯定？"张军从她的表情中，似乎看出了她在佯装镇静，便说："肯定。"雨生微微露出一丝紧张的神情，说道："你蒙人呢。"张军从雨生说话的口气中，发现少了一些底气，进而判断她是心虚了，这说明自己猜对了，于是他口气坚定地连声说："是糖块儿，一定是糖块儿！不信，你打开让我们看看。"大伙都盯着雨生，等着她把那个漂亮的印有大红牡丹花的手绢打开，验证张军到底猜得对不对。疆声希望张军能猜对，从赵亮和疆远此时的微笑中，已说明他们俩也认可张军的判断。疆声想，要真是糖块儿，倒也不错。想想，除了过年，毕竟大人们平时很少给买糖块儿吃，那是小孩子想着盼着的零食，不是大人不想，而是没那个习惯，不，是没那个条件。谁家大人平时会舍得花钱买糖块儿吃呢，哪怕很少的钱，也太奢侈了，毕竟糖块儿不能当饭吃，就是孩子们也只是逢年过节或是考试得了高分，或是干了什么让家长满意的事，偶尔才会得到家长的奖励，给他们买几块糖块儿吃。

果真是糖块儿。是那种用花花绿绿、透明的玻璃纸包着的硬糖块儿，那种孩子们喜欢含在嘴里、舍不得嚼碎、慢慢让它融化的硬糖块儿。雨生终于将手绢打开了，她笑着说："谁猜对了，谁就是嘴馋了，想吃糖块儿了。"话一出口，大伙都冲着张军笑。张军说："是你让猜的，我猜对了，你得首先奖励我。"说着就伸手去拿。雨生一侧身，避开张军的手，说道："不许抢。"随后，她拿起两块儿糖，递给张军："这是奖励你的。"张军接过来，没有吃，却问："就给两块儿啊？"雨生说："两块儿就不少了，说你嘴馋呢，你倒来劲了。"张军笑着剥开糖纸，将一块儿糖放入口中。雨生随后将糖块儿分给疆声、赵亮每人两块儿，她自己留下一块儿，还剩下几块儿，就都塞进疆远手里了，她说："二叔，这是我特意买的，不多，就是个意思，我知道你心里难受，其实，你的考试成绩已经证明了你的能力，身体条件自小就这样，不是你能改变的，所以，你不用难过，更不要灰心，今年再考，也许以后对身体要求就不会像现在这样了。再说，就是还不成，在农村凭你的聪明才智，将来也能做自己想做的事，也照样能活得好好的。今天，我买糖块儿，就是想让你吃了甜到心里，把心里的苦滋味冲淡。"

雨生的一番话，真是出乎疆远的预料，他万万没有想到，雨生会说出这么动情暖心的话，这让疆远内心感动不已，半天没说出话来。疆声也感到很意外，平时雨生总是笑呵呵的，似乎是个天真的、还没长大的孩子，谁知道此时，她对待疆远高考未被录取这件事的一言一行，竟是这么温馨、实在。赵亮也说："是啊，都已经过去了，我们希望你振作精神，下次再考，我们相信你下次一定能被大学录取。我带来的瓜子，也是有寓意的，俗话说，瓜子虽小是人心，退一步说，假如你不能上大学，一辈子留在农村，我们也永远是你的好朋友，有什么困难我们一起扛。"疆远再次被深深地感动了，在这几个朋友中，他年龄最大，论辈分也是最高的，以前无论遇到什么难事、伤心事，在他们面前，尤其是在雨生面前，都没有掉过眼泪，而此时，即便是强忍着，泪水还是悄然而出，他赶紧抬手抹了一把眼睛。

沉默片刻后，疆远的心绪渐渐平复下来，他羞涩地笑了一下，说："喝茶、喝茶吧。"张军这时从上衣兜里掏出一支钢笔，黑色的笔杆，在灯光下一晃，闪出一道亮光。一支英雄牌钢笔。疆声离张军距离最近，看得很清楚，以前疆梅也用过这样的钢笔，是父亲从新疆探家时带回来的，那年，疆梅上中学。这会，张军对疆远说："这支笔是我高考前复习文化课时买的，送给你吧，我觉得自己天生就不是上学的材料，坐不住，以后我不想再参加高考了，你们也知道，今年公社武装部的征兵公告已经贴出来了，月底征兵工作开始，我准备报名参军，出去见见世面，我早就想当兵了，争取当一名汽车兵，学一门技术。"听他这么一说，疆远迟疑了一下，他既感到意外，又很感动，他接过张军递过来的钢笔，动情地望着他说："谢谢了兄弟。"顿了顿又说，"你有志向，有决心，又能干，去部队一定能干出成绩来。"张军说："我送你这支笔，就是希望你接下来别放弃，继续参加高考，我也相信你一定能被大学录取，我记得你说过：'有志者事竟成'"。疆远说："对，说过，我希望我们几个朋友都做有志者。"疆声望着张军，张军的想法，正是疆声的想法，疆声也想当兵，听张军这么一说，疆声想当兵的念头更强了，但他没好意思说出来。雨生说："当兵好，咱们公社要是招女兵，我肯定也报名。"赵亮说："你还是好好复习，准备下次高考吧，你学习挺好的，大有希望。"疆远说："赵亮，今年高考，你也要继续努力，争取考上。"赵亮不好意思地笑了，他说："这次高考，我体会到了，咱的基础差，一时半会儿提高不了多少，再考也难考上啊。"

赵亮的话，让大伙一时不知说什么。其实，赵亮说的一点也不错，上学时基础没打牢，现在，边劳动边复习，精力体力都受限制，想要补上以前落下来的文化知识，确实不容易。疆远自然也能理解大伙的这些想法，到目前为止，他还没有从高考未被录取的痛苦、失落中完全解脱出来，其中原因，同样也有一部分源于为难情绪，都说再考，不要放弃，这话说起来容易，真要做到，则需要付出多少艰苦的努力啊。他沉默了，想到刚才高老师送给他的那盆含羞草，高老师问他的那个问题，他马上起身走到窗台前，把那盆含羞草端到方桌上，他对大伙说："高老师你们都认识，她问我，含羞草有怎样的品性？你们也想想吧。"疆远的提问，把大伙的目光都吸引到了那盆含羞草上，顿时，便陷入了沉思。

柳河之子

过了一会，赵亮说："我家菜园子里，夏天就长过含羞草，没事时，我就喜欢用手指轻轻点一下它的叶子，看着那些椭圆形的叶片一对儿一对儿地合起来，枝条也垂下去，给我的感觉它是那么服服帖帖，那么听话，像老书上写的那些在城里店铺给人家当差的小伙计，垂手待命站在柜台前随时听候吩咐。你不碰它时，它又恢复自然状态，挺身抬头，就像小伙计趁主人不在时，就把自己放开了，现出原有的模样。你再碰它，它依旧枝叶闭合低垂，一动不动，过一会又恢复原状，所以我说，它的品性，就是有那么一股子韧劲儿、一股子皮实劲儿，随你怎么折腾它，它都不改变自己的本性。"

大伙听他这么一说，都觉得有道理，便纷纷点头。雨生说："我倒觉得它挺倔犟，你不让它抬头，不让它伸展腰身，它偏不听你的，其实，是你总冒犯人家，人家那是自卫或叫反抗，倔犟点也应该，它就是这品性。"张军也说："你们俩说得都对，含羞草不漂亮、不稀奇，但它这些品性却招人喜欢、受人尊重，让人另眼相看。"

听大伙这么一说，疆远心里更明白了，高老师给他送花，问他的那个问题，就是让他像含羞草那样，面对挫折，百折不挠，有一股子韧劲儿、倔劲儿，坚守自己的品性，永远不向命运低头。疆远突然感觉到心中豁然明亮起来，精神状态也振奋起来了，整个人仿佛脱胎换骨一般，他重重地吐出一口气，大声说道："我、柳疆远，从现在开始，要重新振作起来！无论将来能不能上大学，都要努力工作、学习，不向命运低头，像这棵虽然微小却坚韧挺拔的含羞草，永远挺胸抬头生活在这个世界上。"

疆远发自肺腑的话语，让大伙心头一震，他们为疆远、为自己的朋友能够从困境中摆脱出来，感到由衷的高兴。疆声更是如此，他知道，只要疆远心中点燃的那盏希望之灯不灭，他将来做什么事都会信心百倍、干劲十足，并努力争取成功。

其实，疆远心中一直就有这股子韧劲儿。疆声更是佩服、感谢高老师，她不仅了解疆远，也知道用怎样的方式方法激励他、唤醒他，使他从失望、困惑中挺起身、走出来。还要感谢赵亮、雨生、张军，他们那天看似巧合地一同来家里看望疆远，实则，是他们事先约好的，至于他们各自带来的那些小礼品，之前虽未相互通气，却都是动过一番心思的，也都恰到好处、效果显著。这些，都是疆声后来偶然从赵亮那里听到的。

第二十一章

如果说 1977 年冬天的高考，是横亘在年轻人生命旅程中的一座独木桥，那么，成千上万的年轻人，试图通过参加高考跨越此桥，从而改变自己的生命轨迹。无疑，这是一次大规模的、年轻人心怀梦想、充满青春激情，并带有某些侥幸心理的集体冲锋、集体涌入独木桥，由此呈现出一幅规模宏大、场面壮观的历史画卷。画卷中，有的人还未踏上独木桥就已畏惧而退了；多数人，虽然跨上了独木桥，参加了高考，结果却名落孙山，失望而归。只有一小部分人如愿以偿，终于闯过独木桥，迈向了新的生命旅程。此后，无论尝试或未尝试跨越独木桥的年轻人，都变得冷静了，他们重新审视、思考着自己以往的选择，重新认识自己的能力和条件，并由此开始了人生的再次抉择。

1978 年，注定就是一个不平凡的年份，在疆远家、在疆远和疆声身上，以及他们身边，都发生了许许多多令人难以忘怀的事情。

首先是春节后，疆远高考未被录取。而后是三月，张军如愿以偿参军了。接到入伍通知书后，张军兴高采烈，第一时间就把消息告诉了亲戚朋友、街坊邻居，还有老师和同学。作为朋友，疆远他们都为他高兴，但疆声心里却多多少少有些失落，因为疆声也想当兵，虽然不一定非要在今年，但作为适龄青年，他也报名了，也参加了体检，但征兵名额有限，柳河村报名的青年人有七八个，最后批准入伍的只有两人。

疆声仔细想过，张军能够在柳河村报名的青年人中脱颖而出，光荣参军，是他早有想法、早有准备，早已下定决心。征兵布告发布后，他第一个就去大队报名了。论条件，他出身于世代农民家庭，父母正值盛年，身体健康，家中还有一个哥哥、一个妹妹，家庭没有任何负担。他本人身体条件也好，身材魁梧健硕，体检达到甲级标准。据医生说，他这样的身体条件，如果当潜艇兵、当飞行员也没问题。关键是他积极主动，写了一份决心书，交给了公社武装部的部长，让那位曾经当过兵的老部长很是感动也很欣慰。他让公社的广播员，一连几天在公社联通各村的大喇叭里，早中晚广播了多遍，把他当做全公社青年人积极响应征兵号召的典型加以宣传，无疑，只要体检合格，此后的选拔他已占得先机。部队来接兵的干部看到他写的决心书，通过家访，见到他本人，对他也是很满意，入伍的事就确定下来了。

张军参军离开柳河镇那天上午，初春的天气晴朗，在离镇街不远处的柳河大石桥旁的一块开阔地上，两辆接新兵的敞篷大卡车早已停在那里了，三十名新兵等待出发。张军的哥哥、姐姐、亲戚，还有疆远、疆声、赵亮、雨生都来为他送行，张军既高兴又激动，他当着疆远他们几个朋友的面，对疆远说："你知道我为什么一定要当兵吗？当兵要吃苦，一走就是好几年，会想家、想父母、想你们，但这些我都不怕，我能有这么大的决心，是因为被你的努力学习、不向命运低头的精神感动了，你身残志坚，我要向你学习，虽然考不上大学，但也不能对未来放弃希望，走出去，到部队这个大熔炉中锻炼自己，绝不虚度日月。"疆远望着张军不住地点头。听到张军的话，疆声心里砰地一颤，没想到，平时大大咧咧的他，内心竟然这么丰富细腻有想法。疆远则为他鼓劲加油，说在部队好好干，一定会干出成绩的。张军参军这件事，进一步激发了疆声也要去当兵的决心，这次没有能够应征入伍，但他比张军小两岁，刚满十八岁，以后还有机会呢。

柳河之子

接下来的一段日子，对于疆远他们家、对于疆远和疆声以及柳河村他们的几位朋友来说，似乎平静了许多。很快就到了麦收季节，社员们都忙着抢收小麦，每天，天一亮就下田收割，直到天黑才收工，虽然劳累疲惫，却感觉幸福快乐，因为，他们收获的是自己辛辛苦苦播种的小麦，是他们生存的必需品。

疆远虽然不像村里绝大部分社员那样，去大田里收割小麦，但他每天除去为村民看病，打针送药，也要到村外大田中为身体不适、却依然在坚持劳动的社员送去药品，让他们及时服用，缓解症状；为收割时，不小心被麦茬划破了手指，或是被镰刀割伤了手指、脚腕的社员消毒包扎伤口；还要趁着社员们劳动间歇时间、趁着他们喝水的工夫，为他们宣讲预防消化道传染病、防暑降温的知识，每天起早连晚也是忙得不可开交。因为腿脚不便，在村里、在田间地头、在场院之间来回奔波，一天下来，晚上回到家，他身体疲惫，常常是倒在炕上就睡着了。

麦收过后，村民们终于可以轻松一阵子了。天气也越来越湿热，黑得也晚了，家家户户傍晚都在院子里摆放桌子、凳子，晚饭在院子里吃，吃完饭，大人们就沏上一壶茶，坐在那里喝茶聊天。小孩子们则三五个凑到一起，在院子里或是院外的村道上。男孩子们相互追逐着、打闹着，或是玩一种叫"抓特务"的游戏：一名小孩子充当特务，其他几名的角色是解放军，游戏开始时，几名解放军先要闭上眼睛，嘴里一起数着数儿，数到十的时候，充当特务的那个小孩儿必须在规定的范围内隐藏好。比如，附近谁家的木棚子的门后，或是院外菜园子边浓密的树棵子里，等等，就看你寻找藏身之处是否隐蔽、不易被发现的能力或者说眼力如何了。约十分钟后，如果"特务"被"解放军"抓到了，就会被他们扭住胳膊、按住头象征性地批斗一会，而后再由另一个人充当"特务"，重新开始游戏。如果隐藏的"特务"没有在规定的时间被"解放军"抓到，那充当解放军的他们就得认输，而后经"锤子、剪子、布"的一番比拼，由失败者充当特务，继续隐藏起来，其他人充当解放军再去抓，如此往复，往往是游戏结束后，回到家，各个身上脸上蹭的都是灰土。随后，打来一盆凉水，站在院子里冲洗，那感觉真叫痛快。女孩子们则文静得多，她们大多在院子里玩跳皮筋、磕房子的游戏。

这个季节的夜晚，乡村洋溢着久违了的安详、和谐、温馨的氛围。而此前，由于忙着麦收，疆远和赵亮、雨生他们几个好朋友很久都没有聚在一起聊天了，那天晚饭后，赵亮来找疆远，随后，他们两个人就出去了，赵亮似乎是有什么事要和疆远说。后来，疆声听疆远说，那天晚上他们两个人沿着村道，一直走到村边柳河大堤上，他们俩在那里坐了一个晚上，居高临下，面向柳河，柳河水长年不息地流淌着，清澈舒缓，大堤上垂柳成行，柳枝摇曳，环境凉爽、静寂而又温馨。赵亮说："我有一件喜事要告诉你。"疆远有些惊讶，忙问："什么喜事？"赵亮不好意思地说："你先猜猜吧。"疆远想了想，说："是工厂招工，你要去当工人了？"疆远之所以首先这么想，是因为这两年，市里、县里的工厂都在农村招收过少量的工人，一个公社一年只能分配到几个名额，因此，备受村民关注。尤其年轻人，他们梦寐以求想通过这样的机会当上工人，走进县城、走进北京城，成为一名吃商品粮、挣工资的工人阶级的一员，从此彻底脱离农村。但对于大多数年轻人来讲，这样的机会是很难落到自己头上的，不仅是名额少，更关键的是这样的好事，决定权不在你手里，而是由公社、大队的干部把握着。赵亮的父亲是村里的老村长，虽然现在年纪大了，不在位置上，但现在的村长也是当年他一手培养提拔起来的，在公社，老村长也有不少熟人，有些时候求他们办事还是挺给面子的。疆远想，赵亮将来如果能被招工，也主要基于此。当然了，招工也是有条件的，比如，年龄一般在20岁至25岁之间，未婚，男性居多，高中毕业，身体健康，个人表现好，家庭出身好，家庭生活困难，军烈属等等，但无论有多少条件，最终符不符合，还是由管事的干部们来衡量确定。

赵亮听疆远这么一说，倒像是提醒了他，他平静地说："咱们是好朋友，不瞒你，我是有这样的想法，看看今年如果还有招工名额，我就争取一下，但今天说的不是这个。"疆远愣怔了一会，问："那是什么？"赵亮笑着，更显得不好意思了，他顿了顿说："我搞对象了。"话音未落，疆远惊讶地瞪大了双眼，他确实没想到，赵亮周岁才21，不，21岁半，比自己还小两岁，就搞对象了。但很快，疆远就恢复了常态，说："好事啊，姑娘是哪儿的人？""不远，大杨村的，叫杨翠娟。""你们什么时候认识的？保密工作做得够好啊，之前怎么一点消息也没透露？"赵亮说："刚认识，就在麦收后，我爸的一个老朋友是她们村的，说这姑娘人挺好，想介绍给我，问我爸行不行，我爸当然不会反对了，我们已见过两次面，她人挺老实，看着也顺眼，我想和她继续谈下去，我爸、我妈也都见过她，也都满意。"疆远说："那太好了，你要主动和人家接触，加深了解，增加感情。"随后，他们俩望着柳河，都沉默了。过了一阵，疆远说："我准备打一辈子光棍了。"他声音低沉，情绪也突然低落了。赵亮说："你别那么悲观，我看雨生就不错，对你也挺好的，回头我找她说说。"疆远说："别、别，千万不能去找她，我现在这个样子，怎么能配得上她？咱们和她都只是同学、朋友，不可能有别的关系。再说，咱们都是一个村的，我的辈分还比她高一辈，她管我叫叔儿，这怎么能谈对象。"赵亮说："都什么年代了，还讲究那么多，只要两个人愿意，其他都不是问题。差一辈儿怎么了，又不是本家，你不用顾虑这么多，我哪天去探探她本人的想法就都清楚了。"疆远说："绝对不成，如果现在就把话说透了，万一她没有这方面的意思，那多尴尬，将来恐怕连普通朋友都做不成了。"赵亮想了想说："那就等等再说吧，但我觉得你该主动追求她。"疆远没有吱声。

其实，疆远心里何尝没有这么想过呢，不是有意而是情不自禁。尤其是自从张军参军走了以后，疆远心中的这种想法更强烈了。在那之前，不仅疆远，赵亮和疆声都认为，起码是感觉，张军和雨生关系走得挺近，两个人时常在一起，来疆远家或是去赵亮家，也是两个人一起来一起走，他们俩是不是有那个意思了？但有时候他们也想，张军和雨生他们俩从小一起长大，又是同学、近邻，算是地道的发小吧，经常在一起，也属正常。事实后来也验证了这一点，张军当兵走之前，一个外村的姑娘到他家为他送行，还给他买了礼物，不止一件。赵亮问过张军，是不是确定关系了？张军说，定了。哇塞！赵亮惊叫道，这喜事也不和哥们说一声。张军没有吱声，只是呵呵地笑。

证实了这一消息，他们都为张军高兴，疆远似乎比他们更是兴奋，而疆声当初并不知道疆远心里暗暗喜欢着雨生，更不知道疆远心中的兴奋还包含着另一层意思。

这以后，一有空，比如晚饭后，疆远便借故去雨生家串门。麦收前不久，雨生的母亲感冒发烧，雨生带着母亲来卫生室，疆远给开了消炎药，还打了退烧针。离开时，他对雨生说，不用再来回跑了，我去家里给老嫂子打针送药吧。连着几天，从早到晚，疆远最多的时候，一天去雨生家四五趟，老嫂子心里过意不去，嘴里一个劲儿地说着感谢的话。雨生更是感动。

到了麦收时节，社员们起早连晚地忙着收割，晚上回到家，都很累，吃过饭，洗洗就都早早地睡觉了，明天还要早起呢，串门聊天的事自然而然就减少了。那些日子，疆远同样也没有去过雨生家。麦收时，疆远虽然天天要去大田巡诊，看看有没有伤病的社员，每天也能在那里见到雨生，但彼此都忙着，只能打个招呼，因此，疆远心里一直都惦念着雨生，很想和她见面，觉得心里有好多话想对她说。

日子就这么一天天过去了，疆远心中对雨生的那种渴望越来越迫切，他多么希望雨生能成为自己的女朋友、妻子，但这种想法在脑子里一出现，他又马上给予否定，内心不停地、反复地纠结、徘徊、矛盾着，但越是这样，他越是想念雨生，越是想见到她。

自从张军当兵走了以后，赵亮最近又忙着谈恋爱，已是仲夏，

柳河之子

天黑得晚，社员们也不那么忙了，吃过晚饭，赵亮就骑着自行车，急匆匆、兴冲冲地朝大杨村奔去，恋爱的年轻人精神饱满，身上总有使不完的力气，常常是一连几个晚上，疆远都找不到赵亮，他一个人又不能总是没事就去雨生家，怕别人看到了说闲话，所以，他想天天见到雨生，和她聊天，和她待在一起，这小小的心愿却难以实现，他内心感到失落、寂寞、痛苦，还有些忧伤。赵亮有了女朋友，按照他家的情况，两个姐姐都已出嫁，家里还有他和一个弟弟，母亲年纪已近六十岁，身体也大不如前，家里需要有个年轻女人操持，如果两个人谈得来，说不定过不了一年，赵亮就得结婚成家，或者，以后去当工人，如果那样，自己还能像从前那样经常和他在一起吗？雨生也是大姑娘了，保不齐哪天就会有人给她介绍对象，就会嫁人，离开柳河村。就连三弟疆声，也说过想去当兵，他们都有机会改变自己的生活轨迹、环境，甚至改变命运，奔向美好的未来。他们都会有个好前程，迟早都会离开自己，离开柳河，只有自己，将一辈子留守柳河，留守乡村，想到这些，他内心不禁有些伤感。

此后不久，疆远听说雨生最近在村南的机井房看机井，看机井，就是大田里的庄稼需要浇水了，用大功率的水泵，接上粗大的胶皮水管子，将地下水抽上来，排入地上的蓄水池，再通过水渠，输送进大田。水泵往往是两三台，轮换着使用，为了保护好水泵等机电设备，也为了防治人员或牲畜触电，生产队专门盖起一间小房子，俗称机井房，不抽水浇地的时候，将房门锁上，钥匙由队长保管，没人能进去。每年开春，地里的小麦要浇一遍返青水，麦收后，玉米苗长势正旺，也需要浇水，入冬时，小麦要浇过冬水，这些时段，水泵昼夜都要抽水，需要有人昼夜看守值班。这活轻省，却单调寂寞、耗时熬人，需要有责任心、有基本用电知识的人来负责，白天一般用女社员，夜里用男社员，雨生年轻又有文化，队长觉得她干这活最合适，就派她来了。

一天午饭后，天气晴热，村里的人们大都躲在家里休息，疆远端着一盆外衣来到机井房。夏天的机井房里，凉爽怡人，靠墙摆放着一个长条木质靠背椅，椅背上的红漆大部分已经脱落，只留下一些斑斑点点的痕迹，它虽然老旧，却还结实，宽窄正好可以躺下一个人。疆远走到机井房，推开门，见雨生躺在长椅上，正专心致志地看一本书，机井房内，水泵发出"嗡嗡嗡"持续不断的抽水声，雨生根本没有听到疆远的推门声，疆远站在门口，望着雨生，机井房不大，疆远和雨生的距离最多只有三米。几年来，疆远和雨生，他们曾在一起学习、工作过，也在一起聊天、吃饭，参加过学校、村里、公社组织的会议，但是，他从未这么近距离、这么长时间地凝神注视过她，她匀称、丰满的身材，红润干净的面庞，乌黑的头发，清亮如泉的眼睛，使疆远的目光一刻也不想从她身上、脸上移开，这样足足看了几分钟，雨生竟然没有发现他，她依然躺在那里看着手中的书。疆远轻轻地咳嗽了一声，声音被水泵发出的"嗡嗡嗡"的响声淹没了，疆远提高了嗓音，又使劲咳嗽了两声，雨生被这突然而至的声音吓了一跳，她"噌"的一下坐起身，发现是疆远，脸瞬间就涨红了，羞涩地笑着问道："你怎么来了？"疆远说："洗衣服。"雨生这才发现疆远手里端着的脸盆，她站起身，说："我帮你洗吧。"疆远说："哪能让你洗。"雨生二话没说，从疆远手里端起脸盆，就向机井房外的蓄水池走去，疆远跟在她身后说："还是我自己洗吧。"雨生说："我洗你不放心啊，我洗得保准比你干净、比你快。"说着她已挽起衬衣袖子，在衣服上打上肥皂，揉搓起来，疆远只好坐在水池边，一边看着她洗衣服一边和她聊天。

"赵亮搞对象了，你听说了吗？"疆远问。

"没有啊，我还纳闷呢，这些日子，晚上怎么不见你们俩来我家串门了，原来他是见对象去了，剩下你一个人不愿意来了。"雨生微笑着，话里有话地说。

"谁说不愿意来啊，我当然想天天去你家串门，天天看到你，和你说话呢。""那你怎么不来？"雨生嗔怪道。

"你真心欢迎我天天去你家，不怕别人说闲话、惹麻烦？"疆远故意这样问。

雨生脆生生地说："怕什么，你净瞎想。"说完便埋下头接着洗衣服。

过了一会，见雨生不再言语，疆远换了话题。他从裤兜里掏出一个信封，在雨生面前晃了晃，说："张军来信了，信封上虽说写的是我的名字，那是因为我在卫生室，离大队部近，收信方便，但信上抬头写着咱们几个人的名字呢。这小子，一走三个多月才来信，我以为他把咱们几个朋友给忘了呢。"雨生问："信上都写什么了？"疆远说："这小子还真行，你还记得吧，他曾当着咱们几个人的面说过，他想学技术，要当汽车兵，还真让他说着了，新兵连他们的班长就是汽车连的老兵，张军在新兵连训练时表现优异，班长喜欢那种看上去大大咧咧、像个粗人，做起事来却仔细爱动脑子的，新兵训练结束后，老班长就推荐张军去了汽车连，你说张军这小子是不是命好？心想事成了，读他的信，你都能感觉到他内心的那份喜悦。"

雨生说："他本来就长得高，又魁梧，你没见他入伍时穿上军装那模样多威武多神气，部队领导见了一定也会喜欢他，只要他努力，将来说不定还能提干留在部队。"

疆远说："我觉得也是。"说完这话，疆远把那封信叠好，重新放进信封里。对雨生说："等你洗完衣服再仔细看吧。"

而后是沉默，很久的沉默。大田里玉米苗已长到一尺多高，绿油油地向远方铺展而去，阳光照耀下，风吹过，荡漾起亮闪闪的绿波。机井房的水泵，抽出清澈的地下水，源源不断、"哗哗哗"地从水管子里喷涌而出，注入蓄水池，再顺着出口进入水渠，流入远方的田地。流水无声，像时光从眼前无声无息、无影无踪地流失，疆远望着粮田、望着流水，显得心事重重。

雨生突然抬起头，直了一下腰，甩了甩手上的水，看了疆远一眼，疑惑地问："怎么不说话了？"疆远轻叹了一声，说："张军走了，也许以后就留在部队不回来了，赵亮有对象了，结婚也不会等太久，以后，说不定还会招工当上工人，好朋友慢慢都会走，就连我三弟，也想当兵，将来你们都走了，就剩下我一个人。"说着，疆远便低下头，用手在水池子里随意搅动着翻滚的流水，眼里仿佛有湿热的东西在涌动。这一切雨生都感受到也都看到了，她说："你心太重，总是爱伤感，咱们几个朋友，不就张军走了吗，即使赵亮以后也离开柳河村了，不是还有我吗，我不是没走吗？"疆远说："我倒希望你能留下来，可留得下来吗？你以后就是不考大学，也可以争取名额进城当工人，还可以、还可以……"疆远停顿了，雨生追问："还可以什么，你说，说啊。"疆远犹豫了半天，终于还是说了："还可以找个好婆家，嫁到县城去，或是嫁到北京的近郊区，那里都是菜农，不用下大田种粮食，生活条件好，咱们这远郊区的姑娘不少都嫁到那边去了，你不想？""你说什么呢。"雨生的脸上微微泛起红晕，她立刻羞涩地埋下头去，继续揉搓起衣服来。疆远说："我说的是事实。"雨生头也不抬地说："我从来就没那么想过，我觉得咱们这里挺好的，干嘛非要往外嫁。""你真这么想的？"疆远紧接着问道。"当然了。"雨生的回答毫不犹豫。疆远想了想又问："这么说，你是不是心里已有目标了，那个人是谁？"疆远这是有意在试探她。雨生似乎感觉到了疆远的心思，她诡秘地一笑，说道："我现在不告诉你，你慢慢猜吧。"这样的回答，让疆远没有得到一点他想要知道的信息，反而使他对雨生的心思更是摸不着头绪了，他看着身边的雨生，无奈地笑了一下。

7月20日，1978年度高考开始了。之前一个月，疆远又像去年一样，上午上班，下午在家复习文化知识，实际是，在这之前，疆远就一直没有中断学习。去年没有被录取，在家人、亲朋好友、老师和乡亲们的鼓励下，他的梦想并没有泯灭，相反，一股倔强劲儿、一种不服输的精神、还有一种来自对雨生的爱所产生的力量，激励、鼓舞着他，他默默地、利用空闲时间坚持看书学习，直到距离高考还有一个月的时间，在母亲的要求下，他请假歇工半天，开始做最后的冲刺。他早晨五点半起床，复习到七点半，然后洗漱，吃早饭，去大队卫生室上半天班，午饭后休息一会，下午一点至五点半在家复习，晚饭后再复习到十一点。

　　离疆远家不远处，就是本家二大爷家，他家房前有一块挺大的菜园子，篱笆围挡得严严实实，两棵大柳树枝繁叶茂，伫立在菜园子边缘，树下绿荫成片，菜园子里空气湿润，坐在绿荫地里，舒适凉爽，为避免街坊邻居来家串门打扰学习，下午，疆远就带着书本到二大爷家的菜园子里看书学习。菜园子外面，是生产队的菜地，菜地边是机井房，那些天的白天，雨生就在那里看机井，有时她从机井房里出来，端着脸盆，到蓄水池边上洗衣服，而后晾在拴在两根电线杆之间的绳子上。疆远远远地望着她，心里不由得会产生一种愉悦，这种愉悦很快又变成一种动力，督促他集中精力、抓紧时间复习。有时候，他学习累了，便站起身，沿着菜园子的篱笆旁来回走走，放松一下。有一天下午，雨生在机井房外的蓄水池边洗脸，许是天气热吧。当她站起身时，朝前边一望，正好看到疆远站在那里也在望着她，她有些惊讶，笑着朝疆远挥手，疆远冲她招招手，她就快步走了过来，两个人隔着篱笆墙，在大柳树的绿荫下说起话来。

第二十二章

距离高考还有一个礼拜，那天午后，疆远吃了一根母亲刚从菜地里摘下来的黄瓜，下午，在二大爷家的菜园子里复习时，肚子里"咕咕噜噜"地好像有凉气在乱窜，过了一会，就开始涨疼，他忙着回家，腹泻，让他蹲在厕所里半天站不起身来。回到老南屋后，趴在土炕上，肚子一阵阵疼痛、身上还感觉有些发冷，他测了一下体温，37.8℃，低烧，他知道这是急性肠胃炎的症状，是那根没洗干净的黄瓜惹的祸。他吃了两片黄连素，喝了一杯温开水，便躺在老南屋的土炕上歇着，连续多日起早连晚地复习，加之还要为村民看病，疆远精力体力消耗都挺大，身心疲惫，刚躺下就睡着了。

醒来后，精神好多了，但肚子还一阵一阵地疼，浑身没劲儿。他拿起一本语文辅导书，躺在炕上翻看，只看了一会，便放下了。不知为什么，他脑海里总是浮现出雨生的身影，心里想的也是雨生，他特别希望，此刻雨生能出现在他身旁、陪伴他照顾他，也许，她晚上会来吧。

晚上雨生没有来。第二天，疆远肚子不怎么疼了，腹泻也止住了，但还是感觉浑身无力，上午他没有去卫生室上班，下午也没有去二大爷家的菜园子里复习，依旧在老南屋，或坐或躺，坚持看书学习。晚上，他继续坐在炕上看书，这时，屋外忽然传来急匆匆的脚步声，他听出是雨生的，原本，他想开门迎接她，但犹豫了一下，随后把手里的书放到身边，将水杯子放到土炕边的窗台上，之后，便迅速躺下，还拉开被子的一角，盖在肚子上。雨生敲了一下门，疆远故意问："谁啊？"声音低沉。雨生推门进来了："呦，这是咋了？这么早就躺下了。"疆远一脸痛苦的表情，说道："病了。""是吗，啥病？哪儿不舒服？吃药没有啊？"疆远盯着雨生，从她那惊愕、焦急的神情中感受到了她的那份在意、那份关心，他心里不由得就收获了一种满足和愉悦，但他把这种感受深深地隐藏起来，没有流露出一丝一毫，相反，却故意嗔怪道："啥病？急性肠胃炎，你也不张罗着早点来看看我。"雨生不好意思地笑着说："瞧，这是怪我了，我不是来了吗？"说着，雨生便坐在了疆远身旁。"我昨天和今天下午，都没看见你在菜园子里看书，不知什么原因，哪儿想到你病了，现在好些了吗？"疆远说："好多了。"雨生见窗台上的水杯里没有水了，便起身端起水杯，走到方桌前，拿起放在上面的暖壶，往杯子里倒上水，端到疆远身旁，疆远坐起身，接过水杯，喝了一口，便将水杯又放回到窗台上。雨生坐着的位置与疆远相距不到一尺，她身上散发着雪花膏淡淡的清香，疆远清晰地闻到了，他注视着她，不由得吸了吸鼻子，同时，心里便涌起一种幸福温馨的感觉，他突然想到，如果此时坐在自己身边的这个温柔漂亮的姑娘，将来能成为自己的爱人那该多好啊。疆远这么想着，感觉脸微微有些发烫，心跳也加快了，他连忙将注视她的目光收回来。雨生似乎也感觉到了什么，脸庞微红，低下头去。

兰芳这时走进屋来，疆远问道："妈，咱家里还有鸡蛋吗？"疆远想起以前在公社卫生院实习时，听大夫讲过一个偏方，说肠胃炎只要连续两三天，每天吃两个煮熟了的热鸡蛋就能恢复得更快。兰芳说："天热了，鸡都不下蛋了，之前存下的也都卖了。"疆远说："没事，我只是随便问问。"

第二天上午，疆远虽然感觉肚子仍有些不舒服，却坚持着去卫生室上班了，中午回到家，见老南屋的方桌上放着六个红扑扑的大鸡蛋，他问母亲："这是哪儿来的？"母亲说："上午雨生给你送来的。"疆远一听，心里一阵高兴，心想，她真会体贴人啊。母亲说："你把鸡蛋送回去吧，这季节，谁家鸡蛋也不多，再说，她父母年纪大了，留着他们自己吃吧。"疆远想了想，觉得母亲说得对，自己年纪轻轻的，这点病算不了什么，用不着吃这个。随后，疆远用报纸包上鸡蛋，就去了雨生家。雨生母亲说："雨生还在机井房没回来呢。"疆远把鸡蛋放下，对雨生的母亲说："老嫂子，我的病已经好了，鸡蛋您留着吃吧。"

　　下午，疆远又来到二大爷家的菜园子里复习，不知过了多久，他突然发现雨生正站在机井房外面，朝他这边望着。疆远站起身，将手里的书本放到马扎上，便从菜园子里走出来，去找雨生了，他想当面谢谢雨生上午给他送来的鸡蛋。雨生见疆远朝她这边走来，一转身，便进了机井房。疆远心里挺纳闷，她这是怎么了？见我来了，却躲开了。他加快了脚步，不一会，就走到机井房的门前，门关着，疆远定了定神，敲了两下门，里面没有动静。疆远想，机井房里噪音大，她可能没听到，再用力敲，连续敲，还是没有动静，疆远心里有些急，她不会出什么事吧？这么一想，他猛地推了一下门，门"吱"的一声开了，原本门既没有锁，也没有关得很严实。雨生就坐在那个靠背椅上，却头也不抬，一声也不吭，像是根本就没看到疆远已经来到她身旁了。疆远马上意识到，她这是生气了，生什么气呢？疆远想着，只有送鸡蛋那件事，对，一定是那件事，她中午回家吃饭，看到我把鸡蛋送回来了，就不高兴了，这么一想，疆远心里暗笑，对雨生说："你看，我的病现在不是好了吗，用不着吃鸡蛋了。"雨生瞪了疆远一眼，仍未吱声。疆远心想，还挺犟。便接着说道："你的心意我懂，其实，我只是舍不得吃，你父母岁数都大了，平时不是也舍不得自己吃吗，我想还是应该留给他们，所以就送回去了，你可别多想啊。"雨生终于开口了，但依然气哼哼地说："你就是没把这事看在眼里、放在心上。"说完，"腾"地一下站起身，快步走出了机井房。疆远被晾在那里，感觉十分尴尬，但仔细一想，觉得雨生也真是受了自己的委屈，人家一片好心，自己却没有收下，哪个姑娘遇到这种事不生气、不发火呢。让她使使性子、发发火吧，过后就会好的。疆远这么想着，便默默地跟了出去。

几天以后，1978 年高考开始了，考场还是在镇中学，疆远重新走进自己熟悉的柳河中学，走进考场，感觉心情很平静、也很淡定，没有了去年初次参加高考时那种紧张、兴奋的情绪。因为有过去年参加高考的经历，他对此次高考的结果，已经不像去年那样势在必得，而是做好了两手准备。这次参加高考，就是想检验、证明自己的文化水平、学习成果和自身能力，至于能不能录取，已经看开了。录取了自然是好事，如果还是不能录取，他也能接受，但他相信自己复习的效果不错，一定还能超过录取分数线。因此，两天的考试，他信心满满，心情放松，发挥得得心应手，只有语文没有提前交卷，其他几科只用了一节多课的时间就答完了，经过反复检查后，便提前交卷走出了考场。

那年，疆远征求了高老师和镇中学老师的意见，高考填报的第一志愿，是北京一所经济学院的财经专业。疆远也认为自己的身体条件，学财经，将来毕业搞经济工作，坐办公室，不受身体影响，招生体检应该能通过。

接下来，就是等待，等待公布高考成绩，等待体检。一切似乎都在疆远的预想之中，不久，考试成绩及录取分数线，在镇中学的宣传栏上公布了，几张大红纸并排贴在上面，红得耀眼、红得醒目。那天上午，疆声骑着自行车驮着疆远，直奔柳河中学，一路上，疆声心情既兴奋又忐忑，始终想着，疆远考了多少分，能被录取吗？不用问，疆远心里一定也是这么想的，虽然他对自己的考试成绩很有信心，但真正公布考试成绩时，他内心多少还是有些不安，自己的预测和公布的成绩会相差多少？没有亲眼看到公布出来的分数，谁心里也不会踏实。去镇中学的路上，关于高考分数，他们谁也不提。到了学校，操场旁的宣传栏前已围满了老师、学生、考生、考生家长，以及看热闹的村民。老远的，有认识疆远的人，见他来了，就冲他喊："柳疆远，你高考过线了，你能上大学了！"疆声一听，人一下子就兴奋起来，快步上前，挤入人群，站在那几张大红纸上，搜寻着疆远的名字和分数，很快他就看到了，疆远的总分超过录取分数线五十多分！

又过了两周，疆远接到了去县医院参加高校招生体检的通知，这次体检，由于心态的转变，又有过同样的经历，他不像上次那样紧张了，体检过程十分顺利，就连家里人担心的血压，也没有出现异常，除去众所周知的左腿残疾，其他体检项目均正常。好几名体检医生还记得他，一见面都说，祝你好运。

转眼，秋天到了，一天午饭后，疆远和疆声正在老南屋里休息，突然听到屋外有人喊："柳疆远、疆声！"疆远答应着，推门迎了出去，见公社文教组的老张，推着自行车已走进小院，他满脸笑容，在院当中停稳自行车，用手臂抹了一把额头上溢出的细密的汗珠，然后，从挂在车把上的黑色文件包里，小心翼翼地取出一个牛皮纸大信封，一边递给疆远，一边说："恭喜你啊，你被北京经济学院录取了！"疆远一听，心中既惊又喜，此前他虽然不止一次暗自想象过自己收到大学录取通知书时的情景，此时此刻，老张就站在他面前，他手里拿着的，正是自己做梦都期待的大学录取通知书，但这时候的疆远，却有些恍惚了，有些不敢相信自己的耳朵、自己的眼睛了。他愣怔了好一会，而后问道："录取通知书，我的？"老张看着他那一脸惊讶的表情，笑着点点头，又提高了嗓音说："你的，是你的，是柳疆远的。"疆远望着老张递过来的大信封，激动得不知说什么好。他接过信封，打开，取出录取通知书，两眼盯着上面看了半天，然后，才想起来对老张说："谢谢您，谢谢您！"兰芳和疆声闻声走出屋，他们都清晰地听到了老张的话，兰芳一脸喜悦地对老张说："快，到屋里歇会，喝口水，瞧，这大老远的让您受累跑一趟。"老张笑呵呵地说："这样的喜事，咱们公社有多少我都愿意跑啊。"母亲说：

"也是、也是啊。"

老张走了以后，疆声和兰芳轮流拿起疆远的大学录取通知书，仔细地看着，开心地笑着，兰芳感慨地对疆远说："终于盼来这一天了，咱们柳家，时隔十多年又出了一名大学生，你爸要是还活着，看到你能上大学，说不定有多高兴呢。还有你大姐，她也一直希望你能上大学，将来有个好前程啊。待会儿，你去给你大姐打电话，告诉她你要上大学了，让她也早点高兴高兴！"母亲越说越激动，不时抬手抹着眼角溢出的泪珠。

下午上班，疆远手里攥着那个大信封，首先走进了大队部，他是想第一时间把自己被大学录取的消息，告诉平时天天在一个院子里上班、始终关心帮助鼓励他的孙会计。一进门，他就举起手里的录取通知书，笑着对孙会计说："孙姐，我收到大学录取通知书了。"孙会计一听，放下手里的笔，站起身来，上前一步，从疆远手里接过大信封，取出录取通知书，仔细看了一会，便惊喜地说："经济学院啊，太棒了，你这回终于如愿以偿了。"随后，她又盯着录取通知书看了半天，脸上露出欢快的笑容，好像是自己考上了大学。她随后对疆远说："这么大的喜事，你得请大伙吃喜糖啊。"疆远说："请，一定请。"疆远回到卫生室，又让杨大夫看了录取通知书，杨大夫不仅惊喜，更激动、感慨，她天天和疆远在一起，她太了解他了，也最清楚他以往边学习、边工作所付出的艰辛，杨大夫说："有志者事竟成，功夫不负有心人，你的理想实现了，多年的努力没白费，祝贺你啊。"

杨大夫正动情地说着，屋外，大队院子里的高音喇叭，孙会计清脆响亮的声音一遍又一遍地传来："报告大家一个好消息，报告大家一个好消息，柳疆远、柳大夫考上大学了！是北京的经济学院，时隔十多年后，我们柳河村又出了一名大学生，这是咱们村的光荣和骄傲，祝贺柳大夫，祝贺柳大夫！"

疆远先是一愣，随后静静地听着大喇叭里的广播,心情异常激动,同时心里着实感受到一种从未有过的光荣与自豪。

那天快要下班的时候，又来了两个病人，为他们看完病、开了药，疆远从卫生室出来时，已是傍晚，肚子里咕咕叫，感觉饿了。但在回家的路上，他想着自己考上了大学，将要成为一名大学生，多年的努力总算得到了回报，心中盼望已久的梦想终于实现了，心情便与往日大不相同，脸上便情不自禁地露出了笑容，嘴里还轻声哼起了歌曲，肚子突然竟不觉得饿了。很快，他又想到了雨生，想到一个月前，在机井房与她不欢而散之后，他虽然主动找过她，向她反复解释过缘由，并感谢她的热心，她也说过这事过去了，谁也不要再提了，但疆远还是感觉到，他们在一起时，以往爱说爱笑的雨生，似乎变了一个人，变得越来越沉默了，疆远弄不清这是什么原因。他一直想找她当面问清楚，也想把自己对她的爱慕之情向她表露出来，可一直没有找到合适的机会，现在他觉得是时候了，否则，上大学以后，就不能经常和她见面了。他决定吃完晚饭，就去她家。

这么想着，远远的，疆远就看到雨生骑着自行车迎面过来了，真是太巧了，想谁谁就来，疆远叫了她一声："雨生。"雨生刹住车，从车上跳下来，站在疆远面前，看着他，不言语。疆远见她的自行车后架上驮着一个书包，里面鼓鼓囊囊装满了物品，便说："这是去街里买东西了？"雨生点点头，仍然一声不吭地望着疆远。疆远本想问她自己被大学录取的消息你听到广播了吧？但转念一想，她肯定会听到，还用自己再重复吗？等晚上吧，在这里，在村道上，好多话不便说，于是，他笑着说："我正想去找你呢，有一件十分珍贵的东西想让你看。"雨生问："什么东西？"疆远说："一两句话说不清楚，你晚上来我家，一看就明白了，另外我还有话对你说。"雨生点点头，骑上车就走了。

吃过晚饭，疆远一个人在老南屋里等着雨生，天已黑透，雨生还没有来，疆远心里有些忐忑，她会不会不来了？这么想着，他有些后悔，不该让雨生晚上还跑一趟，应该自己主动找她去，或是接她来家里，毕竟，她是姑娘。这么想着，疆远就准备去雨生家，起身刚要走，院外竟传来脚步声，不用问，听声音就知道是雨生来了，他心里暗喜，走到门口，拉开门，雨生看了他一眼，笑了一下，径直走进屋，坐在方桌旁。她望着疆远，还是不开口。疆远问："你最近怎么了？见了我总是不高兴？"雨生答非所问，她说："你要让我看什么东西？"疆远说："一件对我很重要的东西，一件你看了一定会惊喜的东西，你想不想先猜猜？"雨生不动声色地说："我不猜，你拿出来吧。"疆远碰了个钉子，觉得好没趣，他真不明白雨生最近为什么会变得这么不通情达理，对他的态度也不像从前那么热情友好，似乎有个看不到、摸不着的东西横亘在他们之间，使雨生和他渐渐生分起来，那到底是什么呢？疆远困惑不解。

在雨生的沉默中，疆远感受到了压抑，他将大学录取通知书从小书架上取出，递到雨生面前，雨生接过来，打开仔细看了一会，然后还给疆远，说了声："祝贺你。"又低下头，不再说话。借着方桌上方悬挂的灯泡的光亮，疆远突然发现雨生眼里溢满晶莹的泪珠。疆远惊诧着："这是怎么了，她为什么会这样？"疆远正要问个明白，见雨生抬手擦了一把眼睛，然后轻声说："其实，我心里早就想到了，你一定会考上大学的，就在一个多月前，我看到你每天下午在菜园子里复习功课时的身影，我就想过，这次，你的高考成绩还能超过录取分数线，还能参加体检，而且这次肯定能被录取，结果正如我的预测，下午，我已经听到大队孙会计的广播了，我真心为你高兴，但心里也觉得很难受，你这一走，恐怕我们从此就天各一方，不是同一层面的人了。"

"你说什么？"疆远没想到雨生会这么想，他相信雨生早就想到过自己能上大学，这种相信是基于她对自己的了解、信任，但他没想到雨生会认为他考上大学后，离开柳河、离开他们，从此会与他们疏远、彼此成为陌生人、成为两种人。疆远惊讶，更觉得意外，甚至愤懑，这不是把他当成了一个无情无义、忘记故乡、忘记亲情友情的小人了吗。同时，他也没想到，雨生把此事想得这么细、这么深远，可见她是一个多么有心的姑娘。疆远慢慢冷静下来后，又仔细想了一会儿，他突然觉得，雨生的想法，并不是一点道理没有，或者说她也不可能摆脱当下村里不少人固有的认识，乡下的年轻人，一旦进了城，吃上了商品粮，渐渐地就和老家的亲戚朋友交往少了，如果在城里结婚成家后，回老家的次数也越来越少，特别是在父母去世后，他们回来得就更少了。原来的乡下人变成了如今的城里人，他们把生养自己的那块土地当成了故乡，时而回望、思念，和不相关的城里人深情地说起，但与故乡人，却越来越难得一见，在故乡人眼里，他们渐行渐远，变成了异乡人，这不能不让人感慨、遗憾，甚至失望。但疆远还是不相信雨生把他看成那样的人，这让他内心充满伤感、隐隐作痛。当他看到雨生依然那样端坐在方桌前，低着头，沉默不语时，她那种失落、伤感的神情，使疆远心里更充满了同情与疼爱，同时他也感受到了雨生的那份对他将要离开她的不舍之情，只是她觉得这种离别，将衍变成永久的分离，这让疆远一时不知该如何向她解释或者表白，他心里早就想好的那些话，或者说是早就想找个合适的机会、场合说给她听的话，此刻，却一句也说不出了。他默默地望着雨生，雨生依然低着头，两个人就这么隔桌而坐，沉默着、沉默着。

过了一会，雨生站起身说："我回去了，明天晚上你来我家，我请你吃饭。"说完，便朝外走，走到门口，又回过头说："这两天，我过来帮你收拾行李物品吧。"疆远点点头。便送她走出院子，初秋的夜，天空高远，星月明亮，雨生的脚步依然轻盈而又快捷，背影很快就从疆远的视线里消失了。

疆远没有马上回屋，他站在院外，望着雨生走过的村道，他忽然想起，傍晚她遇到雨生时，雨生的自行车后架上驮着的那个装满物品的书包，那一定是她为明天请自己吃饭买的副食品，疆远心里突然涌起一股愧疚之情，刚才，他怎么就没有理解她呢？她之所以会有那样的想法和情绪，这不恰恰说明她心里在意自己、装着自己吗？自己却一点也看不出来，体会不到。还有，她明天要请自己吃饭，为自己祝贺也是为自己送行，再有，她刚才离开前说的话，这两天我来帮你收拾行李物品，这朴实的话语，无不表示出她对自己的关爱，我怎么都没有听明白呢？他后悔着，自责着，更让他懊恼的是，刚才的相见，大多数时间彼此都沉默着，自己原想在分别之前向她表白爱慕之情，却因为自己对她的误解，而错失一次机会，他不知道自己当时为什么会变得那么愚蠢、那么麻木，缺乏勇气！好在，离去学校报到还有几天时间，这几天自己一定要向她说出想要说的话，让她在自己离开柳河后心里踏实，依然不会忘记自己。

很快，疆远被大学录取的消息像长了翅膀，传遍了柳河村的家家户户，柳河公社、县城许多人也都听说了。人们第一反应是震惊、感慨、赞叹，原因很简单，一个残疾人，连续两年参加高考，连续两年高考成绩都超过录取分数线好几十分，这在全县绝无仅有。

那几天，亲戚朋友、老师同学、街坊邻居、老乡亲们，纷纷来到疆远家，为疆远道喜、祝贺，他们家一下子就变成了全村最受关注、最热闹的人家。小院里整日欢声笑语，喜气洋洋。不少人还送来经济实用的礼品：脸盆、毛巾、肥皂、饭盒、手套、书包、钢笔、相册、笔记本……疆远也挑选着，买了一摞封面上印有红五星、红旗或者花朵，看着大气又漂亮的相册、笔记本，分别回赠给朋友、同学。他在笔记本的扉页上写下一首自己作的诗，以表达心情：

> 壮志未休业已酬
> 此去无暇多会友
> 愿君勿忘柳河情
> 逢春时节畅饮酒

疆远还特意给雨生挑选了礼物，那天晚上，雨生在她家请疆远吃饭，疆远手里拿着一本相册，蓝色封面，正中印有一朵鲜红的牡丹花，醒目大气而又漂亮，疆远想，雨生一定喜欢。来到雨生家，见雨生的父母正在厨房里准备饭菜，屋里就他们两个人，疆远就把相册打开，扉页上是一首写给雨生的诗，他郑重地念给她听：

相识已数载
倾心筑友情
离别常思念
再逢牵手行

随后，他把相册双手捧起送到雨生面前，雨生接过来，打开，默默地看着那首诗，先是一笑，而后脸上露出淡淡的红晕，她把相册放到木柜的抽屉里，而后，转身走进厨房，端出饭菜，摆放在桌子上。菜香瞬间就在屋里飘散开来，疆远一看，红烧肉、鸡蛋炒西红柿、老母鸡炖蘑菇……都是过年过节时才能吃到的好吃的。吃饭时，雨生母亲说："下午，雨生特意宰了一只老母鸡。"疆远一听，心里顿时涌起一股暖流，这雨生，让他说什么好呢，这些天，面对自己她一直沉默寡言，但所做的一切，却让他处处感觉到温馨体贴，情意深长，这让疆远一时难以捉摸透她心里到底是怎么想的。

吃饭的时候，雨生不时地对疆远说："多吃菜啊。"还把盘子里的鸡肉夹起来放到疆远碗里，嘴里说着："多吃、多吃些。"其他便没了话题。当着雨生的父母，疆远也不知对雨生说什么好，要不是雨生母亲在一旁和疆远说着家常话，这顿饭吃起来还真会有些沉闷、尴尬。

疆远想到家里还会有同学、朋友来看望他，吃完饭只坐了一会，就说要回去了。雨生送他到院外，疆远停住脚步，面对雨生，从裤兜里掏出一个叠得整整齐齐的东西，攥在手心里，望着雨生说："我还有一件纪念品要送给你。"说着就把手伸到雨生身前。雨生望着疆远伸过来的手，天色已黑，她看不清疆远手里攥着什么，便问："什么纪念品？"疆远说："你回去看了就知道了。"雨生张开手，疆远迅速将手里攥着的那件礼物塞到了雨生的手里，顺势紧紧握住了雨生的手。这是他们相处几年来，他第一次这么紧紧地握住她的手，他感觉雨生的手在微微地抖动，她的手温热、柔软、光滑，他就这么握着，心跳突然加快了，手心也感到有些发热，过了好一会，他才对雨生说："以后我们不能天天见面了，希望你不要忘了我，我也会天天想着你、祝福你，等我毕业后，我们、我们……"疆远突然说不下去了，许是太激动、太紧张、太兴奋，也许他还没有十足的勇气，把他想要说的心里话说给雨生听，他害怕雨生尴尬、生气、拒绝他，总之，那句最想说、最能代表他心声的话，他却没说出口。离开时，雨生手里攥着疆远送给她的礼物，站在那里，默默地目送疆远的身影消失在初秋的夜色里。

疆远在回家的路上，激动的心情渐渐平复下来了，想着刚才的情景，心里不禁有些遗憾，为什么刚才不向她彻底表白呢？是胆怯、心虚、自卑了吧？好在，他还有送给雨生的那个礼物可以表明自己的心意，那是一个他精心挑选的手绢，白色，正中印有一朵鲜红的玫瑰花，红白搭配，颜色鲜艳醒目。白色，表示纯洁，红玫瑰，就不用说了，谁都明白。不知雨生现在是不是正在屋里展开手绢仔细欣赏呢？她会怎么想呢，能不能理解自己的心意，接受自己的表白？

走进自家院子时，疆远听到老东屋里，母亲正说着话，谁来了？他快走几步，进屋，见高老师和邻村同学董强坐在方桌旁，两个人住得都挺远，这么晚了，还在等他，疆远心里顿时觉得很是过意不去，嘴里一连声地说着："不好意思，不好意思，我回来晚了。"而后，端起茶壶准备为他们倒水。疆声赶忙起身接过疆远手里的茶壶，为高老师、董强的茶杯再次续上水。疆远不好意思地笑了一下，坐在炕沿上，和他们说起话来。高老师说："以后进城上了大学，离我家就近了，星期天没事就到我家来玩吧。"说着，她让疆远拿出纸和笔，把住址写了下来，还把从学校乘坐多少路公共汽车，在哪儿倒车，在哪儿下车都详细写了下来，又强调说："有空一定来啊。"疆远接过高老师写好的地址和乘车路线，仔细看了一遍，他心里不禁一阵感动，自从去年得知恢复高考的消息，她就鼓励自己报名参加高考，还主动帮助自己寻找复习资料、辅导功课，为报考什么大学、什么专业而提出建议，当身体不合格未被录取后，自己一度灰心丧气，是她为自己打气鼓劲儿，也是她鼓励自己今年再考，说实话，没有高老师的支持帮助鼓励，他就没有今年再参加高考的勇气，他能考上大学，是高老师从他上初中时起，就培养了他自觉刻苦学习的精神，为此后学习的不断进步和如今的高考奠定了基础，高老师不愧为自己的恩师益友。回想起这一切，疆远心里怎么能不感动呢？

董强这时也说："以后有机会进城，我就去学校看你，你有什么事需要我帮助的，尽管写信或打电话告诉我。"他的话，疆远听了心里感觉暖乎乎的。

第二天傍晚，刚吃完饭，雨生就来了，在老南屋，她把手里拿着的一个纸包放到方桌上，随后对疆远说："家里有事，我就不坐了，明天晚上再来。"说完，转身就走了。疆远跟出屋，见她已快步走出了院子，望着她匆匆离去的身影，疆远内心忐忑，回屋后，打开那个纸包，他一眼就认出那个塑料皮的笔记本，正是昨天晚上自己送给雨生的那个笔记本。翻开封面，扉页上写着那首赠给雨生的诗，笔记本里还夹着一封信和那块儿白色带有红玫瑰图案的新手绢。疆远急忙展开折叠的信纸：

疆远：

　　你昨天送给我的手绢和笔记本，我仔细想过了，暂时不能接受，请你千万不要生气，更不要多想，今后的日子还很长，我们依然还是好朋友，我也会记住你以往对我说的那些话，坚持学习文化和医疗卫生知识，努力劳动，积极向上，不负青春。希望你在学校专心学习，不要挂念我。

　　再见

雨生

10 月 4 日

　　看完这封信，疆远心里一颤，仿佛有一块巨石坠落心头，又像被人一拳打在胸口上，憋闷得喘不上气来。原来在雨生眼里，自己只是她的一个普通朋友，丝毫没有那方面的意思，难道这两年多的时间里自己是一厢情愿，自作多情？！疆远的心情一下子就变得沉重起来，他将那封信又反复看了两遍，失落、痛苦始终萦绕在心头，他划着了一根火柴，将那封信点燃，看着它慢慢地燃烧、化作灰烬，飘落在地上，他不由得心头一酸，眼里涌满泪水，难道就这么结束了吗？他心里依然恋恋不舍。

　　次日，天气晴好，太阳已经爬过树梢，阳光洒向小院、老屋，到处都是亮堂堂的，近几天，迎来送往、准备入学后的学习、日常生活用品，疆远忙得每天很晚才睡觉，因为雨生那封信，昨晚，他久久不能入眠，天快要亮了才迷迷糊糊地睡着，这一睡就到了上午九点多，要不是疆梅他们两口子来，他不知还要睡多久。

　　疆梅他们的到来，让疆远暂时忘掉了昨晚雨生给她带来的烦恼和苦闷。疆梅从提包里取出一摞在县城里新买的衣物送给疆远，疆远一件一件地翻看着，在身上比试着，嘴里还不住地念叨："外衣、衬衫，还有内衣、袜子、皮鞋，全副武装啊，喜欢、太喜欢了，大姐送的礼物我都喜欢，就是有些太奢侈了吧，我从来都没穿过这么多新衣服啊。"疆梅笑了："是呀，那是从前，以后，你就是要穿新衣服，穿新鞋，你是大学生了，在北京城里上学，那是什么地方！是首都，是多少人向往的地方，穿戴就得干干净净、利利索索。"疆梅想得就是不一样，疆声也觉得疆梅送给疆远的礼物既实用，也及时，疆远应该穿上一身新衣服、穿上一双新皮鞋去大学报到，以崭新的面貌踏上新的人生旅途。

疆梅随后又说："更值得高兴的是，十多年后的今天，我们家终于又出了一名大学生，这是咱们家的光荣。""可不是吗。"母亲接过话茬说，"听你爷爷说，你太爷爷那辈，家里就出过秀才，到你爸爸那辈，他三十出头了，被铁路局保送上唐山铁道学院，不容易啊，你姑姑更是为咱们家争气，她1961年考入北京师范大学，成为柳河地区百十年来，唯一一名女大学生，毕业后做教师，后来还当上了教授。今天，到你们这辈，咱们家又有人考上大学，也算给祖上争光了。"看得出，兰芳说这话时，心情特别兴奋。其实，这些天，兰芳心情一直都特别好，脸上总挂着笑容，人仿佛也年轻了好几岁。是啊，这么多年来，最为疆远忧愁的人、最为疆远操心的人就是兰芳，谁能感受到作为一位母亲，面对一个身体残疾的孩子，她内心承载的忧愁呢？她担忧他的身体、担忧他将来的工作、生活，担忧他成年以后能不能娶上媳妇、能不能有一个自己的家，担忧他老了以后有没有人照顾，她担忧这个担忧那个，她内心的愁苦谁能知道呢？这回好了，疆远考上了北京的重点大学，全公社只有他一人。他将来要成为一个有知识、有文化的人，可以有一份体面的工作，过上体面的生活，可以彻底打消她内心所有的担忧了，作为母亲的她能不高兴吗。

疆梅说："最关键的是，到什么时候，勤奋好学的家风咱们都不能丢。"母亲赞叹道："说得对。"疆声在一旁听着，此刻的他，心中不仅佩服疆远，更佩服疆梅，她的看法总是那么深刻，真不愧是家里的"指导员"。

还有两天就要去学校报到了，离开柳河村的前一天晚上，赵亮、董强、杨大夫、大队孙会计、雨生，还有街坊邻居又来到家里看望疆远，和他道别。老东屋里坐满了人，疆远的大姐夫由于学校有课，不能耽误，当天下午就回去了，大姐疆梅留下来等着送疆远，这会，她正张罗着给大伙沏茶倒水，兰芳也坐在一旁陪着大伙聊天，家里整晚都热热闹闹的，直到夜深了，他们才陆续离开，只有赵亮留了下来。疆声早困了，回到老南屋躺在土炕上就睡了，不知过了多久，朦朦胧胧中，他听到开门声，接着就是脚步声，轻轻地，向炕头走来，随后，就听到疆远说："你睡那边吧。"两个人躺下了，过了一会，疆远懊丧地低声说："我送给雨生的手绢、笔记本，她后来都给我退回来了，看来，我和她的事现在还是不成，只能以后看情况再说了。"赵亮赌气地说："不成就算了吧，她不愿意，咱也不勉强，以后，在学校找个女大学生，不比她强啊。"疆远说："我这个样子，哪儿那么容易找啊。"随后便不再吱声。疆声知道疆远心里对雨生依然念念不忘。

第二十三章

1978 年 10 月 7 日，周六。那天，是疆远去北京经济学院报到的日子。

早晨六点，疆远走出家门，赶往柳河火车站。同去的有疆梅、疆声、赵亮和雨生。疆梅推着自行车，车后架上捆着疆远的行李，疆声拎着一个网兜，里面装着脸盆等洗漱用品，肩上背着装满疆远学习用品的书包。路上，赵亮显得很开心，他笑着对疆远说："从今天开始你就是大学生，就是城里人了，将来在北京城工作，再找个城里姑娘结婚成家，那该有多少人羡慕你啊。"赵亮的话，如果是不知情的人听了，觉得就是一句玩笑话，或是一份祝福和希望，但疆声还记得昨天夜里疆远和赵亮的对话，觉得赵亮的话是有意说给雨生听的。疆远马上制止赵亮："别瞎说啊。"而后扭头看了一眼雨生。雨生一声不吭，脸上却涌起一片红晕，她别过头去，边走边看路旁那群蹦蹦跳跳、叽叽喳喳正在觅食的麻雀，仿佛根本就没听到赵亮的话。但疆声想，她心里此刻一定很不是滋味，因此，疆声觉得赵亮刚才说的话有些过分，虽然他能理解赵亮的心思，他故意说给雨生听，是为疆远鸣不平或是出口气，毕竟他是疆远最要好的朋友，但雨生也是我们的朋友、同学，又都是一个村的老乡亲，恋爱，应两厢情愿，谁也不能强求，虽然在情感上我们会偏向疆远，但也不能为此就伤害雨生，应该尊重她的选择，不能和疆远做恋人、还可以是朋友，起码还是同学是老乡呢。再说，雨生对疆远还是挺好的，只要疆远不放弃，说不定以后雨生会转变态度，跟疆远好了。

疆声这么想着，却又不能在这种场合对赵亮说，那样大家都会十分尴尬，他灵机一动，便转移了话题，他说："这几天天气真好，今天送二哥报到，办好入学手续，明天我想在北京玩一天，逛逛公园，我有一年没去北京城了。"疆远自然明白疆声的用意，马上接过话茬说："好啊，明天是周日，我陪你。"疆梅也说："那你今晚就住在姑姑家吧，难得进一次城，又是这么好的事，你们哥俩明天就好好玩一天。"赵亮说："我要是有这样的机会，一定痛痛快快地在城里玩两天。"只有雨生没吱声，她显得心事重重。

很快就到了柳河火车站，疆梅把自行车推进存车处，疆声背起行李，他们几个人前后脚走进候车室，检票，进站。在站台上，只等了一会，远远地就看到一列绿皮火车，车头顶部冒出浓重的乳白色的烟雾，缓缓地向天空升腾飘散，火车的轰鸣声由远至近，转眼间，便停靠在站台旁。

疆远和赵亮握手，说道："进城时别忘了来看我。"赵亮点点头："你有什么事就写信来啊。"疆远转过身，他面向雨生，伸出手，雨生也伸出手，两只手握在一起的时候，疆声发现雨生眼圈红了，泪珠在眼眶里打转，雨生抽回手，用手背迅速抹了一把眼睛，说了声："二叔，再见。"转身就朝车站外跑去，边跑，边用手擦拭眼睛。望着这一幕，疆远眼里瞬间便涌满了泪水，看得出，他在努力克制着，泪水才没有流出来。疆声也被雨生这突如其来的举动所震动，看来雨生心里还是装着疆远的，那她为什么还要拒绝他，她到底是怎么想的？赵亮更没想到会出现这样的场景，他惊讶地望着雨生远去的背影，对疆远说："她是不是后悔了？"疆远说："你回去后看看她，代我问好。"疆梅被雨生的举动搞蒙了，当她听到赵亮说的话，似乎才明白过来，冲疆远说："到学校后，抽空给她写封信吧。"

疆远和疆梅、赵亮挥挥手，转身上了车，疆声肩背、手提着行李和其他物品紧随其后也上了车，他们在靠窗的位置坐下，面向窗外，不一会，列车就缓缓启动了。疆远不停地向窗外挥手，站台上，疆梅、赵亮一边跟着火车快步往前走，一边高高地扬起手臂，向疆远挥舞，火车伴随着汽笛的长鸣声渐渐提速，很快就驶出了车站，他们俩的身影转瞬间便从疆远和疆声的视线里消失了。

疆远刚才挥动的那只手，没有收回，而是按在了车窗的玻璃上，头也抵在上面，两眼一眨不眨地注视着窗外。铁道旁，挺拔的钻天杨，一棵棵从眼前闪过，远处大片大片的粮田，平整而又宽阔，播种不久的越冬小麦，刚刚从黄土地里冒出嫩绿柔软的幼苗，像绒毯一般铺展开，一眼望不到边。将近中秋的清晨，碧空辽阔，几朵白云漂浮于远天，初升的太阳蓬蓬勃勃，霞光洒满麦田，这是麦苗生长中最鲜活、最旺盛、最充满生机的时节，正如此时的疆远，二十三岁，风华正茂，步入大学校园，未来美好的新生活正在向他招手。

疆远凝视着窗外肥沃的土地、碧绿的粮田，自五岁从大西北回到柳河，十八年过去了，他在家乡这片土地上长大成人，如今就要成为一名大学生了，其间，他所经受的痛苦、屈辱、挫折、坎坷，他所流下的汗水、泪水，甚至鲜血，今天，都将被承载着他的这列绿皮火车远远地抛在身后，他从此告别这块土地，未来，家乡是故乡，他将在更加广阔的天地间，实现人生新的目标。

绿皮火车再度拉响汽笛，向北奔驰，向北京城奔驰，很快就驶入柳河铁路大桥，车轮压过桥梁上的钢轨，发出隆隆的、空洞的巨响。入秋后，柳河已进入瘦水期，没了雨季时的宽阔肥厚，却依然清澈、奔流不息。望着映入眼帘，却很快又远去的景象，疆远心中波涛翻滚，眼里蕴含的泪珠禁不住滑落而出，他默默地向家乡告别，尽管这只是去北京城，去上自己梦寐以求的大学，距离家乡也只不过百里之遥，但离别之情依然久久地萦绕在心间，一时难以平复。当他扭头由另一侧的车窗向外望去时，西边，远远的，一座古老的大石桥，横跨柳河，古朴而又庄严。这画面，是那么熟悉那么亲切，故乡的大石桥，他曾多少次从铺设在桥面上，那宽大厚重的石板上走过，曾多少次抚摸着那饱经风霜的栏板望柱，驻足眺望西山的壮丽景色，也曾望着向东奔流的河水浮想联翩。在他心目中，这座历史悠久、饱经风霜、古朴苍老，却坚不可摧、伫立不倒的柳河大石桥，是故乡的象征、故乡的符号，它的品格始终是支撑他奋发努力、实现自己人生理想的精神动力，它的形象已深深地刻在了他的心中。

"啊，我的故乡，我亲爱的柳河，再见了！"疆远激动地、情不自禁地脱口而出。

许多年后，当疆声千里迢迢从部队探家，由北京火车站转乘开往西南郊区的绿皮火车，两眼望向窗外时，铁路两旁那浩瀚的麦田，不知哪年哪月已悄然消失了，取而代之的是大面积稀疏有序、成行成排的钻天杨，平坦开阔的草坪，搭建起塑料大棚的苗圃、菜地，高低错落、形状色彩各异的楼房厂房，时隐时现伸向远方的高速公路，以及高速公路上一辆接一辆奔驰的汽车。一切都变了！唯有横跨在柳河上的大石桥，依然静卧在柳河上，沧桑而又挺拔，古朴而又庄严。疆声为故乡这已有四百余年历史，至今依然守护着、依偎着柳河的大石桥深感自豪，并心生敬意。

上午十点，疆远、疆声赶到经济学院，学院大门口彩旗飘扬，用汉族、维吾尔族、蒙古族、朝鲜族等几种文字写成的欢迎条幅悬挂在院门两侧，耀眼醒目。来报到的新生，或由家人陪伴，或三五成群，兴高采烈地走进签到大厅办理入学手续。疆声背着行李，跟随着疆远先在签到处签了名，领了学生证、校徽，然后到卫生室复查身体，前面各项检查都很顺利，外科检查时，医生查看了疆远的左腿，又询问了一些相关问题，然后在检查结果一栏中，写下"左腿小儿麻痹后遗症"。疆远看了一眼，并未在意，因为录取之前在县医院体检时，他就看到过体检表上清清楚楚写着同样的一行字。

体检完毕，就等主治医师在最终体检结果一栏签上"合格"二字，就办理完了全部入学手续，可就在这时，主治医师没有签字，疆远疑惑地问为什么，他说："你左腿残疾，身体不合格。"疆远心里一下子就慌了，他急迫地向医生解释、说明、据理力争，还说了不少恳求的话，最后急得直掉眼泪，但那位主治医师依然坚持他的意见，就是不肯签字，他说："你的情况，我们要报到院党委研究后再通知你，你先回去等通知吧。"此后，无论疆远和疆声再怎么请求，仍无济于事。

情况突然发生了转变，疆远和疆声都没有任何思想准备，疆声隐隐约约地感觉到，疆远上大学又危险了。疆远的情绪也一下子低落下来，脸色阴郁，眉头紧锁，无疑，他内心已生出不祥的预感。

无奈之下，疆远和疆声从学校出来，坐公共汽车来到了位于东城区米市大街附近的姑姑家，姑姑原以为疆远已办完了入学手续，来看望她的，可一见面，看到他们哥俩垂头丧气、脸上一点笑容也没有的样子，猜想是出了什么事，忙问疆远："入学报到顺利吗？"疆远一脸沮丧，口气也是愤愤地，把那个负责体检的主治医师说的话复述了一遍。姑姑一听，心里一惊又一沉，她也万万没想到，复查身体能出现问题。沉默了一会，姑姑对疆远说："你先别着急，等等看，也许院党委研究后会同意你入学的，毕竟他们已给你发了录取通知书，你的招生体检表也如实填写了身体情况，他们此前既然认可了，现在就不能再反悔，否则，就没有道理可讲了。"疆远和疆声自然也认这个理，但毕竟现在还需要等通知，心里没底，便怎么也高兴不起来。

第二天是星期天，原本想在北京和疆远一同去逛公园，但出了这样的事，玩的心情一点都没有了。加之，还要出工，耽误一天就少挣十个工分，在这等消息，不知要几天，因此一大早，疆声就坐上无轨电车，从米市大街赶往永定门火车站，乘坐开往西南郊区的绿皮火车回家了。从姑姑家出来时，疆远嘱咐疆声："入学体检的事先不要告诉妈。"疆声懂他的意思，他是怕母亲着急，心里难受。

疆声更懂得，如果疆远这次仍不能被录取，那么就意味着，他要通过考大学实现自己的理想，改变自己命运的努力将彻底失败，那他的前途一时将很难再看到希望和光明，这让疆远怎么办、母亲怎么办？这不仅对疆远，对母亲来说，也是一个巨大的打击，想到这些，疆声心里也很难受，他对疆远说："有什么事，及时给家里写信，我们再一起想办法。"疆远点点头。其实，疆声心里明白，身在农村的他们，能有什么办法呢，听天由命吧。

疆声走后不久，疆远就去找高老师了，他是想把自己遇到的麻烦告诉她，把自己心里的担忧倾诉出来，并请她分析一下，最终会是怎样的结果。他知道高老师的父母是大学教授，公婆在国家部委工作，她见多识广，她的看法和意见，一定对他有帮助。

一走进高老师的家门，高老师就兴奋地说："我就知道今天你会来，这不，我一边看书，一边等你，入学报到顺利吧？"高老师一边询问着，一边把疆远让进客厅。疆远在沙发上坐下后，尴尬地笑了笑，声音低沉地说："还不知道怎么样呢，复查身体的时候，校医说我的身体不合格，要报到院党委研究，让我等通知。""有这种事？"高老师睁大眼睛，惊讶地望着疆远，表情严肃。疆远随后又将详细情况向她叙述了一遍，高老师仔细听完，沉思了一会，望着疆远一脸忧郁的神情，说道："你先不要泄气，既然学院给你发了录取通知书，那就不能轻易把你退回！"高老师的看法和姑姑大致相同。正说着话，高老师的婆婆带着约莫四五岁的小孙子，从楼上走下来，疆远起身叫了一声："伯母。"伯母早就听高老师讲过疆远的事，便笑着说："祝贺你如愿考上大学。"话音未落，高老师便对婆婆说："好事多磨，这不，我刚听他说，学院说他身体不合格。""怎么会这样？"伯母也露出惊讶的神情。随后，伯母想了想说："以前，我上大学时，我们音乐系，在农村招收了一名女学生，入学后发现她专业基础和身体条件都不达标，系里要将她退学，报到学院，学院也同意了，但那位女同学死活就是不走，她家乡的人来了，也拒绝接人，这样，事情僵持了半个多月，学院也没办法，就只好调整了专业，那个女学生终于留下来了。"高老师听后，激动地说："他们要是退学，你就像那名女同学那样，坚决不走。"

中午，他们在二楼的餐厅吃饭，保姆已将饭菜、餐具在长方形的餐桌上摆放好，他们边吃边聊，高老师说："明天你就去学校，主动找学校领导，看他们怎么说，有需要我帮助的，马上写信告诉我，我立刻就回来。"疆远望着高老师点点头，目光中充满感激。

吃完饭，高老师让疆远到她的卧室去休息，疆远说："不累也不困。"高老师说："这两天你跑来跑去的，又遇上这种不顺心的事，肯定吃不好、睡不香，还能不困不累？"高老师的话真是说到疆远心里去了，她太理解自己的学生了，疆远心里倍感温暖，也不便再推辞，跟着高老师来到她的卧室，她取出一条毛毯，让疆远盖在身上，而后就退出去了。卧室内极为安静，疆远躺在宽大松软的床铺上，身心一下子就放松了，也感到了身体的疲惫，不一会竟睡着了。当他醒来时，一睁眼就看到高老师坐在写字台前，背对着他，正在看书写笔记。疆远端详着她的背影，想着她不仅给予自己知识，还鼓励、帮助自己发奋努力学习，树立人生远大理想，便愈发觉得她是那么可亲可敬，他真不知道将来该如何报答她。疆远坐起身，轻轻地叫了一声："高老师。"高老师扭头微笑着说："看来你是真累了，刚才还打呼噜呢。"疆远的脸微微泛起红晕，不好意思地说："打扰您看书了吧？"

第二天上午，疆远来到了经济学院，在办公楼三楼的走廊里，迎面遇到一位年纪四十多岁、高个子、梳背头的男人，未等疆远开口，他便问道："你是柳疆远吗？"疆远说："是。"那人就引领着疆远，来到了经贸系党总支办公室。办公室内，有一位年纪五十出头的女老师，坐在办公桌前在写着什么。经相互介绍，疆远得知带他进来的男老师是系党总支书记，女老师是副书记。书记对疆远说："你的情况，院党委正在研究，你再等等吧。"说完，他就急匆匆地走了。副书记看上去和蔼可亲，她微笑着对疆远说："你的情况确实很特殊，我也很理解你的心情，毕竟考上大学不容易，尤其是你这种身体状况，一定是付出了比别人更多的努力，因此，我本人也是希望你能顺利入学，原本我还想推荐你当班里的学习委员呢，但，现在院党委的初步意见是不同意你入学，我准备再和院党委商量商量，争取一下，你也可以直接去找找院长和党委书记，很早以前，我们学院也招收过类似你这种身体条件的学生，但年代不同，具体情况也不同了，所以，你思想上还是要做好两手准备。"

离开系党总支办公室，疆远就直接去了院长办公室，疆远说明来意，院长一脸严肃地说："院里正在研究，你回去等消息吧。"说着，他便往外走，说是去开会。无奈之下，疆远只好郁闷地离开，朝学院大门口走去。

他站在学院大门外，不由地又回头朝校园内望了一会，这是他在征求了老师、同学、亲戚朋友的意见后，第一志愿报考的大学。财经专业，也是在充分考虑了身体情况后首选的，他相信自己毕业后完全可以胜任这方面的工作。但现在，依然因为身体原因，很可能不能上学了，怎么办呢，难道就只有被动地等消息等结果吗？回想着系党总支副书记的话，以及院长说话的口气，疆远觉得自己被退学的可能性很大，他不能坐以待毙，可一时又不知怎么办。谁能帮到他？姑姑年纪大了，现已退休，她说过，不认识经济学院的老师，高老师在柳河，平时周末才回家，写信也得两天才能收到，她每天都有课，收到信能马上回来吗？疆远在学院外的马路上慢慢地走着，想着，一种孤独、无助、茫然、苦闷的感觉油然而生，他沿着马路漫无目的地往前走，他不想马上就乘公共汽车回姑姑家，姑姑问起来，他不知怎么说。这样不知不觉地已走了三四站地，头上冒出了细密的汗珠，身上感觉有些热，肚子也在"咕咕"地叫，抬头，见太阳已高高地挂在头顶上，将近中午了，又饿又累，他准备回姑姑家，正往汽车站走着，他脑海里突然想到了高老师的母亲，她在北京一所大学任教，是一位知名教授，教学几十年，可谓桃李满天下，找她去、对，就找她去。疆远也管她叫伯母，他觉得伯母也许会有办法。初三毕业那年，疆远去高老师家见过伯母，他也知道以往高老师不止一次向伯母说起过他的事情，伯母一定还记得他。于是，疆远乘坐公共汽车去了伯母所在的大学。

到了那里，已是午后，在伯母的办公室，疆远把办理入学手续时遇到的问题详细向伯母叙述了一遍，伯母听后，既感到不解，又有些担忧，她也认为，学校发了录取通知书，却不录取，问题出在学校，财贸系那位副书记是她的大学同学，她明天去找她了解一下情况，让疆远后天到家里来听消息。

从伯母的办公室出来，疆远便乘车回姑姑家，奔波了半天多，中午饭也没吃，坐在车上他感觉既累又饿，加之入学的事情依然没有明确的进展，他的心情更是一团糟。回到姑姑家，他脸色苍白，浑身一点力气也没了，一屁股坐在椅子上，一言不发。姑姑见他疲惫的样子，精神状态也不好，已猜到事情办得不顺利，她一时也不知怎么安慰他，便忙着去厨房热饭菜。

两天后的晚上，疆远来到高老师的母亲家，伯母说："我见到了我的同学，财贸系的党总支副书记，她说，她很喜欢你，也很理解和同情你，但是，学院党委研究后还是要退学，看来这件事挽回的可能性很小了，她还说，让你去找市招生办，看他们怎么说。"

市高考招生办公室设在市总工会大院内，第二天上午，疆远来到招生办，见到招生办负责接待的同志后，疆远把自己遇到的问题如实叙述了一番，招生办的同志说："你这种情况是否录取，我们只能与学校沟通，最终决定权还是在学校，你也可以再去学校找他们谈谈，我们一同争取。"话已至此，疆远只好告辞了。

他随后就返回了学校，在学院教务处，他和负责新生入学工作的老师交流了许久。老师告诉他，院党委已做出退学的决定，更改是不可能了，学院也是按照高校招生细则的规定，你的身体确实不符合要求，当时学院给你发了录取通知书，是工作疏忽，但入学复查身体，发现身体不合格，学校是有权退学的，这正体现了入学复查身体的必要性，学校只能向你道歉，但不能不按规定办理，把身体条件不符合要求的考生录取，这是违反招生政策的。教务处老师的一番话，让疆远一时不知说什么好，他只得再次离开了学校。

此刻的疆远，知道自己上大学的可能已经很渺茫了，他心情沉痛、沮丧、无奈、无助，想到自己为考上大学、实现自己的人生理想，这些年来所付出的努力，所经受的困苦、屈辱，自己都挺过来了，现在与理想之门仅仅一步之遥，哪怕还有丝毫的希望，自己都要去努力争取。想到此，疆远决定去教育部反映自己的情况，听听他们怎么说。

疆远换乘了两次公共汽车，又走了一段路，下午上班时来到了教育部，在群众来访接待处，他向值班的同志说明了情况，那人微笑着说："你的情况，应该找北京市招生办，或者直接与招生学校沟通，我们不能直接办理，但你的情况，我登记了，可以反馈到市招生办，让他们协调处理。"

事情依然没有转机，疆远意识到，能否录取关键在学校，但学校目前已经决定将他退学，那最后还得找学校，争取让学校撤回退学的决定，但能有这种可能吗？

这一天，从城东到城西、再到城东，疆远来回跑了一天，口干舌燥、身心疲惫，傍晚回到姑姑家，情绪低落到了极点。面对前途渺茫、理想破灭的绝望处境，他取出信纸和笔，坐在桌前，给高老师和赵亮分别写了一封信。

给高老师的信，是把这几天他与学校及市招生办等单位沟通的情况叙述了一番，并征询她的意见，下一步该怎么办。写信过程中，他极力克制着自己沮丧、失意甚至绝望的情绪，语气尽可能地平静，他担心自己的坏心情让高老师焦急不安。而写给好朋友赵亮的信，

却难以控制情绪,他毫无保留地把自己当时的心境通过文字宣泄而出:

> "赵亮你好,收到这封信时,你可能会想,我现在已
> 经坐在明亮的大学教室里听老师讲课吧,或是在大学美丽
> 的校园散步,体验着圆梦后的欢愉,如果那样想,你就错了,
> 我现在正处在极度的困苦和失望之中,几天来,身心疲惫、
> 感觉度日如年,不知以后的命运会是什么样子……"

信发出去后第二天傍晚,疆远又来到了高老师的母亲家,想征求她的意见,看是否还有什么更好的办法。正聊着,门开了,高老师走了进来,疆远忙着站起身,向前迎了一步,随后叫道:"高老师。"而后什么话也说不出来了,他如同一个受了委屈的小孩子突然见到了自己的家人,禁不住眼泪就流了下来。高老师见状,连忙安慰道:"别难过,我们再想办法。"说着她便疲惫地仰靠在沙发上。疆远问:"您是从柳河来?"高老师说:"收到你的信,我马上就赶回来了,上午直接去了市总工会,找到市招生办的工作人员,和他们说明了你的情况。下午,又去了经济学院,找了系和院领导,看来,你入学的希望不大了。"说完,高老师叹了口气,她神色凝重,闭上眼睛,在思考着什么。伯母去准备晚饭了,疆远望着高老师,心里既感动又心疼,为自己的事,她这些年真是没少费心费力,而自己现在的处境,将直接影响到未来,没有一个好的前程,将来该如何报答她呢?想到这些,疆远心里更是忧伤,他觉得自己愧对高老师的一片爱心。

沉默了一会,高老师睁开眼,坐直了身子,对疆远说:"我想好了,明天回到学校,我就发动学校的老师,包括镇中学高中班的老师,还有柳河乡文教组的老师,联名给经济学院、市招生办写信,把你这些年刻苦学习的情况如实向他们反映,据理力争,强烈要求接受你入学。"疆远听后,心里一震,没想到高老师会想到这样的办法,

他觉得可以试试，人多力量大，也许学院那边，看到有那么多老师为自己请求入学，最终能够打动学院领导的心，哪怕是同情心也好，同意我入学了，那该多好啊。可转念一想，中学那里，有高老师亲自找其他老师签名，应该没问题，自己从小学一直到初中毕业，情况老师们都了解，他们会签字；可镇高中的老师，虽然也知道自己的情况，但毕竟离开学校已两年多了，和学校的老师平时联系得并不多，他们能为自己签名吗？疆远心里有些担忧，高老师看出了他的心思，便说："你马上给你上高中时的班主任写封信，我拿着信，去学校找他，请他帮助，都是为自己的学生，我想作为老师是不会拒绝的。"

疆远随后就给高中时的班主任老师写了一封信，将自己目前遇到的困难、十分渴望上大学的心情，以及请求老师帮助的愿望，措辞诚恳，一五一十全写在信上了，高老师看后，点点头说："写得好。"

伯母说："明天我再去学院找找我那位同学，请她无论如何也要跟院领导再协商协商，争取能留下来。"

第二天上午，心情烦闷的疆远正想从姑姑家出去散散心，这时，听到屋外有人喊他的名字，那声音太耳熟了，疆远一听就知道是赵亮，但他又不敢完全相信，赵亮怎么会来呢？他将信将疑地拉开门，不禁又惊又喜，果然是赵亮，疆远激动地拉住他的手说："你怎么来了？"赵亮说："接到你的信，不放心，就跑来了。"疆远一听，心中不由得涌起一股暖流，真不愧是好朋友啊，大老远的，还专门跑来看望自己。

老家来人了，姑姑自然很是高兴，沏茶倒水、还拿出糖果、瓜子放在赵亮身边的桌子上，嘴里连声说着："喝茶、吃糖、吃瓜子。"坐了一会，赵亮说："出去转转吧。"疆远点点头。姑姑也觉得赵亮平时不怎么进城，来一次不容易，是该出去看看玩玩，便说："去吧，中午回来我给你们做好吃的。"赵亮说："姑姑，谢谢您，我下午还得赶回去，我们中午在外面吃点饭，就不来回跑了。"

　　从姑姑家出来，赵亮说："我们去北海公园吧，我还是上小学六年级时，学校组织春游去过一次，一晃，这么多年没去过了。"疆远说："好。"他们俩随后就乘车直奔北海公园。进了公园，他们俩租了一条小木船，两人一前一后面对面坐好，赵亮手握双桨，试着滑起来，开始时，他掌握不好划船的动作，两只桨在他手里就是不听使唤，这也难怪，从小没划过船，一上来就划，肯定不行，小船在水面上左右移动，就是不往前行，疆远说："让我试试。"他从赵亮手中接过双桨，用力一划，可能是用力过猛，两只手发力不均，小船不但没往前走，船身还左右摇摆了起来，疆远心里直发慌。赵亮见状笑着说："还是我来吧。"疆远把双桨又交还给赵亮，这次，赵亮小心谨慎、慢慢试着用力划动双桨，小船竟变得听话了，一点一点地往前移动起来，疆远惊喜地说："好，走了、走了。"随着赵亮双臂有节奏地前后推拉双桨，小船渐渐平稳地前行了。

　　那天不是周日，划船的人不多，风也很小，水面平静，小船驶过，船后漾起一道道涟漪，疆远望着远处秋阳照耀下的白塔熠熠生辉，岸边垂柳轻轻摇曳，绿树成荫，景色壮美，他此刻竟忘记了心中的烦恼和痛苦。赵亮说："你现在要是上了大学，星期日我们在这里划船玩那该多好啊。"即兴而出的一句话，一下子又把疆远的心境拉回到现实之中，他不禁感慨道："唉，命运使然啊。"赵亮突然意识到自己的话触到了疆远的伤心处，但他想，回避也解决不了问题，不如勇敢面对，他说："你努力过、争取过，这次无论最终能不能上大学，都问心无愧了。"疆远沉思着，双眼依然眺望着远方的景色。突然，赵亮一只手指着船舱里，惊喜地叫了一声："快看啊，金鱼，红金鱼！"疆远收回目光，扭头看了一眼赵亮手指的地方，他不禁也惊愕了，一条一拃多长的红金鱼竟跃出水面，落入船舱。突然脱离湖水，红金鱼头尾不停地上下翘动，身子一下一下吃力地蹦跳着，双鳃一张一合困难地呼吸着，它在为生存而痛苦挣扎，以期重新回到它渴望的湖水之中。望着小船里这条不期而遇、可怜而又可爱的红金鱼，疆远双手将它捧起，他发现它那一双圆鼓鼓的眼睛里，水汪汪的，似乎涌满了泪水，快要滴落下来了，金鱼也会绝望地流眼泪吗？想着，疆远双眼突然模糊了，泪水在眼眶里打转，他忙俯下身去，伸出双手，小心翼翼地将红金鱼放回到湖水之中，红金鱼摆动了两下尾巴，湖面荡起两圈不大的水纹，便消失得无影无踪了，疆远望着红金鱼消失的水面处，心中默默地祝福着："红金鱼、红金鱼，希望你有惊无险，平安快乐！"

　　许多年以后，疆远和疆声聊起当年被大学退学的那段经历，他还清晰地记得那段场景，他们谁都说不清红金鱼怎么就跃出湖水，落入他们划的那只小船。但疆声相信，疆远当时的心情，一定是触景生情，他一定把自己的处境和红金鱼联系到一起了，他马上将它放入湖水中，他救了红金鱼，红金鱼获得了新生，它还会继续幸福愉快地在湖水中生存，而疆远自己却没有它那么幸运……

　　从北海公园出来，已是下午一点多了，疆远说请赵亮吃饭，赵亮说还是我请你吧，他们俩找到一家饺子馆，要了一斤白菜肉馅饺子、两瓶啤酒。疆远后来说，什么牌的啤酒已经记不清了，那顿饭，最终还是赵亮请的，他一直觉得过意不去。吃饭时，赵亮说："我知道你现在特别伤心、苦闷，为前途担忧，但我还是那句话，你努力过，问心无愧了，就算以后回到农村，凭你的能力，只要继续努力，一定还会有机会改变命运、改变现状，你要相信自己，相信老天不会总是辜负努力向上的人。"

　　吃完饭，疆远送赵亮去公共汽车站，上车前，赵亮握着疆远的手，动情地说："疆远，你要多保重，到什么时候，无论遇到什么困难，只要兄弟在，咱们就一起扛。"疆远心中一阵感动，他使劲握住赵亮的手，又用力摇了摇。

　　送走了赵亮，疆远坐上公共汽车回姑姑家，赵亮的到来，让他心里感觉稍稍轻松了一些，却又使他禁不住再次想到柳河，想到母亲、大姐和三弟，想到老师、同学、朋友、街坊邻居、老乡亲，当然还想到了雨生。他想着三弟回家后，母亲一定会问，疆远入学手续办得顺利吗？住的地方好不好？食堂远不远？母亲是个细心人，她一定会问很多问题，说不定过不了多久，她就会让三弟带她来学校看他，那样她心里才会放心。三弟会怎么回答母亲呢？他肯定会说一切顺利，但学校的具体情况，他一点也不了解，母亲的提问他能回答清楚吗？母亲会不会有疑虑？还有大姐，她现在还不知道我的情况，一旦退学，县招生办会最早知道，这种事，很快就会在教育系统传开。姐夫在县城的中学，他很快就会知道，大姐也就会知道，那是她万万想不到的，她能承受得了吗？同样，母亲知道后，能承受得了吗？还有，雨生那天从站台流着眼泪离去的身影，至今还清晰地印在他的脑海里，一个星期过去了，他还没顾得上给她写封信，问候安慰她一下，可现在自己这样的处境，又怎么同她说呢？还有，那些老师、同学、朋友、柳河的老乡亲们，将来一旦回去，该如何面对他们？一连串的问题，一窝蜂似的涌上疆远的心头，他脑子里突然变得乱糟糟的，身旁敞开的车窗，一阵凉风吹进来，疆远身体冷不丁一哆嗦，窗外的天空灰蒙蒙的，天阴上来，太阳已不知什么时候躲到云层里了，已是中秋，天气渐渐转凉了。

两天后的晚上，疆远再次来到高老师的母亲家，拉开房门的竟是高老师，他有些意外，忙问："您什么时候回来的？""昨天晚上。"高老师说。疆远向伯母问过好，刚坐下，高老师便说："计划明天去找你呢，你来得正好，今天，我和你伯母先是去了经济学院，再次找了系里的那位副书记，她告诉我们，学院昨天已经将你的档案退回到了市招生办，不可能再收回来了。我们随后就去了市招生办，还把我写好的、已由你初中和高中学校的老师、柳河公社文教组的同志，共计五十多人签名请求你入学的信，让学院和招生办的负责人看了，学院那里已没希望了，招生办的工作人员说，他们和学院也沟通过，但学院坚持认为身体不合格，不能入学，他们也没有办法。"疆远听到这儿，觉得希望已彻底破灭，心一下子就凉了，他垂下头，泪珠像房檐上流下来的雨水，一滴滴连成线，不停地流淌着。高老师、伯母坐在一旁，望着疆远，一时也不知说什么好，她们太理解疆远了，此刻，没有任何语言能消除他内心的痛苦、失落、委屈，也许，只有泪水才能缓解这一切。过了一会，见疆远的情绪稍稍平静了一些，高老师说："不过也不是一点希望都没有，招生办的工作人员说，下一步，要扩大招生，300 分以上的考生，都有希望被大学分校录取，你回去后再等等吧。"

乘坐公交车返回姑姑家时，疆远提前两站下车了，他想一个人在街上走走，缓解一下心中压抑、苦闷的心情。夜深了，东单大街上几乎见不到行人，白天喧闹的景象已无影无踪，路灯和路两侧商店外的霓虹灯的光线交汇在一起，为城市的夜增添了绚丽的色彩。偶尔，有一两辆汽车像流星似的从身边一闪而过。疆远缓慢地行走着，他感觉脚步异常沉重，每行走一步，架在腋下的拐杖底端，触碰到坚硬的柏油路面上，便会发出"噔噔、噔噔"的响声，这声音低沉、却带有节奏，一声声仿佛都敲打在他的心上。

回柳河吧，只能回去了，北京城留不下自己，大学的门始终就没有向自己敞开，可回去后，将如何面对自己的亲人、朋友、同学、老乡亲们？他们几天前才把我送走啊，我怎么这么不争气又回来了，是命运捉弄人吗？我的人生之路竟是这般曲折、坎坷、障碍重重，为什么、为什么呀！难道我生来就是受苦的命吗，自幼身体残疾，少年时父亲被造反派批斗，打成走资派，自此全家人受到牵连，遭受歧视。在校时，别的同学可以加入红卫兵、共青团组织，当三好学生，我却不能，他们可以参加学校组织的国庆节庆祝活动，我也不能参加。自己是同学们中的另类，整整八年时间，父亲的问题才彻底平反，我们一家人才真正抬起头来，过上了正常人应有的生活。如今，恢复高考了，我的理想终于可以实现了，却又遭到这样的打击，将来的工作、生活还会有希望吗？身在农村，我这样的身体状况，如果将来不当赤脚医生了，还能干什么？还能有什么好的前景？考上大学时，喜欢的姑娘都婉言拒绝了自己的爱意，如今被退学，她更不可能接受自己了，将来，只好打一辈子光棍了。未来的一切，都是那么渺茫，看不到希望和光明，也许，这个世界本来就不欢迎我、就不需要我，那我活在这个世界上还有什么意义、还有什么尊严？疆远心头思绪万千，悲痛不已，泪流满面，浑身无力，他实在走不动了，人就要崩溃了。

疆远停下脚步，靠在身旁的一根路灯杆上，他仰望天空，月亮像是有意在躲避他，正向一片云层靠近，很快就钻进去，把光亮也带走了，只有几颗星星，冲着他眨巴着眼睛。夜色中，这闪亮的星星啊，像悬挂在夜空中的一盏盏明灯，他凝视着、久久地凝视着，突然眼前一亮，身体猛然打了一个冷颤，精神瞬间振作了许多。在这安静的都市夜空下，他再一次想到上初中时读过的小说《钢铁是怎样炼成的》，保尔·柯察金的形象也再次浮现在他的脑海里，去年，在他第一次高考未被录取后，自己心灰意冷甚至绝望的时候，大姐从书架上取出这本书，翻到保尔独自坐在南克里木海滩公园的长椅上想要了却生命的那一页，将书放到他身旁，那情景、那一刻大姐对他说过的话，此刻，再次涌入他的耳畔，映入他的脑海。不能做懦夫，对，绝不能做懦夫！他答应自己，答应过大姐，不能食言，他还想起了抄在笔记本里的那首名为《船》的诗歌，自己写下的读后感："向前、向前，绝不后退。"无论遇到什么困难，都要坚强勇敢地去面对，都要活下去！

是啊，只要活着就有希望！他抹了一把脸上的泪水，朝姑姑家走去。

第二十四章

离开柳河整整十三天后，疆远由经济学院派出的一辆"212"吉普车，载着他和他的行李，被送回柳河村。

疆远被退学的消息，同样像长了翅膀，很快就传遍了柳河村、柳河公社，县城中学的老师和学生也都陆续听说了，人们议论纷纷，为疆远感到惋惜。

当天晚上，赵亮、董强、郝大夫、大队孙会计，还有本家亲戚、街坊邻居，都来到家里看望、劝慰疆远。本家二大爷，手里攥着足有半尺长的烟袋杆，坐在炕沿上，埋头"吧嗒吧嗒"地抽着旱烟，一缕青烟缓缓升腾、缭绕在他面前，又渐渐飘散，黄铜烟袋锅里，火光忽明忽暗。自打走进老东屋，他始终一言未发，一边听着大伙说话，一边在心里琢磨着什么。当人们把想到的、能安慰疆远的话似乎都说尽了，一时想不出什么新词来安慰疆远时，从小看着疆远长大的二大爷，才清了清嗓门，郑重地对疆远说道："疆远啊，其实，被退学也未必就是坏事，孟子讲：'天将降大任于斯人也，必先苦其心志，劳其筋骨，饿其体肤，空乏其身，行拂乱其所为，所以动心忍性，曾益其所不能。'古往今来，无不如此。"二大爷的一番话，让满屋子的人都愣住了，年长些的乡亲们也相互望着，而后又都一脸茫然地将目光投向二大爷。疆声也暗自惊愕，二大爷真是记性好，有学问，小时候听爷爷讲过，二大爷年少时，在河北涿州城里，白天跟着店铺掌柜子学做生意，晚上学认字、学写字，背古书，几年下来，店面上的事他得心应手，读书写字也颇有收获，尤其毛笔字写得有板有眼、端庄苍劲，每年春节前，街坊邻居都拿着红纸来到二大爷家，请他写春联、写福字。就在前不久，疆声还见他坐在邻居家院子里，和那家上中学的学生聊古文、讲诗词，那学生课本上的古文、诗词他也能背诵一两个篇章。村里人知道他肚子里有墨水，尽管他没教过书，也都称他先生。二大爷接着说道："百川入海、殊途同归，不要害怕今天的路被堵死了，说不定哪天脚下就会出现一条新路，把你带到你想去的地方。人这一辈子，只要你看准目标，不停地朝着那个方向使劲儿，你的知识、才华一定会有施展之地，目标也就一定能够达到。"大伙边听边点头，并附和着，冲疆远说："是啊，今后的路还长着呢，机会一定会有的。"一屋子人，他一言你一语，话题都围绕着疆远，疆远被大伙的热情与关爱感动着，一股暖流涌上心头，他内心不尽感慨道："多好的老乡亲啊。"

天已大黑，人们陆续离去。

老东屋只剩下疆远他们母子三人，一时间，他们都沉默了，老东屋出奇地安静，他们还沉浸在刚才那热烈的氛围之中，还在回味着大伙说的那些话。过了一会，兰芳对疆远说："我琢磨半天了，你二大爷说得对，只要努力，不松气儿，这条路走不通，还有下一条路，妈相信你将来会好起来的。"疆声说："是的，二哥你要相信自己的能力，将来肯定还会有机会的。"疆远说："妈，三弟，你们放心吧，我知道该怎么做。"

第二天头中午，疆梅骑着自行车风风火火地从县城赶来，她脸庞红扑扑的，头上冒着汗，无疑，这一路她车骑得不慢。见到疆远，就拉住疆远的手，两眼注视着他，一句话也说不出，眼睛里的泪水刷地一下就流了下来。疆远和疆声长这么大，从未见过疆梅在自己面前流过泪，疆远见状，再也抑制不住内心的压抑、郁闷，从昨天上午到现在，为了不让母亲悲伤，为了不让同学、朋友、老乡亲们说他软弱，他一直极力克制着内心的悲痛，尽可能表现出淡定、平静、豁达的心态，此刻，大姐站在面前，他突然感到有了依靠，有了倾诉委屈、悲伤、压抑情绪的对象，尽管大姐一句安慰的话都没说，但他懂得大姐此刻的心情，更懂得大姐骑车三十多里路赶回家看望自己的这份情谊，他眼里的泪水夺眶而出。

晚饭后，疆远想着这两天来家里看望自己的同学、朋友中，唯有雨生没有来，想到那天在火车站的站台上，他和雨生握手告别时，雨生突然流着泪离去的情景，心里不由得便涌起一股思念之情。尽管他曾经含蓄地表白过自己对她的爱慕之情，虽然被她委婉地拒绝了，但疆远还是忘不了她。在他心目中，她依然是那个纯洁美丽、活泼可爱的姑娘，就是彼此不能成为恋人，也还是好朋友。想到这里，疆远走出家门，他要找雨生去，他想马上就见到她，他心里实在是想念她。刚走出胡同口，疆远看到村道上一个熟悉的身影正脚步匆匆地朝他这边走来，渐渐近了，他才看清楚，是她，就是她！就是雨生。他停住脚步，注视着她，她也看到了疆远，便加快了脚步，走到疆远面前，望着他，半天没说话。疆远凝视着她的面容，深情地说："我正要去找你呢，一晃十三天过去了，好想见到你。"雨生低下头，轻声说："我也是。"疆远见她动情的样子，便故意嗔怪道："我回来了，你也不来看我。"雨生说："这不是来了吗，昨天晚上，你家屋里那么多人，我走到院门口又回去了。"疆远听后，心里一动，看来她还是想着我呢，便说："人多怕什么？"雨生说："人多哪有我说话的份儿。""你想说什么，现在说吧。""在这儿？"雨生抬起头，盯着疆远。疆远笑了："走，咱们回家去。"说着就转身要往回走。雨生说："不去家里了，咱们在外边走走吧。"疆远愣怔了一下，他没想到，雨生想和他单独在一起。他说："好啊，去哪儿？""咱们去柳河大堤上坐坐吧，就是稍远点。"疆远说："不怕，正好，我也好多天没走近柳河了。"

坐在柳河大堤上，微风拂面，柳河两岸的垂柳葱郁、枝条摇曳，柳河水欢快而又平静地流淌着，远处，大石桥古朴沧桑、雄健挺拔的身姿在月光下依稀可见。疆远凝望着柳河的景象，心中不无感慨，他说："在北京城里那些天，天天想到柳河，尤其是孤单无助，甚至绝望的时候，心中总会浮现出柳河的景象，就会升腾起温暖和思恋之情，我觉得我命中注定离不开柳河，柳河仿佛始终缠绕在我身上、游走在我心中，甩不掉、扯不断，我今生都要陪伴在它身边了。果不其然，我又回来了，这也许就是命运的安排吧。"

"你真是这么想的？"

"当然！"

"那以后你还想离开柳河吗？"

"也想也不想。"

"什么意思？"

"想离开，是想闯出一条新的人生之路，改变现状，让将来的生活过得更好。不想离开，就是我刚才说的那个意思，也许命里注定不让我离开柳河，就像我这两年参加高考，分数过线了，却录取不了，拿到录取通知书了，还是被退学，所以，不想也好，免得烦恼。"

"就这，那你想过没有，如果不离开柳河，能不能找到改变现状、创造新生活的途径？"说着，雨生扭头盯住疆远。

疆远愣了一下，他没想到雨生突然会问到这样的问题，他想，她今天来找他，不仅是来看望他，一定还有其他话想说，她是有备而来，是动过心思的。

沉默片刻，疆远说："我这样的身体，目前能在村里当赤脚医生，已经很不错了，要是过两年，赤脚医生被取代，乡村卫生所由卫生院统一管理，那我还能干什么，饭碗都没了。"

"看你说的，哪有的事，农村还离不开赤脚医生。"

"农村不是离不开赤脚医生，而是离不开相应的医疗卫生资源，并需要不断改善和提高现有条件和水平。赤脚医生毕竟是土医生，如果不经过深造学习，将来势必要被淘汰。我听说，北京近郊区的乡村卫生所，赤脚医生已经陆续转岗了，取而代之的是按村子大小、人口多少，划分片区设立卫生站，由乡镇卫生院统一派驻医师、护士，医疗水平提高了一大块。所以，将来咱们这里也会那样做的。"

"那你的意思是说，迟早你还是要走出柳河寻找出路？"

"你不希望我离开？"

雨生想了想，说："就没有其他途径了？"

"其他途径？"疆远想了想说："还能有什么途径呢，只有参加高考。"

雨生沉默了一会，突然说："我差点忘了，张军前两天来信了，问你上大学的事呢，他还要你的通信地址，说给你往学校写信，我还不知道怎么跟他说呢。"

"你就如实告诉他我被退学了，迟早他都会知道。"

雨生又说："你以前也说过，赵亮想去当工人，他爸也找过公社里管事的人，只要以后有招工名额，他还是很有希望的。看着朋友们一个接一个都离开了柳河，你将来要是也离开了，就剩下我一个人，真没意思。哦，我不是说，我不愿意你们离开，有好的前途，我为你们高兴，我是说，你要是能在柳河地区寻求新的发展，那就更好了。反正，我是不想离开柳河了。"

雨生说完，两眼望着疆远，等着他回话。

疆远说："你只要努力，也会有机会的，你将来的前景也不会差。再说，你人好，长得又漂亮，将来找个工人嫁了，日子也绝不会差。"

雨生连忙说："我才不想依靠人家呢，当工人的，也未必是我想找的人，我要找，就找个自己既喜欢又敬佩的人。"雨生说完便羞涩地低下头去。

疆远见状，便转换了话题，他问雨生："你还没回答，为什么不希望我离开柳河呢？"

雨生说："不是不希望，而是不希望你离开得太远。"

雨生这一番话的意思，疆远反复琢磨着，他联想到雨生送他去北京城里上大学时，在火车站哭着跑开的情景，他意识到雨生话里有话："不希望你离开柳河太远。"就是说，她希望我能寻求新的发展，但又不希望我远离柳河。去北京上大学，在她眼里是遥远的，这种距离，不仅指地理上的，她是认为我大学毕业后会留在北京城里工作，坐办公室、搞研究，与在农村的她，在心理上、形式上、本质上的差别会越来越大，自己无法弥补，所以，她不得已、被迫、无奈、痛苦，而且还无法向外人言说，只有自己默默地忍受那种离别之苦。那天在火车站，她突然哭着跑开，表明她身心实在无法承受了，她一定以为那次送别，就是彻底的分别了，没想到，他又回到她身边了。而他呢，当时一点也没有意识到。前些天，被退学的事情闹得也顾不上想这些，直到现在，他和雨生才有机会单独坐在一起，重新面对家乡的柳河，面对雨生的提问，他才得以认真地思考这个问题。他猛然醒悟到，雨生心里一直装着自己！此前的拒绝，是她对现实的妥协，是她自卑的表现，是她太善良，不想因为自己而影响他的前程。他内心羞愧、自责，深知自己错怪了雨生，更觉得雨生是个善解人意、明事理、值得自己爱一辈子的好姑娘，只是，此刻他不知道怎样再次对雨生表达心中的爱意。但这次见面，疆远明确了一点，那就是雨生心里还有他，这让他重新看到了爱的希望。

十一月初，冬季征兵工作开始了，一天晚饭后，疆声对兰芳和疆远说："我要报名当兵。"兰芳愣怔了片刻，说道："你前一段时间不是跟我说过，以后哪也不去，就在柳河干一辈子了，现在怎么又变了？"疆声说："情况变了，那会儿，二哥考上了大学，他不在家，我必须留下来，守着您和咱们家。没想到二哥又回来了，有他在，我还是想出去闯一闯，我们哥俩总不能都窝在家里吧。"兰芳说："当兵要能吃苦，你行？""有什么不行的，一人当兵，全家光荣，为咱们家，也为我自己的前途，吃点苦不算啥。"兰芳又说："当兵，好几年不能回家，你不想家？""想家肯定会想，张军写信不就说过吗，在新兵连时，每天训练、又苦又累，晚上躺在床上总想家，还说有的新兵用被子蒙住头，偷偷抹眼泪。但后来适应了就好了，这也不算个啥。"兰芳笑了，说："你想好了，当了兵，就不能后悔，就得在部队好好干，为咱家争光。"疆声说："我既然去当兵了，就一定好好干。""那就好，你先报名，我回头就去找大队长说说，你这是第二次主动报名应征了，如果体检合格，应该能去。"疆远说："部队是个培养锻炼人的好地方，只要你心中有目标，并向着目标去努力，我相信你会有出息的。家里你不用操心，有我和大姐呢。"

一切如愿，年底，疆声应征入伍了，是空军，部队在东北。

入伍那天上午，柳河公社 36 名新兵，身穿上绿下蓝的新军装，胸前佩戴大红花，在柳河大石桥南端的那片空地上集合，两辆军用大卡车早已停靠在那里。公社武装部组织的锣鼓队，分列于军用大卡车两旁，十几名中年男子手握系着红绸布的鼓槌，尽情地挥舞、敲打着，锣鼓声欢快激昂，铿锵有力。为新兵送行的亲戚朋友围在卡车旁，许多人眼里饱含泪水，他们不停地向车上的新兵挥手告别，那感人的场面，疆声至今记忆犹新。疆梅、疆远、赵亮、雨生他们都来为疆声送行，大卡车启动后，缓缓驶上大石桥，驶向县城方向，疆声向送行的亲人们挥手，向大石桥、向柳河挥手，直到看不见他们。疆声望着渐渐远去的家乡，心里默默地说道："再见了柳河，再见了故乡！"

1979 年早春，白雪依然覆盖着东北大地，三个月的新兵训练结束后，疆声被分到某部航空机务大队一中队，随后，又到师教导大队接受专业知识技能培训，结业后，成为一名航空机械员。

在新兵连，疆声因为训练成绩突出，尤其是队列动作、走正步好，是连里的标兵，连长多次表扬他，分兵的时候，连长问他愿不愿意去汽车连？按当时新兵的想法，去汽车连开汽车、学技术，拿车本，又神气又实惠，将来复员了，找工作也不难，每个新兵都希望能分到汽车连，但大多数都是表现优秀的新兵才有这种机会，连长事先能征求疆声的意见，这实际上是提前把好消息透露给他了，但连长没想到他会婉言谢绝。疆声对连长说："我想去机务大队、想去教导队学习航空知识。"连长一听，愣了一会，他摇摇头，叹了一口气，什么也没说，扭头走了。他转身的那一刻，疆声大声喊道："连长，以后每周日我都会去看你的，你永远是我的连长。"连长突然停住脚步，站了几秒钟，却没有回头，也没有吱声，而后就迈开大步离去了。后来，疆声在机务一中队听他们中队长说："他来机务大队，是连长推荐的，说他爱学习，说当空军不学航空理论知识，那叫什么空军战士。"疆声听了，心里十分感动，后来连长转业回原籍后，疆声每年春节前都会写信问候他。其实，疆声在新兵连训练时，就听老班长说过，干机务，是技术兵，要先培训半年，以后还有机会去军区教导队学习，机务大队的干部，大部分都到军区教导队学习过。自此，疆声就暗自想过，自己也要争取当一名机务兵，将来也要去军区教导队学习。

还有一个疆声始终没对别人说过的秘密，那就是，机务兵是空军地勤人员，伙食标准比后勤的汽车连高，很少吃东北的高粱米。在新兵连，头一顿饭主食就是东北高粱米饭，疆声以前没吃过，看到炊事员端出一大盆冒着热气、红扑扑、红里透白的蒸高粱米饭，觉得特好吃，就盛了一大碗，刚吃时感觉挺香，也有嚼头，可越吃越觉得干、硬、噎嗓子，难以下咽，可盛了一大碗，又不能倒回去，只能慢慢地嚼，一点一点地往肚子里咽。那顿饭后，疆声肚子里大半天都在"咕咕噜噜"地翻肠子，此后，再见到高粱米他胃里就反酸水，但在东北，高粱米是主粮，每天至少吃一顿，为这，他心里别扭了好多天。好在过些天后，渐渐适应一些了，但说心里话，高粱米，他还是不愿意吃，那最好的办法就是去机务大队，机务大队是地勤灶，伙食标准比汽车连后勤灶高，很少吃高粱米。

分配到机务大队后，疆声马上写信告诉了家里人。过了几天，他收到了疆远的回信，疆远鼓励他说："你选定了目标，就要努力学习、踏实肯干，实现自己的目标。"疆声看着疆远写的"目标"两个字，感觉是那么亲切、熟悉，耳边仿佛也回响着疆远在说这两个字时的声音。记得在家时，经常听到疆远和他的同学、朋友们在老南屋聊天时，说到"目标"二字，比如，年轻人的理想、人生的奋斗目标。在他的日记里，疆声也多次见到过这两个字，在疆远心目中，这两个字始终是他生命中最重要的词汇，正因为他心中树立了人生目标，才自始至终有前进的动力，才能不断克服困难，不向命运低头。想到这些，疆声心里不由得很是想念疆远，更是佩服他向着自己确定的目标努力奋进的精神。疆声回信时说："二哥，我一定会做到的，像你那样。"疆远在信中还说："开春后，县里的化工厂招工，赵亮当工人了，他现在住在厂里，周日才回家。他五一结婚，新娘子就是大杨村的杨翠娟，你见过的，这些天，他家正请人帮着粉刷房子，置办结婚用品呢，真是双喜临门啊。"

读完这封信，疆声心里既为赵亮高兴，又为疆远忧虑。在柳河村，疆远身边的好朋友又离开了一位，将来赵亮结婚成家，又工作在外，和疆远相处的日子自然就会减少。自张军去年当兵走后，自己也离开了家乡，现在赵亮也离开了，疆远会不会感到孤独？看到亲朋好友都有了新的人生目标，他心里会不会对自己的处境更加担忧、失望、痛苦，甚至会灰心丧气呢？他身边只有雨生，他和雨生的关系能进一步发展下去吗？如果雨生将来也离开柳河村，那疆远该多么孤单啊！疆声越想越为疆远感到忧虑，心里更是挂念他了，可他远在千里之外，爱莫能助啊，疆声心里一酸，眼泪差点掉下来。

在部队，疆声隔长不短地就给家里写信，一是问候母亲，告知她自己一切都好，让她不要挂念他。二是把自己在部队的近况，遇到的问题和想法同疆远交流，听听他的意见和看法。渐渐地疆声发现，他和疆远通信交流的口气，不知不觉已发生了变化，他们不仅是亲兄弟，更像是好朋友，他们相互鼓励，遇到困难共同想办法解决，在这个过程中，他也渐渐变得成熟起来了。

　　转眼，1979年高校招生工作又开始了，疆远来信对疆声说："老师、同学、村里的乡亲们，都鼓励他今年再报考一次，他考虑再三，决定报考，他说这是最后一次参加高考，事不过三，再往后年龄也到限了。"疆声看完信，重新叠好信纸，装入信封收存好，他默默想着疆远在信中说的话，知道他还是不想放弃目标，尽管他已两次遭受打击，两次都以失败而告终。但疆声理解他，也清楚，凭他的学习功底和能力，高考成绩再次超过录取分数线绝不成问题，但他的身体，是一道逾越不了的鸿沟，他还可能因为身体不合格而未被录取，那将再次受到打击，他能一次又一次地承受吗？疆声为此焦虑，却又不能阻止他，到底能不能被大学录取，谁也说不准，万一能呢。疆声回信表示支持，同时也提醒他，做好两手准备，如果再次出现前两年的情况，不要太伤心失落。疆远回信时说："这次我就是抱着试试的心态，有过上两次的经历，我心里已经想开了，参加高考，就是检验一下我的学习成绩如何，或是证明一下我的知识水平，能不能录取，顺其自然吧。"疆远能有这样的心态，疆声当然很高兴，但他还是在心里默默为疆远祈祷着，希望他这次高考能如愿以偿，实现他的大学梦。

　　高考后不久，高考成绩公布了，疆远的考试分数又一次超过了录取分数线。不久，县招生办又通知疆远参加高校招生体检，还是在县医院、体验内容依旧，体检医生大部分还是前两年的那些医生，他们见到疆远，都露出敬佩、赞许的目光，并感慨道："三年了，不易啊，希望今年能过关！"疆远笑着说："借您吉言，但愿如此。"

　　体检结果和前两年相似，体检结果一栏依然标注着："左腿小儿麻痹后遗症。"

　　那年，疆远报考的是师范学院，也在北京城里。直到8月下旬，高校最后一批录取已结束，疆远依然没有收到录取通知书，县招生办的老师说，原因还是身体不合格。疆远连续三年参加高考，无论文科理科，三年高考分数都超过录取分数线，三年被通知参加招生体检，却三年因为身体不合格未被录取的事，在柳河地区，在县城、在全县教育系统中这是绝无仅有的，且无人不知，无人不晓。尤其是在县里的各个中学，在高中毕业班，在准备高考的学生中，没有不知道疆远的人，他已成为柳河地区乃至县里的名人，学生们学习的榜样。就连村里许多家长批评或表扬自家孩子，也都把疆远挂在嘴边。对学习好的，他们说："继续努力，将来要像村东头你疆远叔叔那样考上大学，那才叫本事、才算有出息。"对学习不好的孩子，他们会说："你瞧瞧村东头的疆远叔叔，人家一条腿残疾，学习还那么好，连着三年都能考上大学，你好胳膊好腿的，怎么就不如一个残疾人呢？"被表扬的孩子笑了，被批评的孩子低下头去，对家长们反复提到的疆远、他们的二叔，孩子们是无话可说的，在村子里，谁不认识疆远呢，谁没去过卫生室让他开过药，打过针、扎过针灸、拔过火罐呢。尤其是那些被批评的孩子，脸一阵红，羞愧地埋下头去，农村的孩子懂事早，知道家长供他们上学不易呢。

　　这些年，疆声时常在想，如果是现在，哪怕是再早几年，以疆远的高考成绩，同样是那样的身体状况，他完全可以上大学，何况，还有专门招收残疾人的大学呢。如果疆远当年上了大学，他的人生轨迹又会是什么样子？他会成为一名经验丰富的中医、一名颇有名气的经济学专家或桃李满天下的教授。凭疆远的天赋、刻苦钻研精神、志存高远的心性，一旦外界条件适合，他一定会事业有成，疆声始终相信，也始终是这样想的。疆声还在想，当年年纪轻轻的疆远，内心怎么能承受得了那么大的打击呢？他没有就此消沉、颓废、不求上进，或是怨天尤人，恨命运不公，相反，却越挫越勇。记得第一次参加高考未被录取，他在老东屋躺了一天一宿，第二天一早，竟然背起卫生箱，向村卫生室走去，重新开启了人生奋斗的历程，再次迈开稳健扎实的脚步，一步一个台阶，继续追求人生的理想、实现生命的价值。一天一宿躺在老南屋土炕上的疆远，他究竟想了些什么呢？这是一个永远也解不开的谜。

　　虽然此前疆远已有心理准备，但这一次得知最终结果后，联想到自己高考三连败，自己所付出的努力，最终依然一无所获，尽管他已经承受过前两次高考未被录取的打击，但心中的失落、痛苦依然萦绕在心间，一时难以消除。不过这次，他冷静了许多，情感上也克制着，在别人眼里，他工作、生活依然如故，看不出有什么异样的表现。不少人都感到惊讶，说他淡定得很，说他坚强、成熟。但疆远给疆声的信中，却或多或少还是表露出了自己对生活工作以及前途的忧虑。他说上大学是没指望了，农村卫生室不久也要由公社卫生院接管，赤脚医生将由卫生院的医生、护士替代，他将来都不知道自己能干什么工作。疆远的忧虑也正是疆声的忧虑，在柳河村，疆远如果不当赤脚医生了，那他还适合干什么呢？

第二十五章

1979年深秋，全县的赤脚医生已退出了乡村医疗卫生体系，取而代之的是乡村片区卫生站的逐渐设立，由公社卫生院派驻医生、护士。自此，疆远离开了村卫生室，结束了整整四年的赤脚医生工作。按现在的话说，疆远失业了。不当赤脚医生的他，在村里一时找不到合适的事做，那段日子，他赋闲在家，每天坐在老南屋的方桌旁，看一会书，发一会呆，心里乱哄哄的，不知自己将来的出路何在，整日忧心忡忡。兰芳心里更是为他发愁，但当着他的面，却笑着对他说："不干就不干吧，歇些日子，看看村里或是其他地方有没有合适的事做。"话虽这么说，公社、村里适合残疾人工作的岗位实在是不多，兰芳私下一直在托亲戚朋友打听着、寻找着，还找过大队长，请求说："能不能给疆远安排个在大队值夜班的活儿？工分少点也行。"大队长说："你也知道，现在白天值班的是大队孙会计，夜里值班的是老李头，他是五保户，而且在大队值夜班、打更已不止一年两年了，咱不能无缘无故地把他换了吧？疆远的事，只能再想想别的办法了。"兰芳失望而归，她没有把这个消息告诉疆远，怕他灰心。

兰芳想到去公社，找公社领导说说，那两年，社办企业正在蓬勃发展，许多公社都创办了工厂，规模大小、生产方式、产品各不相同，都是根据本地的实际情况，选择适合的项目开办企业。这些社办企业，每年都会根据生产岗位的需要，在各村选招几名青壮年进厂当工人，人员必须身体好，初、高中毕业，或者有一技之长，比如学过电工、有机动车驾驶证、会开拖拉机或者汽车，要不就是复员军人。这些条件疆远多数都不具备，疆远是残疾人，首先身体就不合格，但兰芳想的是，社办企业，有办公室，需要有人抄抄写写干些动笔杆子的事，工厂也需要卫生室，疆远还可以当卫生员，这都是疆远的长处，身体也能适应，可以试试啊。但她与公社管事的干部一个也说不上话，托人去说，一直也没有回话，她万般无奈，便把这些想法跟疆远说了，疆远琢磨了一会，说："我也有过这样的想法，目前，在村里找出路确实很难，毕竟村里适合我的岗位极少，村里又不富裕，想照顾我也难，不如把目标放到公社，机会总会多一些。"疆远顿了顿又对母亲说，"我中学时的同学董强，前年造纸厂建厂，他就进厂了，现在是货车司机，也算是厂里的老人了，他叔叔是厂长，我回头找他打听打听情况，看厂里有没有适合我的工作。"兰芳说："对呀，你们是同学，又是好朋友，你找找他，让他来家里玩，见面时我也和他说说，那孩子我觉得挺仁义的，也许能帮到你。我呢，也去找公社领导说说，多一条道儿，就多一点希望。"疆远说："我先找董强，听听他怎么说，然后我再跟您一同去公社，咱们两人去，公社领导会更重视，有事也好商量。另外，公社那些领导，谁负责哪块儿工作我大致都清楚，当赤脚医生时去公社开过几次会，他们对我也有印象。"兰芳点点头，没再说话，但心里依然纠结、忧虑着。

当年，柳河的社办企业有两家，效益、规模比较好的是造纸厂，虽然那只是一个不到百人的小型企业，但在改革开放初期的农村、在此前几十年从未开办过工厂的柳河公社，已经是很了不起了。短短两年时间，已顺利完成了从建厂到生产的全过程，并依托本地区一家大型国有水泥生产企业，与其签署了承包该企业产品包装所用的纸张、纸袋、纸箱等绝大部分纸质用品的生产制作合同，仅此一项，一年就可盈利几十万元，由此可以预见，造纸厂不久将会更加红火，成为公社甚至全县由社办企业带动农村经济发展的先进典型。这样的企业，更需要对外宣传，扩大影响，提高知名度。同时，随着经济效益的持续提升，企业的名声越来越大，其他县、公社的企业负责人、公社主管经营的领导，以及县市有关部门的领导、广播电台、报社的编辑记者，也难免会来到企业参观、学习、采访、检查指导工作，公社和厂里领导要接待、要介绍生产经营情况，要准备大量的文字材料，特别是厂领导，既要抓生产，还要处理厂里方方面面、大大小小各种事物，精力有限，分身乏术，又都是农民出身，都只有初中文化，虽然脑子灵活，点子多，干活有好身板、有力气，不怕吃苦，但要让他们坐下来，拿起笔写报告、写总结、写板报、画图表，或者动手制作标语横幅，那可真是为难他们了。甭说写万儿八千字，就是几百字的文章，也觉得费劲，不如让他们干活痛快，写文章实在不擅长，一个字：难！两个字："难死！"而能及时写出让上上下下、里里外外都比较满意的文章的人，在社办企业里一时还难以找到。

厂长是疆远他们邻村的人，从他侄子董强那里早就听说过疆远，也曾见过面、打过招呼，有些印象，只是不很熟悉。最近，侄子又几次在他面前提起这个同学，还郑重地向他推荐说："我那个同学，尽管一条腿有残疾，但生活完全可以自理，除了重体力活儿，其他什么都能干。他在村里当了四年赤脚医生，东奔西走、走街串巷为村民看病、送医送药，他都胜任了，也从不叫苦喊累。他学习好，人聪明，三次参加高考，三次分数超过录取分数线。他文笔也好，上学时他写的作文，每次老师都会当范文在班里朗读，上初中时就写过长篇小说，虽说没出版，但一个中学生能写出那么长的小说绝对不简单，咱们厂，现在就缺少这样的笔杆子。而且，他人品好，在学校时就主动为同学辅导功课，即便是欺负嘲笑他身体残疾的同学，他也不计较，在学习上依然主动帮助他们，最终他们都被感动了，都成了他的好朋友。他做事认真负责，善于动脑筋，咱们厂要是多几个这样的人才，将来一定有大用。厂子要发展，人才很重要，说老实话，在乡村，像他这样学习好、品行好的青年人难找啊。"

董强的话，将他的厂长叔叔说得心服口服，他说："你这同学确实不错，我也有耳闻，特别是他考大学的事，在柳河家喻户晓。厂里也确实需要有一个像他这样的人，只是他的身体状况，的确不符合厂里规定的招工条件，这要是破了厂里的规矩，以后再有这样的情况，厂里怕不好处理啊。"董强说："这有什么不好处理的，谁反对、谁要拿他的身体状况说事，你就问他，你是残疾人吗？市、县、公社，各级政府都有关于残疾人生活工作方面的特殊政策，就是照顾也有据可依。再说了，你还可以问他，你是高中毕业吗？会看病吗？会写文章吗？再不行，就来个考试，择优录取，数理化、语文政治、历史地理，看看他们谁能考得过我这同学。"董强越说越激动，他叔叔听着听着禁不住呵呵笑了："你说的也不是没有道理，以后，厂里还要成批地招工，那时，可以采用考试的方法，择优录用。可现在，是个别岗位急需用人，考试厂里没有准备，也来不及，再说，厂里招收办公室行政人员，属于重要岗位人员，还需要公社领导同意。我回头请示一下主管企业的曹副主任，听听他的意见，我是绝对认可你那个同学的能力，也会推荐他的，但最终还要看公社领导是什么意见。"

第二十六章

　　很快，董厂长就为招收疆远进厂的事，专门去公社找了曹副主任，他先是向曹副主任详细汇报了工厂目前的状况和下一步发展方向，而后，又说明了需要解决的问题。其中重要一点，就是缺乏对内对外做宣传工作的人才，他考虑好长时间了，也物色了不少人选，最终选中了疆远，想招收他当办公室秘书，负责文案及宣传工作。他还说，疆远是个笔杆子，胜任工作没问题，唯一不足的是他身体有残疾，不完全符合目前厂里的招工条件，但他符合市、县、公社三级政府制定的照顾残疾人工作和生活的规定。曹副主任听到这儿，完全明白了，便问："你是要征求我的意见吗？"说着，他呵呵笑了："你是厂长，你有用人权，虽说目前厂里招工用人公社还要把关，以后，随着改革开放不断推进，我们也要跟上形势，不能什么事还大包大揽，该放权就要放权给企业，让企业自主经营管理、自负盈亏，厂里的事厂里自己决定，公社原则上不再介入。目前虽然还没有完全实行，但这件事，你先写个报告，公社领导开会时，我请大家审议一下。你说的这个柳疆远，我也见过，他的情况我早就听说过一些，三年高考，三年过线，这个年轻人不简单啊！但具体他能不能进厂，还要听听其他领导的意见，结果我会通知你的。总之，厂里将来的发展，要打破固有的框框，尤其是在用人方面，社办企业的发展人才是关键环节啊。"曹副主任的一番话，让董厂长心里踏实了许多，也明朗了许多，更觉得侄子董强说的话有道理。他突然意识到，现

268

在的年轻人，有知识有文化，头脑灵活，比他们这一代人更有想法，更有魄力啊，如假以时日，定会干出更大更突出的成绩，将来新农村的发展建设，得靠他们了。

董厂长找曹副主任的事，傍晚下班回到家后，就和侄子董强说了，董强一听，高兴地说："谢谢叔叔，我也替我的同学疆远谢谢您。"董厂长说："说起来我还得谢你呀，厂里需要人，是你帮助我推荐，否则，我还真没想到疆远这个残疾人啊。"董强说："叔叔，您可不能歧视残疾人啊。"董厂长说："我不是歧视，我是说人们的思维都习惯了，企业招工用人，想到的头一条就是身体健康，因此，谁会首先想到残疾人啊。政府制定照顾残疾人工作的相关政策，鼓励企业招收残疾人，是对残疾人的关爱。这件事，也让我受到不少启发，无论做什么事，既要全面综合考虑，又要针对特殊情况特殊对待，不能一成不变，要敢于突破常规，只要对厂里有利，对厂子好的事就大胆地去做，你说我说得对不对？"董强说："叔叔您说得对，太对了，要不您能当厂长，思路转变得就是快。"董厂长呵呵笑着说："你小子，就是嘴甜、会恭维人。"董强也呵呵一笑，随后转身离开了叔叔家。

吃过晚饭，董强就骑着自行车直奔疆远家，车子还没进院门，他就使劲按响了车铃，"叮铃铃、叮铃铃、叮铃铃"，清脆的铃声传进屋来，疆远先是一惊，天都黑了，谁会来呢？随后，推开屋门，见董强已进了院，他笑呵呵地对疆远说："老同学来了，也不出来迎接啊。"他一惯爱开玩笑，疆远跨出屋门，脸上带着笑容，说道："有失远迎、有失远迎，快请快请。"董强仍是呵呵笑着对疆远说："慢着点、慢着点，小心台阶。"他快步走到疆远身旁，伸手扶住他的胳膊，怕他摔着。疆远依然笑着说："这是我家，脚底下熟着呢。"进了屋，兰芳忙着沏茶倒水，她说："你们哥俩先聊着，我去东屋给你们洗点甜枣吃。"说着就往外走。

疆远望着董强，心里在想，他大晚上跑来，一定是有事说，莫非是前几天找他说的事，有了消息？可又一想，不会这么快吧，不过也没准，董强这个人性子急，干事利索，从不拖泥带水，这么多年的同学、朋友，他了解他的脾气秉性，也许，他真是带来了什么消息要告诉他。这么想着，疆远便问："好久不来我家了，今天来，是有什么好事要告诉我吧？"说这话时，疆远微笑着，表情也显得挺放松。其实，他心里既焦急又忐忑，自打离开了赤脚医生的工作岗位，这么多天闲在家里，既不能给家里挣工分增加收入，又不能帮着母亲干多少家务活，还得让母亲替自己操心着急，在家吃闲饭，他怎么能待得住，心里怎么能安稳？他恨不得马上就能找到一份工作，哪怕是在一个单位值夜班，看大门，收发报纸信件呢，无论干什么都成。

董强说："没事就不能来啊，来看看你，看你最近又看了什么书，有没有写小说啊。"董强依然呵呵笑着，不紧不慢地说着，看上去还有几分故意调侃的样子。疆远说："哪儿还有心思写小说，饭都快吃不上了。"董强说："瞧你说的，哪有那么邪乎。"说着他还像模像样地端起茶杯，慢慢地呷了一口，仔细地品味着，咂摸着，接着说道："婶儿沏的这茉莉花儿茶，挺香。"他看了一眼坐在身边的疆远，放下茶杯，又故意慢条斯理地说："最近，我开始学着喝茶了，原来也喝茶，一口气能喝下一大杯，那是为了解渴，从来没咂摸过滋味，真正喝茶，是有讲究的，比如……"疆远没等他说完便打断了他的话："今儿个，咱哥俩不说喝茶的事，哪天我买点好茶请你喝，你快给我说说我请你办的事有没有点进展？"董强见疆远真的着急了，便止住笑，一脸严肃地说："好吧好吧，看把你急的，咱们言归正传，刚才我是开玩笑呢，知道你心里烦，想给你开开心，看来效果不佳。好了，我跟你说啊，造纸厂招办公室文秘的事，我跟我叔儿，十分郑重、理由充足地推荐了你，还不止一次，那几天我是天天缠着他，一见面就说你的事，今天，我刚到家，我叔儿就把我叫过去了。他说，招收你进厂的事跟公社曹副主任汇报了，曹副主任说让他写一份报告，提交上来，等下次公社领导开会时研究确定。听我叔儿的意思，曹副主任没意见，就看公社其他领导的意见如何，总之，我觉得这事有戏。你就耐心等待吧，有什么进展，我肯定会第一时间告诉你，我知道你心里急，但我还是要劝你，别急，沉住气。"

疆远听后，心里既高兴又感动，他连声说："谢谢、谢谢，让你受累，给你和董厂长添麻烦了。"说着，疆远便端起茶壶又给董强续上一杯。董强又呵呵笑了，说道："老同学，啥时学会客套了啊。"疆远脸上微微一红，不知说什么好了。董强又说："咱们是多年的老同学，又是好朋友，上学时，你不是总帮助我复习功课吗，我都没说过这么多谢谢，你干嘛这么客气，那是见外啊。再说，现在是厂子里需要像你这样能写会画的人，只是他们担心你的身体。其实，做文秘工作，你的身体完全能胜任。"疆远说："要是人们都像你这么想就好了，可是……""没什么可是的，你不用总这么担心，踏踏实实等结果吧，我觉得这事能成。"疆远想了想说："既然董厂长没意见，又和曹副主任交换了意见，应该没问题了，但愿能如我们所愿吧。""那你就赶紧准备好茶，下次我来，专门喝你买的好茶庆祝一番。"董强又在寻开心。

他们俩人说得正欢，兰芳端着一碗刚洗干净的甜枣走进屋，对董强说："没啥好吃的，你尝尝咱家树上结的枣儿甜不甜。"兰芳将一碗甜枣放到董强身旁的方桌上，而后坐到土炕边，对董强说："疆远的事，让你和董厂长操心了，你帮我给董厂长带个话，就说我谢谢他，改天请你们到家里坐坐，我给你们做顿饭吃，再买一瓶好酒，你们爷仨喝几盅，也算我们一家人的心意了。"董强说："大婶，瞧您说的，我和疆远是好同学好朋友，我能帮的一定会帮，您不用这么客气。以前上学时，疆远也没少帮助我，我们这叫相互关心相互帮助，这才叫哥们呢。"兰芳笑了，说："这孩子，话说得实在，也在理，大婶听着心里就高兴。"

　　董强走后，兰芳又和疆远商量，要不要再去公社找找曹副主任？兰芳的意思是事情做到这一步，厂里应该没什么问题了，不知公社的意见如何，再找找曹副主任，会不会更好些，也能直接听听他的意见。而疆远却担心，既然董厂长已经跟曹副主任说了，他说等开会研究确定，如果再去找，曹副主任心里会不会反感？再说他也忙，公社大大小小的事情那么多，咱这点事再去打搅他怕是不合适。兰芳理解疆远的心情，也知道他为人处世的原则，他心地善良、做事总是先考虑对方的感受，甚至为了顾及别人的面子，不愿给别人添麻烦，也尽量不求人，凡事自己努力去做，这里面当然也有那么点抹不开面子，有那么一点自尊心在牵扯着他，尤其是对还不太熟悉的人。疆远说过，一个人是要有点尊严的，学会给自己留面子。而兰芳仍坚持说着自己的想法："目前你没有工作，却遇到了适合自己的岗位，机会难得，关键时刻，是不是应该更主动更积极地去争取呢，向公社领导说明自己的心愿，并表示自己一定能干好工作的决心，这样不是更好吗？"兰芳的话疆远觉得不无道理，他想了想，说："曹副主任来咱们村时，我见过他，也说过话，我的情况他也知道一些，尤其是我考大学的事，他下乡时在村里见到我，还安慰我说，就是上不了大学，以后也会有用武之地的，我觉得他对我印象挺好，现在，正是需要他帮助的时候，找找他，也许能得到他的支持。"兰芳说："你这么想就对了，该求人时就得求人，或许，这也不叫求人，不是有句话叫什么毛、毛什么自荐来着？"疆远说："毛遂自荐。""对，就是这个毛、毛什么自荐。"

　　第二天上午，疆远就骑着疆梅给他买的那辆女款"永久"牌自行车，径直朝公社奔去。

　　在公社大院门口，收发室的老韩问："你是柳河村的柳大夫吧，这一大早来公社找谁啊？"老韩五十多岁，是乡里的临时工，人憨厚热情，见谁都爱主动打招呼。疆远说："找曹副主任。"老韩扭头隔着传达室的窗玻璃，看了一眼室内墙上的挂钟说："离上班时间还有一会儿呢，到我屋里坐会儿吧。"疆远把车放入停车棚，而后，便走进了传达室。老韩给疆远倒了一杯白开水，两人便闲聊起来。

疆远心里装着事，嘴里说着话，眼睛却瞄着窗外，好像曹副主任会跑掉似的。老韩看出了他的心思，笑着说："你不用担心，曹副主任每天都骑车上下班，他来了，也要把车停在存车棚，也得从咱们眼皮子底下经过，他就是鞋底子抹油也溜不掉。"疆远笑了一下，心想，老韩这人还挺幽默。

正说着话儿，曹副主任就骑着自行车进了大院，径直去了存车棚。老韩说："瞧，来了。"便推门走了出去，疆远紧跟着也出了屋。

老韩站在传达室门外，等着曹副主任锁好车，从停车棚走出来，便迎上去说："主任，有人找您。"曹副主任先是一愣，随后问："谁啊？"老韩用手指了一下身旁的疆远，疆远随口叫了一声："曹主任，是我，我是柳河村的柳疆远，从前在村里当赤脚医生。"曹副主任望着疆远，微笑着说："柳疆远，我记得你，印象最深的是你连考三年大学，三年都超过分数线，三年都因为身体不合格没被录取，太可惜了！"疆远略显羞涩，脸上微微有些泛红。曹副主任问："你这么早来，找我有什么事？到我办公室去说吧。"说着便往办公室那边走。疆远跟着曹副主任往前走了几步，心里多少还有些紧张，忙说："谢谢主任还记得我，您忙，我就不去您办公室了，就在这儿说吧，就说几句话，不占用您太多工夫。"曹副主任停下脚步，转过身来，笑着说："那好吧，就在这儿说。"疆远正要张嘴，却突然感到不知从哪儿开口了，来时想好的话，一下子全忘了，他太紧张了，望着曹副主任，半天说不出话。曹副主任见他心事重重、紧张得一时又说不出口，便想到，他一定是想说进造纸厂上班的事情，想到这，曹副主任便主动问道："你是想跟我说你进厂工作的事吧？这件事，厂里已向我请示过，你的情况，公社也了解，你先回去耐心等待，等公社开会研究后，具体情况厂里会通知你的，你放心，我们会考虑你的实际情况的。"说完，曹副主任亲切地望着疆远。疆远依然显得很紧张，他只是连声说着："谢谢主任、谢谢主任。"曹副主任说："不用谢，你要没别的事，我就先走了，一会还有会。"疆远忙说："没事了、没事了，您忙吧，打扰您了。"

望着曹副主任离去的背景，好一会疆远才转回身朝停车棚走去，他这会儿心里才感觉松弛了一些，也才觉得自己刚才太窝囊了，想说的话、想表达的意思一句也没说出口，他有些后悔，也有些懊恼，觉得自己太没用了，这点事都办不成，他呆呆地站在自行车旁发起愣来。这会，公社的工作人员陆续来上班了，有骑车的，走路的，看他站在那里，许是因为陌生，又是个残疾人，人们不由得都把目光投向他，虽然没有谁和他打招呼，他也不熟悉那些人，但他还是感到有些尴尬、窘迫。此刻，他大脑中的第一反应就是赶紧离开这里，否则，若有人问他干什么的，他真不知道怎么回答好。他连忙推着车朝大门口走，在传达室窗外，他向坐在屋里的老韩挥挥手，算是打了招呼，就骑上车，头也不回地往回奔。

路上，他心里忐忑着，不知回家后，母亲问到他时，他怎么回答。同时，心里愈发郁闷，为自己刚才的窝窝囊囊、羞怯扭捏的表现感到惭愧。这样的表现，展示在曹副主任面前，那不是给他留下一个很不好的印象吗？那他会怎么看我？疆远越想心里越是不安，不成，不能就这样了事。想着，他停下车，掉头又往回骑，他要再去找曹副主任，在他面前，重新把自己要求进厂干好工作的想法、决心全部说出来，让公社领导了解自己、相信自己有这个能力，一定能干好这份工作。他越想心里越急，骑车的速度也越来越快，不一会，他就回到了公社大院，在院门口，老韩问他："怎么又回来了？"疆远说："我还有话和曹副主任说，刚才忘了。"老韩说："唉，他刚坐车出去，听司机说，是去石窝乡开现场会，县里组织的。"疆远一听，顿时愣在那里了，心里想这下完了，今天见不到曹副主任了，过两天再来，还为这事，怕是更不合适了。可事已至此，他也只能无奈地望了一眼公社那一排排灰砖砌筑的办公房，转身低着头，又推着自行车走出了公社大院。

回去的路上，疆远骑车的速度很慢，好像身体一点力气也没有了，心情也沉闷到了极点。公社在柳河镇中心，一出门就是镇街，上午，街上来往的行人、行驶的车辆渐渐多了起来，车声人声起起落落，交杂在一起，虽然热闹却也显得嘈杂。镇街外不远处，就是柳河大石桥，疆远突然想去那边看看，四年前，他在镇中学上高中，高二那年，三弟用自行车驮着他，每周六天，每天都要往返于此。经过大石桥时，他望着河水静静地流淌，心情总会变得安稳舒畅起来，这么想着，疆远就将车子调转了方向，朝大石桥那边骑去。到了那里，他推着车，从大石桥旁边的坡道慢慢走下去，来到桥下的河堤上，而后沿着河堤，向河的下游走去。这会儿，河堤上没有人，河岸两边垂柳成行，在微风的吹拂下，枝条摇曳、跳荡，有几棵靠近河边的垂柳，绵软细长的柳枝探入水中，微风吹来，轻轻摇摆，水面上漾起一波一波的涟漪，恬淡而又温馨。疆远默默地走了一会儿，回头看看，离大石桥远了，离公路远了，这里比镇街、比大石桥上安静了许多。疆远将车停放好，找了一块干爽的地面坐下来，他两眼望着河堤下寂静流淌的墨绿色的柳河水，渐渐地脑海里便涌出过往许多清晰的画面。

那是初春的清晨，疆梅带领着疆远和兰芳，步行七里多路赶到镇中学，兰芳站在校长面前，用祈求的目光望着他，用诚恳的语言请求他，希望疆远能被安排住校学习……

还是那样的清晨，疆梅和疆声分别推扶着自行车，车上驮着疆远住校用的行李物品，像驮着两座小山，行走在前往学校的路上。途经大石桥时，疆梅讲述着那些身体健壮的小伙子站在石桥栏板上一跃跳入河水中的故事，那时，疆远的内心多么希望自己也如同那个小伙子一样，跃身跳入柳河，获得人们的惊呼与赞叹啊……

学校大门旁那间低矮潮湿寒冷阴暗的临时宿舍里，冬日多少个孤独寂寞的夜晚，疆远因寒冷睡不着觉而趴在被窝里，翻阅不知被他翻阅过多少遍的课本、文学书籍……

学校教职工食堂大厨洪师傅，下班给疆远送来剩饭菜时说的那些善良而又饱含同情的话语……

高中毕业一年多后，国家恢复高考制度，连续三年，疆远报考，成绩都超过录取线，却都因为体检不合格而未能被大学录取。兴奋、忐忑、焦虑、无奈，痛苦、心灰意冷，甚至绝望，以及最终从绝望中挣脱出来，重新面对现实、重新振作精神，内心那刻骨铭心的挣扎、搏斗、呼喊，有谁会知晓呢？又有谁能体会得到，那是怎样一段饱经磨难、难以忘怀的漫长而又无奈的岁月啊……

还有那些日日夜夜，在老南屋的灯下，疆远面对自己的身体，手持钢针，找寻穴位，一次次将钢针扎入体内的那种疼痛、恐慌、颤抖、麻木、快乐、满足的感受，直至上百次地重复那种感觉后从中获得的成就感，又有谁能感受得到呢……

记不清有多少次疆远背着药箱，深夜冒雨行走在泥泞的村道上，滑倒又爬起来，身上沾满泥水，却坚持赶往病人家中。更说不清他当时心里是怎么想的、是什么在支撑着他一步一步走下去的……

如今，疆远离开学校四年了，又离开了他喜爱的赤脚医生岗位，失业在家，前路未卜，面临新的困难与挑战，他困惑、焦虑、迷茫、痛苦，同时，新的烦恼又向他袭来。刚刚在乡政府，面对曹副主任，自己竟没有把心里要说的话说出口，错过了一次表达心愿和决心的机会，他担心自己那种唯唯诺诺的样子，给曹副主任留下不好的印象，那他入厂工作的事怕是不会有指望了。

如果说，以往的挫折也好，磨难也罢，他都挺过来了，也都克服了，如今，面对寻求新的工作岗位这件关系到他的生活、工作、前途、发展的事情，他一时却不知如何是好了。就眼下而言，他回家还不知怎么同母亲说，也不知下一步该怎么办更好，他此刻大脑一片空白，以往的聪明智慧、坚强勇敢不知这会儿都跑到哪里去了，让柳河水冲走了吗？他呆坐在河堤上，茫然地望着流淌的河水，时间一分一秒地流失掉，太阳已不声不响地爬到头顶，阳光洒向河面，伴随着河水的流动，反射出一波一波耀眼的银白色的光芒，那光芒映入他的双眼，晃得他不得不闭上眼睛，好一会儿才睁开。正是那道银白色的光芒，让他眼前豁然明亮起来，神情也为之一振，他仿佛一下子就从困顿迷茫之中摆脱出来了，像换了一个人似的。他脑海里瞬间就蹦出一个念头，不能放弃，既然没有说出来，那就把自己的想法、意愿、决心统统都写出来，用自己的笔，绘声绘色地写一封长信，邮寄给公社领导，也许，这样的做法更能展示自己、发挥自己的特长！这么一想，他的心情畅快了不少，随后站起身，想到自己出来已这么久了，母亲在家一定等急了，于是，他拍拍屁股上的灰土，推着车，朝大石桥上走去。

回到家，疆远坐在老南屋的方桌前，拿出纸和笔，凝神思考了一会，握笔写道：

尊敬的公社领导：

我是柳河村村民柳疆远，四年前于镇中学高中毕业，回乡后当了一名赤脚医生，一个多月前，因乡村医疗卫生体系的转变，我离开了工作岗位，目前，待业在家。我是一名左腿残疾的青年，但我日常生活完全可以自理，身体也没有其他问题，除去重体力劳动不能胜任外，很多劳动（体力、脑力）我都能适应、能完成，在村里四年的赤脚医生工作中，我走街入户，不分白天黑夜上门为村民看病，都能坚持下来并很好地完成了本职工作，因此，我相信我还能做许多其他方面的工作，但目前，柳河村一时还没有适合我这种身体状况的工作岗位，我还年轻，我需要工作，需要自食其力养活自己，不能成为家庭及柳河村的负担……

柳河之子

疆远接着写道：

柳河的社办企业近两年每年都招收人员入厂，最近，得知造纸厂拟招聘一名办公室文秘，我考虑再三，确信自己完全可以胜任，根据招聘条件，除去身体条件外，其他方面我自认为不比其他人差，理由是：

一、我在柳河村当了四年赤脚医生，与身体健全的人相比，其间，我克服了比他们更多的困难，由此，也磨炼了我的意志品质，增强了吃苦耐劳的精神，增长了实际工作经验，我相信自己能胜任并有决心干好这份工作。

二、我掌握公文写作的各种文体，文字基础比较扎实，文笔流畅，具备较好的写作能力，可负责厂里各种文字资料的写作、整理。我的毛笔字、钢笔字书写工整规范，可以写标语、对联，写板报，还可以做条幅、画宣传画。以后，类似工作都不用请外人帮助，减少厂里的人员开支。关于上述内容是否属实，可通过我初中、高中时的学校老师及同学验证，并可通过笔试来考核。

三、自初中起，我就喜爱文学，课余时间阅读了一些文学书籍，自学写作基础理论知识，写过长篇小说等文学作品，由此，提高了自己的写作水平与能力，我可以写通讯报道，向县、市报刊及广播电台投稿，宣传咱们企业及公社的好人好事、发展变化，扩大影响，提高咱们社办企业和公社的知名度。

四、我会骑自行车，外出也方便，有外出工作任务也不受影响，我也愿意以厂为家，如果需要，可以加班加点，吃住在厂里，为厂里多做工作，我单身、没负担。

五、我自愿提出三个月的试用期，如不能达到岗位工作标准，我无条件自动离岗。

六、我如此想获得一份工作，就是不想成为吃闲饭的废人，更想证明自己、证明一个残疾人也能通过自己的努力，通过劳动，实现自我价值、以及人生理想。

......

恳请公社各位领导考虑我的请求，谢谢！

此致

敬礼

柳疆远

1979 年 12 月 16 日

疆远一口气将信写完，又反复读了几遍，觉得满意了，这才放下笔，长出了一口气，随后，将信纸小心翼翼地叠好，装进一个牛皮纸信封中，用浆糊把封口粘牢，又用手使劲按压了两下，这才放下心来。

收信人虽然没有写曹副主任，但疆远相信，作为分管社办企业的领导，曹副主任肯定会看到。

下午，疆远骑着车，来到镇街邮政所，将那封信投进了邮筒。

骑车回家的路上，疆远心里踏实了不少，仿佛一块石头终于落地了。

做完这一切，疆远才把上午到公社找曹副主任、刚才把信发出去的详细情况，以及信里写的内容一股脑向母亲叙说了一遍，兰芳听后，想了想，说道："咱们该说的说了，该找的人找了，事情能不能成，那就看天意了。"疆远说："哪有什么天意啊，妈，您甭信那个，要信，就信事在人为。"

第二十七章

12月30日上午，柳河村的大喇叭，传出孙会计清亮的喊话声："柳疆远、柳疆远，听到广播到大队部来一趟，听到广播到大队部来一趟。"疆远坐在老南屋的方桌旁看书，忽然听到大喇叭喊他的名字，起初，他怀疑自己听错了，自从不当赤脚医生后，已经很久没有听到孙会计用大喇叭喊他了。以前，每天都要喊他好几次，不是通知他到谁谁家去看病，就是说卫生室有病人等他，他的名字比大队长出现的次数都多。而今，隔了这么久，突然又听到大喇叭喊他，他真觉得有些不适应了，又仔细听了两遍，大喇叭确实是在喊他，心里便琢磨起来："谁找我，什么事？"兰芳这会儿也听到了广播声，走进老南屋对疆远说："大喇叭喊你呢。"疆远说："我都两个多月没上班了，喊我去大队部干什么？"他心存疑虑地走出了家门。

疆远来到大队部，见大队长坐在屋里，疆远问："大队长您找我？"大队长说："是有好事通知你。""啥好事？"疆远半信半疑地望着他。"公社造纸厂招办公室文秘的事，厂里和公社研究后同意录用你了，刚才公社造纸厂的董厂长来电话说，让你一会儿去厂里报到，过了元旦，就能正式上班。"大队长一板一眼地说着，脸上带着喜色。疆远一听，心里既惊又喜，他没想到这事终于有了结果，忙说："谢谢大队长。"大队长说："你得谢董厂长和曹副主任，是他们坚持要招你进厂，尽管他们征求过大队的意见，我当然是同意了，但大队没有给你创造合适的工作岗位，这一点大队确有难处，希望你能理解。以后进了社办工厂，但你还是咱柳河村的人，有什么事需要大队帮助的，尽管说，毕竟，你为咱们村出过不少力，尤其是为村民防病治病，贡献不小啊，柳河村的村民心里都有数。"

大队孙会计也说："是啊，咱们大队一时还真没有合适的位置安置你，去社办工厂是好事，只是咱们村少了一个肯为村民干事的人，大伙知道你离开村里，一定都舍不得、都会惦记你的。"大队长和孙会计的一席话，让疆远心头一热，觉得自己在柳河村这四年的付出和努力没有白费，领导、同事和老乡亲们对自己还是认可的，为此，他心里感到很欣慰。他说："我永远是柳河村的人，村里和乡亲们有什么需要我做的事你们尽管说，我还会像从前一样尽力去做好。"大队长笑着说："有你这句话就行了。"

回到家，疆远就把进厂报到的消息告诉了母亲，兰芳一听，乐得合不拢嘴，她连声说："这下可好了，这下可好了！工作的事总算有着落了。一会你见了董厂长，代我谢谢他，就说，我想请他来家里吃顿饭，表达一下谢意。"疆远说："话可以说，但董厂长是不会来的，您想啊，我刚进厂，厂长就来咱家吃饭，别人见了会怎么说，对董厂长的影响也不好啊。"兰芳一听，觉得这话有道理，但心里还是觉得过意不去，便说："那总该谢谢人家吧。"疆远说："我以后好好工作，不给他丢脸，就是对他最好的感谢。"说完，疆远就骑着自行车，满心愉悦地朝公社造纸厂奔去。

头中午，疆远去厂里报到回来后，心情与去时相比，则少了几分欢快，多了几分忧郁。兰芳问他："入厂手续都办好了？"疆远说："办好了。""在办公室当秘书？"疆远说："看大门。""什么？看大门？不是说安排你当秘书吗，怎么变了？"疆远叹了口气说："我报到后才知道，原来厂里还招了一名今年刚从镇中学毕业的女高中生，人长得标致，个子也高，说话做事看着挺利落，副厂长说，以后来厂参观交流的领导、客户会越来越多，接待工作跑前跑后的很繁重也很关键，需要一名形象气质佳、身体好的年轻女同事负责。但是，咱们厂毕竟建厂时间不长，规模也小，经济效益还需要提升，厂办不能设两个秘书，所以，把你暂时安排到后勤组，白天负责看大门，厂里的文案、宣传等工作，需要的时候你兼职去做，毕竟看大门的工作比较灵活，如果忙不过来，厂里可临时安排夜里打更的人员顶替你，再把你抽调到办公室也不会耽误事。既然领导这么说了，我也不能再说什么，只好听从安排。"母亲问："那董厂长怎么说？"疆远说："我没见到董厂长，我问过，副厂长说他外出办事去了。"兰芳叹了口气，半天没吱声。疆远安慰道："妈，这已经挺好了，像我这样的身体，厂里能接收我，就已经很不错了，总比闲在家里强，也许，干一段时间后，厂里还会调整的，我相信董厂长在用人上是有标准的。"兰芳听疆远这么一说，轻声叹了一口气："唉，那不委屈你了。"疆远说："我想得通。"

晚上，董强骑着自行车突然来到疆远家，进了门，见他还气喘吁吁的，脸色阴沉着，看上去神情也不大对劲儿。疆远问："你这是怎么了，脸色这么难看？"董强说："我刚和我叔儿吵了一顿，我真没想到，厂里会那样安排你的工作，让一个小丫头顶了你的位置，我问我叔儿，这是为什么？起初他不说，让我别管，我心里不服，一再追问，凭什么说好安排你在办公室当文秘，却被别人替代了，这不公平啊。我叔儿见状，叹了口气，很无奈地说，我一时也无能为力啊，那女孩是公社大领导家的亲戚，人看着也还不错，又是高中生，但和疆远比，工作经验、能力肯定会有不少差距，但领导的话，厂里也不能不听呀，领导说了，柳疆远可以照顾进厂，那女孩年轻有文化，也可以好好培养嘛，你说，我怎么办？我和领导也讲了招收柳疆远进厂的理由，但领导最后说，那就给你两个进厂名额。言外之意，要招就两个，要不就一个也不招，我只好从长计议，把两个都招进厂，否则，疆远以后也难有机会进厂了。"疆远听后，安慰董强说："我已经很知足了，这还得感谢你和董厂长大力帮助呢，要不然，像我这样的残疾人，进厂当工人难啊。"董强说："没啥好谢的，这事办得不圆满，我气儿不公。"

那天晚上，董强和疆远聊了许久，他离开疆远家时已是夜里十点多钟。不久，疆远就写信把这些事都告诉了疆声，还说："以后给家里写信，就直接寄到厂子里，信件都由我来分发，这样我第一时间就能看到你的信。"疆声看完疆远的来信，沉思了许久，他觉得无论如何，疆远进厂上班，对他、对母亲、对全家来说都是一件喜事，尽管其中有些遗憾，但他依然为疆远高兴。

新年那天，雨生在家准备了一桌晚饭，荤素六个菜、56度龙泉白酒一瓶，足够丰盛了，说是为庆祝疆远进厂，开始新的工作和生活。还说，新年新气象，六个菜，预示着大家今后万事"六六"大顺。她还请来董强、赵亮、大队孙会计和卫生室的杨大夫，或同学或朋友，都不是外人，大家在一起喝酒、聊天、品尝雨生做菜的手艺，当然，大伙都知道，这饭菜大部分都是她母亲的功劳，但这并不影响他们欢快的心情。

疆远自从去年秋天高考未被录取到现在，从未像今天晚上这么高兴，他说感谢雨生，也感谢在座的每一位朋友，还有不在场的朋友，他说："是你们在我遇到挫折困难时，一直陪伴我、鼓励我、帮助我，才使我坚持下来，今天借这个机会，我郑重发出邀请，下周日晚上，大伙都到我家去，我也要请客。"大伙一听，兴奋地拍手叫好："我们一个人也不能少，准时赴约。"

吃完饭，天已大黑，董强路远，先走了。杨大夫和大队孙会计家里有老人和孩子需要照顾，也先离开了。剩下疆远、赵亮和雨生，三人坐在桌旁喝茶。疆远和赵亮都喝了酒，脸色微红，借着酒兴，话也多了，赵亮对雨生说："疆远现在工作有了着落，咱们做朋友的心里都踏实了，虽说进的是社办厂，但每月也拿工资，算是旱涝保收，只要厂子在，就有工作干，就有饭吃。再说，凭他的能力，还有董厂长和董强他们帮助，将来肯定会发展得更好，生活也绝对差不了，甚至比村里许多人还要强，你说我说得对不对？"赵亮望着雨生，他是话里有话。雨生想了想，认真地说："我觉得还不仅如此，以二叔的水平和能力，他以后还会有更大的发展，有更好的工作。"赵亮问："你真这么想？"雨生说："那还说谎。"赵亮笑着说："那你是看好他的前程了？"雨生说："那当然了。"赵亮则有意露出忧虑的神情说："可有一点我还是为他担心。"雨生说："吃穿住行，你担心哪样？"赵亮说："你说的这些，我哪样也不担心，就是担心将来他一个人太孤单，没人陪伴照顾。"雨生听出了赵亮话里蕴含的意思，却没觉得意外和羞涩，反而认真地说："这你就不用操心了，什么人什么命，吉人自有天相，到时候这个问题自然就会解决的。"赵亮故意抬高了声音，一本正经地说："疆远是我最好的朋友，他的事我能不操心吗？我已经跟我媳妇说了，让她帮着给疆远介绍个对象，她说，她娘家那边有个姑娘，人挺好，长得也不赖，还爱看书学习，听说疆远连续三年考上大学，佩服得不得了，对他最终没能上大学很是惋惜。还跟我媳妇说，像疆远这样有文化有能力的人，早晚都会有用武之地的，他现在最需要的是有人关心照顾。我跟我媳妇说，听她那话的意思，是看上疆远了吧？那你就抓紧时间挑明了问问她，如果没意见，就安排个时间和疆远见个面，我觉得这事十有八九能行。"

雨生听着听着，脸上的笑容便渐渐消失，神情也不像刚才那样欢快自然了，低着头一言不发。赵亮见状，已大致猜出了雨生的心迹，为进一步巩固心理战的成果，他接着问道："雨生，你说，这事能不能成？"雨生望了一眼疆远，又扭头有些不情愿、更有些尴尬地对赵亮说："成不成你去问那个姑娘啊。"疆远见雨生失落的样子，他知道赵亮这是有意编故事试探雨生的心思，便严肃地对赵亮说："没影儿的事别瞎说。"赵亮则装出一脸无辜的样子，并虚张声势地说："咋是没影儿的事，明天我就让我媳妇找那姑娘说去。"

那天夜里，疆远和赵亮从雨生家出来，走在路上，疆远对赵亮说："你刚才说的话有点过分了，不管雨生将来对我有没有那个意思，你也不该当着我那样问她，让她怎么说？"赵亮呵呵笑着说："不这样试探不出她心里到底是怎么想的，别看雨生平时爱说爱笑，像是没什么心眼的姑娘，其实她心里可有数了，她怎么想的，不到非说不可的时候，她是不会表露的。不过，在恋爱这件事上，我比她有经验，姑娘要是心里爱上了一个人，嘴里不说，但你可以想法子试探出来，刚才，我不就试探了一下吗，结果你都看到了，我觉得她心里是有你的，你可要好好把握啊。"赵亮越说越得意，停了一会又说："现在，雨生在家里肯定正骂我呢，说不定还会记恨我，但以后她就会明白我的意思了，她会感谢我的。"疆远说："我知道你是为我好，我虽然喜欢雨生，可总觉得我哪里配得上她啊。"赵亮说："你哪方面都要强，就是面对雨生你总是自卑。"疆远说："我上大学报到前就碰一回钉子了，现在我又回来当农民了，她能看上我？"赵亮说："你没仔细琢磨她心里是怎么想的，你上了大学，她认为将来你和她就拉开了距离，这种距离是多方面的，你应该知道都包含什么，所以，她回绝了你的表白，但现在你又回到柳河了，你们又在一个平面上了，当然，她还是希望你将来会有个好的发展前景，但这是在柳河，在我们共同的生活环境下，她心理压力会小很多，会觉得她和你没有那么大的距离感，说到底，你和她还都是柳河的儿女，本质上没什么不同，这样，她心里才会踏实，才敢于接受你。你回去再好好琢磨琢磨，看我分析得是不是这个理儿。"疆远一时无语，他感到赵亮为他的事真是没少费心思，他的话也挺有道理。

回到家，躺在土炕上，疆远翻来覆去睡不着，他想着赵亮晚上说过的那番话，又想到雨生此前说过，她不希望自己远离柳河，却希望自己在柳河寻找发展机会，所以，这次自己去造纸厂上班，在她心目中，是一件大喜事，她请客为我祝贺，已经说明了她的心思，只是她还在期待自己有更好的发展，而且她也相信这一点。想到此，疆远心里不仅对雨生又有了新的认知，还突然感到她更加成熟了，而赵亮对雨生的分析，使疆远进一步体会到旁观者清的涵义。想到这些，疆远内心深感欣慰，不知不觉便睡着了。

1980 年的新年，疆远是在快乐中度过的，疆声从他春节后写给自己的信中，已读到了相关内容，并感受到了他发自内心的喜悦之情。尽管在造纸厂的工作岗位，目前并不十分理想，但他说，能进厂就是向前迈出了一步。疆声赞同他的看法，也赞同赵亮分析的关于雨生对疆远所持有的态度和想法，希望疆远在这件事上要勇敢些，要敢于再次表白。

新年后第二天，疆远骑着自行车，早早地就来到了厂里，自此，他每天上班都提前到厂。最初，他到厂后，先在厂区内走一圈，他想尽快熟悉厂区环境、物业状况和生产车间的分布情况，而后，就和打更的老师傅聊天，了解在值班室工作应注意的问题，再通过学习厂里的各项规章制度，很快，他就熟悉了值班室工作职责。厂里生产车间 24 小时生产，三班倒，每天工人上下班时，疆远都会站在大门口，和进出的工人打招呼，很快，他就认识了厂里的所有工人，逐渐和他们也都熟络起来。看守工厂大门，除去对出入厂区的外来人员、车辆进行登记检查外，还负责收发厂里订的报刊和工人的信、包裹。门卫室外墙上，疆远新挂上了一块自己制作的小黑板，哪位工人的信或包裹到了，疆远便将他们的名字写在黑板上，工人们上下班时走到这里，看见黑板上写着自己的名字，都会及时来取。个别人没有看到或是有事没来上班，疆远会将信或包裹保存起来，等收件人来了再及时通知他们来领取，从未出现过丢失或积压延误的情况，工人们对此都很满意。看上去这是件小事，但日子久了，便得到了工人们的认可，他们说，别看他是个残疾人，做起事来却认真负责，细致周到，对人也很热情。疆远听了，心里自然高兴，便想着该如何为工人们提供更多力所能及的服务。

一天下午，一个小伙子，手指上缠着一块手绢，手绢已被血迹渗透，殷红一片。他跑到门卫室，对疆远说，手指被铁皮划了一道口子，要借他自行车骑，去公社卫生院包扎一下。那小伙子骑车走后，疆远就想，如果厂里平时准备一些常用的医药品，工人们有个头痛脑热、磕磕碰碰的小毛病，自己当过赤脚医生，在厂里就可以为他们及时处置，减少他们的痛苦，也可以为他们下一步如何治疗提出建议，同时也少耽误他们的工作时间，这绝对是一件对工厂和工人都有益的事，厂里也一定会支持，尽管，这不是自己的分内工作，但他愿意无偿去做。随后，他就把自己的想法向董厂长做了汇报，董厂长一听，认为疆远的想法很好，也很有必要，同时还能发挥他的专长，很快就安排人员根据疆远提供的清单，采购了一些常用的医药品，如：外伤包扎用的纱布、绷带、消毒酒精，碘酒，治疗腹泻的痢特灵，治疗感冒的冲剂、止咳的糖浆等。疆远将这些医药品逐个登记、保管，工人因伤病应急使用后，需签名备查，这样既方便了工人，又保障了医用物品依规使用，领导和工人们对疆远做的这项工作都给予了好评。

疆远进厂几个月后，已经熟悉了厂里的生产经营情况，平时，从县里的有线广播、报纸和《北京日报》郊区版中，他经常听到、看到报道各公社、大队、社办工厂生产经营中的典型事迹和创新做法，以及百姓生活、工作、学习等方面涌现出来的好人好事的通讯报道，经过一段时间的阅读，他发现报道柳河公社的文章很少，造纸厂的消息就更没有了，而柳河公社与其他公社相比，他认为值得宣传报道的事情很多，造纸厂的生产经营也越来越好，同样有不少值得推广和介绍的经验、做法，应该及时宣传报道出来。想到董厂长原本招自己到办公室当秘书，其中任务之一就是做好宣传报道工作，但现在被那个女孩子顶替了，董厂长一时也不便再安排疆远做这项工作，但那个姑娘并不擅长写文章，董厂长只好把这项工作暂时放下了。

　　疆远摸清情况后，便主动承担起这项工作，平时，他注意观察、收集、整理厂里生产经营活动的情况，并利用休息时间主动找厂领导和工人们了解情况，结合当前形势，选择具有典型性、时效性、特点突出、新颖的事例、人物写成通讯报道。同时，他也十分关注公社范围内发生的大事小情，并通过阅读公社每周印发的简报，从中收集、发现素材，再提炼加工，写成各种稿件，邮寄给县、市报纸和广播电台，很快，疆远写的稿子就陆续见报或在广播中播出，落款是柳河公社通讯员及疆远的笔名"柳林"。

　　渐渐地，"柳林"越来越多地出现在全县连线的广播中，出现在县报和《北京日报》郊区版上，他的名声由此在柳河地区、在县里也越来越大。一提起柳河公社的柳疆远，人们都会说，就是那个"柳林"，他的文章县里的大喇叭经常广播，报纸上也时常能看到，人才啊，只可惜那条腿拖累了他，要不然早就上大学了，当年，他三次参加高考……那些年，提起柳疆远的名字，便与他参加高考、与他的文章联系到一起，人们嘴里都禁不住啧啧称赞。

　　公社曹副主任看到疆远写的通讯报道后大加赞赏，他找到董厂长说："我们不仅要鼓励柳疆远写稿，还要为他提供素材和时间，以后柳河公社范围内的大事小情，只要是好事、有意义的人和事、疆远都可以去采访去写。"董厂长说："那当然好啊，我没意见。"

　　有公社和厂领导支持，疆远写稿子的积极性更高了，他还主动和办公室那位姑娘一同讨论稿件，说是讨论，实际上是疆远把写好的稿子让她看，给她讲自己是如何写出来的，目的是让她学习并掌握写作的方法、技巧，那姑娘经过疆远半年多的辅导、练习，她的写作水平有了较大程度的提高，为了鼓励她，疆远还把自己写的那些内容与本厂有关的稿件，投稿时同时写上他们两个人的名字。慢慢地那个女孩的名字也时不时地同疆远一起出现在报纸和广播里，这让她很是感动，对写稿也更喜欢更有信心了。她把疆远如何辅导她写稿子的事，向自家亲戚、公社那位大领导讲了，大领导早就听到、看到过疆远写的文章，知道疆远的文笔好，但他没想到，疆远毫无嫉妒之心，并能主动帮助顶替自己工作岗位的人，这让他对疆远刮目相看，觉得这个年轻人不仅有才，还有胸怀，是个能干事的好青年。

转眼，时间已进入1981年。

春节前后，疆远给疆声写了好几封信：

其一，他告诉疆声，至去年底，半年多的时间里，他在市、县两级报纸、广播中播发了三十多篇（条）通讯、报道、消息，在全县各公社中，柳河公社发稿数量、质量后来居上，排名第三，因此，他被县里评为优秀通讯报道员，为公社、为造纸厂争得了荣誉。那个鲜红的荣誉证书，被他摆放在小书架上了。他说，今年，他还会写更多更好的通讯报道。

其二，他说，赵亮春节前和杨翠娟结婚了，婚礼办得挺热闹，亲戚朋友来了百十号人，院子里搭建了大棚，摆了十多桌酒席，光一千头的红鞭炮就放了十多挂，赵亮说了，喜酒你没喝上，等你探家回来一定补上。

其三，春节刚过，公社的那位大领导，被调到县里某部门任职，说是升迁了。曹副主任现任主任，他上任后不久，就借调疆远到公社当通讯员，负责宣传报道工作，曹主任找到董厂长借人时，董厂长心里清楚，这是有借无还，但毕竟领导发话了，考虑到疆远的发展前途，又都在一个公社做事，再有，疆远和他的侄子董强是好朋友，就是和他这个厂长，相处这一年多也不错，人家有好事咱不能拦着啊。再说，他去公社搞宣传报道，比在厂里作用更大，成绩也会更好。造纸厂是公社的企业，疆远又是从造纸厂出去的，将来厂里需要他的时候他不会不帮忙的，如此想来，董厂长二话没说，痛痛快快地答应放人。曹主任高兴，说董厂长识大体，支持他的工作。

其四，疆远说，调到公社后，他就向公社党委递交了入党申请书，他说，他是经过再三考虑，并且早就有加入党组织的愿望，只是此前觉得自己刚毕业，在赤脚医生的工作岗位上还没做出多少成绩，要求入党信心不足。后来到了造纸厂，本想在厂里好好干，争取入党，正准备写申请，又被调到公社，他说，在公社，更能发挥他的特长和能力，为了更好地工作，他希望加入党组织。于是，他郑重地写了入党申请书，足足写了五页纸，把自己对党的认识，为什么要入党，以后如何按党员的标准严格要求自己，如何努力学习，积极工作都写了，写的时候他心情特别激动，眼前竟出现了自己站在党旗前，举起右臂，握紧拳头，庄严宣誓的场景……

读着疆远写来的信，疆声心里反复回味着信中疆远讲述的那些事，他由衷地为疆远、为家乡柳河的朋友们感到高兴。

疆声也随时写信给疆远，去年底，疆声曾写信说，他报考空军院校已被部队批准，今年初将参加全军统考。

半年前，当疆声得知部队干部制度改革、部队院校将恢复招生的消息后，他既兴奋又担忧，兴奋的是，部队院校招生，培养具有专业素质的部队干部，优秀士兵经部队推荐可以报考，他符合条件。担心的是，文化课考试，如同再次参加高考，能不能考上，他心里没底。他把这些想法写信告诉了疆远，很快，就收到了疆远寄来的一套高考数理化复习丛书，还写了一封长达四页的信，鼓励他坚定信心，努力争取实现自己的目标，还说："你有一定基础，在家也参加过一次高考，那些文化课，你复习过，应该还有印象，现在重新复习，很快就能掌握，也一定能考上，我们期待着你考上军校的好消息。"

疆声读完疆远的来信，再翻开那套他使用过的数理化丛书，看到许多页的边角上，都有当年他复习时标注的字句、数字、符号，由此他的脑海里又一次浮现出疆远坐在老南屋的方桌前，借着昏黄的灯光看书学习的情景；浮现出深更半夜疆远从被窝里爬起，身披外衣，坐在土炕上，一只手举着手电筒，一只手握笔，借着手电筒微弱的亮光，在草稿纸上演算数学题的身影。这些印在心中的影像，激励和鞭策着疆声，他决心向疆远学习。如今，自己已经是一名军人了，要坚强，要勇敢，要勇于向着自己的人生目标奋力前行，一定要考上军校，不辜负部队领导和战友们的信任，不辜负家人的希望。

从那天开始，晚上除了看中央电视台的新闻联播，疆声把工作之外的时间全部用在复习文化课上。节假日，不上街、不闲玩，夜晚熄灯后，他悄悄来到中队俱乐部，一个人坐在那里看书学习。整整半年时间，天天如此，人瘦了好几斤，但疆远给他邮寄的那套数理化丛书，他重点复习了两遍，基本掌握了复习大纲要求的内容，语文、政治也按照学习资料学习了多遍，很多知识都能熟练地背下来了。他参加全军统考的信心比开始时增强了许多，可以说是信心满满。

新年刚过，包括疆声在内，全团13名战士，来到师部参加军校招生考试。两天的考试结束回到中队后，疆声的心情很是低落，考试没有他预想的那么好，尤其是数学他有一道8分的题不会做，空在那里了，其他的题目都解答了，但正确率有多高心里没底。数学一直是他的弱项，上学时，每次考数学，他常常心里发慌，遇到难题，一时想不出解题方法，心中起急，手就会轻轻颤抖。而这次考试，直接关系到今后他在部队的发展，关系到他的前途命运，他努力了这么长时间，就是希望能考出好成绩，考上军校，如果考试成绩不理想，那一切都将化为泡影，想到这些，他心里怎能不苦闷呢。可他又不能向任何人说，表面上还得装出很自然的样子，部队领导和战友问他考得怎么样，他呵呵一笑，说还行吧。但说完这话时，他心里却有些发虚。其他科目，他感觉考得还算满意，尤其是语文，他知道语文得高分不容易，就拿作文来说，谁敢说不被扣分呢，写出高分作文难啊，但他觉得自己无论作文还是语文基础知识都答得不错，最终成绩也应该不错，起码和别人有个一比。总之，他是既盼着考试成绩早点公布，又担心一旦公布成绩，自己考得不好，那自己怎么面对？疆远来信问过考试情况，他一直没有告诉疆远，疆远似乎是猜出了他的心思，再来信时对他说："无论这次考试成绩如何，都要正确面对，考得好，固然值得高兴，考不好，也不要灰心，毕竟你还年轻，在部队好好干，明年争取再考。"道理疆声都懂，但真要是考不好，上不了军校，他不知道自己会不会崩溃了。

春节后，疆声想着考试成绩该公布了吧，结果依然没有消息。又过了一个月，已是三月上旬了，一天上午，中队指导员通知他，让他跟他去团部会议室开会，疆声愣了，自己一个战士，当兵两年零三个月，从未到团部会议室开过会，那里是团首长或各连队主官开会的地方，他们当兵的，参加团里召开的大会，也都是到俱乐部，几百号人坐在一起。他重复一遍指导员的话："去团部开会？"指导员见他一脸惊讶的表情，便说："是啊，有好消息通报你们。"他忙问："什么好消息？"指导员笑着说："去了就知道了，不过，我可以先透露给你一点，是和上军校有关的事。"疆声一听心里马上就想到是要公布考试成绩了，但随后又有些忐忑不安，自己的成绩到底怎么样呢？

走进团部会议室，已有两个连队的指导员和战士在座，不一会，又进来几个人，9点开会，疆声扫了一眼到会的战士，虽说不在一个连队，不很熟悉，但此前因为都去师部参加过招生考试，也就认识了。他数了一下，一共5名战士，他记得当初参加考试有13名战士。

团政治处主任宣读了一份由师政治部转发的军区空军政治部的通知，其内容为我团五名战士被军校录取及有关去军校报到的相关事宜。被录取的战士中有疆声。疆声听到政治处主任念到自己的名字时，心里一惊又一震，随后是激动、喜悦！但在那样的场合，他还是控制住了情绪，极力表现出平静的神态，但接下来主任讲的那些祝贺的、鼓励的、希望和嘱托的话，他几乎都没听清楚，只记得主任说："军校在南方，靠近长江的一座美丽的城市。"那一刻，疆声心里想到的是，回去赶紧写信，把这个好消息告诉家里人，让母亲、二哥、大姐都高兴一番，他们早就盼着这个消息呢！甚至他还在脑海里想象着南方军校校园的模样。那一天，疆声始终沉浸在欢快的情绪之中。

3月28日到军校报到，4月1日开学，1981年的春天，疆声终于如愿步入军校！那年的春天在他的记忆中永远是那么美好。

在军校，疆声才看到自己当初的考试成绩，他最担心的数学考了88分，比他觉得考得最好的语文还高出10分。看着自己的考试成绩单，完全出乎意料，他自己都不敢相信，这是他的考试成绩吗？以为好的并不好，以为差的并不算差，他无奈地一笑，生活似乎总是在和你开着不大不小的玩笑。

疆声考入军校的消息，就像当年疆远被大学录取时那样，很快就在柳河村、柳河公社传开了，疆远后来在写给疆声的信中说："那些天，无论是来家里串门的街坊邻居，还是出门走在路上遇见熟人，母亲和他，都会被他们问到你上军校的事，都会被夸奖一番，说，瞧，柳家的老三，像他二哥，也那么有出息，将来军校毕业就当军官了，了不得。人们羡慕、赞叹，甚至还多少带有几分嫉妒。母亲听到这些话，心里则是由衷地喜悦，乐得合不拢嘴。"也难怪，疆远说："十多年了，除去大姐结婚，咱们家这是头一桩大喜事。"疆声仔细回味着疆远这句话的意思，他说得一点不假，自"文革"初期父亲被打成走资派，被批斗以后，十多年间，他们家就再也没有过什么喜事。尤其是疆梅和疆远，他们上学时不能加入红卫兵、共青团，学校许多政治活动他们也没资格参加，直到1978年初，柳峰的冤案彻底平反后，他们的政治生命才像常人一样得到尊重，但失去的已永远无法弥补，只能在心中留下永久的记忆和深深的遗憾。然而，不仅如此，疆远参加高考的经历，更让他刻骨铭心，终生难忘。直到疆声考上军校后，疆远发自心底、感慨万分地对母亲说："咱们家要转运了。"
疆远和疆声当然都不会相信有什么命运之说，疆声明白疆远说那句
话，只是源于内心实在太激动、太兴奋所抒发的一种情怀而已。

第二十八章

　　许多年以后，当疆声从两千多里外的东北、从工作生活了十六年的部队转业回到北京，当疆声在北京又工作生活了十多年后，当疆远永远地离开了他，当疆声手捧疆远遗留的几本厚厚的日记本仔细翻阅时，他看到其中一篇记述当年疆远读完他考上军校、给家里报喜的信后，写下的一段话：

　　　"今天我是多么高兴啊，就像1978年秋，我接到大学录取通知书一样，激动得心就像要跳出来似的，眼前的一切顿时都变得那么美好、那么明媚。啊，究竟是什么值得我如此兴奋如此激动呢？原来，是三弟的来信，一看印有红色部队番号的信封，就知道是三弟的信，我知道他已参加部队院校的招生考试，到底考上没有，该有结果了吧。我小心翼翼、心怀忐忑地取出信纸，慢慢展开，刚读完第一句，就禁不住大声说道：'啊，终于考上了！'三弟信中第一句是这样写的：'妈妈您好：告诉您一个好消息，我已被空军军校录取了……'那天我下班回到家，第一件事就是把这封信念给母亲听，念完信后，我的心情依然不能平静，我对母亲说，妈，咱们家终于转运了！"

　　看到这里，疆声眼里噙满泪水，此后，每次看到疆远写的这篇日记，看到这段话，疆声心里便更加怀念他，眼里便情不自禁地涌满泪水。

是的，从那年起，疆远开始转运了。

1983年，以及此前两年，疆远在公社造纸厂、在公社机关的工作得心应手，那三年他主要工作任务之一就是负责写通讯报道、写公文，他写的通讯报道经常不断地发表在县、市报刊上，县里的连线广播也时常播送他的文章，他已连续三年被县委宣传部评选为基层宣传工作先进个人，被县、市报社授予优秀基层通讯报道员的称号。1983年底，柳河公社改制为柳河乡。不久，柳疆远因工作成绩突出，由一名临时借调人员，转为乡政府的一名在编工作人员，按当时的话说他被"转正"了，成为柳河乡的一名干部。

1993年，疆远考入成人高等教育学院，坚持业余时间学习，三年后大专毕业，又续本，两年后本科毕业，时隔21年，他终于圆了自己的大学梦。

2004年秋，疆远被调入县残疾人联合会工作，成为一名残疾人工作者。

再后来，当疆声静下心来认真思考关于"转运"这个问题时，不禁暗自微笑了，哪有什么"转运"之说，我们的生活、工作之所以越来越好，那是时代在发展，社会在进步，我们个人的命运是伴随着国家命运的转变而转变的。而这种转变，是给予那些面对人生一直心怀梦想、努力奋斗、不屈不挠的人的奖赏，疆远便是其中之一。

1983年春，疆声军校毕业，回到部队后，成为一名空军军官。疆远和疆声都有了新的事业，但疆远说的"转运"并没有传递到母亲身上，相反，病魔却向她伸出了黑手。原本就瘦弱的兰芳，在一段时间感觉身体不适，去医院检查时发现患有肝癌，已是晚期。

1985年春节，疆声探家时，兰芳病情更加严重了，疆梅他们姐弟三人将母亲送进市里一家医院住院治疗，兰芳住院后不久，疆声的探亲假期已满，他发电报给部队领导申请续假，领导回复说，部队马上要开始转场训练，任务重大，假期不能延续。他把情况向母亲和大姐、二哥如实讲了，他们都明事理，知道军令如山，知道部队工作任务的重要性，他们都让他按时归队。疆声心中焦虑不安，悲痛不已，母亲身患不治之症，他已预感到她老人家不久将会离开自己，他这次向母亲告别，很可能就是永别了。疆声临走时，站在母亲的病床前，努力克制着自己悲痛的心情，做出一副轻松乐观的样子，笑着对兰芳说："妈，您好好养病，等我们部队转场训练完毕，我第一时间回来陪您、照看您，您可要好好地等我回来啊。"说完这句话，疆声深情地望了母亲一眼，随后，急忙转身大步向病房外走去。就在他转身的瞬间，眼里的泪水已抑制不住，像断了线的珠子稀拉哗啦地滚落下来，他站在病房的走廊里，任泪水肆意流淌，打湿了他的军衣。疆远随后跟了出来，他没有说一句安慰疆声的话，只是默默地站在他面前望着他，任凭他像个孩子似的痛哭不止。此时此刻，疆远已体会到，作为一个儿子、一名军人与病危的母亲告别，千里迢迢赶回部队执行任务时心中的那份不舍、却又必须离去的复杂而又无奈的心情，他觉得只有泪水才能倾诉疆声对母亲发自内心的爱戴之情。

疆声回到部队不久，部队转场来到新驻地，疆远就发来了母亲去世的电报，那时，疆声还没来得及写信告知家人部队的新地址，因此，疆远的电报还是发到他们部队的原住地。当留守处人员打电话将电报内容转告疆声时，已是夜里，次日，领导批准疆声回家为母亲安葬。部队转场驻训地位于偏远的农村，疆声搭乘长途汽车，再转乘支线列车，到省城，而后赶傍晚的一趟直快列车，次日下午回到北京，再转车回到柳河。从他接到电报，到辗转奔波近三千里路，整整耗费了三天时间，到家时，兰芳已去世四天，按家乡的习俗，人去世三天要下葬，疆声没能最后看母亲一眼，没能在母亲生命的最后一刻陪伴在她身旁，没能为母亲送葬，他心中无比悲伤、自责、后悔甚至懊恼。他在大姐、二哥的陪伴下，来到柳河村西那片老坟场，走到母亲的土坟前，他凝视着这座新坟，默默地伫立、默哀，而后双膝跪地，磕了三个头，随后，他将头抵在母亲的土坟上，久久地不愿抬起。他失声恸哭，泪如泉涌，泪珠一串串滴落在坟头上，浸入坟土中。

许多年以后，当疆声和疆远说到母亲离世那段往事时，疆声都因未能送母亲最后一程而深感遗憾。疆远却安慰他说："自古忠孝难两全，你是军人，身不由己啊，你不要总放不下这件事，母亲一生明事理，她在天有灵，也不会怪你的，相反，他会为有你这样忠于职守的儿子感到骄傲与自豪。"疆远的话，让疆声更加怀念母亲，泪水也再一次模糊了双眼。

母亲去世后，柳河村老家的宅院，只有疆远一家人居住，疆声在部队期间以及转业安置到北京城里工作后，由于家庭、工作、学习诸事繁忙，每年也只能利用探亲假，或是节假日时间，回老家看望疆远一家人，去母亲的坟前为她老人家烧一摞纸钱，在她老人家的土坟上添一些新土，把墓碑擦拭一番。每次都是来去匆匆，未能久留，疆声心生遗憾，却也无奈，对故乡他心中始终怀有一份深深的眷恋之情。老家的小院、老屋、老屋前后的树木，尤其是那棵甜枣树，在他眼里依然如故、亲切温馨。那些年，疆声对疆远、故乡诸多人和事的了解，也只是通过与疆远的通信、电话以及回故乡见面聊天时得知的。

疆远曾和疆声说起过他和雨生的事，疆远说他知足了，他该感谢雨生曾爱过他，给了他面对生活的勇气和不断努力前行的力量。疆远说雨生当年最终没有和他结合，实在是没办法，她努力了，我不怨她，也理解她。

疆声完全认同疆远对雨生的认知，也庆幸疆远后来重新遇到了爱情，并和自己喜欢的人结婚成家，生养了一个孝顺上进的女儿。

第二十九章

2004年秋，疆远刚到残联工作时，吃住都在单位，周六傍晚乘区内专线公交车回柳河村，周一一早返回单位，既辛苦又耗费时间。两年后，女儿考入区里的重点高中，疆远此前申请购买的一套经济适用房，距离女儿的学校只有几里路，女儿开学前，正赶上开发商发钥匙、为业主办理入住手续，疆远一家人喜迁新居，女儿上学不用住校，疆远也不用每周再跑"通勤"了，疆远的爱人为照顾疆远和孩子，不久，便在区里一家大型商场找到一份做厨房用品销售的工作，自此，疆远一家人都先后离开了柳河村。

柳河村疆远家的老宅老院，现已无人居住，区里到柳河村虽然只有三十多里路程，但疆远一家人都忙着工作、学习，疆远出远门又不太方便，所以平时很少回去，也无力看管、修缮老宅院，只好请本家亲戚代为看护。平日里，老宅院的院门、屋门都上了锁，不是防盗，老宅院里原本可用的物品，搬家时，疆远他们都收拾好装车运至区里的新家了，一些用不上的，或是老旧的物品，街坊四邻谁家觉得有用，就让谁家搬走了，没人要的，就当废品处理掉，老宅院里里外外，物品都被清理干净了，看着空落落却显得利落整洁。但日子久了，这些都无法掩饰老宅院的逐渐萧条与荒芜，院墙下，院内犄角旮旯，杂草丛生，麻雀在老屋屋檐下做窝，整日三五成群，或飞落到院内的树枝上、屋顶上，或站在院墙上，"叽叽喳喳"不停地、毫无顾忌地叫着，老宅院已然成为它们栖息的乐园。老屋的木门窗已变形弯曲，表面粉刷过的油漆早已剥落，原有的纯木色也已消失得无影无踪，黑黢黢地戳在那里，僵硬干枯毫无生机。门窗虽然都关闭着，但小拇指粗的缝隙老远便清晰可辨。外墙上抹的那层白灰，经多年雨水冲刷，阳光暴晒，不少地方已经龟裂、脱落，露出凸凹不平的青石和老旧破损的灰砖。屋檐下，几根椽木已断裂垂下头来，致使那片屋檐凹陷，露出由麦草、白石灰和黄土三合一覆盖在屋顶上的泥土，晴天时，风一刮，就有风干的灰土飘落下来。阴雨天，那里因为凹陷低洼顺理成章地就变成了一条排水沟，雨水如柱而泄，冲刷着覆盖在屋顶上的灰土，水柱浑浊，落到院子里，蔓延出一大片深黄色的污水。整座老宅院现已失去了原有的生机。

　　疆远每次回到柳河村、回到老宅院，面对这一副萧条破败的景象，心中便感到隐隐作痛。他在心里一直盘算着，过些年，女儿考上大学，参加工作后，家里事少了，有空闲时间了，就请乡里的建筑队将老屋拆除，在老宅院里坐北朝南新建五间红砖房，前脸带走廊、高台阶那种，门窗都装上明亮的大玻璃，粉刷成红色、蓝色的，那颜色鲜艳亮眼。新房，不仅要宽敞、漂亮、气派，每个房间也要敞敞亮亮的，住着舒心，看书写字也不费眼神。那些年，柳河地区，不，不仅柳河地区，几乎整个北京郊区的乡村，家家都时兴盖这种样式的大房子，五间，高高的，一字排开，大气。疆远想，房子盖好了，等自己退休后，就和老伴儿搬回来住，柳河毕竟是自己的老家，那里有终日流淌的柳河水，有屹立四百多年的大石桥，有万亩良田的东大洼。如今，东大洼虽然不种植粮食作物，但那一眼望不到边的树林、苗圃、果园，使它变成了林场、花园、果园，空气清新、环境优美，是个难得的休闲养老的好地方。关键那里是故乡，有从小在一起玩耍的伙伴，有同学朋友，有老乡亲，有青春时的梦想和奋斗的经历，有欢笑有泪水，有永远忘不掉的峥嵘岁月。疆远说，人只要身在故乡，就有精神头，就有说不完的话、讲不完的故事、看不够的风景。故乡的魂，已深深镶嵌在他的心里，永不泯灭。

　　疆远每次回到老宅院，临走时，都会不由自主地驻足院门口，回头再深情地望一眼老宅院，禁不住叹一口气，又无奈地摇摇头。与此同时，心里便生出一种家乡变故乡、故乡没有家的忧伤之情。而后便默默地、依依不舍地离去。也正是为了消解这种缠绕在心头的忧伤，疆远才念念不忘要在老宅院里建一座新房。

　　2014年夏，柳河地区连续数日阴雨连绵，其中一日竟降下大雨，短时间曾达到暴雨级别，柳河水猛涨，虽未造成水灾，但疆远家的老宅院，被雨水连续洗濯、浇灌后，院内积水，老屋渗漏，降下大暴雨那天清晨，天色漆黑阴沉，乌云翻滚，不时有电光、雷声在柳河上空闪烁、炸响。风雨如皮鞭猛烈地抽打着树木，树木像突然受惊的战马发出急促、高亢而又惊心动魄的嘶鸣声，枝叶被折断、被撕裂、散落在泥水中，就在那一刻，随着闷雷般的一声巨响，老东屋瞬间轰然坍塌，那声闷雷般的巨响，惊醒了还在熟睡的街坊邻居，他们不知发生了什么情况，睡眼惺忪地从土炕上爬起，或是披着雨衣或是打着雨伞，推开屋门，站在院门口的台阶上，还有人站在院外的村道上，朝着那声闷响发出的方向张望。尽管雨还在下，雨雾蒙蒙，空气中水分十足，但坍塌的老东屋，依然掀起一股灰蒙蒙的烟尘，冲向天空，同时也向四周飘散，街坊四邻终于看清楚了，惊恐地喊道：天啊！老东屋塌了，疆远家的老东屋塌了！

　　天亮后，雨终于停了，老东屋坍塌的消息像长了翅膀，很快就传遍了柳河村，不少村民吃过早饭就跑来围观，人们议论纷纷、唏嘘感叹，本家二大爷拄着拐杖，站在坍塌的老东屋前，感慨道："柳家这老东屋，还是疆远他老太爷在民国初年建的呢，民国二十八年发大水，这老宅子被大水浸泡后，山墙开裂，土坯软化，后来，不得已，疆远他爷爷又翻盖加固过一回，将老屋打了一圈石头地基，四个墙垛子用的是青砖。山墙虽说还是土坯垒砌的，但外面抹了一层厚厚的石灰泥，屋顶也换了檩条、椽子、芦苇席，老屋比从前坚固了许多，这让疆远他爷爷把好几年在涿州城里给一家百货店做伙计积攒下来的工钱，花个精光。可那也值了，就在这老屋，娶了疆远的奶奶。这百年老屋，经历了这么多年的风风雨雨，能挺到现在实属不易啊。再说，这屋子就怕没人住，没了烟火气，就没了支撑老屋的底气，遭遇暴风雨塌了，也不意外。这老南屋，虽说是后建的，却也有五十多年了，又是'腰里软'结构，地基、四个拐角墙垛子用的是方石和灰砖，山墙用的还是土坯，山墙是房子的腰，腰软，年头一长，房子就站不住，低头弯腰、驼背，就会慢慢塌陷。再加上这些年不住人，也破旧得不成样子了，按现在的话说叫危房，岌岌可危，得趁早拆除，不然，说不定哪天，赶上阴雨天，还会上演今天凌晨这种情景。要是赶上白天，或是有小孩子跑到院子里玩耍，那有可能会出人命的。"二大爷的一番话，人们听了不住点头，纷纷附和着说："是啊，这老屋就怕没人住，都成危房了，得抓紧时间让疆远安排拆除啊。"

　　大队孙会计打电话将老东屋坍塌的事告诉了疆远，疆远心里一震，连日阴雨，他一直担心老屋会不会出现异常，结果，担心的事还是发生了。次日，疆远一大早便独自赶往柳河村。这次，他没有像往常那样，先去本家亲戚那里看望一下、问候一番，这是尊重也是礼貌。而是直奔老宅院，他心里难受，想一个人静静地看看老东屋，看看老东屋坍塌后的样子，还有那座他一直居住的老南屋，岌岌可危又会是啥模样。疆远默默地走进老宅院，已成一片废墟的老东屋，像一座苍老的土丘，突兀地静卧在院子一侧，原有的土坯，已被雨水浇灌、冲刷成松软的泥土。疆远俯下身，伸手捏了一下土坯，土坯随即变形为松软黏稠的泥巴。被泥土覆盖包裹着的砖石，羞羞答答地露出部分棱角，那种原本坚硬稳重的气质似乎早已遗失殆尽。已成危房的老南屋，屋顶漏雨、屋内积水，墙体开裂、部分地基沉陷。眼前这一切，让疆远心中压抑沉闷，感慨万千，几十年、近百年来，这两座老屋，它的一砖一石、一坯一瓦、一椽一木，都凝聚着祖辈、父辈人的血汗，老屋的每一个角落都留有祖辈人的音容笑貌，而他自己，自幼回到柳河村，一晃五十余年过去了，这座老宅院，同样留有他的身影、足迹、笑声、哭声，如今，老东屋坍塌了，老南屋已成危房，为了安全，也必须尽快拆除，柳河的老宅即将不复存在，今后柳河的土地上，只有祖辈、父辈的坟茔，以及深深的怀念之情，其他将一无所有，柳河已成为没有家的故乡、回不去的故乡，想到此，疆远眼圈红了，泪水夺眶而出。他蹲下身去，为了不让拐杖被泥水浸湿，他把拐杖倾斜着架在一块裸露的方石上，随后，双手捧起一把老东屋坍塌后的泥土，深情地凝视着，又将两手合在一起，揉摸着那捧泥土，轻轻地、久久地、久久地……

柳河是没有家的故乡、柳河是回不去的故乡，此念在疆远心里清晰而又牢固，不容置疑。

三年前，疆远的女儿已大学毕业，应聘于北京城里一家外企，领导赏识，工作得心应手，爱情更是顺心如意，近期已准备喜结良缘。

疆远的爱人在搬进县城经济适用房小区后，第二年农转非，户口也迁入了县城，疆远一家三口人已不属于柳河村。要算，只能算祖籍柳河村人，他们家在柳河村老宅院的地上物即将消失，宅基地属农村集体土地，疆远想在老宅院重新建房已不可能。建不成新房，老宅院也不能继续保留，疆远希望退休回柳河老宅院居住的愿望也就彻底破灭了。

第三十章

.

疆远病了，在老东屋坍塌后的第二年夏天。那年没有前一年同期那么多的雨水，入夏后，夜晚，月明星稀、天高云淡，白天，晴空朗朗、艳阳高照。柳河的老人讲，去年涝、今年旱，老天爷的性子变幻无常，捉摸不透。老人们的这些话，疆远、疆声他们从小就听过无数遍，现在联想到人，人的命运又何尝不是如此呢！

那年春天，疆远在区里医院体检时，肺部发现一处病灶，医生怀疑已病变，一时却又确定不了其性质，建议疆远去市里三甲医院再做进一步检查。疆远起初并未在意，开春时，区残联全年的工作需要部署、落实、督促、检查，作为残联的主要负责人之一，那段日子他整日扑在乡镇街区，有时一连几天都吃住在乡下，为残疾人解决实际困难，工作忙，疆远根本抽不出时间去市里复查。当时，身体也没觉得有什么明显异常。一段时间后，他开始感到胸部隐隐作痛，咳嗽也频繁了，偶尔，还发现咳出的痰里带有血丝。疆远不得不去市里的三甲医院做检查，结果被确诊为肺癌。

接下来，女儿安排疆远在那家三甲医院住院准备手术。家里人都知道疆远的病情，却都不约而同地瞒着他，和他打马虎眼，疆远问到有关病情的问题，大家的口径一致，说小毛病，只需做个微创手术，你不用担心，只管安心治疗。问得多了，也还是这些话，他索性就不再问了，但是，疆远毕竟当过几年赤脚医生，也看过不少医学方面的书，他已感觉到自己这次病得不轻，也许真是患了不治之症。其实，自开春体检后发现了病灶，区里医院的大夫建议他去市里医院再做进一步复查时，作为学过医的他，就已意识到身体可能出现了大问题。当时，他表面未动声色，内心却思考了很多很久，好的、坏的、最坏的结果，都包括在内了，面对病魔，甚至面对死亡，他将再次迎接考验，这次他能挺过去吗？但有一点，他想明白了，就是要正视现实、勇于面对。

住院前两日，疆远独自回到柳河。那天一早，他乘坐由区里开往柳河乡的头一班小公共汽车，向柳河驶去。一个小时后来到了柳河村，那天是周日，村里的年轻人，外出打工的多，留下来的大部分都是老人、学生或是还没上学的小孩子。村道上，此时，来往的车辆和行人极少，显得寂静安详，早晨乡村的空气清新温润，深吸一口气，隐隐约约有一股淡淡的、湿润的、香甜的味道沁入肺腑，令人神清气爽，身心轻松愉悦。

疆远这次回柳河村，事先谁也没告诉，包括他最要好的朋友赵亮、董强、大队孙会计，他不想打扰他们。以往回柳河，只要他们在家，只要他们知道了，就会拉着他到家里坐一会，留他在家里吃饭，无论是他们当中的哪一个，不论是在谁家，都会叫来其他几位作陪，毕竟都是好朋友、好同事，有机会相聚，就不会落下一个。还有街坊四邻，他更不想打扰他们，他起个大早回柳河村，就是想尽量避开熟人，独自静静地看看走走。他怎么会突然就产生了这样的想法，是不是有一种要告别的意思，他自己似乎也说不清楚。

走进柳河村，走近老宅院，面对老宅院里新建的一字排开、坐北朝南、高台阶、门窗粉刷一新、镶嵌着整块大玻璃的五间气派、敞亮、漂亮的红砖房，疆远眼前一亮，这不正是自己多年前曾在心中反复规划过、设想过、描绘过、准备建造的新房样式吗？对，就是这种样式，一模一样。新房周围的院墙，同样是疆远想象中的模样，一水儿崭新的红砖，鲜艳亮眼，白灰勾缝，横平竖直，像用毛笔描画出来的，细致、洁净，就连墙根处的排水孔都一模一样。院子一侧，那棵高大的甜枣树，更是像以往那样，静静地伫立在那里，一树浓密翠绿的叶子，阳光下、微风中，一跳一跳的，弹出一波一波耀眼的光芒。仔细看，枝叶掩映下，一棵棵小小的、圆圆的、青绿如豆般的小枣儿挂满枝头。还有，那秋去春来的雨燕，啾啾叫着，或成双成对或独来独往，从老宅院里飞进飞出，不知它们知不知道，这老宅院里的主人早已搬走了。这映入眼中的一切，令疆远浮想联翩、心生感慨、激动不已，而更多的是深深的眷恋和遗憾。

这座焕然一新的宅院，新主人姓杨，是本村的一位小伙子，结婚不久，院子里里外外都是新的，新房、新家、新人、新物。尽管老宅院已时过境迁、物换人移，但此刻置身于此，疆远依然深情地、久久地凝视着它，在他的心目中，老宅院里的一草一木、一砖一石、一声鸡叫、一阵鸟鸣，都会唤醒他尘封在记忆中几十年间、众多栩栩如生的生活情景和画面：失意、挫折、悲伤、绝望、希望、惊喜、欢乐、振奋、羡慕、嫉妒、泪水、汗水、鲜花、掌声，荣与辱，包罗万象，人世间还有什么不在其中呢？都在，此后或许都将不在。

离开老宅院，向西，行走在村道上，初夏的早晨，乡村一片沉寂，天是那种透彻的蓝，白云舒展，近在头顶、远在天边，一朵一朵的，在漫步、在飘移。太阳已爬过屋顶、爬过矮树梢，村道旁开满乳白色槐花的老槐树，在晨阳的照耀下，一串一串鲜嫩的花朵芳香四溢、绚烂妩媚。望着身旁这一树一树盛开的槐树花，疆远想："好多年没吃过槐树花了，记得小时候，每到六月，三弟脖子上挂着一个布书包，爬到树上摘槐树花，回到家，由母亲洗干净了，晾干，揉碎，搅拌在白面里，或是熬粥时掺入棒子面中，做成槐树花饼、槐树花粥、松软、香甜，真是好吃啊。刚从树上摘下来时，槐树花鲜嫩香甜，直接吃，嚼出满嘴香气，那岁月那时光那情景多美好啊。"

村西，早先是一大片粮田，种小麦、玉米，碧绿、鹅黄是一年四季的主色调。如今，这里已变成蔬菜基地，白色的、拱形的塑料大棚一座挨着一座，像白色的波浪，一波一波奔涌着扑向远方。再往西，一条高高隆起、如一道长堤样的铁路，南北横贯于柳河大地上，那上面，铺设有当年中国最著名、最繁忙的铁路大动脉——京广铁路，它像一条通体闪耀亮光的长龙，一头扎向遥远的南方。疆远站在村西宽敞的田地旁的村道上，眺望那条从小就熟悉的铁路，想着小时候，无论是跟着母亲在麦田里拾麦穗，还是和小伙伴们到玉米地里撅一节甜秸秆，坐在田边的土坎上尽情地嚼着、开心地说笑着，这时经常会看到，远处有灰黑色的载货列车、深绿色的载客列车轰鸣着奔驰而过，车头上方冒出浓重的白烟，像一条长长的白色云带，向天空升腾飘散。疆远想着："这载着客人的火车要开到哪儿去啊，一定是很远很远的地方吧，它停下来的地方什么样子？我要是能坐着火车到那个遥远的地方看看该多好啊。"

兰芳也曾不止一次指着飞奔而过的绿皮火车，对疆远、疆梅和疆声满怀深情地说过："你爸爸不到三十岁时，就带领上千人的铁路工程建设大军修建铁路。只不过，他修建的铁路在大西北，是兰新铁路，咱们一家人，跟着他在兰新铁路沿线的兰州、柳园、哈密等多地居住过，后来，咱们搬回老家，你爸每年春节回家就是坐这样的绿皮火车。当年，从乌鲁木齐开往北京的直快列车'拐零'（70次列车），就从这里经过，你爸到丰台站下车后，再转乘开往郊区柳河的慢车回家。"疆远长大后也说过："那时往返于北京、乌鲁木齐之间的69/70次直快列车，从北京站开出，向南，先走京广线，到河南郑州西转，直奔洛阳、三门峡，而后，再往西北、入陇海铁道线，再经甘肃、至新疆，一路穿山越岭、跨越荒滩戈壁，行驶四千八百多公里，四天三夜才能到达终点站。"

20世纪70年代初的寒假期间，疆远终于坐上绿皮火车，奔向童年时梦想过的遥远地方，只不过那是跟随母亲去新疆哈密、乌鲁木齐父亲的原工作单位，为父亲的冤案上访。这是他长大后第一次那么长时间乘坐绿皮火车、去那么遥远的地方，尽管不是他童年时想去的南方，尽管当时心情是沉重的，但毕竟他实现了长大以后的第一次远行。

　　此前，疆远和兰芳、疆梅、疆声，曾不止一次，走进柳河火车站站台，早早就等在那里，翘首期待绿皮火车远远地拉响汽笛、冒着白烟，缓缓驶入车站。他们两眼盯着缓缓从眼前驶过的每一节车厢的门口，当看到柳峰高大的身影出现在某一节车厢门口时，疆梅快步跑上前去，待车门打开后，没等柳峰从脚踏板上走到站台上，她已奔到他前面，伸手接过他手中的提包，拉着他的手，笑着叫着："爸爸、爸爸回来了！"疆远紧随其后，兰芳领着年幼的疆声，也笑容满面地迎上去。这时的兰芳脸色红润，眼睛明亮，目光温柔，她对疆声说："快叫爸爸啊。"年幼的疆声，一年没看到父亲了，面对突然出现在面前，身材高大、穿着深蓝色铁路制服、脚穿黑皮鞋的父亲，感到既陌生又胆怯，一扭身躲到兰芳身后，探出半个脑袋，睁大眼睛望着他。柳峰笑了，弯下腰伸出双手将他抱起，在他红扑扑的小脸上亲了一口，疆声扭动着身体，仰着头，躲避着父亲的亲吻，并张开手臂，嘴里不停地喊着："妈妈、妈妈。"兰芳嗔怒道："这是你爸，你不是总喊，坐火车找爸爸吗。"这时的柳峰，眼圈红了，当时疆远哪里知道他是旅途劳顿睡不好觉的原因，还是见到久违了的妻子儿女内心激动兴奋所致，但，那年春节前的这一情景，疆远记忆犹新，永远不会忘记。

　　在柳河火车站，接父亲回家过年，或是送父亲回新疆工作，铁道、绿皮火车一直都承载着疆远他们一家人，尤其是兰芳许许多多久别重逢后激动、美好、欢乐，以及离别时依依不舍、留恋、伤感的情景，看到向远方延伸的铁路、看到绿皮火车，即便是后来，看到风驰电掣的高铁动车，他们一家人，也都会情不自禁地想到早逝的柳峰，想到兰新铁路，想到疆远和疆声的出生地甘肃兰州、柳园，想到柳峰工作和居住过的兰州、柳园、哈密、乌鲁木齐……想到曾经发生在大西北的那些刻骨铭心的往事。

　　此时，置身柳河村西的疆远，心潮翻滚，思绪已完全沉浸在往事的回忆中。面对不远处的京广铁路，他眺望了许久之后，才转回身，向不远处那片坟场走去。

柳峰、兰芳的土坟，在坟场的最西侧，正对着远处高高的路基上的铁路。疆远伫立在父母的土坟前，不禁感慨道："在父母的内心世界里，他们一辈子没离开过铁路，如今安葬在这里，依然面向铁路，与铁路为邻，每天不知有多少趟列车从他们身边呼啸而过，他们每天都能看到、听到火车飞速驶过时的情景和轰鸣声，他们一定会感到欣慰。铁路、绿皮火车就像柳河大地、柳河水一样始终和他们有着不解之缘。"

疆远在父母的坟前坐下，望着坟茔上新长出来的绿油油的青草，自言自语道："这才两个月吧，清明时，才给坟上添了新土，坟上的草也都铲了，这么快，又长满了。"疆远沉默了一会，又说，"爸、妈，以后每年年三十、清明节，大姐、三弟，还有你们的孙女，都会来给你们烧纸、给坟添上新土，你们就放心吧。"

离开柳河村西的坟场，疆远来到柳河大堤上，他好久都没在那里坐过了。入夏，柳河两岸的堤坡上，多年生长的垂柳高大茂盛，碧绿的枝条柔软如丝，悠悠地垂向河边，随风飘动。那些贪长的枝条，已探入河水中，摇曳着将水面搅起一道道涟漪，阳光洒到河面上，波光粼粼，晃得人睁不开眼。

在河堤一块隆起的青石上，疆远坐下，墨绿色的柳河水在他面前静静地、缓缓地流淌，疆远将目光投向柳河，久久地凝视，渐渐地，他脑海里不由得想到那年他和雨生在这里分手的情景。那是个明月当空、天气凉爽寂静的夜晚，雨生默默地站在他的面前，眼里有泪光闪烁。疆远问，咱俩的事，你们家到底同意不同意？雨生依然不语，过了一会，她突然哭着跑开了，边跑边说，疆远我对不住你，忘了我吧！

柳河，是家乡的象征，疆远从小就由柳河陪伴着一天天长大，柳河见证了他生活中的酸甜苦辣、点点滴滴，见证了他和雨生的爱以及分离。

　　离开柳河两天后，疆远住进了北京一家三甲医院，又过了两天，他接受手术治疗。那天上午，疆远的爱人及女儿佳欣，还有疆梅、疆声，都早早地就来到了疆远的病房，当两名护士推着疆远从病房走向手术室时，他们一路陪同，在手术室门前，护士停住脚步，疆远躺在活动床上，用饱含深情的目光望着他们，神情坦然。他抬起手，向他们挥了挥，而后，嘴角微微上扬，脸上露出从容的微笑。

　　直到今天，在疆声的脑海里，还时常清晰地浮现出疆远躺在活动病床上望着他们、脸上露出从容微笑的画面。疆声也时常在想："面对生与死，那一刻，疆远心里在想些什么，他何以能露出那样从容的微笑？"

在梦中结束

疆远的手术进行了四个小时，出乎疆声他们的预料，手术很顺利也很成功，病灶已被彻底切除，疆声他们深感欣慰，连日来悬着的心，终于踏实下来了。

手术第二天，疆远就能坐起来和人说话，也能吃下一些饭菜了，两天后，就可以下床在病房里慢慢走动，医生也鼓励他要适当活动，便于身体尽快恢复。那几天，疆远的爱人以及女儿佳欣，疆梅和疆声，还有亲戚朋友们都分别来病房看望和陪护疆远。他们和疆远聊天，天南地北、家长里短，工作、学习无不涉及，他们是不想让疆远感觉到寂寞无聊心情烦躁，其实，疆远比他们都想得开，手术后，他玩笑似的说："我又逃过了人生一劫啊。"

疆远手术后的第六天，时间已经进入2016年的6月下旬，那天清晨，平时一觉睡到天亮、极少做梦的疆声，竟做了一个梦，梦到疆远出院回家了。

那天北京的天空格外地干净，格外地蓝，一朵云也没有，用碧空如洗来形容也一点不过分。这些天，疆远的爱人一直住在北京城里的女儿家，那天一大早，她坐着女儿的车顺路来接疆声，随后直奔医院，他们来接疆远出院。路上，佳欣将车载播放器打开，一曲《好日子》欢快热烈，他们的心情也都变得更加轻松愉快了。

办完出院手续，疆声他们拎着疆远住院时使用的物品，上了佳欣的车，汽车驶出医院大门，一路向西南，向老家的方向奔去。疆远望着车窗外，欣喜地说："真没想到这么快就能出院，再过些天，我就可以上班了。"疆声说："你再过几个月就该退休了。"疆远说："他们早就说过，退休后还要返聘我，我手头上还有不少工作没做完呢。"疆声笑着说："只要想做，工作永远都做不完。"疆远说：

"我当然想做，你不知道，全区有多少残疾人的事，急需我们残疾人工作者去帮助解决啊，残疾人生活不易，这些我心里最清楚。"

不知不觉汽车已驶入疆远居住的小区，下车，上电梯，到五楼，疆远的爱人从包里掏出房门钥匙，打开房门那一刻，疆远兴奋而又感慨地说："回家了，终于回家了！"

疆远的话语清晰响亮，一遍又一遍地在疆声耳畔回旋，他被惊醒了，朦朦胧胧地睁开眼睛，他仍然躺在自己的床上，怎么会有疆远的声音？他重新闭上眼睛，可刚一闭上眼睛，疆远的声音又在耳边响起，就在这时，床头柜上的手机响了，他从梦中惊醒，坐起身，拿起手机接听，是侄女佳欣痛哭着说道："三叔，我爸病危了，正在抢救……"

六月下旬那个天气晴朗的早晨，疆远走了，走得如此突然，如梦幻一般。是啊，人生如梦，谁不如此？从梦中开始，在梦中结束。

疆远的遗体告别仪式，简朴而又庄重。告别厅内，摆放着鲜花和花圈，大屏幕上，是一张疆远身穿崭新的浅蓝色衬衫、侧身站在柳河大石桥上的照片，他一只手扶着石栏板，身后是蜿蜒东去的柳河，两岸长堤绵延、垂柳成行，景色如画。疆远微笑着凝视远方，姿态从容、神情坚定自信、对未来充满无限憧憬……

照片下方，是疆远的手迹："柳河之子"。四个大字刚劲有力。

疆声站在告别大厅里，久久地凝视着疆远年轻时的照片，其实，直到今天，他也没到通常所指的老年啊！

告别厅内的鲜花和花圈，不仅有家人和亲属的，还有疆远的老师、同学、朋友、同事敬献的。其中，高老师献给疆远的花圈，挽联的最下方，她又用钢笔写下了四句诗：

少小聪慧坎坷多
勤学成才勇拼搏
四十六年师生情

柳河之子

惊闻噩耗泪滂沱

同学、好朋友赵亮在挽联上写道：

> "疆远，愿你来生还投胎柳河，我们还做好同学、好
> 朋友、好兄弟。"

告别厅内，更多的鲜花和花圈是闻讯而来的各乡镇的残疾人自发敬献的，这些残疾人中，有男有女、有年轻人也有上了年纪的老人。他们在疆远遗体前默哀、鞠躬、绕前一周，做最后的告别。一切都是静默的，没有哭声和眼泪。

事后，疆声问疆远的同事："他们为什么没有流泪？"那人说："残疾人的眼泪，早已流干了！"

此后，疆声时常回味这句话，他忽然发现，在疆远成长的历程中，不正是这样吗？泪水越来越少，直到再也看不到了。疆声内心倒是希望疆远也和其他人一样，有委屈、有痛苦、有悲伤就哭出来，让泪水洗刷掉这一切该多好啊！

疆远的骨灰埋在村西的老坟场，挨着父母、挨着京广铁路，不远处就是日夜流淌、奔向远方的柳河，他是柳河之子，他终于回家了。

后　记

离开故乡四十余年，我是故乡人眼中的游子，是陌生人。而我心中的故乡，一如童年、少年时那么温馨、美好，往事记忆犹新。

故乡的黄土地、大石河、大石桥，故乡的一草一木，和故乡的亲人一样，几十年间始终珍藏于我的心间，温暖着我、鼓励着我。

文学与我是一种远离后的回归。16岁，我的一首民歌发表于故乡《房山文艺》增刊、一本油印的小册子，它标识了我稚嫩的文学起点。两年后，我远离故乡，告别了刚刚起步的文学之路。我当兵、考入军校，一晃16年。其间，我与文学有过短暂的接触，而立之年，《春风》文学月刊发表了我的两篇短篇小说，《长春晚报》发表散文，长春人民广播电台"快乐星期天"节目播放我的小小说，这是我第二个文学起点。34岁，我由部队转业回京，面对新的工作，我持续6年学习专业知识，生活改变着我，我再次远离文学。

我上军校、上地方大学，学航空机械专业，学房地产开发管理专业，却没学与文学相关的专业，我离文学渐行渐远。

过了知天命的年纪，生活归于平静，这给予我再次拥抱文学的机会，我重新拾笔，小心翼翼、诚惶诚恐地开始学习写作，辛苦却快乐。

　　《柳河之子》讲述柳疆远为实现理想而奋斗一生的故事，无论是现在还是将来，仍会有许多与柳疆远相似的奋斗者，他们的心路历程值得关注与书写。

　　《柳河之子》是游子献给故乡、亲友、读者的一份礼物，虽不厚重、却饱含深情。

　　《柳河之子》面世，得到至亲、老师、朋友的帮助、鼓励，著名作家许谋清老师为本书作序。在此一并致以衷心的感谢。

林万华

2023.8.20 于华腾园